황
천
기
담

황川奇談

임 철 우
연작소설

문학동네

차례

칠선녀주_프롤로그 ···007

나비길 ···053

황금귀(黃金鬼) ···119

월녀 ···167

묘약 ···233

작가의 말 ···364

칠선녀주_프롤로그

이해할 수 없는 일이다. 그때 왜 당신은 그것을 하필이면 황천(黃泉)이라고 읽었을까. 저승 혹은 명부(冥府)라는 불길한 의미로 말이다. 썩 가파르지는 않아도 급커브가 많은 도로여서 속도를 한껏 줄인 채 고갯길을 내려오던 참이었다. 시원스레 하늘로 죽죽 뻗어오른 아름드리 소나무며 이제 막 잎을 물들이기 시작하는 활엽수들 사이로 뭔가 연한 황색 표지판 같은 게 얼핏 비친 듯했다. 웬 '산불 조심' 표지판을 눈에 잘 띄지도 않는 숲길 한쪽에 옹색하게 처박아놓았을까. 얼핏 그런 생각을 했었던 듯싶다.

그러고는 무심히 고개를 내려와 다시 십여 분 정도 곧장 달렸을 터이다. 어느 순간 당신은 불현듯 차를 세우고 말았다. 〈황천 33km〉. 아까 그 표지판엔 갈림길 표시와 함께 한글로 분명 그렇게 적혀 있었던 것이다. 가만, 황천이라니. 전혀 들어본 기억이 없는 지명이었다. 저승, 죽음, 장례, 상여…… 잠시 그런 음산한 이미지들이 뇌리를 스치고 지나갔다. 그러고 보니, 표지판 바로 뒤편 울울한 그늘 너머로 희미한 샛길 하나가 설핏 스친 것 같기도 했다.

십수 년 동안 설악산이나 동해안을 찾을 때마다 숱하게 오가던 도로였다. 최소한 그 부근 일대는 어디건 손바닥 들여다보듯 환하다고 자부해온 터였다. 이상하군. 거기 샛길이 있을 턱이 없는데. 당신은 도어 포켓에 질러둔 여행용 지도를 무릎 위에 펼쳤다. 한강 줄기를 거슬러 양수, 양평, 용문을 지나는 6번 도로는 용두리에서 둘로 갈라진다. 당신은 거기서 44번 도로를 따라 홍천읍을 지난 다음 다시 가리산을 거쳐 인제 방향으로 반시간 남짓 직진중이었다. 하지만 그 최신판 상세 지도 어디에도 황천이라는 지명은 표기되어 있지 않았다.

당신은 차 후미 트렁크에 처박아두었던 대여섯 권이나 되는 묵은 지도책까지 끄집어내어 일일이 확인해보았다. 역시 마찬가지였다. 딱 한 군데, 출처 불명의 낡고 색 바랜 한 장짜리 관광지 안내 홍보물에 '황천유원지'라고 희미하게 찍힌 게 있긴 했다. 하지만 선과 점만을 대충 긋고 이어놓은 그런 조악한 약도 따위를 고스란히 믿을 수는 없었다. 태백산맥 안쪽 깊숙이 틀어박힌, 말 그대로 첩첩산중 오지에 뜬금없이 유원지라니. 게다가 지도상엔 그 부근 어디에도 마을은커녕 제대로 된 도로 표시조차 아예 없는 걸로 보아, 십중팔구 그 약도는 착오임이 분명하다고 당신은 판단했다.

그런데도 당신은 어느새 차를 되돌려 그 고개를 향해 달리고 있었다. 어떤 직감 때문이었다. 환각처럼 순식간에 얼핏 스쳐지나간 그 흐릿한 샛길과 표지판, 그리고 황천이라는 글씨. 그것이 까닭 모르게 강렬한 흡인력으로 당신을 끌어당기고 있었다. 어쩌면 그건 당신을 줄곧 옥죄고 있는 조바심 때문이었는지도 모른다. 아침에 눈을 뜨자마자 느닷없이 주섬주섬 가방을 챙겨들고 아파트를 뛰쳐나와, 전혀 예정에도 없던 여행을 이렇게 혼자 나서도록 만든 것도 바로 그 비등점까지 이른 조바심이었을 터이고.

벌써 몇 달째 당신은 극심한 조바심과 초조함에 시달리고 있었다. 출판사 편집자는 전화로 아예 노골적이다 싶게 불편한 기색을 드러냈다. 장편소설 원고를 넘겨주기로 한 기한을 무려 일 년 반이나 넘겼으니, 당연한 일이었다. 미리 받은 상당한 액수의 계약금을 이제 와서 토해낼 수도 없었거니와, 도리상 그런 식으로 무책임하게 처리해서도 안 될 일이었다. 무조건 당장 써야만 했다. 그러나 문제는 아직 이렇다 할 마땅한 소재를 찾지 못했다는 점이었다.

오래전부터 막연히 생각해두었던, 일종의 연작소설 형식의 글감이 하나 있긴 했다. 가상의 마을, 지리적으로 고립된 산골 소읍을 무대로 다소 특이하면서도 개성적인 캐릭터들의 이야기를 하나씩 그려내고 싶었다. 소설의 핵심은 무엇보다 작중 무대가 될 가상의 마을이었다. 너무 크지도 작지도 않은, 겉으로는 평화로운 듯하지만 내부에선 무언가 용암처럼 불길하게 들끓고 있는 소읍. 당신이 꿈꾸는 공간은, 이를테면 윌리엄 포크너 소설의 '요크나파토파 카운티' 혹은 가브리엘 마르케스의 '마콘도' 같은 가상의 마을이었다.

어쨌거나 당신은 도리 없이 그 연작소설을 쓰기로 작정하고 다급하게 달려들었다. 그러나 초반부터 제대로 풀리지 않았다. 역시 작중 무대에 어울리는 공간을 만들어내기가 쉽지 않은 탓이었다. 당신이 꿈꾸는 소읍은 아직 당신의 뇌리 속에 구체적 형상을 갖추지 못한 태아 상태로 머물러 있을 뿐이었다. 무대 공간의 풍경과 윤곽 자체가 흐릿하고 모호한 까닭에 당연히 인물들도 생생한 형상으로 떠오르지 못했다. 영감. 홀연 눈앞에 나타나 당신의 뒤엉킨 상상력의 물꼬를 시원스레 터뜨려줄 놀라운 아이디어. 바로 그것이 절실히 필요했다. 이 느닷없는 여행은 그 때문이었다. 지푸라기라도 잡을 심산으로, 당신 스스로 그 영감인지 땡감인지를 찾아나선 거였다.

고개에 도착하자마자 다시 차를 돌린 당신은 방금 왔던 길을 되밟아 내려오기 시작했다. 한데, 이번엔 표지판도 샛길도 보이지 않았다. 차를 돌려 재차 꼼꼼히 훑어내려왔으나 마찬가지였다. 귀신이 곡할 노릇이군. 내가 헛것을 보았던 건가. 혼자 어이 없어하며 세번째로 차를 돌려 다시 내려오는데, 의외로 그것은 처음 짐작했던 거리보다 훨씬 더 많이 내려와서야 모습을 드러냈다. 이때부터 당신은 더욱 기이한 백일몽 속으로 빠져드는 것 같은 기분이었다.

차를 세운 채 잠시 망설이던 당신은 기어코 핸들을 꺾어 그 좁은 일차선 샛길로 들어섰다. 빽빽하게 들어찬 아름드리나무들 사이로 끝없이 구불구불 이어지는 소로는 좁은데다가 포장 상태가 고르지 않았다. 평소 차량 통행이 뜸한 듯, 길가의 무성한 잡초들이 노면 가장자리까지 기어나와 있었다. 몇 개의 크고 작은 고개를 넘어가니 평퍼짐한 고원이 한동안 이어졌다. 지붕들이 빨강과 파랑 일색으로 페인트칠된 작은 마을을 지나고, 몇 개의 개울과 조그만 호수 하나를 지났다. 줄지어 선 자작나무들로 둘러싸인 그 호수는 놀라우리만치 아름답고 호젓했다.

호숫가에 잠시 차를 세워놓고 당신은 운전석에 앉은 채 담배를 피워 물었다. 산그늘이 거꾸로 비스듬히 처박힌 수면은 자줏빛을 띤 채 고요히 엎드려 있었다. 묘하게도 호수엔 그 흔한 철새 한 마리 눈에 띄지 않았다. 그러고 보니, 수면으로 튀어오르는 물고기의 미미한 기척조차 없었다. 당신은 불현듯 정체 모를 두려움을 느꼈다. 거울처럼 투명한 호수 전체가 흐름이 막힌 채 소리 없이 죽어가고 있는 것만 같았다. 부릉, 당신은 서둘러 시동을 걸었다.

그렇게 꼬박 한 시간을 달려가니, 깎아지른 듯한 높은 고개 하나가 눈앞을 턱 가로막았다. 구절양장. 거기서부터는 험난하기로 이름난 속리산 말티고개보다 갑절은 더 힘겨운 코스였다. 그야말로 나사처럼 배배 꼬인 가파른 오르막길을 십여 분 남짓 허덕이다가 간신히 마루에 올라섰을 때였다. 마침내 저만치 고개 아래로 꽤 넓은 면적의 둥그런 분지가 홀연 모습을 드러냈다.

당신은 고갯마루에서 차를 세우고 내렸다. 전경이 한눈에 들어오는 자리였다. 분지는 영락없는 호리병의 형태였다. 깎아지른 절벽이 분지를 타원형으로 빙 둘러싸고 있고, 그 절벽을 따라 강줄기가 올가미처럼 둥그렇게 분지를 감싸며 돌아나가고 있었다. 특이하게도 강줄기는 당신이 서 있는 고개 바로 아래 왼쪽으로 흘러들어, 분지를 껴안고 한 바퀴 회전해 내려온 다음 고개 오른쪽으로 빠져나갔다. 말하자면, 당신이 서 있는 고개는 바로 호리병의 목 부분이었고, 사방이 온통 험준한 절벽으로 에워싸인 그 분지를 출입할 수 있는 단 하나의 통로였다. 해발 팔백 미터의 산간 지대. 마을은 바로 그 호리병의 둥근 밑바닥에 곰삭은 술 찌꺼기처럼 무겁게 가라앉아 있었다.

당신은 무심결에 아, 낮은 탄성을 질렀다. 하늘 때문이었다. 마치 노란색 필터를 끼워놓은 것 같은 이상한 하늘이 눈앞에 걸려 있었다. 단무짓빛 같기도 하고 잘 익은 레몬 색깔 같기도 했다. 노을빛인가 했으나, 해질녘까지는 두어 시간이나 남아 있었다.

그렇다고 황사가 낄 계절도 아니었다. 어째선지 그 소읍의 바로 위쪽 하늘만 둥그렇게 노란빛으로 물들어 있는 거였다. 내려다뵈는 소읍의 풍경 역시 색 바랜 한지처럼 누렇게 보였다. 당신은 첫눈에 그 기이한 황색의 하늘과 마을의 풍경이 마음에 들었다. 당신이 찾던, 소설 속의 마을과 거의 흡사하다는 생각이 들 정도였다. 기분 좋은 징조였다.

당신은 차에 올라 시동을 걸었다. 거기서부터 다시 급경사 길을 내려가야 했다. 이번에도 역시 나사를 돌리듯 험악하게 배배 꼬인 코스였다. 고개를 다 내려오자마자 길가 풀숲에 박힌 노란색 표지판이 당신을 기다리고 있었다.

〈어서 오십시오. 여기가 황천(黃川)입니다.〉

당신은 길 오른쪽을 따라 흐르는 강물을 재빨리 살펴보았다. 갈수기에 접어든 강의 수면은 엷은 갈색을 띠고 있었다. 황천이라. 그랬었군. 개울 이름을 생뚱맞게 저승이라는 의미로 해석하다니. 당신은 작게 실소했다. 분지 안으로 들어와보니, 병풍처럼 사방을 빼곡히 에워싸고 있는 깎아지른 산들은 예상보다 높고 웅장했다. 영락없이 거대한 호리병 안에 갇혀버린 느낌이었다. 길 양쪽으로 무성한 갈대밭과 잡초 지대가 이어지다가 드문드문 경작지가 나타났다. 산간 지역이라 추수를 일찍 끝낸 밭들은 대부분 휑하니 비어 있었다. 저만치 마을 초입에 주유소의 빨간 간판이 보였다.

"여기, 아무도 없습니까?"

당신은 작고 허름한 건물 쪽을 향해 소리를 질렀다. 딱 하나뿐인 주유 박스 앞에 차를 세우고 한참을 기다려도 인기척이 없었다. 폐업한 집인가? 앞쪽 유리문에 '황천주유소'라고 적힌 방이 사무실인 듯했는데, 벽과 지붕에 온통 먼지를 뒤집어쓴 꼬락서니가 빈 창고처럼 보였다. 여보세요. 아무도 없어요? 재차 소리를 질렀을 때, 유리문이 드르륵 열리더니 곱슬머리를 노랗게 물들인 여자가 나타났다.

"얼마나 넣어드려요?"

"가득 채워주세요."

머리채를 틀어올려 손수건으로 질끈 묶은 여자는 생글생글 눈웃음을 치며 주유 호스를 뽑아들었다. 삼십대 중반쯤. 입술 한쪽 끝에 팥알 크기의 점 한 개. 거무스름한 피부에 두툼한 입술이 필경 흑인 혼혈일 성싶은 여자는 가슴이 보기 드물게 풍만했다. 터져나올 듯 팽팽한 볼륨에 시선이 절로 쏠렸다.

"이 손님, 많이 뵌 듯한 얼굴인데…… 아닌가아?"

여자가 자동차 주유구에 호스를 쿡 쑤셔넣고는, 당신을 넌지시 올려다보면서 눈꼬리를 접고 웃었다. 말끝에 묘한 비음이 섞여 나왔다. 화장기 없는 얼굴임에도 향수 냄새가 진하게 풍겼다.

"아니, 여긴 초행인데요. 삼거리에서 길을 찾느라 꽤나 애를 먹었지 뭡니까."

"흐응. 그쪽 길이 워낙 그래요. 대단한 행운아이거나, 아니면 지독하게 재수가 없는 사람 눈에만 뵌다잖아요."

"예?"

"다 됐어요. 오만 원이에요."

그럼 안녕히 가세요. 여자는 돈을 받아 쥐고는 가슴을 출렁이면서 유리문 안으로 사라졌다. 묘한 분위기를 풍기는 여자. 입가의 팥알 점이 인상적이었다. 그때 당신은 벌써 짐작했다. 머잖아 당신 소설 속에서 그 여자가 역할 한 가지쯤은 맡게 될 것임을.

주유소를 빠져나오자마자 당신은 하마터면 사고를 당할 뻔했다. 시야가 막힌 커브길을 막 돌아서는데, 맞은편에서 황색 트럭이 중앙선을 넘어 무턱대고 질주해왔다. 반사적으로 급히 핸들을 꺾는 순간, 트럭은 아슬아슬하게 지나쳤다. 등골이 서늘했다. 속도를 전혀 줄이지도 않고 쏜살같이 고개 쪽으로 사라지는 그것의 꽁무니를, 당신은 놀란 가슴을 쓸어내리며 멍하니 바라보았다. 언뜻 비친 운전자의 모습이 여자 같기도 했다.

뭔가에 몽롱하게 취해 있는 마을. 읍내 거리로 들어섰을 때의 첫인상이 그러했다. 읍내 규모는 고개 위에서 가늠하던 것보다 훨씬 작았다. 약도를 그리자면 더없이 간단했다. 마을 중앙에 널찍한 원형광장이 하나 있고, 그 광장을 중심으로 완만한 곡선 도로가 남북으로 길게 누웠다. 유일하게 외부로 이어진 그 주도로를 등뼈로 하여 집들이 생선 가시처럼 양쪽으로 촘촘히 도열해 있었다.

십여 분 남짓 당신은 차를 몰고 마을을 이리저리 둘러보았다. 활기를 찾아보기 힘든 거리 풍경. 시간의 흐름에서 한참 비켜나 있는 듯한 생활. 무기력과 둔중함이 지배하는 분위기. 마을의 전반적인 색감은 어두운 회색. 하늘빛은 특유의 그 연노랑. 그리고 아직 한 번도 열어보지 않은 낡은 다락방 같은, 뭔가 은밀하고 음울하고 몽롱한 기운. 유난히 호기심 어린 주민들의 표정. 뭔가를 끊임없이 염탐하고 있는 불안정한 시선들…… 당신은 자동차의 속도를 늦춘 채 양옆을 두리번거리며, 그렇게 연신 머릿속에 부지런히 메모를 해두었다.

집들은 예외 없이 허름하고 궁색해 보였다. 마을 뒤쪽엔 무척 오래된 집단 주택지가 눈에 띄었다. 서너 줄씩 옆으로 나란히 정렬해 있는, 방과 부엌 각 한 칸씩인 성냥갑 모양의 똑같은 벽돌집들. 비좁고 축축한 골목길. 칠이 벗겨져나간 지붕. 흙먼지를 부옇게 뒤집어쓴 담벼락들. 게딱지만한 마당 빨랫줄에 내걸린 후줄근한 옷가지들. 그중엔 주인 없이 오래도록 버려졌음직한 흉물스러운 몰골의 집들도 적지 않았다. 이전까지는 탄광촌의 집단 거주지였을까. 이젠 대부분 사라져버렸지만, 태백이나 정선, 사북 일대에서 흔히 보던 풍경과 많이 닮아 있었다.

당신은 마을 중앙의 광장으로 되돌아왔다. 그 부근은 말하자면 읍내 중심가였다. 광장 중앙엔 수백 년 묵은 거대한 느티나무 고목 한 그루, 또 그 왼쪽으로는 소방서, 읍사무소, 경찰서, 우체국이 어깨를 붙이고 늘어서 있었다. 관공서들은 규모는 작아도 그나마 외양은 그런대로 번듯하게 갖추고 있었다. 그 맞은편 길 건너의 공장 건물은 읍내에서 가장 덩치 큰 건물임에 틀림없었다. 건립 연대를 가늠키 어렵도록 고색창연한 그 붉은 벽돌 건물은 검버섯에 덮인 아흔 살 노파의 얼굴 같았다. 쥐똥나무 울타리 너머 슬레이트 지붕은 한쪽이 아예 푹 꺼져내렸고, 공장 입구의 철문은 닫힌 채 벌겋게 녹이 슬었다. 공장 마당의 벽돌 굴뚝만은 그래도 아직 위풍당당했다. 그것은 침몰하는 군함의 거대한 포신처럼 황색의 하늘을 저 혼자 똑바로 조준하고 있었다. '황천주조장'. 벽돌 굴뚝 한쪽 면엔 굵게 그려넣은 흰 페인트 글씨가 희미하게 보였다.

그때 앞쪽에서 질주해온 트럭 하나가 당신 바로 앞에서 급커브를 그렸다. 아까 당신과 충돌할 뻔했던 바로 그 황색 트럭이었다. 사납게 끼익 소리를 내며 공장 앞에 멎자마자 야구 모자를 쓴 사람이 운전석에서 훌쩍 뛰어내렸다. 처음엔 꽁지머리를 한 남자인가 했는데, 뜻밖에 대단한 거구의 여자였다. 백팔십 센티미터 정도의 훤칠한 신장. 운동선수 같은 단단하고 건장한 체구. 낡은 청바지에 티셔츠, 그리고 군화 비슷한 목 긴 가죽구두 차림. 여자는 단번에 계단을 두 칸씩 성큼성큼 밟아 올라 목조 문 안으로 사라졌다. 낡은 공장 담장과 이어진 그 이층짜리 벽돌 건물 외벽엔

'황천카페'라는 작고 투박한 간판이 덜렁 붙어 있었다.

　모텔 '노다지' 이층에 방을 정한 것은 잘한 일이었다. 예상대로 창문을 통해 광장이 훤히 내려다보였다. 여느 경우라면 시끄러운 도로 쪽 방은 당연히 피했을 터이지만, 이번만은 아니었다. 광장과 거리의 생생한 움직임을 눈으로 직접 스케치해보고 싶었다. 그것은 소설 구상 작업에 구체적인 도움이 될 터였으므로, 모텔 방의 형편없는 시설조차 그런대로 견딜 만하게 여겨졌다. 확실히 당신은 이 소읍이 아주 마음에 들었다. 이번엔 아무래도 행운이 따라주려는가 싶었다. 하긴 아까 그 샛길이 우연히 눈에 띌 때부터 뭔가 특별한 예감이 들긴 했었다. 이젠 그 막연한 예감이 놀라운 영감으로 변해 찾아오는 순간을 기다리기만 하면 되겠지. 당신은 어느새 콧노래까지 흥얼거리고 있었다. 내내 전전긍긍 씨름해왔던 소설의 실마리가 벌써 눈앞에서 술술 풀려나가고 있는 듯한 기분이었다.

　샤워를 마친 뒤 옷을 막 갈아입으려 할 때였다. 탕, 타앙. 별안간 어디선가 몇 발의 총성이 들려왔다. 멀지 않은 거리 같았다. 놀라서 얼른 창문을 열고 내다보았지만, 광장 주변 어디에도 특별한 기척은 느껴지지 않았다. 모텔 맞은편 작은 슈퍼 앞에 의자를 내놓고 둘러앉은 네다섯 명의 노인들도 태연히 이야기에 열중해 있었다. 어느덧 땅거미가 엷게 드리워지는 시각이었다. 멀리

병풍처럼 둘러싼 산의 등뼈 너머로 해는 이미 가려져 보이지 않았다. 지형적인 조건 탓에 유난히 해가 빨리 지고 늦게 뜨는 마을이었다.

거, 이상한걸. 분명 총소리 같았는데…… 근방에 무슨 건축 공사장이라도 있는 건가. 당신은 고개를 갸웃거리며 창문을 닫았다. 잠시 침대에 누워 있으려니, 문득 허기가 느껴졌다. 오던 길에 휴게소에서 빵 한 조각으로 점심을 때웠을 뿐이었다. 우선 저녁을 먹고 나서 슬슬 거리 구경을 나가보기로 했다. 당신은 가벼운 운동복 차림으로 갈아입고 방을 나섰다.

식당은 아래층 현관 바로 옆에 있어서, 모텔 복도를 통해서도 출입이 가능했다. 투숙객과 일반 손님을 아울러 겨냥해서 주인은 모텔과 식당을 함께 운영하는 모양이었으나, 둘 다 사정이 별로 신통찮은 눈치였다. 사십대 중반의 주인 부부는 갓 삶아낸 옥수수를 광주리에 수북이 쌓아놓고 함께 게걸스럽게 먹고 있었다.

그들은 사이좋은 쌍둥이처럼 요모조모 닮은 점이 많았다. 둘다 상당한 비만 체중에다가 땅딸막한 키, 드럼통 같은 허리둘레까지 비슷해 보였다. 알맞게 발효된 찐빵처럼 동글동글하고 통통한 얼굴. 특히 산타 할아버지같이 앵둣빛으로 볼그족족 달아오른 양쪽 볼살이 똑같았다. 다만 얼굴 인상과 표정에서 풍기는 둘의 성격은 퍽 대조적인 듯했다. 앞머리가 훌렁 벗어진 남편은 마냥 사람 좋고 헐렁해 뵈는 반면, 아내는 꽤나 깐깐하고 성깔이 있어

보였다.

당신은 설렁탕을 시켰다. 오늘은 마침 준비된 게 그것뿐이라고 주인 여자가 말했던 것이다. 어차피 메뉴라고 해봤자 설렁탕과 해장국이 전부였다. 여자가 주방으로 들어간 사이, 남자가 물컵과 주전자를 가져다 당신 앞에 내려놓았다.

"손님, 방이 맘에 드시던가요?"

"아, 예. 모텔이 무척 조용해서 좋습니다."

당신은 텅 빈 식당 안을 휘둘러보며 말했다.

"조용하다마다요. 젠장, 너무 조용해서 탈이지 뭡니까. 사실 말이지, 벌써 이틀째 손님 한 명 받지 못하고 맹탕을 치던 참이었지요."

남자는 기가 막히지 않느냐는 듯 껄껄 웃었다.

"어이구, 그 정도인가요. 하기야 관광 시즌이 지났으니, 좀 뜸하기도 하겠지요."

"여긴 관광철이고 뭐고 없습니다. 애당초 마을을 찾아드는 사람이 얼마나 돼야 말이지요. 산골이라곤 해도, 주변에 무슨 경치 좋은 등산로가 있나, 여름 피서객 불러들일 맑은 개울이 있나. 설악산이나 동해안이 미어터지는 판에도, 여긴 그냥 눈길도 돌리지 않고 지나쳐버릴 뿐 관광객 그림자도 보기 힘들다니까요."

"이상하군요. 어떤 안내지도엔 황천유원지라고 표시되어 있는 것 같던데."

"아, 그거야 벌써 십 년도 더 된 얘기지요. 느닷없이 대규모 온천 관광단지가 생긴다는 바람에, 이 일대가 그야말로 한바탕 난리법석이 났었으니까요. 사기꾼들 농간에, 말도 마세요. 그때 손 탈탈 털고 거지꼴로 도둑고개를 넘어 야반도주한 사람이 수십 명입니다. 이 여관을 처음 지었던 사람도 완전히 알거지가 되어 떠났지요."

"도둑고개요?"

"손님께서도 아까 거길 넘어오셨을 텐데? 저 고개가 그래 봬도 역사가 깊소이다. 예전에, 그러니까 구한말이라던가, 여기 금광이 처음 생겼을 때부터 그 고개엔 산적들이 우글우글했다는데, 나라에서도 차마 손을 대지 못할 정도로 드셌다고 합디다."

"금광이라뇨. 그러니까 이곳에서 금을 캤었단 말입니까?"

"아하, 역시 손님께서도 그걸 모르셨구만. 한때는 황천광산에 금맥이 새로 터졌다는 소문이 돌면 당장 조선 팔도가 들썩댈 정도였다는데. 조선 엽전들은 물론이고, 일본놈들에다가 양코배기들까지 몰려와서 그야말로 황금 노다지 바람이 불었대요. 아, 우리 모텔 이름이 달리 노다지겠습니까. 그게 다 향토 역사를 기념하는 취지에서 붙였다 이겁니다. 허허허."

제법 그럴듯한 농담이라 여겼는지, 사내가 입을 헤벌쭉 벌리고 웃었다. 마침 말 상대가 없어 심심하던 차에 옳다구나 싶은 눈치였다. 사내는 의자를 들어 휙 반대로 돌려놓더니, 건너편 식탁 앞에 털썩 주저앉았다. 옳다구나 싶은 건 당신도 마찬가지여서, 사내의 입담 덕분에 이곳의 유래를 상세하게 알게 되었다.

　황천읍의 명칭은 여러 개였다. 삼사십 년 전만 해도 '금광(金鑛)' 혹은 '금천(金川)'이라고 불렀고, 또 한동안 출처 불명의 관광지도 따위엔 '엘도라도 유원지' '골든 밸리' 등등 자못 거창하고 뜬금없는 이름이 덜컥 찍혀 있기도 했다. 하지만 토박이 노인들의 기억에 따르면, 지금부터 이백 년 전에 처음 들어섰다는 이 마을의 본래 이름은 '호리병골'이었다.
　호리병골은 애초에 동네라 이름 붙일 것도 없는, 고작 십여 호 남짓한 화전민촌이었다. 사방 삼백 리 안팎에 마을 하나 없는 첩첩산중. 게다가 빙 둘러 깎아지른 낭떠러지와 개천에 포위된 험상스러운 분지인 까닭에 바깥세상과의 왕래라곤 거의 없다시피 했다. 이 산골짜기 한촌에 맨 처음 노다지 바람을 불러들인 장본인은 엉뚱하게도 한 방물장수 아낙이었다. 지난 계절에 깔아둔 외상값을 잡곡으로 쳐서 받으려고 찾아들었던 아낙은 개울가에서 아이들이 웬 반짝이는 누런색 자갈들을 가지고 노는 걸 우연히 목격했다.
　어린 딸에게 노리개로 줄 요량으로 아낙은 그 팥알 크기의 돌멩이 한 개를 방물 보따리에 담아 집으로 가져왔다. 그걸 보자마자 장돌뱅이 남편은 눈알이 홱 뒤집어졌다. 놀랍게도 그건 황금

24

덩이였다. 그때부터 외지인들이 소리소문 없이 몰려들기 시작하더니, 금세 호리병골 일대가 외지인들로 까맣게 덮였다. 어느 틈에 마을 이름도 '사금골(砂金谷)'로 바뀌었다. 사방 오십 리 안쪽의 개울 바닥이 온통 벌집처럼 파헤쳐지고, 웅덩이마다 눈 까뒤집은 노다지꾼들이 득시글거렸다. 소문을 듣고 팔도 각처에서 몰려든 숫자가 한때 삼사천 명에 이를 정도였다.

이때가 대략 1890년 전후. 일본과의 수호조약을 계기로 조선이 어쩔 수 없이 문호를 개방하자, 일본을 비롯한 미국, 독일, 영국, 이태리 등 서구 열강까지 저마다 각종 이권을 침탈해갈 야심을 품고 떼를 지어 조선으로 몰려들었다. 그들은 특히 풍부한 매장량으로 지하에 고스란히 묻혀 있는 광산 자원, 그중에서도 금광업의 이권을 차지하기 위해 전국 각지에서 치열한 각축전을 벌였다. 그들이 첩첩산중 호리병골에서 벌어지고 있는 야단법석을 모를 리 없었다. 맨 먼저 일본 광산업자들이 도둑고개를 넘어 찾아들었고, 뒤쫓아 양코배기들까지 몰려들면서 호리병골의 열풍은 절정에 이르렀다.

그와 함께 노다지꾼들만 아니라 마실 것, 입을 것, 먹을 것, 잠잘 곳을 팔거나 빌려주고서 돈을 챙기는 각양각색의 장사치들 역시 팔도에서 연일 속속 몰려들었다. 물론 그 패거리 안에는 술 팔고 몸 파는 색시 장사꾼이 빠질 리가 없었다. 수많은 장사 중에 뭐니 뭐니 해도 최고로 흥청거리는 장사가 바로 술장사, 밥장사,

색시장사였다. 그중 술장사로 일약 성공을 거둔 여자가 오떡례, 바로 훗날 황천읍의 전설적인 존재가 된 황금심의 할머니였다.

"잠깐, 그 황금심이라는 여자가 누굽니까?"

설렁탕 그릇을 마저 비워낸 당신은 사내에게 물었다.

"금심이가 누구냐고요? 저 유명한 황금심 여사를 황천읍에서 모르는 사람이 있다면, 그건 진짜 간첩이지요. 황금심은 홍녀의 모친, 즉 황천주조장 창업주란 말입니다."

"홍녀는 또 누구죠?"

"황금심의 딸이라니까. 무남독녀 외동딸."

"어이구, 이 답답한 양반 좀 봐. 아, 손님께서 홍녀가 누군지 어찌 아실 거라고, 자꾸 생판 모르는 금심이만 들먹여싼디야."

뚱보 여자가 다가와 설렁탕 그릇을 덥석 치워내면서 소리를 빽 질렀다.

"참 그렇구먼. 저쪽 주조장 옆에 있는, 술집인지 카페인지, 그 집 주인 여자가 바로 홍녀요. 성은 황씨, 황홍녀."

"아, 저쪽 황천카페 말이군요."

"맞았소. 키 크고 황소같이 힘센 그 노처녀가 바로 홍녀요."

"모녀가 똑같은 황씨 성이라니, 이상하군요."

"희한하다마다. 바로 그쪽 집안 전통이지요. 호적에다가는 어떻게 올려놨는지 모르겠소만, 하여간 그 집안 여자들은 삼대째 어머니 성씨를 내림으로 쓰고 있다는 게요. 사실은 모두 아비가 누군지 몰라서 그랬다는 소문인데, 묘하게도 지금까지 내리 외동딸로만 이어졌답니다. 고추 달린 놈은 아예 씨도 없고 말이오."

그 순간 바깥에서 탕 탕 탕, 요란한 총성이 또 터져나왔다. 아까 방에서 들었던 그 소리였다. 긴장한 당신을 보고 사내가 껄껄 웃었다.

"놀라실 거 없어요. 우린 늘상 듣는 소리라서, 이젠 대충 그런가보다 합니다. 그 노처녀, 또 히스테리가 도진 모양이네. 한동안 잠잠하다 싶더니만."

"총소리 아닙니까?"

"맞아요. 까마귀만 눈에 띄었다 하면 저렇게 하늘에 대고 엽총질을 해대는 게 홍녀의 별난 취미라면 취미지. 바로 코앞에 경찰서가 있긴 해도, 되레 홍녀한테 몇 차례 된통 당하고 나더니 이젠 아예 못 들은 척이지요. 이웃 사람들 역시 마찬가지고. 아이구, 그 고집을 누가 막겠소. 힘은 또 얼마나 장사인지, 웬만한 사내 서넛은 혼자서 거뜬할 거요. 요즘은 특별히 사냥 허가 기간이라서 부쩍 더 저러는 모양인데요."

그의 입에서 이번엔 홍녀라는 카페 여주인 애기가 풀려나올 차례였다. 영양가 있는 정보를 쏟아내는 사내의 입담이 고마울 뿐이었다. 하필 메모할 노트를 방안에 두고 나온 것을 당신은 후회했다.

결국 우여곡절 끝에 호리병골의 금광채굴권은 1898년 독일인 광산업자에게 돌아갔다. 강력한 경쟁자였던 일본인들이, 호리병 골보다 더 장래성이 있다고 판단되는 평안도 지역의 또다른 금광을 선택한 덕분이었다. 이윽고 독일인 광산업자들을 비롯해서 서구 각국에서 파견된 전문 기술자들과 현대식 채굴 장비들이 제물포를 거쳐 호리병골 현장에 옮겨지고, 산등성이엔 대형 독일 국기가 펄럭였다. 언덕배기엔 양코배기들을 위한 함석판 지붕의 단층집 여러 채가, 또 마을 중앙엔 관리사무소가 들어섰다. 뜨내기 조선인 노다지꾼들은 대부분 강제로 쫓겨나거나 외국인 광산업자의 일용 노무자로 전락하고 말았다. 한동안 관리사무소 측과 조선인 토착 채광자 사이에 몇 차례 심각한 소요와 충돌이 일어났는데, 그때마다 철원과 춘천에서 긴급 출동한 순검(巡檢)들에 의해 간단히 진압되었다. 그후 순검들의 일부는 현장에 배치되어 채굴자와 양코배기 들을 보호해주는 임무를 수행했다.

  본격적인 광산 개발 사업이 시작되면서, 호리병골엔 말 그대로 천지개벽이 일어났다. 독일인들은 울창한 숲을 가차없이 갈아엎고, 수많은 아름드리나무를 베어넘겨 그걸로 건물을 짓거나 연료와 광산용 재목으로 사용했다. 날림으로 지어진 인부들의 숙소와 간단한 부대시설이 잇달아 들어서고, 험난한 산과 골짜기를 뚫어내어 도로를 만들고 전화선도 설치했다. 백 년 전 이때 처음 가설

된 도로는 오늘날까지 황천 주민들과 외부를 이어주는 유일한 통로로 이용되고 있다.

호리병골이라는 명칭 대신 황천이라고 불리기 시작한 건 바로 이즈음이었다. 황금이 쏟아지는 개울. 그 이름만큼이나 황천은 한 시대에 대단한 호황을 구가했다. 첩첩산중 이름도 없던 화전민촌이 일순간에 일약 개명천지, 화려한 신세계로 변모했다. 하루가 다르게 인구가 늘어 십 년 사이 무려 일만 명을 돌파, 황천은 행정구역상 읍으로 승격되었다. 관공서, 학교, 병원이 문을 열고, 극장과 시장도 생겨났다. 거리엔 자동차가 빈번히 오가고, 멋을 잔뜩 낸 신여성들도 심심찮게 다방과 극장 출입을 하거나 일없이 읍내를 활보했다. 닷새 만에 열리는 장날엔 이따금 대처에서 악극단이 찾아와 성황리에 공연을 올리곤 했다. 십 년 이내엔 철도가 놓일 거라는 장밋빛 소문도 나돌았다.

그러다가 얼마 후 개울의 사금이 거의 바닥이 나면서 골짜기는 한동안 거대한 벌집으로 변한 채 방치되었다. 그렇다고 황천읍의 운이 다한 것은 아니었다. 사금 대신 지하 곳곳으로 깊이 파들어간 금광에서 오히려 훨씬 더 쏠쏠한 재미가 이어졌다. 생산량만 보자면 업자들의 기대치에 다소 못 미쳤지만, 아직 땅속에 매장량이 충분히 남아 있다는 소문 때문에 누구도 앞날을 걱정하지 않았다.

이 무렵 떡례의 술장사도 정상 궤도에 올라섰다. 떡례는 본디 양평 두물머리가 고향이었는데, 시집간 지 삼 년 만에 딸 하나만 내질러놓고 서방 황씨가 허망하게 덜컥 죽어버렸다. 초상집에 상여꾼으로 불려나갔다가, 급히 삼킨 돼지비계가 걸신들린 목구멍을 덜컥 틀어막아버린 까닭이었다. 어린 딸을 들처업은 이 과부는 소문을 따라서 호리병골로 흘러들었다.

떡례는 도둑고개 아래 주막집에서 몇 해 허드렛일을 해주며 두 식구 끼니를 얻어먹었다. 그러다 노파가 병으로 세상을 뜨게 되자, 자식도 없이 홀아비 신세가 된 주막집 영감은 떡례를 마누라로 들어앉혔다. 그런대로 반반한 얼굴에 붙임성까지 좋은 떡례의 장사 수완은 빛을 발하기 시작했다. 무엇보다 떡례의 술 빚는 솜씨는 타고난 것이어서, 그녀의 허름한 주막 문턱은 금세 술꾼들의 흙발에 닳아 반질거렸다. 삼 년 만에 오막살이를 허물고 세 칸짜리 그럴듯한 초가를 지어 주막을 차렸는데, 그것이 다시 삼 년 만에 여섯 칸으로 늘어났다. 그사이 내내 골골하던 영감도 세상을 떠나고, 이젠 그럭저럭 걱정거리가 없어졌다 싶을 즈음이었다. 춘삼월 햇살이 별스레 곱던 날, 바람도 쐴 겸 떡례는 딸 옥봉을 데리고 나물을 캐러 집을 나섰다가 그만 산비탈 폐광 구덩이에 빠져 비명횡사하고 말았다.

창졸지간 혼자 남겨진 옥봉은 처녀의 몸으로 장사를 떠맡았다. 세상 물정 모르는 처녀 손에 조만간 살림은 거덜이 나리라 예상

했으나, 놀랍게도 옥봉의 수완은 어미의 갑절이었다. 무엇보다 옥봉의 술 빚는 손맛 하나만은 기가 막혀서, 한번 길들여진 사람은 그녀가 걸러낸 동동주의 특별한 맛을 잊지 못했다. 자신감을 얻은 옥봉은 대형 술독을 몽땅 사들여 본격적인 동동주 생산에 착수했고, 운 좋게 사업은 탄탄대로를 달렸다. 그 결과 얼마 후엔 황천에서 가장 크고 이름난 요릿집 '명월옥'이 옥봉의 손에 의해 태어났다.

바깥세상에선 그사이 엄청난 일들이 벌어졌다. 한일합병조약이 공포되고, 조선총독부가 설치되었다. 금광에도 격변이 일어났다. 금광채굴권이 일본인 손에 넘어가고, 독일 광산업자들은 대가를 톡톡히 챙겨 철수했다. 잠시 분위기가 술렁거렸지만, 총독부에 의해 채굴사업이 계속 추진될 거라는 소문에, 불안한 가운데서도 황천은 그런대로 평온을 되찾아갔다. 이때부터 일본인 자본가들이 대거 황천읍으로 밀려들기 시작했다. 총독부를 등에 업은 그들은 풍부한 재력으로 황천읍의 조선인 상권을 빠른 속도로 궤멸시켜나갔다. 결국 빈털터리가 된 조선 상인들은 눈물을 뿌리며 하나둘 도둑고개를 넘어 떠나갔다.

옥봉의 명월옥 역시 심각한 타격을 받아 고전하고 있었다. 일본인이 세운 호사스러운 요정들만 연일 흥청거릴 뿐, 옥봉의 집 문턱은 한산하기만 했다. 왜식 요릿집엔 앵두꽃같이 야리야리한 기생들이 퉁퉁 가야금을 뜯고 너울너울 춤을 추었다. 명월옥엔

비록 기생은 없을지언정 술 따르는 아낙 몇하고 목청 빼어난 소리꾼 한두 명은 늘 기거했다. 한때는 옥봉이 빚어낸 동동주에 환호하면서 소리꾼의 한판 애절하고 질펀한 노랫가락에 넋을 빼놓던 단골 술꾼들은 이제는 대부분 빈손 털고 쓸쓸히 황천 땅을 떠났거나, 혹은 목숨을 부지하기 위해 일본인 관리들과 자본가들을 떠받들며 왜식 요릿집을 기웃거렸다.

그런 어느 날 밤, 명월옥 대문을 박차고 일본 순사들이 맹수처럼 들이닥쳤다. 옥봉은 잠옷 차림 그대로 끌려나갔다. 별채 뒷방에 달포 가까이 숨어 지내고 있던 낯선 청년은 그 소란을 틈타 용케 담을 넘어 달아났다. 하지만 이튿날 새벽, 청년은 호숫가에서 순사들 손에 사살되고 말았다. 옥봉이 별채에 상해임시정부 요원을 숨겨주다가 발각되었다는 소문이 좍 퍼졌다. 알고 보니 옥봉이 오래전부터 수차례 은밀하게 독립운동자금까지 건네주었다고도 했다. 수개월의 옥살이 끝에 병보석으로 풀려나온 옥봉의 뱃속엔 이미 아이가 자라고 있었다. 별채에 숨었던 청년이 뱃속 씨앗의 아비라는 소문이 돌았다. 이듬해 딸을 낳은 옥봉은 아이에게 금심이라는 이름을 지어주었다. 성은 모계를 따랐다. 죽은 청년의 진짜 이름조차 알지 못하는 터에 엉터리 성을 붙일 수는 없다는 게 옥봉의 생각이었다.

이때부터 장사는 곧장 내리막길이었다. 감옥에서 당한 혹독한 고문 후유증으로 다리 한쪽이 불구가 된 옥봉은 끝내 명월옥의 문을 닫아걸었다. 그리고 마지막 비장의 승부수를 던졌다. 일본 요릿집들에 맞서려면 동동주 대신 전혀 미지의 새로운 술을 개발해내야만 했다. 꼬박 일 년 동안 옥봉은 집안에 틀어박혀 홀로 수없이 많은 연구와 실험을 거듭했다. 허나 무수한 시행착오만 반복될 뿐 별다른 소득이 없었다. 날이 갈수록 옥봉은 시름이 깊어갔다.

그러던 어느 봄날, 황천읍 하늘이 온통 때아닌 목화꽃이 만발한 것처럼 환해졌다. 눈처럼 희고 아름다운 두루미들이 무리를 지어 마을의 지붕 위를 훨훨 춤추며 날아다녔다. 두루미떼가 황천을 찾아든 건 유례가 없는 일이어서, 주민들은 대단한 길조로 여겨 너나없이 반가워했다. 수백 마리의 두루미들은 마을 뒷산 솔밭에 하얗게 보금자리를 잡았다. 명월옥 뒤란은 곧장 솔밭과 이어져 있어, 장지문만 열면 언제든 저만치 아름다운 새들이 노니는 광경을 구경할 수 있었다.

그 상서로운 새들이 행운을 가져다주었을까. 어느 날, 명월옥 뒤채 술 창고 안에서 신제품 개발에 열중해 있던 옥봉의 목구멍에선 마침내 환희와 감격에 찬 탄성이 터져나왔다.

"아아, 하느님. 드디어 천하제일의 술을, 이 손으로 빚어냈어!"

옥봉은 어린 딸 금심을 왈칵 끌어안았다.

얼마 후 화창한 초가을 아침. 몇 년째 기약 없이 굳게 닫혀 있던 명월옥의 녹슨 대문이 마침내 활짝 열렸다. '명월옥 신장개업. 신제품 특별 시음회'. 며칠 전부터 읍내 도처에 나붙기 시작한 안내문을 보고 호기심에 몰려든 수많은 술꾼들 앞에서, 옥봉은 신제품 명주를 최초로 공개했다. 투명한 유리병엔 신비로운 무지개 빛깔의 액체가 찰랑였다. 새 술의 이름을 궁금해하자, 옥봉은 은은한 미소와 함께 대답했다.

"칠선녀주(七仙女酒)라고 합니다. 하늘이 인간에게 내려주신 일곱 빛깔의 축복을 뜻하지요."

운집한 술꾼들은 일제히 잔을 입술에 가져갔다. 그 잔을 입술에서 채 거두기 전, 그들은 벌써 천상의 낙원을 향해 있었다. 한순간 온몸이 허공으로 둥실 뜨는가 싶더니, 어느 사이 저마다 새처럼 자유롭게 하늘을 날고 있었다. 저만치 눈 아래 산과 강이 보이고, 짙푸른 들녘과 집들, 개미처럼 꼬물대는 사람들 모습이 내려다보였다. 술꾼들은 꿈을 꾸듯, 환희와 평화와 기쁨에 젖어 하나같이 몽롱한 눈빛으로 늘어져 있었다. 이윽고 안마당은 엄청난 환호와 감격으로 물결쳤다. 이건 기적이다! 기적의 술이 탄생했다! 시종 코웃음을 치던 왜식 요릿집 상인들조차 급기야 이성을 잃은 채 손바닥을 마구 두드려댔다.

시음회의 놀라운 성공은 옥봉의 완벽한 승리를 의미했다. 승리를 기념하듯 매년 봄이면 어김없이 눈처럼 희고 아름다운 새들이 찾아와주었다. 명월옥 뒤란 솔밭을 아름답게 수놓는 새들의 윤무는 칠선녀주의 명성에 더없이 어울리는 한 폭의 절묘한 풍경화였다. 명월옥은 단숨에 황천 술꾼들의 신성한 성지가 되어 경성의 이름난 술꾼들과 호사가들까지 줄을 지어 찾아들었다. 팔도의 주조장 주인들은 너나없이 이 경이로운 술의 제조 비법을 알아내려 안달이었다. 종내는 협박, 투서, 무고, 유언비어 날조 등등 갖은 비열한 수법까지 동원되었다. 그러나 굳게 닫은 옥봉의 입술은 끝내 열리지 않았다.

일약 갑부가 된 옥봉은 명월옥 주변 논밭을 모두 사들였다. 그리고 그곳에 최신식 주조장을 짓기 시작했다. 세계는 변화했고, 새로운 시대의 보폭에 맞추지 못하면 도태한다는 원리를 영리한 옥봉은 깨달았다. 공장 본채 건물과 함께 붉은 벽돌로 쌓아올린 우람한 굴뚝이 완성되던 날, 구름같이 모여든 축하객과 구경꾼들의 박수갈채 속에, 옥봉은 어린 딸 금심의 부축을 받으며 지팡이를 짚고 나타났다. 그리고 딸과 함께 공장 대문 기둥에 '천하제일 황천주조장'이라고 조각된 멋진 현판을 내걸었다. 때마침 솔밭에서 날아오른 두루미 일곱 마리가 머리 위에서 한바탕 우아한 축하 비행까지 연출해주었다. 주조장 안마당에선 황천읍 역사상 처음이자 마지막이 될 운명적인 축하 잔치가 벌어졌다. 풍성한 음식과 진귀한 칠선녀주를 옥봉은 아낌없이 제공했다. 사흘 밤낮 계속된 잔치에 주민 모두가 한데 어울려 흥겹게 먹고 마시고 춤추고 노래했다. 그때까지 그 누구도 자신들의 등뒤까지 바싹 다가온 운명의 검은 그림자를 전혀 눈치채지 못했다.

　잔치가 끝나고 몇 달 후. 바야흐로 대재앙의 서막이 시작되었다. 느닷없이 금광의 모든 채굴 작업을 일제히 중단한다는 충격적인 발표가 관리사무소로부터 전해졌다. 금광 전체가 곧 폐쇄될 거라는 소문까지 돌았다. 매장된 금이 돌연 완전히 고갈되었다는 사실이 최종 확인되었다고 했다. 기이한 일이었다. 모든 갱의 밑바닥에서 거의 동시에 금맥이 뚝 끊겨버린 것이었다.

　바로 그날 밤부터 무시무시한 폭우가 퍼붓기 시작했다. 저수지둑이 터졌고, 순식간에 불어난 강물이 읍내 주택 절반을 흔적 없이 쓸어가버렸다. 도처에서 산사태가 일어나 채굴지 대부분이 매몰되고 모든 갱도가 완전히 붕괴되었다. 동시다발로 사고가 터지는 바람에 어디에도 애당초 손을 쓸 수가 없었다. 수백 명이 죽거나 행방불명되었다. 다친 사람은 수천 명이었다. 갱도에 파묻힌 시체는 꺼낼 엄두조차 내지 못했다. 폭우는 보름 만에 그쳤지만 황천읍은 말 그대로 지옥으로 변해버렸다.

　설상가상으로 이번엔 정체불명의 치명적인 역병이 급속히 퍼지기 시작했다. 눈을 까뒤집고, 피를 토하고, 물똥을 내갈기면서 사람들이 매일 수없이 죽어나갔다. 방치된 시체들 바로 곁에서 또다른 새로운 환자들이 속속 죽어가고 있었다. 마침내 총독부로부터 강제 소개령이 내려지자 주민 전체가 마을을 빠져나갔다.

그러나 금심은 주조장 지하 창고 속에 어미와 함께 숨어 있었다. 역병에 걸린 옥봉이 한사코 등을 떠밀어냈으나 금심은 어미 곁을 떠나지 않았다. 결국 옥봉은 지하실에서 숨을 거두었다.

"이 주조장의 주인은 너야. 네 손으로 가업을 반드시 일으켜세워다오. 넌 해낼 수 있어. 왜냐면, 너는 우리 황씨 가문의 딸이니까."

딸의 손을 쥔 채 옥봉이 남긴 유언이었다. 어머니의 시신을 뒤란 솔밭에 묻고 나서, 금심은 텅 빈 공장 지하실에 혼자 숨어 지냈다. 한 달이 가고 석 달이 지나도 사람의 발소리 하나 들리지 않았다. 난리통에 두루미들도 오래전 자취를 감춰버렸다. 대신 어디선가 엄청난 까마귀떼가 몰려와 산과 마을을 새까맣게 뒤덮었다. 뒤란 솔밭도 그 숯덩이 같은 새들이 차지했다.

삼 년 후, 살아남은 주민들이 하나둘 마을로 돌아오기 시작했다. 그러나 경찰과 학교, 관공서까지 폐쇄됨으로써 마을은 세상에서 완전히 버림받았음이 확인되었다. 그럼에도 달리 오갈 곳 없는 처지의 사람들은 그 폐허 같은 땅에 남을 수밖에 없었다. 그들 중엔 어린 금심도 끼어 있었다. 황천은 신속히 세상 사람들의 기억에서 지워져갔다. 무심한 세월조차 이 버림받은 마을을 멀찍하게 우회해 지나갔다. 주조장의 철문은 단 한 번도 열리지 않았다. 금심은 지하실에 틀어박힌 채 그 누구하고도 만나지 않았다. 주민들은 이따금 철문 사이로 공장 안쪽을 훔쳐보기도 했으나,

어쩐지 불길하고 섬뜩한 예감 때문에 안으로 들어가볼 엄두를 내지 못했다. 지하실의 처녀가 한참 전에 죽어 유령이 되었다는 둥, 온몸이 털투성이인 괴물로 변했다는 둥 별의별 해괴한 소문이 떠돌았다.

일본의 패망과 함께 조선이 해방되었다는 소식은 무려 달포가 지나서야 도둑고개를 넘어 황천까지 흘러들었다. 주민들은 하나같이 어리둥절한 표정으로 광장에 모여서 뒤늦은 독립만세를 불렀다. 지하실 바닥에 송장처럼 누워 있던 금심의 귀도 그 소리를 들었다. 순간 지금껏 소금에 절인 고등어의 그것처럼 가라앉아 있던 금심의 눈동자가 살아나기 시작했다. 자리에서 벌떡 일어나자마자 금심은 뒤란 우물로 뛰쳐나갔다. 그리고 속옷까지 훌훌 벗어던진 채 온몸에 찬물을 좍좍 퍼부었다. 이 열여섯 살 처녀는 당장 지하실에 보관해왔던 커다란 항아리들을 혼자 안간힘을 써가며 하나씩 뒤란 소나무밭으로 옮겨놓았다. 그리고 그날부터 공장 안에 처박혀서 미친 사람처럼 밤낮 없이 무슨 일인가에 몰두했다.

옥봉의 딸이 전설의 명주를 재현해내기 위해 고군분투중이라는 소문이 퍼졌다. 반신반의하면서도 사람들은 이제나저제나 하며 굳게 닫힌 철대문을 건너다보곤 했다. 달이 바뀌고 해가 바뀌도록 공장에선 아무 기척이 없었다. 아이들이 가끔 담 너머로 들여다보면, 혼자 손톱을 물어뜯으며 마당에 늘어놓은 술항아리 주변을 초조하게 서성대고 있는 금심의 모습을 발견할 수 있었다. 이듬해 봄, 놀랍게도 두루미들이 다시 황천을 찾아왔다. 그와 동시에 황천의 산과 들을 새까맣게 도배질하던 까마귀들은 어디론가 감쪽같이 사라져버렸다. 이번에도 분명 뭔가 특별한 일이 생겨날 징조라면서 주민들은 가슴을 두근거렸다.

역시 그 아름다운 새들이 또 한차례의 행운을 가져왔던 것일까. 얼마 후, 드디어 황천주조장의 녹슨 철문이 꺼억 트림하는 소리를 내며 활짝 열렸다. 사람들의 눈앞엔 말쑥하게 차려입은 아름다운 처녀 하나가 가슴에 호리병을 껴안은 채 만면에 환한 미소를 띠며 서 있었다. 그녀가 수줍게 내미는 술을 받아 한 모금씩 입술에 적시는 순간, 사람들은 이내 그것이 천하제일 칠선녀주임을 확신했다.

금심은 본격적으로 주조장 재건에 나섰다. 공장 굴뚝에선 꽃구름 같은 연기가 퐁퐁 피어오르고, 연일 소문을 듣고 도시에서 찾아오는 사람들의 발길이 늘어났다. 칠선녀주는 극히 소량만 생산되는 까닭에 고가의 진귀한 술로 알려져 있었다. 하지만 주문량은 매번 생산량을 크게 초과했다. 꺼지지 않는 주조장 굴뚝의 황금빛 연기는 읍내 전체에 놀라운 활력을 불어넣었고, 금심은 일약 지역의 명사로 부상했다. 이제 곧 황천읍이 예전의 화려한 영광을 되찾게 되리라는 기대에 주민들의 가슴도 한껏 부풀어올랐다.

그런데 돌연 전쟁이 터졌다. 삼팔선을 넘은 인민군이 순식간에 남쪽 끝까지 밀고 내려갔다는 소문이었으나, 황천에선 서너 달이 지나도록 군인을 구경하지 못했다. 이런 오지 마을만은 전쟁도 비켜가주겠지, 그들은 불안에 떨며 빌었다. 하지만 어느 석양 무렵, 수백 명의 군인들이 허겁지겁 도둑고개를 넘어왔다. 극도로 지치고 굶주린 그들은 산맥을 타고 북으로 퇴주하는 패잔병 부대였다. 그들은 총을 쏘아대며 전 주민을 공장 앞 광장에 불러모았다. 군인들은 온몸으로 피와 공포, 증오와 절망의 악취를 적나라하게 풍겨냈다. 무고한 주민 몇이 눈앞에서 공개처형되었다.

그때 광장 한쪽에서 공장 문이 꺼억 소리를 내며 열렸다. 가슴에 커다란 호리병을 안고 나타난 금심은 우두머리에게 다가가더니 잠자코 술잔을 건넸다. 한잔을 마신 우두머리가 별안간 홍시처럼 환해진 얼굴로 부하들에게 명령했다. 당장 술독째 이리 가져오도록 해.

수백 명의 패잔병들은 서로 주거니 받거니 행복하게 마셔대기 시작했다. 그토록 신비한 술맛은 난생처음이었다. 금심의 술은 어느 틈에 군인들의 눈빛과 표정과 마음을 어린아이의 것으로 되돌려놓았다. 우두머리가 먼저 노래를 시작했다. 황성 옛터에 밤이 되니 월색만 고요해. 세상이 허무한 것을 말하여주노라. 그러자 병사들의 합창이 이어졌다. 나의 살던 고향은 꽃피는 산골. 복숭아꽃 살구꽃 아기 진달래. 더러 주민들의 목소리까지 자연스레 합세했다. 첩첩산중 그 외딴 마을에선 밤이 깊도록 사내들의 굵은 목소리가 구슬프게 울려퍼졌다. 새벽이 되자, 패잔병들은 주민들과 악수를 나누고 서둘러 떠났다.

얼마 후, 또 한 무리의 병사들이 몰려들었다. 이번엔 남으로 퇴주하는 국방군 부대였다. 이번에도 역시 금심의 술은 잠시나마 그들에게 어린아이의 맑은 눈빛을 기억해내도록 도와주었다. 광막한 광야를 달리는 인생아. 너는 무엇을 찾으려 하느냐. 이래도 한세상. 저래도 한평생. 장교도 병사도 눈자위를 촉촉이 적신 채 입을 모아 합창했다. 새벽녘, 그들 역시 악수를 나누며 서둘러 남쪽으로 사라졌다.

그러던 어느 날, 난데없이 머리 위로 엄청난 폭탄이 떨어지기 시작했다. 폭격기와 탱크가 불을 뿜어대고 셀 수 없이 많은 포탄이 투하되었다. 황천 분지를 사이에 두고 양쪽 군대가 치열한 전투에 돌입한 것이었다. 마을은 쑥밭으로 변하고, 주변 사방의 산과 들판은 불바다가 되었다. 혼비백산해서 뒷산 골짜기로 대피했던 주민들은 군대가 떠나고 나서야 마을로 돌아왔다. 저거 봐. 누군가의 외침에 고개를 돌린 사람들은 한순간 눈을 의심했다. 완전히 폐허로 변한 마을 한가운데, 놀랍게도 주조장의 붉은 굴뚝이 저 혼자 아직도 하늘을 향해 우뚝 서 있었다.

삼 년간의 기나긴 전쟁이 끝나고, 이 땅에도 마침내 포성과 피

냄새가 그쳤다. 황천은 이제 겨우 흔적만 남아 있을 뿐, 완전한 폐허로 변해버렸다. 주민은 삼분의 일로 줄었고, 미래는 완전히 사라진 것 같았다. 굴뚝 하나만 남겨진 공장에서 금심은 누구의 도움도 없이 혼자 아이를 낳았다. 보기 드물게 못생긴 얼굴의 여자아이였다. 아이의 아비가 누구일지를 놓고 주민들은 너나없이 수수께끼 놀음에 몰두했다. 그날 밤 유난히 구슬픈 노래를 즐겨 부르던 그 인민군 장교라고도 하고, 혹은 금심을 안고 서툴게 블루스 춤을 추던 앳된 국방군 대위라는 등 소문이 무성했지만 진실은 오직 금심만이 알고 있을 터였다. 그 아이가 바로 지금의 황천카페 여주인 홍녀였다.

금심은 딸 홍녀와 함께 살다가 여러 해 전 세상을 떠났다. 전쟁 후 그녀는 주조장을 재건하기 위해 한동안 갖은 애를 썼으나, 어느 때부터인가 완전히 실의에 빠져서는 영영 재기의 꿈을 이루지 못한 채 눈을 감았다. 주조장 굴뚝은 두 번 다시 연기를 피워올리지 않았다. 황씨 여인들의 보물, 천하 명주는 마침내 그렇게 전설 속으로 사라진 셈이었다.

영원히 사라진 것들은 또 있었다. 눈부시게 하얀 날개와 우아한 자태를 자랑하던 두루미였다. 그날 폭포처럼 퍼부어내리던 포탄 속에서, 그 아름다운 새들은 수천 년 역사의 울창한 솔밭과 함께, 그 무시무시한 불길 속에서 최후를 맞이했던 것이다. 물론 황금이 쏟아졌다는 개울, 그 찬란한 황천의 꿈 또한 그들과 함께 사라졌다.

　사내의 이야기가 끝났다.

　그것은 사막 한가운데서 신기루처럼 홀연 솟아올랐다가 어느 한순간 흔적 없이 사라진 황금의 도시에 대한 꿈같은 추억이었다. 또한 그 영롱한 전설을 지켜내고자 전 생애를 걸었던 황씨 여인 삼대의, 백여 년에 걸친 장대하고도 파란만장한 역사이기도 했다. 무려 백 년의 세월을 단숨에 한자리에서 요약해낸다는 일이 아무래도 힘에 겨웠는지, 사내는 얘기 도중 물 두 컵을 말끔히 비워냈다. 그의 아내도 군청에서 제작한 홍보용 책자까지 꺼내와 보여줌으로써 상상력의 원활한 가동에 힘을 보태주었다. 게다가 기꺼이 대화에 동참, 간간이 남편의 기억을 적절하게 교정하고 보완해주기까지 했다. 그들 부부가 당신에겐 더없이 고마웠다. 그들은 마치 곤경에 빠진 무능한 소설가를 돕기 위해 출현한 한 쌍의 뚱보 천사들 같았다.

　"혹시 그 칠선녀주를 맛보신 적이 있습니까?"

　당신의 질문에 사내는 제 무릎을 탁, 치면서 안타까운 한숨을 내쉬었다.

　"허 참, 죽기 전까지 딱 한 모금만 먹어볼 수 있다면 진짜 원이 없겠소. 내가 술을 워낙 좋아하거든. 대관절 얼마나 특별하기에 그리도 야단들이었을까, 궁금하기 짝이 없다니까요. 쯧."

사내는 이곳이 고향이라고 했다. 맨 처음 조부가 노다지 꿈을
안고 호리병골로 찾아들었다가 영 눌러앉게 되었다. 치매기가 찾
아든 노인이 되어서까지도 입만 열면 칠선녀주 얘기를 되뇌던 그
의 선친은 실제로 언젠가 금심을 찾아가 한 모금만 맛보게 해달
라고 떼를 쓴 적도 있었다. 허물어져가는 공장 땅속 어딘가에 예
전에 팔다 남은 술 한 동이를 금심이 몰래 숨겨놓았다는 뜬소문
을 듣고서였다.

"그야 모를 일이지요. 진짜로 호리병 한두 개쯤 어디다 파묻어
놓았을지. 그걸 찾기만 한다면, 값이 굉장할 겁니다."

이마의 땀을 주먹으로 훔치며 사내가 히죽 웃었다.

"한 가지, 아무래도 이해가 되지 않네요. 황금심은 어째서 전쟁
이 끝난 뒤 칠선녀주를 다시 만들어내지 않았을까요? 제조 비법
을 손바닥 보듯 훤히 알고 있으면서도 말이지요. 살림도 꽤 궁색
한 처지였다면서."

"글쎄, 나 역시 그 대목이 아무래도 알쏭달쏭합니다. 만사가 지
긋지긋해져 자포자기했는지도 모르지요. 그 노인네, 말년엔 온갖
병을 안고 살다시피 했으니까."

"홍녀라고 했던가요? 그 카페 여주인이 지금이라도 술을 재현
해내면 되지 않겠습니까? 설마 황금심이 친딸에게까지 그 제조
비법을 끝내 함구한 채 세상을 뜰 리야 없지 않겠어요?"

"당연히 홍녀에게 칠선녀주를 되살려보라고 다들 얘길 했었지

44

요. 그런데 한마디로 딱 잘라, 자기는 전혀 모른다지 뭡니까. 어머니한테서 아무 말도 듣지 못했다는 거요."

창밖은 이미 어둠이 깔려 있었다. 잠시 거리 구경이나 하고 오겠다며 당신은 몸을 일으켰다. 구경할 게 뭐 있어야 말이죠. 가로등도 제대로 없어서 길이 어두우니까, 조심하세요. 주인 사내는 친절하게도 그런 충고까지 덧붙였다.

모텔을 나서면 바로 앞쪽이 광장이었다. 바깥은 제법 찬 기운이 감돌았다. 구월 중순인데도, 엷은 바람결은 벌써 늦가을의 스산한 냉기를 품고 있었다. 해가 지자마자 기온이 뚝 떨어지는 것이 전형적인 고산 지대 날씨였다. 행인이 거의 눈에 띄지 않는 광장은 어둡고 스산했다. 당신은 바지 주머니에 양손을 지른 채 상가 쪽으로 천천히 걸음을 옮겼다. 광장 주변의 가게들 역시 대부분 벌써 문을 닫은 뒤였다. 다소 의외였다. 아무리 산간 소읍이라지만, 이제 겨우 이른 초저녁이었다. 하릴없이 광장을 한 바퀴 돌아 느티나무 아래 벤치에 주저앉았다. 수령 삼사백 년은 족히 될 법한 나무였다. 어둠 속에 버티고 선 그 거대한 생명체 앞에서 당신은 불현듯 정체 모를 두려움에 사로잡혔다. 그것은 원형적이고 본능적인 공포 혹은 외경심 같은 거였다.

당신은 담배를 피워 물었다. 광장은 어둡고 기이하리만치 조용했다. 백 년 전 호리병골이란 이름으로 불리던 시절에도, 나무는 여기 서 있었을 것이다. 그사이 마을을 스쳐갔을 온갖 사건들, 이름 모를 무수한 사람들의 모습을 당신은 머릿속에 그려보았다. 대홍수 때 매몰된 지하 갱 곳곳엔 무수히 많은 광부들이 아직도 고스란히 묻혀 있다고 했다.

소슬한 바람이 당신 얼굴을 어루만지고 지나갔다. 문득 어두운 광장 모퉁이, 좁은 골목 어디선가 오가는 발소리와 수런대는 음성들이 들려오는 듯했다. 땀과 흙먼지에 전 몸을 이끌고 지친 걸음으로 터벅터벅 돌아오는 광부들. 길가 주막집 울타리 너머로 풍겨나오는 밥 짓는 냄새, 달짝지근한 술냄새, 된장국 냄새. 그리고 예에, 여기 갑니다요, 종종걸음을 치며 내닫는 주모의 목소리, 사내들의 와자한 웃음소리도 들려왔다.

당신은 밤하늘을 올려다보았다. 또록또록 투명한 별들이 유리알처럼 자르르 깔려 있었다. 그 광대무변의 허공을 뚫고 불쑥 솟아오른 거대한 검은 물체가 시야에 들어왔다. 주조장의 굴뚝이었다. 군함의 포신 혹은 한껏 팽창한 남근을 닮은 그것은 턱없이 오만하고 당당하고 또 고독해 보였다.

문득 당신은 그 여인들이 그리워졌다. 그립다고 생각하자 돌연 견딜 수 없도록 그녀들을 만나보고 싶었다. 커다란 술독을 홀로 부둥켜안고 백 년 동안 고독한 싸움을 이어온 집념의 여인들. 당신은 자리에서 일어났다. 저만치 낡은 이층 벽돌 건물의 작은 유리창에선 아직 흐린 불빛이 흘러나오고 있었다. 황천카페였다.

카페 안은 손님 하나 없이 텅 비어 있었다. 생각보다 홀이 꽤 넓었다. 이층 천장까지 툭 터져 있는 내부는 실내 장식이 거의 없는 극히 소박한 구조였다. 천장의 제법 큰 조명등에도 불구하고 다소 어두웠으나, 원목 판자로 마감한 벽면의 외장이라든가 통나무로 짠 테이블이 그런대로 차분한 느낌을 주었다.

주인이 잠시 자리를 비운 것이라 여긴 당신은 주방 테이블 가장 가까운 자리를 택해 앉았다. 이내 주방 뒤쪽 문에서 장작을 한 아름 껴안은 거구의 여자가 불쑥 들어섰다. 당신은 한눈에 그녀가 카페 주인임을 알아보았다. 황금심의 유일한 딸, 황홍녀. 맞은편 벽난로 옆에다 장작더미를 쿵 내려놓고 돌아서던 여자가 그제야 멈칫했다. 허름한 청바지 차림에 긴 머리채를 뒤에서 손수건으로 질끈 동여맨 모습. 홀홀 걷어올린 티셔츠 소매 위로 근육질의 건강한 팔뚝을 드러낸 채, 그녀는 무표정한 얼굴로 당신을 쓱 훑어보았다.

"끝났나요, 영업 시간이?"

엉거주춤 일어서려는데, 홍녀가 한 손을 척 들어 보였다.

"아니, 괜찮아요. 그냥 앉아 계세요. 이것만 끝내면 되니까."

건장한 외모에 어울리게, 약간 저음의 걸걸한 음성이었다. 그녀는 발소리를 내며 성큼성큼 주방 안으로 들어가더니, 곧 다시 나타났다.

"뭘 드실 겁니까?"

"맥주, 두 병만요."

메뉴판을 밀어놓고, 당신은 슬쩍 그녀를 훔쳐보았다. 신장 백팔십 센티미터, 체중 칠십 킬로그램 내외. 사십대 초반에서 중반 사이, 나이를 얼른 짚어내기 힘든 얼굴. 전체적으로 굵고 서양적인 이목구비…… 쟁반에 담아온 술병과 잔을 그녀가 테이블 위에 내려놓았을 때, 당신은 불쑥 입을 열었다.

"저, 이 마을에 아주 특별한 술이 있었다는 얘길 들었는데요."

"뭐가요?"

"칠선녀주 말입니다."

무심코 긴장하면서, 당신은 홍녀의 표정을 살폈다. 약간 사시(斜視) 기미가 있는 눈. 특이하게도 노란 색깔이 확연히 섞인 눈동자였다. 한순간 그녀는 복잡한 표정으로 당신을 잠자코 내려다보았다.

"신문기자신가요?"

"아뇨. 소설을 준비중입니다. 작가죠."

"그러니까, 그 소문을 듣고 여길 찾아오신 거군요?"

"그저 우연히 듣게 되었을 뿐, 별다른 뜻은 없습니다. 오해하지 마세요."

"그렇다면, 안 들은 걸로 치지요. 천천히 들고 일어나세요. 난할 일이 많으니까."

그녀는 돌아서서 뚜벅뚜벅 주방 안으로 들어가버렸다. 꽤나 무례한 태도임이 분명했지만, 당신에게도 책임은 있었다. 황금심씨는 어째서 그 술을 복원하지 않았습니까? 안 한 게 아니라, 그럴수 없도록 만든 무슨 다른 이유가 있었던 건 아닐까요? 운 좋게도 분위기가 부드럽게 풀려주었더라면, 당신은 그런 질문을 던졌을지도 모른다. 물론 오늘 당장 그 대답을 들을 수 있으리라 기대한 건 아니었다.

어쨌거나 당신은 그다지 언짢은 기분이 들진 않았다. 그녀의 거친 말투와 눈빛에서 당신이 재빨리 읽어낸 것은 적대감이나 경계심이 아닌, 어떤 질기고 완강한 외로움이었다. 그 정도라면 첫만남의 소득치고는 괜찮은 편이라고 당신은 생각했다. 술을 마저 비우고 나서 당신은 술값을 테이블 위에 놓고 일어섰다. 카페를 나설 때까지도 그녀는 나타나지 않았다.

모텔로 돌아오자마자 침대에 누웠지만 당신은 좀체 잠들지 못했다. 개울을 파헤치는 노다지꾼들의 곡괭이 소리, 자갈 구르는 소리, 두런거리는 말소리…… 그런 소리들과 함께 눈앞에 선명히 떠오르는 장면들이 있었다. 솔밭 위를 날아다니는 흰 두루미떼, 그리고 두 손을 가슴에 다소곳이 모으고 서서 새들을 바라보고 있는 황씨 여인들의 모습이었다. 천하 명주를 손에 얻은 순간, 딸 금심을 부둥켜안고 환희의 비명을 터뜨리는 옥봉의 목소리가 들렸다. 마침내 해냈어. 우리가 해낸 거야. 주조장 현판식에서 옥봉이 속삭였다. 이 모든 선물을, 저 아름다운 새들이 우리에게 가져다주었어. 내 딸아, 그걸 잊어서는 안 돼. 알겠지? 이번엔 금심이 지하실에서 항아리를 끌어내어 혼자 뒤란 솔밭으로 하나씩 옮겨놓고 있었다. 뒷마당에서 혼자 하늘을 올려다보며 내내 무엇인가를 간절히 기다리고 있는 금심의 모습도 보였다. 허공을 뒤덮고 날아가는 까마귀떼를 향해 홍녀가 자꾸만 총을 쏘아대고 있었다. 탕, 타앙, 타앙…… 당신은 연신 몸을 뒤척였다. 뭔가가 있을 텐데. 그게 뭘까? 어째서 칠선녀주를 더이상 만들어내지 못했을까? 그녀들은 늘 무엇인가를 기다리곤 했어. 뒤란 솔밭 아래서. 옥봉도 금심도 똑같이 그랬어. 그녀들은 왜 약속이나 한 듯이 그 흰 새들을 그렇게 기다렸을까?

어느 결엔가 당신은 잠이 들었다. 그리고 짧은 꿈을 꾸었다. 꿈속에서 당신은 다섯 살짜리 계집아이 금심이었다. 당신은 뒤란에 서서, 소나무 위에 늘어앉은 흰 새들을 바라보고 있었다. 엄마 옥봉이 창고에서 술독을 이고 나오더니, 소나무 아래 풀밭에 힘겹게 내려놓았다. 아아, 틀렸어. 또 실패로구나. 이 술은 상한 맛이 나서 내다버릴 거란다. 옥봉이 한숨을 내쉬며 말했다. 술독 뚜껑을 열어놓은 채 그대로 놔두고서 옥봉은 다시 창고로 사라졌다. 그때였다. 작고 희끗한 덩어리 하나가 뚜껑 열린 술독 안으로 첨병 하고 떨어졌다. 소나무 위에 앉은 흰 새는 몇 번이나 거푸 그 작고 흰 덩어리를 첨벙, 첨벙, 떨어뜨렸다. 엄마아, 이거 봐. 어린 딸 금심이 놀라 소리를 질렀다. 옥봉이 창고에서 뛰어나왔다. 아니, 이 기막힌 색깔은 어찌된 거라냐! 독 안을 들여다본 옥봉이 깜짝 놀라 손가락으로 찍어 맛을 보았다. 아아아, 됐어. 이거야. 이게 바로 신비의 묘약이었다니! 내 딸 금심아, 고맙다. 네가 우리 집안을 살려냈구나⋯⋯

감격에 찬 옥봉의 외침을 들으며 당신은 어렴풋이 의식이 돌아왔다. 꿈이라는 걸 깨달았지만, 당신은 짐짓 눈을 감은 채 두 모녀의 행복한 웃음소리를 한참이나 더 듣고 있었다. 그랬을까. 그랬던 것일까. 이불 속에 누워서 당신은 바보처럼 혼자 히죽 웃었다.

그런 어느 순간, 당신은 퍼뜩 눈을 떴다. 아까부터 어디선가 이상한 소리가 들려오고 있었다. 숨을 죽인 채 귀를 기울였다. 우우⋯⋯ 우우우. 처음엔 누군가 혼자 가만가만 노래를 읊조리고 있다고 생각했다. 하지만 소리는 이내 가느다란 흐느낌으로 변했다. 끊어질 듯 이어지고, 그쳤다가 되살아나는 그 기이한 목소리. 당신은 침대에서 일어나, 창문 커튼 사이로 맞은편 광장을 내려다보았다. 가로등 하나가 흐릿한 빛을 뿌리며 서 있을 뿐, 어둠에 묻힌 광장은 인적 하나 없었다.

당신은 창문을 빠끔 열고 얼굴을 내밀었다. 밤공기가 꽤 차가웠다. 잠시 끊겼던 소리가 다시 희미하게 살아났다. 이번엔 휘파람 소리 같기도 하고, 단지 메마른 바람 소리 같기도 했다. 어디서 나는 소리일까. 어쩌면 마을 앞 호수, 아니면 뒷산 기슭 어디쯤인지도 모른다. 노래인지 흐느낌인지 모를 그 지독히도 음울하고 쓸쓸한 소리는 한동안 더 이어지더니, 어느 결엔가 뚝 그쳐버렸다. 불현듯 당신은 정체 모를 공포에 사로잡혔다. 텅 빈 광장 어둠 속에서 누군가 금방 튀어나올 것만 같았다. 섬뜩해진 당신은 창문을 닫자마자 황급히 침대로 뛰어들었다.

나비길

어디서부터 이야기를 시작해야 좋을까. 낡은 고가의 먼지 낀 다락방에서 거미줄과 함께 우연히 찾아낸 정체불명의 부적 하나—용도도 내력도 알 길 없는 그 빛바랜 부적의 붉은색 문양 같은, 왠지 음울하고 기이하고 또 알록달록한 그 이야기를.

소문이란 때로 낚싯바늘과 같다. 그건 눈도 없이 다만 이빨만 지녔으니까. 그 무엇이건 대상을 가리지 않는, 오로지 철저하게 맹목적이고 무차별적인 공격성. 일단 살 속에 갈고리째 깊숙이 찔러 박히면 끝끝내 상대를 유린해놓고야 마는 집요한 잔혹성과 폭력성. 그 때문에 소문과 낚싯바늘은 항상 어딘가에 피냄새를 감추고 있다. 그리고 종종 예기치 못한 순간과 엉뚱한 장소에서, 그것은 은폐된 모종의 범죄 혹은 비밀의 피 묻은 옷자락 따위를 불시에 낚아채어 수면 바깥으로 끄집어내기도 한다.

그 사건 또한 그러했다. 생각해보면 애초엔 더없이 사소하고 우연한 일들로부터 그 음울하고 이상한 이야기는 시작되었다.

*

최초 목격자는 무려 아홉 명이었다. 여자아이 여섯, 사내아이 셋. 모두 읍내에 단 하나뿐인 남녀공학 중학교의 사진반 아이들이었다. 전체 학생 수가 삼백 명 남짓한 그 시골 학교는 매주 수요일 오후 마지막 두 시간을 특별활동 시간으로 할애했다.

"자, 오늘은 특별히 너희들끼리만 야외실습 기회를 가지도록 해주겠어. 그렇다고 너무 좋아할 건 없다. 옆길로 슬쩍 빠져나가 사고 칠 생각 따윈 아예 안 하는 게 좋아. 언제라도 내가 불시에 급습할지 모르니까 말이야."

그날따라 내심 밀린 잡무 처리에 한껏 쫓기고 있던 사진반 담당 여교사는 모처럼 큰 선심이나 쓰듯 말했다. '쥐덫'이라는 별명을 가진 그 서른다섯 살 노처녀는 생쥐를 닮은, 특유의 작고 짜증 섞인 두 눈을 은테 안경 너머로 반짝이며 잠시 아이들을 쏘아보더니 휙 등을 돌려 나가버렸다. 흐린 날씨 탓에 보나마나 실내 수업을 하게 되리라 여기고 있던 아이들은 일제히 환호성을 지르며 교실을 튀어나갔다.

학교를 나선 그들은 읍내 거리를 지나서 시끌벅적 강가로 몰려갔다. 애당초 야외 촬영하기에 적합한 날씨는 아니었다. 해는 종일토록 보이지 않고, 허공에 축 늘어져 있는 두꺼운 담요 같은 구름장은 머리 위로 금세 칙칙한 구정물을 줄줄 쏟아낼 것만 같았다. 대기는 여전히 후텁지근하고 눅눅했다. 시월 중순. 예년 같으면 해발 팔백 미터 산간 분지답게 아침저녁으로는 제법 매운 냉기가 느껴질 때였다. 한데 어찌된 셈인지 그즈음은 늦봄에나 어울릴 법한 이상 고온이 벌써 며칠째 이어지고 있었다. 대기 전체가 호리병 속에 갇힌 듯 어디서도 바람 한점 새어들지 않았다. 무덥고 눅눅한 공기를 들이쉴 때마다 사람들은 정체 모를 기묘한 악취가 코와 입안까지 물큰물큰 들어차는 기분이었다. 대체 어디서 이 고약한 냄새가 나는 것일까. 사람들은 불현듯 이마를 찡그리며 공연히 곁에 있는 다른 인간들을 의심에 찬 시선으로 재빨리 훔쳐보곤 했다. 그것은 어딘지 짐승의 살이 부패할 때 풍기는 냄새와 흡사했다.

아홉 명의 아이들은 고삐 풀린 망아지처럼 한껏 신이 났다. 한동안은 강둑 주변에 흩어져서 찰칵찰칵 셔터를 눌러대다가, 이내 사진 따위는 제쳐놓고 한데 뒤엉켜 왁자지껄 떠들고 노느라 여념이 없었다. 두 시간이 훌쩍 지났다. 그사이 아이들의 입가엔 허연 버캐가 앉았고, 똑같이 조금씩 목이 쉬어 있었다. 사위가 부쩍 어두워졌음을 깨달았을 때 아이들은 비로소 학교를 향해 잰걸음을 치기 시작했다.

지름길로 가기 위해 그들은 강둑을 벗어나 늪지대를 통과하는 샛길로 들어섰다. 영락없이 콩팥 모양을 한 그 늪은 꽤 널찍한 면적을 차지한 채 맞은편 강 둔치까지 이어졌다. 늪의 수면은 사철 변함없이 진하게 달인 쓴 탕약 같은 검보라색이었다. 온갖 수초와 벌레들과 물안개로 들끓는 그 칙칙한 늪 한가운데엔 섬 하나가 달랑 떠 있었다. 고작 교실 한 칸 크기의, 숟가락을 엎어놓은 듯 납작하고 밋밋한 섬. 그날 아이들이 정체불명의 그림자를 발견한 것은 바로 거기였다. 키 큰 갈대들이 빽빽하게 우거진 검은 덤불 사이, 진흙탕 수렁이 깊고 위험해서 사람은 들어갈 수 없는 그 도톰한 둔덕 한쪽에 그것은 미동도 없이 웅크려앉아 있었던 것이다.

아이들이 늪 어귀의 빈 창고 옆을 지날 즈음이었다. 여뀌와 망초가 지천으로 들어찬 그 주변은 몇 해 전까지 복숭아 과수원 자리였다. 핏물처럼 선연한 복숭아꽃은 매번 하룻밤 새에 벼락같이 피어났다가 또 벼락같이 사그라졌다. 들불 번지듯 불시에 찾아드는 그 고혹적이고 도발적인 꽃잎에 홀려, 한때는 봄 꽃철마다 구경꾼들이 삼삼오오 찾아들기도 했었다. 하지만 이젠 미처 다 뽑아내지 못한 복숭아나무 몇 그루만 풀더미 속에 시름시름 방치되어 있을 뿐, 늪 주변은 일 년 내내 사람 발길이 뚝 끊어진 황무지로 변한 지 오래였다.

"제가요, 하경이의 입술에 난 상처를 살펴보고 있는데, 갑자기 그 소리가 들렸어요. 첨엔 황소개구리 아님 잉어가 수초 덤불 속에서 헤엄치는 소린가 했거든요. 누군가 두런두런 얘길 주고받는 것 같기도 하고, 무슨 노랫소리 같기도 했어요."

둘이서 맨 뒤에 처져 따라가다가 우연히 그것을 처음 목격했다는 여자아이의 말이었다. 때마침 그 아이는 여뀌 풀밭에 주저앉아 울고 있는 친구의 피를 손수건으로 닦아주던 참이었다. 무심코 갈대 이파리를 따서 입에 물다가 입술을 깊게 벤 거였다. 흰 수건에 묻어나온 빨간 핏물을 들여다보던 두 아이는 멈칫하고 귀를 기울였다. 소리는 분명 늪 안쪽에서 났다. 둘은 늪 가장자리 낡은 창고 쪽으로 조심스레 다가갔다. 블록으로 벽을 쌓고 그 위에 녹슨 함석지붕만 대충 얹은 그 작고 허름한 건물은 예전엔 과수원의 임시 저장 창고였다. 어느 순간 두 아이의 시선이 한 지점에 멎었다. 늪 가운데 떠 있는 섬. 그 울창한 갈대 사이 검은 진흙 수렁 속에 분명 무엇인가 엎디어 있는 듯했다. 수면을 덮은 엷은 물안개 사이로 그것은 응고된 검붉은 핏덩이처럼 보였다.

저거 봐. 누군가 앉아 있어. 한 아이가 다급하게 속삭였다. 맞아. 틀림없는 사람이야. 근데 왜 저러고 있지? 다른 아이가 속삭였다. 둘의 눈에 그것은 분명 등을 구부린 채 양 무릎 사이에 얼굴을 묻은 남자의 모습이었다. 퍼뜩, 그 검은 얼룩의 윤곽이 어딘지 눈에 익었다. 야, 너네들, 왜 그래? 여기서 뭐하고 있는 거야? 그새 앞서 가던 아이들까지 되돌아와 아홉 명이 한덩어리가 되었다. 저게 뭐냐. 저건 또 누구야? 쉿, 조용히 해, 인마. 그 순간 홀연 어디선가 한줄기 후끈한 바람이 일어나, 구렁이처럼 수면에 물살을 남기며 느리게 늪을 가로질렀다. 갈대들이 서걱거리며 스산하게 흔들리기 시작했을 때, 풀 그늘 속의 그림자가 얼핏 이쪽을 향해 뭔가 손짓을 보내는 것 같았다. 눈부시게 희고 가느다란 손이었다. 순간 아이들은 똑같이 그 목소리를 들었다고 했다. 잘 있거라, 짧았던 밤들아. 창밖을 떠돌던 겨울 안개들아. 아무것도 모르던 촛불들아, 잘 있거라…… 노래 같기도 하고 읊조림 같기도 한 목소리. 맑고 투명하면서도 어딘지 깊은 슬픔이 어린 듯한 중성적인 그 목소리의 주인공을 아이들은 대번에 기억해냈다. 늘 시집을 들고 다니면서 수업 시간 틈틈이 아이들에게 시를 읽어주곤 하던 생물 선생.

"저게 누, 누구야. 벼, 변태……"

"서, 설마."

"맞았어. 나, 나비 선생이야."

순간 아홉 개의 낯빛이 동시에 허옇게 질려버렸다. 바람이 또 한번 검은 늪으로부터 느리고 둔중하게 불어왔다. 후끈하고 눅눅한 바람 속엔 짐승의 사체에서 풍기는 악취가 담겨 있었다. 으아악. 엄마야—앗. 누가 먼저랄 것도 없이 아이들은 미친 듯 비명을 지르며 도망치기 시작했다.

'황천이발관' 주인 사내는 자물쇠를 열고 가게 안으로 들어섰다. 오전 일곱시. 한적한 시골이라 이른 아침엔 손님이 거의 없지만, 사내는 언제나 정확한 시각에 출근했다. '침묵은 금이다.' 맞은편 벽의 큼직한 액자가 맨 먼저 눈에 들어왔다. 검은 천 바탕에 금박으로 글자를 입힌 그 조잡한 액자는 오래전 사내가 손수 구입해서 걸어놓은 것이었다.

환기를 위해 출입문과 창문을 모조리 열어젖힌 다음, 윗도리를 벗어 옷걸이에 단정하게 걸었다. 저녁마다 가게 문을 닫기 전 반드시 청소를 해놓는 까닭에, 다음날 아침까지 실내는 갓 닦아낸 어항처럼 항상 깔끔하고 단정했다. 그럼에도 사내는 바닥이며 세면대 주변을 재차 물걸레로 닦아내고, 그날 사용할 마른 수건과 가위, 빗, 면도기, 드라이어 따위를 제 위치에 가지런히 정돈했다. 다음엔 주전자에 물을 가득 채우고, 볶은 보리차 한 팩을 물에 풀어넣은 뒤 전열기 플러그를 꽂았다. 마지막으로, 전날 저녁 비질 흔적이 아직 남아 있는 가게 앞 길바닥을 빗자루로 새삼 꼼꼼히 쓸어냈다. 그 일련의 일들을 사내는 지난 십몇 년 동안 하루도 어김없이 반복해왔다.

하지만 이날 아침 사내의 모습은 왠지 여느 때와는 많이 달랐다. 비질을 하다 말고 그는 넋 빠진 사람처럼 건너편 산자락 언저리에 시선을 풀어놓은 채 한참씩 우두커니 서 있곤 했다. 그때마다 무겁고 칙칙한 한숨이 흡사 각혈이라도 하듯 입술 사이로 낮게 새어나왔다. 가슴속에 어두운 동굴 하나씩을 감춘 채 평생을 살아가는 사람 특유의 한없이 어둡고 침울한 한숨. 사내는 이즈음 그 버릇이 부쩍 심해져 있었다.

읍내 주변 산골짜기마다 바야흐로 가을은 절정이었다. 온 산천이 찬연한 단풍의 화염에 휩싸여 일제히 몸부림치듯 타들어가고 있었다. 하지만 사내의 시야엔 아무런 색깔도 광채도 비쳐들지 않았다. 천지 모든 사물과 풍경이 그에겐 오로지 흑백사진으로만 존재하는 것 같았다. 단풍 든 골짜기를 무심코 더듬어내려오던 사내의 시선이 습관처럼 언덕배기의 하얀 콘크리트 건물에 딱 멎었다. 아름드리 적송숲에 둘러싸인 그 삼층 건물은 중학교 교사였다. 순간 사내는 소스라치게 놀라며 황황히 등을 돌려버렸다. 고통스레 짓눌린 낯빛을 하고 사내는 급히 길바닥을 쓸어나갔다. 거칠고 허둥거리는 손놀림이었다.

평소보다 일찍 비질을 마치고 안으로 들어온 사내는 가운을 걸친 다음 거울 앞에 섰다. 하룻밤 사이 거렇게 자란 구레나룻을 깎는 일 역시 매일 아침 정해진 순서였다. 거울 속엔 또하나의 사내가 마주서 있었다. 면도기를 움켜쥔 채 그는 거울 속 사내를 뚫어져라 노려보았다. 삼십대 중반임에도 얼추 십 년은 더 늙고 추레해 보였다. 왜소한 체구, 작고 비스듬히 처진 눈, 둥글넓적한 코,

유난히 얇은 입술, 무성한 구레나룻. 그리고 흡사 '난 세상에서 가장 겁 많고 소심한 놈이오'라고 광고라도 하고 있는 듯한 인상. 아주 오래전부터 거울 앞에 서면, 사내는 지독한 자기혐오와 파괴욕구에 사로잡히곤 했다. 평생 단 한 번도 사내는 진정으로 자기 자신을 사랑해준 적이 없었다. 그저 <u>스스로</u>를, 애초부터 이 세상에 잘못 떨어진, 병들고 쓸모없는 씨앗이라고 여기며 살아왔다.

"넌…… 모든 걸…… 알고 있어. 안 그래?"

어금니를 악물고, 거울 속의 두 눈을 노려보면서, 사내는 마치 협박하듯 낮게 으르렁거렸다. 그래. 처음부터 끝까지, 넌 모두 알고 있어. 넌, 대체 무슨 짓을 한 거지? 이번엔 그의 의식 밑바닥, 깊고 음습한 동굴 속에서 누군가 똑같이 되물어왔다. 비누 거품을 턱과 양볼에 듬뿍 문질러 바른 뒤 사내는 수염을 북북 밀어내기 시작했다.

사내는 시간이 갈수록 점점 더 안절부절못했다. 라디오를 연신 켰다 껐다 하고, 고개를 처박고 앉아 오래도록 발끝만 뚫어져라 내려다보았다. 그러다가 금세 울음이 터질 듯한 얼굴로 벌떡 일어나 실내를 수없이 오락가락하고, 발작적으로 머리를 쥐어뜯거나 손바닥으로 제 뺨을 힘껏 후려치는 시늉도 했다. 종내 그나마도 제풀에 지쳐버렸는지, 허물어지듯 의자에 몸을 걸치자마자 그대로 한 시간 가까이 넋을 놓고 꼼짝도 하지 않았다.

"이봐, 양마담. 이거 왜 이래. 아침부터 완전히 다 죽어가는구먼."

오전 아홉시. 자율방범대장 나씨가 문을 벌컥 열고 나타났다.

"어서 오세요, 선배님."

사내는 엉거주춤 일어나 나씨를 향해 애써 웃어 보였다. 언제부턴가 사내는 나씨 앞에만 서면 거의 반사적으로 비굴한 웃음부터 지었다. 피차 그 웃음의 의미를 모를 리가 없었다. 나씨는 둘만 있을 때는 의도적으로 사내를 '양마담'이라고 불렀다. 다른 사람이 곁에 있을 때는 그냥 '양사장'이었다. 양마담이란 별명은 사내에겐 과거의 끔찍한 치욕과 공포의 순간을 무덤 속으로부터 불러내는 치명적인 주문이었다. 나씨가 주문을 걸어올 때마다 사내는 당혹해서 절절매고, 반대로 나씨는 그의 특별한 반응을 매번 은밀히 즐기는 기색이 역력했다. 상대의 비열한 의도를 빤히 알면서도, 사내에겐 달리 방어할 방법이나 용기가 애당초 없었다. 도망칠 수도 뛰어내릴 수도 없는 외나무다리에서의 조우. 그건 악연이었다. 너무도 치명적인.

"어쭈, 밤새 마누라한테 게거품 나게 시달린 모양이군. 저거봐. 눈두덩 밑이 거멓게 내려앉았잖아. 니기미, 칠칠찮은 꼬락서니하고는."

"참 선배님도…… 불면증 때문에 그런 거지요."

"불면증 좋아하네. 척 보면 알조지. 그러다 제 명에 못 죽어. 뱀

64

탕이라도 달여 멕여가면서 밤마다 엿기름을 짜내든지 말든지 하라고 그래, 마누라더러."

짐짓 능청스레 웃음을 터뜨리면서 나씨가 의자에 거침없이 풀썩 주저앉았다. 굉장한 거구답게 의자가 힘겹게 출렁였다. 읍내 자율방범대장 겸 조기축구회 회장. 근육질의 우람한 체격에 검게 그을린 피부. 부리부리한 눈, 무엇보다 엄청난 다혈질인데다가 목청은 보통 사람 두 배였다. 세상 돌아가는 판 속은 모조리 꿰고 있는 양, 평소 떠벌리고 나서길 좋아하는 그에게 사람들은 나발통이라는 별명을 등뒤에서 붙여주었다.

"어, 신문이 안 뵈네."

슬리퍼를 벗자마자 나씨는 양말도 신지 않은 두 발을 거울 앞 선반에 척 걸쳤다.

"오늘, 일요일이잖습니까."

"참, 그랬지. 그럼 오늘은 모처럼 우리 양마담한테 면도나 받아볼까. 산뜻하게."

나씨는 제 손으로 등받이를 눕히고는 벌렁 드러누웠다. 일이 없는 날이면 그는 시도 때도 없이 이발소에 나타나 신문부터 찾았다. 사내는 줄에 걸린 앞가리개를 가져와 나씨의 목에 둘러주었다. 연한 분홍색 바탕의 천을 보자마자 나씨가 짜증스레 째려보았다.

"양마담. 이거 좀 다른 걸로 바꿀 수 없나? 색깔을 골라도 원,

꼭 여자들 생리 때 속곳 같잖아, 쯧."

"다른 사람들은 괜찮다고들 하던데요. 작년에 새로 구입한 거라 아직 쓸 만하기도 하고."

"니미럴, 괜찮기는. 하기야, 양마담 취향엔 요런 알록달록한 게 딱 어울리겠구먼."

사내는 더운 물에 적당히 데운 타월을 잠자코 나씨의 얼굴 위에 씌워주고는, 면도날을 피대에 꼼꼼히 문질렀다. 수입 면도기의 재질이 좋아져서 요즘은 누구도 가죽 피대 따위는 쓰지 않는다. 그래도 사내는 여전히 그 방식을 고집했다. 오랜 습관 탓인지 피대를 써야만 날이 제대로 살아나는 느낌이었다. 눈을 지그시 감고 누운 나씨의 턱밑에 사내는 조용히 칼날을 들이밀었다. 개기름 흐르는 나씨의 유들유들한 살을 만질 때마다 사내는 늘 거대한 파충류를 떠올리곤 했다. 이자가 파충류라면, 나는 개구리나 쥐겠지. 왜 이 작자는 나를 이처럼 집요하게 괴롭혀대는 것일까. 아아, 이 비열한 자식…… 불현듯 목울대에 날을 힘껏 쑤셔 박고 싶은 충동이 일었다. 사내는 얼른 손목에서 힘을 뺐다.

"이보게, 양사장. 불청객들 또 왔네."

"오늘은 방범대장께서 한발 앞서 와 계시구먼."

두 사람이 문을 열고 들어왔다.

"어서들 오십쇼! 안녕들 하십니까아."

눈을 감고 드러누운 채 나씨가 웅변하듯 턱없이 큰 소리로 맞이했다. 부동산 중개인 김씨와 서울약국 주인 정씨. 오십대 초반 동갑내기인 두 사람은 매일같이 찾아와서 무료한 시간을 때우다 가곤 했다. 물론 자율방범대장 나씨도 고정 멤버에 속했다. 두 사람은 탁자에 장기판을 펼치고 마주앉았다.

"그나저나 계절이 거꾸로 돌아가는 건가. 반팔 옷을 도로 꺼내 입어야 할 판이니."

"무엇보다 냄새 때문에 죽겠어. 군수는 뭘 하고 자빠졌나 몰라. 당장 쓰레기 매립장을 폐쇄하든지 옮기든지 해얄 거 아냐."

"허, 쓰레기 매립장 탓이 아니라니까 자꾸 그러네. 군청에서 내려와 조사를 했지만 이상이 없다고 했다는 거 아니야."

"옘병할. 그럼 대관절 이 송장 썩는 냄새가 어디서 온다는 거여."

"그거, 물에서 나는 건지도 모른다잖아."

"뭣이야, 물이 왜?"

"어쩌면 늪이 문제일 수도 있다는 거야. 특별한 미생물이 지나치게 번식하면 늪 전체가 급격히 썩어들어가는 경우도 있대."

"젠장, 말 같지 않은 소리. 그 큰 늪이 어떻게 통째로 썩어."

"모르는 소리 말라구. 물에서 발생한 건 극히 소량일지라도, 일단 공기 흐름에 섞이면 금세 넓은 지역으로 확산된다는 거 아니야."

"아니, 누가 그런 희한한 소릴 해?"

"이 사람, 지역신문도 안 보는가."

"안 봐, 그까짓 거. 나는 중앙지 하나만 구독하는걸. 이십 년도 넘었다고."

두 사람은 장기 두는 내내 잠시도 입을 쉬지 않는다.

"그 유령 얘기, 들었나?"

부동산 중개인 김씨가 담배를 피워 문 채 말했다. 그는 하루 두 갑씩 피우는 골초였다.

"무슨?"

"나비 선생이 나타났다네. 애들이 봤다는 거야, 여럿이서."

면도기를 쥔 사내의 손이 일순 멈칫했다. 그때 사내의 손가락 사이로 나씨의 한쪽 눈이 퍼뜩 열렸다. 그것은 뭔가를 확인하듯, 사내의 표정을 흘깃 탐색한 뒤 다시 닫혔다. '난 너의 창자 속까지 훤히 들여다보고 있어'라고 말하는 듯한, 경멸과 비웃음이 노골적으로 섞인 눈. 그건 늪지에 배를 깔고 잠복해 있는 악어의 눈이었다. 일단 한번 포획한 먹잇감은 절대로 놓치지 않는. 이발사는 무심코 침을 꿀걱 삼켰다.

"이 사람, 실없기는. 여편네들 비싼 밥 먹고 쓸데없이 숙덕이는 소릴 어디서 듣고 와서 그래."

"헛소문이겠지, 물론. 근데 말이지. 왜 하필 늪일까. 그 친구 나타났다는 장소가."

"아, 유령이라며? 유령이 어딘들 장소 가려서 출몰하나, 참."

"지난번 경찰이 며칠 내내 근방의 강바닥만 수없이 훑고 다녔잖은가. 강 하류 쪽 십 킬로까지 샅샅이 수색했어도 시체는커녕 옷가지 하나 찾아내질 못하고 말았지."

"그래서?"

"혹시 늪일 수도 있지 않겠느냐 이거지, 내 말은."

"늪? 그러니까 시신이 늪 속에 가라앉아 있다?"

"내 얘기가 아닐세. 군청에서 조사 나온 직원들이 남기고 간 말 때문에, 별의별 소문이 다 나돈다지 않아. 조금 전에 마누라가 그러더라고. 늪이 썩어가는 진짜 원인은 무슨 미생물이 아니고, 바로 나비 선생 때문이라는 거야. 지금 당장 늪을 파헤쳐서라도 시체를 찾아내야 한다고 야단법석들이라더군. 모르지, 벌써 군청으로 몰려갔는지."

"아무튼 여자들 혓바닥이란! 애들이 나비 선생을 봤다 어쨌다 하니까, 덩달아 터무니없는 소릴 지어내는 게지."

"하지만 따지고 보면 반드시 강이라는 증거도 없잖은가."

"건 또 무슨 소리야. 이거 봐. 그 친구 구두가 최초 발견된 지점이 정자 근처, 절벽 꼭대기였다는 거 몰라? 두 짝을, 그것도 아주 얌전하게 벗어놓았다지 않아. 누가 봐도 강에 투신자살한 게 명백한데, 강바닥을 수색하는 건 백번 당연하지. 시체가 물을 거슬러오를 리는 없고. 안 그래?"

"좋아. 자네 말대로, 그랬다고 쳐. 한데 왜 끝내 시체를 찾아내지 못한 거야? 경찰, 군부대, 심지어 속초에서 잠수부들까지 불러와 그 난리를 쳤으면, 최소한 찢어진 옷 쪼가리 하나는 나왔어야 맞는 거 아니냐고."

"하긴, 나도 그게 아무래도 이해가 안 가긴 해."

"거참, 이상스럽지 뭐야. 그 청년이 진짜로 물에 빠져 죽긴 죽은 것인가."

"아 그럼, 눈 뻔히 뜨고 살아서 어디 숨었기라도 했다는 얘긴가?"

"아니 그러니까 내 말은, 경찰에서도 실종이라고 최종적으로 사건 처리를 한 걸 보면, 살아 있을 가능성도 있다고 본 거 아닌가 싶다는 얘기지."

"아, 그거야 또 전혀 다른 얘기라고. 익사체를 끝내 확인하지는 못했으니까, 경찰로서야 사실에 근거해서 단지 실종이라는 표현을 썼을 뿐이지……"

"거참, 형님들도 증말 답답하시네. 그 새끼가 죽기는 어디서 죽어요? 연극하느라 구두만 벗어놓고, 쥐새끼같이 도망친 게 틀림없다니깐. 아, 내 손에 장을 지집니다."

때마침 면도를 마친 나씨가 갑자기 뻑 고함을 지르며 자리에서 일어났다. 그는 등받이 없는 플라스틱 의자를 두 사람 옆에다 내려놓고 주저앉았다. 괜한 소릴 꺼냈구나 싶은 듯, 금세 두 사람의 표정이 찜찜해졌다. 그 사건 이후, 나비 선생 말만 꺼냈다 하면

대번에 입에 게거품부터 부걱대는 나씨였다.

"자, 죽은 것도 아니고 실종도 아니라는 이유를 내 입으로 하나씩 대보겠소. 그놈이 진짜로 강에 뛰어들어 죽었다면, 경찰에서 진즉 시체를 찾았을 겁니다. 설사 그사이 한참 떠내려갔다 쳐도, 최소한 며칠 뒤엔 하류 쪽 어디서라도 발견했겠지요. 큰 강도 아니고 황천 정도의 개울에서, 그렇게 여러 날을 수백 명씩 동원해 뒤졌는데도 못 찾는다는 건 불가능하다 이 말입니다."

"그래도 몇 해 전 홍수 때, 저 개울에서 실종된 사람만도 서넛은 된다네."

약국 주인 정씨가 조금 기가 죽어서 한마디했다.

"그야 큰 홍수 때나 가능한 얘기지요. 지난번 태풍 이후 어디 비다운 비 한번 왔어요? 이 사람, 나수칠이가 말입니다. 정확히 십 년 세월을 군대에서 보낸 사람이외다. 지금껏 이래저래 구경한 시체만 해도 꽤 된다는 거 아닙니까. 익사체는 무조건 사나흘만 지나면 반드시 물위로 뜨게 돼 있습니다. 첨엔 항문이 잠겨 있어서 물속으로 가라앉지만, 이삼 일 지나면 항문 밸브가 풀어져요. 즉 목구멍에서 항문까지 물과 공기가 가득차면서 시체는 저절로 수면으로 부상한다 이 말입니다. 그 자식이 정말로 죽었다면 시체가 왜 영영 안 나오겠느냐고요."

"맞아. 그러니까 내 말은, 늪에서 죽었을지도 모른다는 걸세."

부동산 김씨의 대꾸에 나씨는 주먹으로 제 가슴을 툭툭 쳤다.

"하아, 참, 갈수록 답답하시네! 그것 또한 애당초 말도 안 되는 소리라니깐. 생각해보세요. 진짜 자살할 작정을 한 놈이라면, 구두는 강가 절벽 꼭대기에다가 보란 듯이 벗어놓고, 대체 뭣 땜에 뜬금없이 다시 그 엉뚱한 늪에 가서 빠져 죽습니까. 일부러 그 먼 거리를 빙 돌아서요, 예?"

그때 나씨의 바지 주머니 속에서 요란한 멜로디가 튀어나왔다. 알았어. 지금 간다니까. 휴대전화를 탁 하고 닫더니, 나씨가 불쑥 일어섰다. 젠장할. 나 먼저 일어나야겠구만. 결혼식장엘 가봐야 하거든. 이봐, 양사장. 오늘 면도 요금은 외상으로 달아놔. 나씨는 한마디 툭 내던져놓고는 금세 광장을 질러 사라졌다.

"원, 저 고약한 나발통 성깔머리하고는. 누가 자기더러 뭐라고나 했나. 쯧."

"눈알 부라리는 거 보면, 군에 있을 때는 꽤나 독종이었겠어. 참, 양사장 군대 시절, 나씨하고 같은 부대였다면서?"

"독종도 어지간한 독종인가. 접때 학교 운동장에서 나비 선생을 두들겨 패던 거 기억 안 나? 내가 나서서 안 말렸으면, 대번 거기서 살인이 났을걸."

"아무리 그래도 그렇지. 피범벅이 된 사람을 땅바닥에 질질 끌고 다니면서, 밟고 차고…… 원, 그게 무슨 짓이야. 아이들까지 보는 앞에서……"

그러다가 두 사람은 아차 싶은 듯, 얼른 입을 다물고 사내 눈치를 살폈다. 사내는 못 들은 척, 구석진 자리의 제라늄 화분에 물을 주고 있었다. 이제 슬슬 일어나지 뭐. 그럴까. 근데 양사장, 어째 요즘 안색이 안 좋아 보여. 그러다가 몸 상할라. 일도 좋지마는 가끔씩 쉬어가면서 하라구. 그들은 어색하게 번갈아 한마디씩 던지고는 사라졌다.

혼자 남게 되자, 사내는 창가로 다가가 바깥을 내다보았다. 바람 한점 없는 한낮이었다. 사람들이 드문드문 지나갔고, 광장의 늙은 느티나무는 이따금 생각난 듯 시름시름 이파리를 흘리곤 했다. 주조장 굴뚝 위 하늘은 여전히 무거운 잿빛이었다. 사내는 입을 앙다문 채 출입문과 창문을 닫아걸었다. 커튼도 하나씩 풀어내렸다. 불현듯 좁은 이발소 안이 물속 풍경처럼 희뿌옇게 변해 있었다.

창문 커튼 위로 이마를 기대고 서서 사내는 조용히 눈을 감았다. 그러자 어디선가 가냘프고 희미한 소리의 파장이 꿈결인 양 그의 귓속으로 흘러들기 시작했다. 노랫소리. 한밤중 그의 집 창밖, 아스라한 들판 저편으로부터 희미하게 들려오던 소리. 신새벽, 누군가의 흐린 입김처럼 끊일 듯 말 듯 유리창 바깥을 떠돌다가 어느 결에 홀연 사라지곤 하던 그 목소리. 갑자기 컥, 울음을 토해내며 사내는 허물어지듯 맨바닥에 주저앉았다.

*

　청년은 나비떼를 몰고 마을에 처음 나타났다.

　반년 전 그날의 일을 이발사는 지금도 또렷이 기억한다. 이월의 마지막 날. 아이들의 겨울방학이 끝나기 딱 이틀 전이었다. 구름이 연신 해를 삼켰다 뱉어냈다 하느라 아침부터 묘하게 오락가락하는 날씨였다. 오전 열한시. 마침 닷새 만에 서는 읍내 장날이어서 이발소는 모처럼 북적였다. 광장 서쪽에 붙어 있는 장터에도 한참 사람들이 모여드는 시간이었다.

　이발소 거울을 통해서 사내는 맨 처음 청년의 모습과 만났다. 그릇 가게 주인 외눈박이 노인의 뒷머리를 다듬고 있던 참이었다. 무심코 고개를 들었는데, 언뜻 거울 속으로 환한 빛살 한줌이 공처럼 톡 하고 튀어들어오는 것 같았다. 저게 뭘까. 이발사는 문득 가위질을 멈추고 거울 속을 주시했다. 이발소 앞 광장 중앙에 서 있는 느티나무. 그 풍성하게 드리운 가지 아래, 한 손에 큼지막한 가방을 든 낯선 청년 하나가 걸어오고 있었다. 중키에 다소 마른 체구의 그 남자는 흰 면바지, 흰 점퍼, 흰 티셔츠 그리고 흰 운동화까지, 온통 눈이 부실 듯 환한 흰색이었다. 겨울의 끝자락, 아직 황량하고 메마른 잿빛 일색의 풍경 속에서 그 눈부신 순백의 출현은 하나의 경이였다. 너무 눈부셔서, 청년은 얼핏 등뒤에 휘황한 후광을 두르고 있는 것처럼 보였다.

청년은 장터 맞은편 시외버스정류장에서 방금 내렸을 터였다. 아니, 저게 누구야? 그러게, 처음 보는 젊은이구먼. 이발소 안 손님들이 창밖을 내다보며 주고받았다. 청년의 독특한 걸음걸이가 눈길을 끌었다. 허리를 곧게 세운 채 팔다리를 가볍게 흔들며 앞을 향해 또박또박 떼어놓는 걸음. 그것은 미풍에 실려 허공을 떠가는 단풍잎처럼 경쾌하고 부드러웠다. 손에 가위를 쥔 채 엉거주춤 서서, 이발사는 한동안 거울 속 청년에게서 시선을 떼지 못했다. 왜 그랬을까. 순간 이발사의 눈앞에 문득 한 그루 자작나무가 떠올랐다. 이른 아침 숲에서 풍겨나는 맑고 싱그러운 기운. 수목의 상큼한 향기와 해맑은 풀잎 향기도 홀연 코끝을 스치고 지나갔다.

느티나무 둥치 옆에서 청년은 걸음을 멈추더니, 트렁크를 바닥에 내려놓고 벤치에 앉았다. 광장 주위를 휘둘러보며 잠시 숨을 고르는 눈치였다. 그때 청년의 머리 위 허공에서 무엇인가 작은 발광체 같은 것들이 팔랑팔랑 맴을 돌기 시작했다. 저건 또 뭐지. 이발사는 눈을 껌벅였다. 그것은 흐드러지게 만개한 벚꽃 이파리 같기도 하고, 자잘하고 알록달록한 색종이 같기도 했다.

"야아, 나비다. 나비떼가 몰려왔어."

"정말, 그렇구먼. 신기하기도 해라. 어느새 벌써 나비가 나왔을까."

이발소 안에서 일제히 고개를 늘여 빼며 사람들은 탄성을 질렀다. 과연 나비들이었다. 수십 마리의 나비들은 흰색, 노랑색, 주홍색, 검정색…… 색깔도 크기도 갖가지였다. 대체 어디서 한꺼번에 몰려나왔을까. 이런 겨울 끝자락에, 뜬금없이 나비떼라니. 지나는 행인들이 하나둘 걸음을 멈추었다. 광장 주변의 이발소, 미장원, 약국, 정미소, 잡화 가게 안에서도 사람들이 고개를 내밀었다. 색색이 고운 나비들은 청년의 머리 위에서 빙빙 맴을 돌았다. 어깨 위에도, 머리 위에도, 무릎과 소매에도 팔랑팔랑 내려앉았다. 나비들은 점점 더 숫자가 늘어났다. 그때 광장 반대편에서 한 무리의 중학생 여자아이들이 나타났다. 아이들은 청년을 보자마자 우르르 몰려갔다. 맨 앞쪽 아이의 팔엔 작은 꽃다발이 안겨 있었다.

"저, 혹시 우리 학교에 오시는 길이세요?"

"이번에 새로 오신 생물 선생님, 맞죠?"

"기, 병, 대, 선생님 말예요."

나비들을 붙잡으려고 팔딱팔딱 뛰어오르며 아이들이 너도나도 소리쳤다.

"응. 맞아. 내가 그 사람이야."

청년이 벤치에서 몸을 일으키며 또박또박 말했다. 맑게 울리는, 약간 고음의 목소리였다. 와아, 맞대. 맞아. 맞았어. 생물 선생님이시래. 아이들이 물방울 튀기듯 한꺼번에 마구 펄쩍펄쩍 뛰어올랐다. 한 아이가 덥석 꽃다발을 안겨주었고, 박수 소리와 함성이 터졌다. 이내 아이들이 청년을 에워싸고 학교를 향해 몰려가기 시작했다. 가만 가만, 이 팔 좀 놔라. 하하하. 원, 이 친구들 좀 봐. 아이들 속에 파묻힌 청년은 연신 함박웃음을 터뜨렸다. 그의 머리 위로 수백 마리의 나비들도 팔랑팔랑 따라갔다.

*

작고 좁은 읍내였다. 더구나 황천읍처럼 고립된 산간 지대에선 극히 사소한 변화일지라도 금세 굉장한 호기심과 관심을 불러일으키는 법이다. 불과 사흘 만에 그 청년에 관한 신상정보가 온 읍내에 좍 퍼졌다. 기병대. 그 이상한 이름은 청년의 것이었다. 중학교에 새로 부임한 생물 교사. 나이 서른세 살. 총각 선생. 나비를 너무 좋아하는, 혹은 나비에 미친 사람. 실제로 꽤 오랫동안 나비 연구에 몰두해왔고, 학회에서 여러 편의 논문을 발표한 나비 전문가라고 했다.

한번은 중학교 교장 선생이 이발을 하러 왔다. 윗머리가 몽땅 빠져나간 교장은 귀 언저리에 남은 긴 털 몇 오라기를 애지중지했다. 그걸 이쪽 귀에서 저쪽 귀까지 간신히 늘여서 펴놓고 나면, 흡사 머리 위에 방충망을 얹은 꼴이었다. 교장은 새로 온 젊은 교사가 썩 마땅찮은 눈치였다.

"기병대 그 친구, 대관절 나이를 어디로 먹었는지 모르겠다니까. 운동장에서 애들하고 어울려 노는 걸 보면, 누가 선생이고 누가 아인지 당최 구별이 안 가. 명색이 교산데, 남들 보기 민망한 줄도 모르고 원. 신경쇠약이라나 뭐라나, 건강이 안 좋아서 일 년 반 쉬었다가 이번에 복직한 모양이던데, 어째 내 보기엔 아직 어딘가 시원찮은 듯싶어. 쯧."

새로 온 생물 선생은 교회당 옆 골목 맨 끄트머리 집에 하숙을 정했다. 학교 관사가 있긴 했으나 너무 낡은 탓이었다. 비탈진 골목을 따라가면, 산기슭 언저리에 들어앉은 아담한 함석지붕. 가는귀먹은 충주댁이 일곱 살 손녀와 둘이서 살고 있는 집이었다. 교회당 골목은 광장 오른쪽 모퉁이에 있어서, 이발소에서도 빤히 건너다보였다. 덕분에 이발사는 매일 아침저녁으로 골목을 드나드는 청년의 모습을 지켜볼 수 있었다.

"야, 너 우리 학교 과학실험실에 가봤냐? 거기, 새로 온 나비 표본이 엄청나게 많아. 기병대 선생이 가져온 거래. 아프리카 나비랑 인도 나비도 있고, 날개에 눈이 달린 나방도 있어. 그걸 모두 나비 선생이 채집한 거라니, 굉장하지 않아?"

"그 선생님은 나비랑 얘기를 한대. 나비가 하는 말을 알아들을 수 있다는 거야. 야, 진짜라니까. 나비들이 그 선생 머리에도 앉고, 손이랑 어깨, 콧잔등에까지 앉는 걸 너도 봤잖아."

"그 선생, 진짜 웃겨. 시집을 들고 다니면서 큰 소리로 낭송해주는데, 읽는 게 너무 이상해서 모두 웃느라 난리가 났어. 수업 시간에도 늘 나비랑 곤충 얘기만 해. 그거 알아? 바퀴벌레는 항문에 난 털을 이용해서 위험을 알아차린대. 키킥."

"나비 선생 농구하는 거 봤어? 어제 삼학년이랑 시합했는데, 혼자 세 골이나 넣었어. 축구도 진짜 잘한대. 방과후엔 자기 반 애들이랑 어울려서 말타기도 하고 닭싸움도 해."

이발하러 온 아이들의 입을 통해 이발사는 청년에 관한 정보들을 심심찮게 모을 수 있었다. 이젠 읍내 사람들도 청년을 나비 선생이라고 불렀다. 이발사의 눈에 비친 청년의 일과표는 대개 일정했다. 아침 여덟시 출근, 오후 네시 반에서 다섯시 반 사이에 퇴근. 그러나 특별활동 시간이 있는 수요일 오후엔 생물반 아이들과 함께, 그리고 토요일과 일요일엔 청년 혼자 야외로 나비 관찰을 나갔다. 그는 언제나 챙 넓은 모자를 쓰고, 손에는 채집망, 어깨엔 망원경과 작은 가방을 맨 채 광장을 가로질러 건너편 골짜기 쪽으로 올라가곤 했다. 그 골짜기는 산등성이의 정자로 이어지는 길목이었다.

*

어느 날, 마침내 청년이 이발소에 나타났다. 잔뜩 흐린 토요일 오후였다. 그날따라 청년이 빈손으로 저만치 골목 입구에서 모습을 드러내는 순간, 이발사는 벌써 그가 자신을 찾아오리라는 사실을 알아차렸다. 동물적인 직감 같은 거였다. 다소 어색해하며 문을 열고 들어선 청년은 이발사를 보고 밝게 웃어 보였다. 붉은 잇몸에 이가 유난히 희고 가지런했다. 호기심 어린 눈으로 두리번거리던 청년은 정면의 액자 '침묵은 금이다'를 보고는 슬며시 미소를 지었다. 이발사는 처음으로 청년의 얼굴을 가까이서 보고는 내심 놀랐다. 나이를 가늠하기 어려운, 완전한 소년의 얼굴이었다. 인간에 대한 의심을 미처 배우지 못한 순수함이 배어 있는 눈빛. 이마는 해맑았고, 두 눈은 우물처럼 깊고 서늘했다.

"이건 연분홍색이네요. 진달래꽃 같은."

사내가 앞가리개를 목에 둘러주었을 때 청년은 또 환히 웃었다. 바꾼 지 얼마 안 된 새것인데, 너무 촌티 나는 색깔이 아닌지 모르겠다고, 손님들 중엔 싫어하는 사람도 있다고, 사내는 말했다.

"저는 참 좋은데요. 이런 색깔의 치마를 본 기억이 있는데……
아주 예전에……"

청년은 뭔가를 생각하는 듯 이내 눈빛이 아득해지더니 입을 다물어버렸다. 사내는 청년의 머리를 빗질했다. 약간 곱슬곱슬하면서도 결이 무척 부드러웠다. 머리에 물을 뿌리고 손으로 가볍게 쓸어내렸다. 희고 정갈한 목덜미에 보송보송한 솜털이 보얗게 돋아 있었다. 순간 사내는 또 자작나무를 떠올렸다. 비 개인 여름날 아침, 숲속에 가득찬 나무와 풀잎의 향기. 불현듯 사내는 눈앞이 핑 도는 느낌이었다. 이십 년 가까운 세월을 이발사로 살아온 그였다. 손끝에 전해지는 손님들의 머릿결과 살의 감촉만으로도, 때로 그 사람 내면의 풍경이나 영혼의 빛깔이 저절로 읽힐 때가 있었다. 이 순간, 청년은 연녹색 풀잎이었다. 이슬과 새벽 숲의 향기로 가득찬.

"휴일인데, 늘 여기 계시는 것 같더군요. 학교 선생님들은 대부분 주말엔 집에 다녀오시던데……"

"전 여기가 집인데요 뭐. 도시엔 아무도 없어요."

"아, 그러세요…… 참, 그건 알고 계십니까? 아이들이, 나비 선생님이라고 부르더군요."

"하하, 그거요. 이전에 근무했던 학교에서도 그렇게 불렸습니다. 제가 워낙 나비를 좋아하니까요……"

"여기 오셔서 나비는 많이 잡으셨습니까?"

"아뇨. 당분간 채집은 안 하기로 했습니다. 지금 가진 것만으로도 충분하니까요."

"그럼, 나비 채는 왜……"

"그건 그냥 습관이지요. 또 가끔은 뜻밖에 희귀종을 만날 수도 있으니까요. 운이 좋으면 말이지요."

"아, 그러시군요."

그리고 또 무슨 얘기를 했는지 사내는 거의 기억이 없다. 커트를 마치고 나서 의자를 낮추고 청년을 비스듬히 눕게 한 뒤 턱수염을 정성스레 깎아주었다. 그러는 내내 사내의 의식은 꿈속처럼 몽롱하기만 했다. 까닭 없이 두근두근 숨이 가쁘고 입안이 말라왔다. 그런데도 어디선가 싱그러운 아침 숲속의 향기는 끊임없이 날아왔다. 비에 젖은 나무와 풀잎의 향기, 또 자작나무의 하얀 속살 냄새까지. 청년이 돌아가고 나서도 그 향기는 이발소 안에 오래도록 머물러 있었다.

그날 이후 이발사는 어딘가 달라진 사람처럼 보였다. 혼자 멍하니 넋을 놓고 앉았거나, 바로 곁에서 묻는 말도 얼른 알아듣지 못하는 일이 잦았다. 뭘 잃어버린 사람처럼 내내 안절부절못하고 허둥대다가도, 금세 허탈해져서 땅이 꺼지게 한숨을 내쉬기도 했다. 손님이 뜸한 시간이면 이발소 창틀에 기대어 앉아 하염없이 밖을 내다보았다. 그럴 때 그의 시선은 늘 교회당 골목이나 맞은편 산기슭의 흰 삼층 교사, 혹은 정자로 오르는 산길 언저리를 아득히 더듬고 있었다. 이발사는 한없이 고독하고 슬퍼 보였다. 잠자리에서까지 납덩이 같은 한숨을 내쉬는 바람에 그의 아내는 짜증을 냈다. 어린 두 딸은 사내의 한숨을 흉내내면서 깔깔거렸다.

그사이 봄이 가고 여름이 찾아왔다. 변한 것은 아무것도 없는 것 같았다. 청년은 매일 비슷한 시각에 출퇴근을 했고, 수요일 오후엔 한 무리의 아이들과 함께, 토요일과 일요일엔 혼자 나비 채를 들고 어김없이 광장을 질러 맞은편 골짜기로 사라지곤 했다. 이발사는 청년의 그 모든 움직임을 매일같이 창 너머로 조용히 지켜보았다. 청년은 정확히 한 달에 한 번씩 이발소를 찾아왔다.

청년이 머무는 한 시간 남짓한 사이, 이발사의 얼굴은 믿어지지 않을 만큼 환하게 피어났다. 하지만 청년이 떠나고 나면 그는 전보다 훨씬 슬프고 비참해 보였다.

*

여름방학이 되었다. 다른 교사들은 모두 도시의 집으로 돌아갔지만, 나비 선생은 방학 내내 하숙집에서 지낼 모양이었다. 더위 탓인지, 이즈음엔 오후 네시쯤 되어서야 나비 선생은 이발소 앞을 지나갔다. 챙 넓은 모자를 쓰고, 나비 채 하나만 달랑 든 차림이었다.

느티나무에서 매미떼가 유난히 극성스레 울어대는 어느 날 오후였다. 사내는 연일 수면 부족 때문에 부쩍 퀭해진 눈으로 혼자 이발소를 지키고 앉아 있었다. 원래 손님이 뜸한 계절인데다가, 푹푹 쪄대는 한낮이라 누구도 얼씬조차 하지 않았다. 벽시계가 세시 반을 가리키자 사내는 마침내 뭔가 결심한 듯 일어나 모자를 찾아 썼다. 냉장고에서 캔맥주 두 개를 꺼내 봉지에 담은 그는 이발소 문을 닫아건 다음, 혼자서 광장을 지나 건너편 골짜기로 들어섰다.

한참 만에 가파른 길을 걸어올라 보니, 산등성이 낮은 정자엔 아무도 없었다. 저만치 절벽 아래로 황천의 개울물이 햇살을 반사하며 느리게 흘러가고 있었다. 얼마쯤 지나자, 짐작대로 나비 선생이 모습을 드러냈다.

"아, 누구신가 했더니…… 혼자 바람 쐬러 나오셨군요."

"오랜만에 산에 올라와보니, 가슴이 툭 터지는 것 같네요. 이런 더운 날에도 나비를 찾아다니십니까?"

"집안에만 있으면 덥고 답답하거든요. 운동도 할 겸, 나비들이 잘 지내나 가끔 둘러보기도 해야죠. 하하."

두 사람은 정자에 나란히 올라앉았다. 사내는 캔맥주를 청년에게 권했다. 어느 틈에 서너 마리의 나비가 나타나 청년의 머리 위를 맴돌았다.

"오라, 이 녀석들이 가장 먼저 왔구나."

청년이 팔을 내밀자 검고 알록달록한 놈이 그의 손등에 앉았다.

"이 녀석 이름은 꼬리명주나비예요. 뒷날개에 긴 꼬리가 달리고, 날개가 비단처럼 곱잖아요. 또 이건 왕나비라고 불러요. 날개가 커서 아주 멀리까지 날아갑니다. 가만있자, 조그맣고 흰 이쪽 녀석은, 맞아, 기생나비로군. 애처롭고 연약해 보여서 그런 이름을 붙였겠지요."

"기생나비라, 거참 이름이 재미있네요."

"그보다 더 특이한 이름도 많아요. 유리창떠들썩팔랑나비라는 게 있어요."

84

"유리창떠들썩팔랑나비요?"

"그럼요. 수풀떠들썩팔랑나비도 있는걸요. 팔랑나비 종류들은 대체로 유난히 야단스럽게 날아다니거든요. 또 부처나비, 부처사촌나비, 굴뚝나비, 도시처녀나비, 물결나비, 유리창나비, 멋쟁이나비, 뿔나비 등등 별의별 이름들이 다 있습니다."

"굉장하네요. 그 많은 이름들을 어떻게 다 일일이 외우고 분간해낼 수 있지요?"

"이름을 익히는 방식은 사람마다 조금씩 달라요. 제 경우엔, 제가 가르치는 아이들 얼굴을 익히듯이, 이 녀석들도 하나씩 눈에 담아놓거든요. 그래서 지금껏 제가 만난 수백 명 아이들 얼굴과 이름을 얼추 다 기억하고 있지요. 사실 관심과 애정만 있으면 별로 어렵지 않아요."

"설마요. 나는 암만해도 불가능할 것 같은데."

"아닙니다. 누구나 할 수 있어요. 어떠세요? 나비 공부 한번 해보실래요? 원하신다면 제가 얼마든지 도와드릴 수 있습니다."

"그렇습니까? 그럼 언제 한번 가르쳐주시지요. 하하."

강 쪽에서 제법 서늘한 바람이 불어 올라왔다. 절벽 끝에 간신히 매달려 자라고 있는 키 작은 풀꽃들이 위태롭게 흔들리고 있었다. 둘은 한동안 묵묵히 술만 홀짝였다. 바람결에 간간이 청년의 싱그러운 살내가 묻어오곤 했다. 가슴이 먹먹해와서 이발사는 몰래 심호흡을 되풀이했다.

"나비의 말을 알아들으신다고들 하던데, 정말입니까? 나비의 언어를 이해한다는 일이 가능한가요?"

이발사는 문득 가라앉은 목소리로 물었다. 나비 선생이 빙그레 웃었다.

"나비는 말을 할 줄 모릅니다. 물론 언어도 없고요."

"하지만 선생께선 언제건 이렇게 나비들을 불러모을 수 있잖습니까."

"불러모으는 게 아니라 나비들이 스스로 다가오는 것이지요. 물론 이 녀석들이 왜 내게 가까이 다가오는지, 그 이유는 저도 모릅니다. 아마 나한테는 경계심이 없거나 호기심을 느끼는 까닭인지도 모르지요. 전 그저 언제부턴가 자연스레 나비들의 마음을 읽을 수 있게 되었을 뿐이에요. 마음으로 나비를 대하고, 마음으로 만나고, 그러다보니 어느 사이엔가 나비의 마음을 어렴풋이 읽을 수 있게 되었는지도 모르지요."

"그렇다면, 사람들…… 인간의 언어는요?"

까닭 없이 목이 잠기는 바람에 사내는 말을 더듬었다.

"예?"

"나는…… 세상에서, 그러니까, 인간의 언어가 가장 어렵습니다. 인간의 언어, 인간들의 말에 항상 지독히도 서툴렀어요. 난 아무리 해도 그들의 말을 제대로 이해할 수가 없고, 그들은 또 내 말을 제대로 알아듣지 못했습니다. 뒤늦게 나이들어서야 깨달았는데, 사실은 내가 불구였더군요. 잘못된 건, 다른 사람들이 아니라 바로 나 자신이었어요. 물론 애당초 불구인 탓에, 내겐 세상 사람들의 언어를 배울 능력 역시 없었습니다. 결국 난 입을 닫고, 내 언어를, 내 식으로 말하는 법을 영영 잊어버리기로 했습니다. 불구가 아닌 척 세상 사람들 속에 섞여 살아가려면, 그 길 말고는 달리 없다고 생각했으니까요."

이발사의 말에 언뜻 청년의 눈이 놀라움으로 반짝하는 듯했다. 사내의 옆얼굴을 잠시 묵묵히 응시하더니, 청년은 강 쪽으로 시선을 돌렸다. 한동안 침묵이 끼어들었다.

"그 말씀, 이해할 수 있을 듯합니다. 저 역시 인간의 말이, 세상에서 가장 어렵고 또 두렵습니다. 제가 왜 나비에 미친 사람이 되었는지 아십니까……?"

여전히 강물에 시선을 던져둔 채, 나비 선생은 어딘가 물기 밴 음성으로 차분하게 기억을 더듬고 있었다.

*

나비 선생의 고향은 먼 남쪽이었다. 전라남도 해남군 삼산면 장춘리. 길 장(長) 봄 춘(春), 봄이 오래 머무르는 마을. 천년 고찰 대흥사의 초입, 맑은 개울가에 늘어선 동백나무숲 사이로 흙벽집 십여 채가 옹기종기 들어앉아 있었다. 사립을 나서면 금방 조그만 돌다리가 눈에 밟히던 그 세 칸짜리 집에서 그와 어머니, 외조부모, 그렇게 네 식구가 살았다. 유복자인 그는 사진 속 아버지의 얼굴만 기억했다. 원양 화물선을 타던 아버지는 급작스러운 열병으로 이역의 바다 위에서 유언도 없이 세상을 떴다고 했다. 미혼모가 된 어머니는 임시직 간호사 자리를 얻어, 면 소재지의 보건 지소까지 매일 버스로 출퇴근을 했다. 그러나 외조부모의 애정을 독차지하며 나무와 숲에 둘러싸인 산촌에서 보내던 행복한 유년기는 금세 끝이 났다. 다섯 살 되던 해 겨울, 술 취한 트럭이 귀가중인 어머니를 치고 달아났다. 외조부는 두륜산 맞은편 야산 자락에 그녀를 묻었다.

장례식을 마친 그날 이후, 아이는 별안간 거짓말처럼 완전히 입을 봉해버렸다. 어머니의 죽음을 본능적으로 깨달은 어린아이는 스스로 마음의 문을 영영 닫고 만 거였다. 아이의 돌연한 실어증에 늙은 외조부모는 반쯤 제정신이 아니었다. 백방으로 손을 써보았으나 아무 소용이 없었다. 아이의 얼굴은 그 어떤 감정의 흔적조차도 아예 표현해내지 않았다. 말뿐만 아니라 감정조차 완전히 망각해버린 것만 같았다. 초등학교 입학할 나이에도 아이는 집에 남아 혼자 시간을 보냈다. 땅강아지, 벌, 나비, 개미, 개구리, 두꺼비, 가재, 잠자리가 아이의 친구였고, 해, 바람, 하늘, 구름, 안개, 이슬비가 아이의 선생이었다.

어느 날이었다. 개울가 동백 이파리들이 투명한 늦가을 햇살을 유리알처럼 튕겨내는 한낮. 마루 끝에 혼자 나앉은 아이의 눈앞에 어디선가 나비 한 마리가 팔랑팔랑 내려왔다. 눈부시게 환한 초록색 날개를 가진, 지금껏 한 번도 본 적이 없는 아름다운 나비였다. 아이가 작은 손을 내밀자 그것은 얼른 손등에 앉았다. 목덜미에도 앉고 머리 위에도 앉았다. 심지어 뺨, 코, 입술, 눈썹 위에도 내려앉았다.

"으마마, 저 나비 좀 봐라이. 세상에, 희한하기도 하제. 꼭 사람이랑 얘기를 하는 거 같다야."

장독대 옆 평상에 빨간 고추를 널다 말고 외할머니가 놀라 소리쳤다. 정말 이상한 나비였다. 나비는 반나절 내내 아이 주위를 맴돌았다. 마당이며 고샅, 돌다리, 개울, 절 입구 구멍가게 앞까지도 아이 뒤를 팔랑팔랑 따라다녔다. 나비와 함께 뛰어다니는 아이의 얼굴에 조금씩 생기가 돌기 시작했다. 물기 젖은 눈을 훔쳐내며, 외할머니가 쉰 목소리로 넋두리처럼 뇌까렸다.

"아가. 필시 저건 네 어미의 넋인갑다. 너를 못 잊어서, 나비가 되어 찾아온 것이여."

나비는 다음날도 아이를 찾아와 한나절을 보내고 사라졌다. 사흘째, 나흘째 되는 날도 어김없이 찾아왔다. 이젠 아이의 눈짓과 손짓, 그리고 마음속까지도 훤히 읽어내는 것 같았다. 분명 아이와 나비는 둘만의 얘기를 나누고 있었다. 노인들은 그 모습을 보고 혹시나 하고 맘을 졸였다. 하지만 아이는 입술을 다문 채 끝내 사람의 말은 토해내지 않았다.

아흐레째 되던 날. 아침 장독대에 허옇게 첫 서리가 내린 그날도 나비는 찾아왔다. 마침 집엔 아이 혼자뿐이었다. 이날 나비는 전에 없이 앞장을 섰고, 아이는 나비를 따라서 집을 나섰다. 돌다리를 지나고, 일주문과 부도탑과 대웅전 앞을 지났다. 동백나무 숲을 지나 험하고 가파른 산길을 나비는 쉬지 않고 팔랑팔랑 나아갔다. 울창한 숲 그늘 아래서 그것의 눈부시게 환한 녹색 날개는 조그만 등불처럼 황홀한 빛살을 뿜어냈다. 두륜산 계곡을 따라 몇 시간을 기어올랐을까. 어마어마한 나무 한 그루가 앞을 막아섰다. 천년수(千年樹). 남한에서 두번째로 오래되었다는, 수령 천삼백 년의 거목이었다. 아이와 나비는 나무 아래서 잠시 숨을 돌렸다. 날이 어둑어둑해지고 있었다. 다시 일어난 아이는 다리를 절룩이면서도 신우대 군락이 끝도 없이 우거진 등성이를 마저 기어올랐다.

평퍼짐한 억새밭 등성이에 올라서자마자 일곱 살 아이는 난생처음 보는 엄청난 광경에 한순간 넋을 잃었다. 광대한 수평의 세계, 영원으로 이어진 무한의 출구가 눈앞에 아득히 펼쳐져 있었다. 바다였다. 누구도 가르쳐주지 않았으나, 아이는 본능적으로 그것을 알아차렸다. 바다 위로 해가 기울고 있었다. 하늘과 바다와 대지가 하나로 서서히 붉게 젖어갔다. 앞장서 왔던 나비는 어느샌가 보이지 않았다. 순간 아이는 이제 나비가 영영 돌아오지 않을 것임을 알았다. 그리고 자신 또한 이제는 어쩔 수 없이 저 거대한 세상의 바다 속으로 홀로 들어서야만 한다는 사실 또한 어렴풋이 깨달았다.

밤이 다 되어서야 동네 사람들을 이끌고 산을 올라온 외조부는 캄캄한 억새밭에 웅크려 누운 아이를 발견했다. 꿈속에서 아이는 진달랫빛 연분홍 잠옷을 입은 엄마를 보았다. 잠옷에선 엄마의 알싸한 살내가 뭉클뭉클 풍겨났다. 그때 노인의 품에서 눈을 뜬 아이가 맨 처음 토해낸 말은 '엄마'였다.

훗날에야 나비 선생은 그를 찾아왔던 그 아름다운 나비의 이름이 남방녹색부전나비임을 알게 되었다. 그 희귀한 나비는 한반도에서 오직 유일하게 해남 대흥사 뒷산인 두륜산 일대에서만 서식한다고 했다. 남방녹색부전나비의 먹이가 되는 붉가시나무의 유일한 자생지가 바로 그곳인 까닭이었다.

*

이야기를 마쳤을 때, 청년의 표정은 조금 지쳐 보였다. 이발사에게 그것은 때로 먼 세상의 아련한 이야기처럼 들리기도 했으나, 청년의 깊은 외로움이랄까 허기 같은 것이 절절하게 전해져 왔다.

"그처럼 특별히 어떤 좁은 구역 내에서만 사는 나비들도 있나보지요?"

"그럼요. 남방남색부전나비는 제주도 함덕 부근에서만 삽니다. 한라산 천삼백 미터 이상 고지에서만 서식하는 나비도 몇 종류 있고요……"

그러는 동안에도, 색색의 나비들이 간간이 청년의 주위를 맴돌다 떠나곤 했다. 귀를 기울이기라도 하듯 어깨 위에 차분히 머물렀다 가는 녀석도 있었다. 이번엔 매우 크고 화려한 색깔의 호랑나비 두 마리가 팔랑대며 다가왔다.

"이건 또 누구야. 엊그제 과수원 뒷길에서 만났던 녀석이잖아. 오라, 오늘은 아주 근사한 짝을 데려왔네."

"어떻게, 금방 알아보시는군요."

"하하, 원래 호랑나비는 항상 정해진 길만 따라서 날아다니는 특이한 습성을 가지고 있거든요. 그걸 가리켜 '나비길'이라고 부릅니다."

해가 서쪽으로 제법 비껴 걸려 있었다. 가게를 너무 오래 비웠다는 생각에 이발사는 그만 일어섰다.

"저도 모르게 오늘 제 얘기만 너무 많았습니다. 이런 적은 거의 없는데…… 하지만 참 좋은 시간이었습니다."

돌아서려다 말고 청년은 손을 내밀며 수줍은 웃음을 흘렸다. 부드럽고 따뜻한 손이었다. 그 짧은 교감의 순간, 이발사는 청년의 마음 한 자락이 얼핏 열렸다 닫히는 것을 엿본 듯도 했다.

개울로 이어지는 오솔길을 성큼성큼 내려가는 청년의 뒷모습을 바라보며 이발사는 한동안 우두커니 서 있었다. 나비길이라. 그는 지금껏 자신의 삶 또한 호랑나비처럼 빤히 정해진 길만을 따라왔을 뿐이라는 생각이 들었다. 행여 한 발짝이라도 벗어날까 두려워, 스스로를 끊임없이 부정하고 외면하려 애쓰면서, 세상이 정해준 길을 위태위태하게 따라가야만 하는 삶. 그런데 지금 그 길이, 아니 자신의 발걸음이 조금씩 불안하게 흔들리고 있음을 이발사는 느끼고 있었다. 직각으로 꺾인 커브길 저쪽에 뭔가 숨어 기다리고 있는 듯한, 두렵고 불길한 예감.

불현듯 그의 눈앞에 드넓은 연병장이 악몽의 한 조각처럼 떠올랐다. 한여름 땡볕이 하얗게 쏟아지는 한낮의 연병장. 콘크리트처럼 딱딱한 땅바닥. 철모와 총. 완전군장을 하고 그는 홀로 뛰고 있었다. 터질 듯 부풀어오르는 심장, 그것의 무시무시한 압력과 박동. 나는. 남자다. 나는. 남자다. 남자다. 나는…… 별안간 이발사는 몸을 부르르 떨었다. 극심한 두려움으로 낯빛이 노래진 그는 서둘러 골짜기를 내려갔다.

*

바로 그날 저녁부터 갑자기 비가 쏟아졌다. 사내가 이발소에 도착한 지 정확히 한 시간 후였다. 삽시간에 하늘이 새까맣게 어두워지더니, 장대비가 내리꽂히기 시작했다. 태풍이 몰고 온 호우였다. 금세 광장 가득히 빗물이 넘쳐나고 사위가 캄캄해졌다. 이발사는 들판에서 고스란히 비를 맞고 있을 나비 선생이 걱정되었다. 우산을 챙겨 막 나서려는 참에 이웃 사람 셋이 불쑥 뛰어들어왔다. 저녁 버스를 기다리는 사람들이었다. 어쩔 수 없이 사내는 집어든 우산을 다시 내려놓았다.

청년은 밤이 되어서야 홀로 하숙집으로 돌아왔다. 하필 멀리 강 상류까지 나간 탓에 무려 세 시간을 장대비에 두들겨맞아야 했다. 방바닥에 쓰러지자마자 청년은 심한 고열과 몸살로 꼼짝없이 앓아누웠다. 순전히 물만으로 나흘을 견뎌낸 끝에 겨우 열이 한풀 꺾일 즈음, 태풍경보가 발효중인 바깥은 여전히 맹렬한 비바람 속이었다.

기진맥진한 채 청년은 혼곤한 낮잠에 빠져들었다. 꿈을 꾸었다. 아주 특별한 꿈이었다. 외조모, 외조부, 어머니 그리고 아버지까지 그를 찾아왔다. 눈 코 입이 다 지워져 뭉그러진 아버지의 얼굴이 무서워서 그는 어머니 품에 숨어 엉엉 울었다. 잠을 깨고 나서도 그는 한동안 그 꿈속에 머물러 있었다. 그들의 체온, 목소리, 살냄새가 그의 몸안에 아직 생생하게 남아 있었다. 그 꿈의 흔적이 마저 지워지고 의식이 또렷해졌을 때, 그는 이 세상에 자기 혼자뿐이라는 사실을 새삼스레 기억해냈다. 피를 나눈 혈육도, 친척도, 마음을 나눌 만한 진정한 친구 하나도 그에겐 남아 있지 않았다.

돌연 무시무시한 외로움이 폭포처럼 전신으로 쏟아져내렸다. 밖은 벌써 밤이었다. 그는 벌떡 일어나 두 팔로 제 가슴을 힘껏 그러안았다. 그 무서운 외로움으로 심장이, 내장이, 전신의 뼈와 살과 거죽이 한꺼번에 녹아내리는 것 같았다. 제 여윈 가슴을 껴안고 그는 짐승처럼 방안을 빙빙 돌았다. 그러다 문을 열고 바깥으로 튀어나갔다. 잠옷 바람에 맨발인 채로 마당과 골목을 단숨에 내달아, 아무도 없는 광장으로 뛰어나갔다. 칠흑 어둠, 광포한 비바람 속을 한바탕 미친 듯 질주하던 청년은 결국 빗물 구덩이에 철버덕 나자빠졌다. 그때 그의 텅 빈 눈망울에 우연히 불빛 하나가 흘러들었다. 이발소였다.

자정 넘은 시각, 때마침 이발사는 가게를 한 번 더 살펴보기 위해 방금 들어온 참이었다. 바람에 낡은 지붕과 간판이 걱정되어 잠자리를 몰래 빠져나온 거였다. 덜컹대는 소리에 무심코 문을 열어본 이발사는 기겁했다. 빗물에 완전히 젖은 채 전신을 와들와들 떨고 서 있는 청년의 모습은 흡사 무덤에서 막 걸어나온 미라 같았다.

"이, 이, 바, 알, 좀…… 해, 주, 우, 세, 에, 요, 오……"

터무니없게도, 문 앞에 엉거주춤 서서, 이를 연신 다다다 맞부딪치며, 청년은 간신히 그 말을 토해냈다. 해골처럼 퀭하니 열린 청년의 두 눈. 거기 담긴 눈물과 공포와 외로움의 무시무시한 무게를 이발사는 한순간에 읽었다. 아, 아, 죽, 을, 것, 만, 같, 아, 요. 앞으로 휘청 무너지는 청년의 여윈 몸을 이발사는 힘껏 부둥켜안았다. 청년의 목에서 격한 울음이 터졌다.

*

무더위는 아직 한창이어도, 방학은 어느 틈에 지나갔다. 학교 앞 구멍가게는 아이스크림을 사러 온 아이들로 붐비고, 등하교 시각이면 광장 주변이 떠들썩해졌다. 칠월과 팔월, 짧은 그 여름 두 달 사이 황천읍엔 크고 작은 일들이 심심찮게 일어났다.

맨 먼저는 박과부네 두부공장 화재 사건으로, 인부 하나가 술김에 불을 질러 창고 하나를 홀랑 태워먹었다. 방화범은 변심한 과부 사장을 응징하기 위해서였다고 말했다. 그 며칠 후엔 솥을 걸어놓고 개울가에서 황구를 잡아먹던 남자 둘이 솥단지와 함께 벼락을 맞았다. 며칠 후 퇴원해서 돌아오긴 했으나, 한 사람은 얼이 절반쯤 나가버렸다는 소문이었다. 또 대낮에 파출소장은 운전 부주의로 전신주를 들이받아 제 앞니를 몽땅 박살냈고, 우체국의 마흔두 살 노총각 노씨는 베트남 처녀와 결혼식을 올렸으며, 장마통에 돌림병으로 개 이십여 마리와 양계장 닭 수백 마리가 떼죽음을 당하기도 했다.

그 외에 자질구레한 화제들 중 하나는, 황천이발관의 순둥이

양성구씨가 최근 느닷없이 나비 연구에 재미를 붙여, 스승 격인 나비 선생과 함께 틈만 나면 나비 채를 쥐고 야산으로 나돈다는 거였다. 때론 채신머리없이 아이들과 함께 무리를 지어 몰려다니는데, 그 때문에 이발사 내외가 한바탕 싸움을 벌이기도 한 모양이었다.

그러나 뭐니 뭐니 해도 올여름의 사건 중에선 나수칠의 돌연한 귀환이야말로 단연 주목할 만했다. 엄청난 빚을 진 채 야반도주를 했던 그가 놀랍게도 십여 년 만에 고향으로 돌아와 화려하게 새 출발을 선언했던 것이다. 검은 세단을 몰고 홀연 읍내 거리에 등장한 나수칠은 군청 옆 건물 1, 2층에다가 그럴싸한 다방과 호프집을 동시에 개업했다. 나수칠이 뭔가 떳떳치 못한 사업으로 많은 돈을 챙겼을 거라는 둥, 그게 아니라 실은 노랑머리에 야한 치장을 한 그 연상의 마누라가 서울에서 순전히 물장사로 모은 돈이라는 둥 뒷말이 많았다. 하지만 개업식은 군수와 경찰서장까지 참석해 대성황을 이루었고, 놀랍게도 며칠 후엔 '황천읍 자율방범대장 나수칠'이라고 금박 입혀 찍은 명함을 자신이 직접 온 읍내에 좍 깔다시피 했다. 그간 명색뿐이던 자율방범대는 근사한 새 제복 차림의 대원 열한 명과 함께 광장에서 재출범식까지 가졌다. 물론 자청해서 대장직을 맡은 나수칠의 돈과 수완에 힘입은 결과였다.

*

　나수칠이 이발소에 처음 나타난 것은 8월 2일. 시끌벅적한 개업식 바로 다음날이었다.

　"여어, 양마담! 오랜만인데그래."

　성큼성큼 들어서자마자 그는 대뜸 우렁차게 소리를 질렀다. 순간 이발사는 눈앞이 캄캄해지면서 낯빛이 누렇게 질렸다. 나수칠은 그에겐 초, 중, 고등학교까지 내리 오 년 선배였다. 심지어 군대에서조차 한 부대 안에서 근무했던 처지였다.

　이발소는 잘돼가나? 보기엔 뭐 별로 크게 달라진 건 없구만. 참, 양마담. 그동안 장가갔다면서? 뭐, 벌써 둘씩이나! 젠장, 딸만 둘인 게 뭐가 어때서. 아무거나 까서 잘만 키우면 돼. 우와, 그나저나 새삼 놀랍네. 군대 있을 때만 해도, 저 중성 같은 친구가 언제 제대로 사내구실이나 할라나 싶더니만. 이것 봐. 이젠 아빠가 되고 나니까 완전히 달라 보인다. 안 그래, 양일병? 으허허헛.

　의자에 풀썩 걸터앉아서, 깜냥엔 제법 그럴듯한 농담이라고 여겼는지, 나씨는 주먹으로 이발사의 배를 툭툭 쳐가며 마치 연극배우처럼 큰 소리로 호탕하게 웃어젖혔다. 군대에선 사병들 간에 미친개라는 별명으로 불리던 그였다. 그러나 나씨 입에서 군대 시절이니 양일병이니 하는 소리가 튀어나올 때마다 그는 가슴이 철렁철렁 내려앉았다.

의자 위에 척 드러누운 나수철의 육중한 체구 앞에서 이발사는 무릎이 후들거렸다. 지금껏 내내 뇌리를 옥죄던 불길한 예감이 눈앞에 이미 현실로 다가와 있었다. 직각으로 꺾인 커브길 저쪽엔 대체 무엇이 숨어 있는 것일까. 까닭 모를 두려움으로 그는 숨이 막혔다.

그 불길한 예감은 의외로 빨리 정체를 드러내기 시작했다. 그 모든 파국의 씨앗은 실상 극히 미미한 몇 방울의 유독한 기포(氣泡)로부터 비롯되었다.

구월 초순인데도 날씨는 여전히 한여름 그대로였다. 낮 기온이 연일 삼십 도를 훨씬 웃돌고, 밤에도 열기가 수그러들지 않는 열대야 현상으로 사람들은 잠을 설쳤다. 황천읍에서 나고 자란 노인들조차 이런 지독스러운 더위는 난생처음이라고 입을 모았다.

산간 지대의 서늘한 여름 기온에만 길들여진 주민들이라 애당초 더위에 대한 면역력이 없었다. 연일 대지는 불판처럼 지글지글 끓어오르고, 뜨거운 대기는 아예 숨구멍을 턱턱 틀어막았다. 세상이 온통 찜통 속인데도, 거울같이 쨍쨍한 하늘은 끝끝내 비 한줄기 쏟지 않았다. 식물이건 동물이건 목숨 가진 모든 것들은 끓는 물에 데친 듯 하나같이 축축 늘어지고, 바위, 흙, 돌멩이 들까지 불볕에 그을려 허옇게 바래가고 있었다. 바야흐로 유독한 기포가 생성될 만한 최적의 조건이었다.

과연 곧장 다양한 부글거림이 도처에서 시작되었다. 맨 먼저는 읍내 남쪽의 늪이었다. 흐름이 막힌 늪지는 수량이 부쩍 줄면서 수온이 급격히 상승했다. 부패한 진흙 바닥으로부터 수면 위로 보글보글 떠오르기 시작한 기포들은 삽시간에 늪 전체로 퍼졌다. 그것은 금세 모든 연못과 웅덩이와 하수구와 재래식 변소와 정화조와 축사로 번지고, 개울과 강으로 확산되었다.

사람들 역시 일제히 부글거리기 시작했다. 이내 그들의 뇌와 내장과 혈관은 온통 유독한 기포로 뻥뻥하게 차올라서, 극히 미미한 자극에도 당장 터지고 말 지경이었다. 그러나 뭐니 뭐니 해도 가장 다량의, 그것도 맹독성의 기포를 생산해내는 장소는 학교였다. 좁고 폐쇄된 공간에 온종일 강제로 갇힌 채 끔찍한 더위를 견뎌내야 하는 아이들의 불만과 고통은 지옥의 열탕처럼 한꺼번에 부글부글 끓어올랐다. 그 소문의 최초 발원지도 바로 교실이었다.

청년에겐 나비 선생 말고도 다른 별명이 있었다. 변태, 혹은 변태 선생. 사실 그 별명은 청년이 부임한 직후부터 꾸준히 존속해왔다. 그 고약한 별명의 시발은 이랬다. 생물 수업 시간이었다.

"여러분. 나비는 완전 변태 동물입니다. 변태가 뭔지 알아요?"

칠판 앞에 큼직한 학습자료판을 펼쳐놓고, 청년은 나비의 한살이에 대해 설명했다. 자료판엔 알에서부터 애벌레, 번데기, 성충에 이르기까지의 자료 사진들이 붙어 있었다. 여러분, 변태가 무슨 뜻인지 몰라요? 교사의 반복되는 질문에 까르르 웃음이 터져 나왔다. 그 웃음은 단순하면서도 모종의 특별한 호기심, 당혹감, 부끄러움, 황당함, 놀라움 따위의 잡다한 성분이 배합되어 있었다. 아이들의 공식은 지극히 단순했다. 나비는 변태동물이다. 고로, 나비 선생은 변태 선생이다. 그때부터 자연스레 나비 선생과 변태 선생은 동의어로 통했다. 거기에 '기병대'라는 이름의 발음상 유사성도 한몫 거들었다. 어쨌건 한동안은 부르는 쪽도 듣는 쪽도 아무런 문제가 없었다. 어찌 보면 재미있고 또 조금은 귀여운 별명이기도 했으니까.

그런데 언제부턴가 은밀한 변화가 일어났다. 몇몇 아이들이 우연히 '변태'라는 낱말에서 정액처럼 끈적끈적하게 묻어나는, 가령 수음이나 계간 따위의 말이 그러하듯, 뭔가 수상쩍고 음침하고 어둡고 자극적인 의미에 과도한 집착을 보였다. 억압된 성욕과 비상한 호기심이 혼재된 십대 특유의 열정 탓이었다. 출구 없는 열정은 곧잘 엉뚱한 상상과 소문으로 진화한다. 정작 그들 누구도 의식하지 못하는 사이, 나비 선생의 모습 위로 진짜 변태의 이미지가 겹쳐지기 시작했다. 그의 걸음걸이, 목소리, 제스처, 웃을 때의 버릇, 손발짓에서 드러나는 다소 여성적인 요소 또한 '변태 이미지'를 부각시키는 데 적잖은 역할을 했다.

나비 선생이 얼마 전까지만 해도 진짜 여자였다는 얘기도 나왔다. 마침 최초의 트랜스젠더라는 미모의 여가수가 텔레비전에서 한참 세인의 주목을 끌고 있는 시기였다. 변태들은 에이즈 환자가 많다더라. 근데 어떤 나비들은 에이즈 치료 성분을 가지고 있다는 거야. 그러니까 변태 선생이 날마다 나비를 스무 마리씩 몰래 잡아먹는 것인지도 몰라. 물론 개연성이 과도하게 결핍된 그런 식의 소문이란 수명이 짧았다. 그렇더라도, 일단 한번 태어난 소문은 최소한 사람들의 무의식 속에 똬리를 틀고 들어앉아 쉽사리 지워지지 않는 법이다.

*

여름방학이 끝날 즈음, 전혀 새로운 소문이 첨가되었다. 이번엔 아이들이 아니라 읍내 여자들 사이에서 은밀히 나돌았다. 놀랍게도, 나비 선생과 황천이발관 양씨의 수상쩍은 관계에 관한, 훨씬 구체적이고 자극적인 것들이었다.

정자에서 나란히 손을 잡고 앉아 있더라고 하지 뭐냐. 한 번도 아니고, 몇 차례나 봤다더라. 어마, 그건 또 무슨 경우야. 사내들끼리. 참, 그러고 보니, 엊그제 당집 부근 샛길에서 나하고 무심코 마주쳤는데, 둘 다 당황해서 그냥 어쩔 줄 모르더라니까. 일요일마다 둘이서 뭘 하는지, 학교 과학실에 들어가 한참씩 나오지를 않는다지 뭐야. 우연히 여선생 하나가 들어갔다가, 수상한 장면을 본 모양이더라. 미장원집 여자가 그 여선생한테서 직접 들은 얘기라니까그래. 에구머니나 세상에! 그러니까 둘이서 몰래 연애 하나보네. 양씨는 결혼까지 한 사람인데, 말이나 돼? 아이구, 입으로 말 꺼내기도 이상해라. 무슨 소리야. 요즘 세상엔 그런 경우 많다대. 테레비에도 자주 나오잖아. 성전환수술해서 인기 가수도 되는 세상에, 자기들 좋으면 됐지, 웬 관심들이야. 고만들 둬. 맞아. 괜히 생사람 잡을 소리 하지들 말어. 여편네들이 앉았다 하면 쓸데없는 소리들만. 어마마, 아니라니까. 접때 태풍불 때, 자정 넘은 시각에 둘이 이발소 안에서 껴안고 있는 걸 목격한 사람이 있는데도그래. 나도 들었어. 미장원집 여자가 두 눈으로 똑똑히 봤다던데. 참, 희한한 세상이네. 진짜 별일이야. 남자끼리. 남자가, 남자를……

추문이란 항상 당사자에겐 맨 나중에 당도하는 법이다. 이발사는 그 소문을 뒤늦게 아내를 통해서 알게 되었다. 반신반의하며 사실 여부를 따져 묻는 아내 앞에서 그는 펄쩍 뛰며 모든 게 터무니없는 오해임을, 단순한 말벗 관계일 뿐임을 거듭 단언했다. 그의 아내는 다소 안도하는 기색이었다.

문을 모두 닫고 커튼까지 친 뒤, 그는 그날 오전 내내 이발소 안에서 꼼짝도 하지 않았다. 줄곧 뇌리를 옥죄던 그 불길한 예감의 실체가 이젠 자명해진 셈이었다. 온갖 끔찍스러운 상상이 그를 괴롭혔다. 임박한 파국의 수많은 세부 항목들이 그를 엄청난 공포로 몰아넣었다. 고향, 추방, 사람들, 매장, 가족, 파멸, 죽음

따위의 말들이 머릿속에서 제멋대로 뒤엉켰다. 그렇듯 극심한 공포와 충격으로 전전긍긍하던 그는 마침내 뭔가 결심이 선 듯했다. 오후 네시경, 이발관의 모든 문이 차례로 활짝 열렸다. 뜻밖에도 이발사는, 전혀 딴사람이 된 것처럼, 놀랍도록 태연하고 냉정한 얼굴로 변해 있었다. 마치 소문 따위는 처음부터 아예 존재하지도 않았다는 듯이.

바로 그 시각, 나비 선생은 생물반 아이들과 함께 강으로 향하고 있었다. 이날 특별활동 시간엔 학교 화단 청소를 하느라 너나없이 땀에 흠뻑 젖었다. 기어코 수영하러 나가자고 졸라대는 사내아이들을 데리고 나설 수밖에 없었다. 강에 도착하자 나비 선생은 일부러 미루나무가 늘어선 한적한 장소를 택했다. 자신도 강물에 들어가 씻고 싶어서였다. 아이들은 나무 그늘에 옷을 벗어놓고, 일제히 소리를 지르며 팬티만 걸친 채 물로 뛰어들었다. 나비 선생도 조금 떨어진 곳에서 몸을 씻었다.

대충 땀만 씻어낸 뒤 그가 다시 옷을 입고 있을 때, 누군가 큰 소리로 울기 시작했다. 부랴부랴 가보니, 그가 담임을 맡은 일학년 반에 얼마 전 전학해온 정신지체아 만식이었다. 또래보다 두살이나 많고 체구도 컸지만, 지능은 아직 예닐곱 살 정도였다. 다정하게 대해주는 나비 선생을 보자마자 첫날부터 만식은 정에 굶주린 아이처럼 유별나게 졸졸 따라다녔다. 만식은 악을 쓰며 알몸으로 풀밭을 데굴데굴 구르고 있었다. 물속에서 아이들이 옷을 벗겨내고 놀려댄 모양이었다. 빼앗은 옷을 되돌려주게 한 다음, 나비 선생은 흙투성이가 된 만식을 물가로 데려갔다. 좀체 울음을 그치지 않는 아이를 억지로 물속에 주저앉히고 나비 선생은 손수 물을 끼얹어가며 녀석의 몸을 대충이나마 씻겼다. 그러고는 아이들을 이끌고 다시 학교로 돌아갔다. 이날 있던 일이라고는 그것이 전부였다.

다음날 아침부터 학교엔 벌써 몇 장의 사진과 함께 수상쩍고 고약하기 그지없는 귓속말이 아이들 사이에서 떠돌기 시작했다. 사진 속의 나비 선생은, 이미 성인의 티가 완연한, 벌거벗은 만식의 몸을 열심히 씻겨주는 중이었다. 그것은 쥐덫이라는 별명을 가진 담당 여교사와 함께 강 건너 쪽에서 야외 실습중이던 사진반 아이들이 우연히 잡아낸 장면이었다.

*

며칠 후, 황천중학교 개교기념일이자 체육대회가 열리는 날이었다.

한풀 꺾였다고는 해도, 한낮은 여전히 무덥고 후텁지근했다. 아침부터 구경꾼들이 하나둘 모여들었다. 날씨 탓인지 예년에 비해 주민들의 참여는 다소 준 편이었다. 기념식은 늘 그렇듯 예정

시간을 훨씬 초과했다. 군수, 경찰서장, 농협조합장 등등 줄줄이 나와 한마디씩 했고, 마지막 순서는 자율방범대장의 일장 연설로 장식했다. 이어 학년별로 준비한 몇 가지 프로그램이 차례로 선을 보였다. 저마다 열심들이었으나 학생 규모가 작은 까닭에 대부분 어설퍼 보였다.

학생들의 달리기 경주가 끝나고, 다음은 주민과 학생, 교사 들이 한데 어우러진 '함께 달리기' 순서였다. 트랙 중간에 놓인 종이쪽지를 뽑아낸 다음, 거기 이름이 적힌 사람을 관중석에서 찾아내어, 둘이서 손을 잡고 결승점까지 달리는 방식이었다. 매우 고전적인 게임이긴 해도 주민들이 유일하게 참여할 수 있는 기회여서 제법 열기를 띠었다.

나비 선생이 다른 사람들과 나란히 출발선에 섰을 때였다. 야아, 변태가 띈다. 변태 선생 파이팅. 느닷없이 한 아이가 소릴 질렀다. 호기심과 의심에 찬 사람들의 시선이 일제히 쏠렸다. 나비 선생은 힘껏 뛰어가 쪽지를 뽑았다. 학생회장인 삼학년 남학생의 이름이었다. 이동민. 이동민. 빨리 나와. 쪽지를 들고 관중석으로 뛰어가 외쳤으나, 녀석은 몹시 화난 기색을 하고 부리나케 교실 쪽으로 달아나버렸다. 당혹해서 엉거주춤 서 있는데, 뜻밖에 만식이가 불쑥 뛰어나오더니 나비 선생의 손에 매달렸다. 와르르 웃음이 터져나왔다. 둘이 함께 뛰기 시작하자 아이들이 다투어 소리를 질러댔다. 변태 선생 파이팅. 야아, 저기 변태 커플이 띈다. 하낫 둘 하낫 둘. 두 사람은 맨 꼴찌로 도착했다. 어딘가 약간 심상찮은 분위기를 느끼면서도, 나비 선생은 이때까지는 아무것도 모르고 있었다.

　사건은 기어코 점심시간에 벌어졌다. 등나무 그늘에 둘러앉아 아이들과 함께 도시락을 먹고 있는 나비 선생의 눈앞에 누군가 불쑥 다가섰다. 제복 차림의 자율방범대장 나수칠씨였다. 나씨의 얼굴은 이미 술기로 불콰했다. 불과 몇 분 전 그는 처음으로 그 추악하고 충격적인 소문을 접했던 것이다. 이 머저리 자식. 넌 저리 비켜. 그는 나비 선생 곁에 바싹 붙어 앉은 아들 만식을 대뜸 끌어냈다. 아, 아빠. 왜 그래. 사내는 휙 돌아서자마자 나비 선생의 도시락을 냅다 발길로 걷어차버렸다. 도시락이 공처럼 저만치 휙 날아가 엎어졌다.

　"이 개새꺄. 너 같은 놈도 선생이냐!"

　다짜고짜 멱살을 움켜쥔 사내는 주먹으로 나비 선생의 얼굴을 정확히 강타했다. 야, 이 변태놈의 새꺄. 네놈이 짐승이지 사람이야. 이 더러운 새끼. 내 아들 몸에다가 감히 그 구역질나는 손을 대. 사내는 쓰러진 나비 선생의 머리털을 움켜쥔 채 땅바닥에 질질 끌고 다녔다. 연거푸 발길질과 주먹질이 퍼부어졌다. 나비 선생의 얼굴은 이미 피투성이였다. 저항 한번 못한 채로 나비 선생의 몸이 축 늘어져버리자 사내는 비로소 움켜쥔 손을 풀었다. 나비 선생의 하얀 체육복은 피와 흙으로 범벅되어 있었다. 주위를 에워쌌던 구경꾼들이 겁먹은 눈으로 주춤주춤 물러났다. 이 정신 병자 새끼. 너 같은 놈들은 모조리 죽여버려야 해. 씨근덕거리며 사내가 고함을 질렀다.

*

도망치듯 허둥지둥 가게로 돌아온 이발사는 벌벌 떨리는 손으로 문부터 닫아걸었다. 바닥에 털썩 주저앉자마자 감당할 수 없는 공포와 고통 그리고 슬픔이 해일처럼 밀려들어왔다. 온몸이 부들부들 떨려오기 시작했다. 그 격렬한 발작은 좀처럼 멈추지 않았다. 방금 전 자신의 눈앞에서 벌어진 그 무서운 일들이 도저히 현실 같지가 않았다. 불과 십 미터 거리를 사이에 두고, 처음부터 끝까지, 그는 모든 걸 지켜보았다. 정말로 자신과는 전혀 무관한 일이라는 듯, 태연함과 냉정함을 최대한 얼굴에 드러내려고 필사적인 노력을 쏟으면서 말이다. 바로 그 순간에도 그는 끊임없이 자신의 반응을 염탐하는 주위의 눈길들을 역력히 느꼈다. 그들의 음험한 기대와 호기심을 채워준다면 모든 건 끝장이었다. 당장 그들은 가차없이 자신을 나락으로 내동댕이칠 것이었다. 이발사는 그 순간 자신이 운명의 심판대에 서 있음을 깨달았다. 추방되느냐 아니면 살아남느냐. 그건 생사를 건 싸움이었다. 그는 살아남고 싶었다. 살아남아야만 했다, 그들 속에서. 때문에 둥글게 에워싼 구경꾼들의 대열에서 그는 끝까지 이탈하지 않았다. 그들과 함께, 그들의 등뒤에 서서, 한 사람의 구경꾼이 되는 쪽을 선택했다. 그리고 처음부터 끝까지, 피투성이로 변해가는 나비 선생의 처참한 몰골을, 그는 한껏 태연하고 냉정한 얼굴로 지켜보았던 것이다.

전화벨이 요란하게 울렸다. 이발사는 무릎으로 벌벌 기어가서 벽 귀퉁이에 웅크려앉았다. 벨이 계속 울려댔지만 그는 움직이지 않았다. 누군가 바깥에서 출입문을 흔들었다. 이발사는 무릎을 그러안고 번데기처럼 몸을 말았다. 나는. 남자다. 나는. 남자다. 나는. 남자다. 땡볕이 하얗게 쏟아지는 대낮 연병장. 콘크리트처럼 딱딱한 땅바닥. 철모와 총, 완전군장을 하고 그는 홀로 뛰고 있었다. 터질 듯 부풀어오르는 심장, 그것의 무시무시한 압력과 박동. 나는. 남자다. 나는. 남자다. 남자다. 나는…… 또다시 발작적으로 온몸이 부들부들 떨려왔다. 그는 무릎 사이에 얼굴을 쑤셔박고 이를 악물었다.

일병 때였다. 이발 주특기를 받아 처음 배치된 곳이 경기도 최전방 부대였다. 평생 막일꾼으로 나돌던 아버지는 술에 취한 채 지붕에서 페인트 작업을 하다가 추락사했다. 고등학교 졸업반인 그에게 어머니는 뭐든 한 가지 기술만 있으면 굶지는 않는다고 말했다. 졸업 전부터 동네 이발소 견습생 일을 시작, 입대하기 얼마 전부터는 직접 가위를 잡았다. 그 경력 덕분에 그는 장교 이발소를 맡게 되었다. 졸병 시절치고는 그런대로 편했다.

그는 타고난 순둥이에 숙맥이었다. 유난히 수줍어하고 낯가림도 심했다. 중위 한 사람에게 어쩌다 소설책 한 권을 빌려 읽게 되었다. 늘 웃음 띤 얼굴의 명랑한 청년이었다. 친구나 친형이었으면 하고 그는 내심 혼자 공상하기도 했다. 그런 마음을 읽었는지, 중위도 어딘가 각별히 대해주는 것 같았다. 첫 휴가를 마치고 귀대하자마자 그는 집에서 담근 더덕주 한 병을 들고 장교 숙소로 찾아갔다. 때마침 중위는 방에 없었다. 그는 쪽지와 함께 술병을 중위의 방문 앞에 놓고 돌아왔다. 그게 발단이었다. 다음날 이발소에서 위관급 장교들이 그를 보고 킬킬거렸다. 너 김중위랑 연애하냐. 나는 웬 아가씨가 거기 놓고 간 줄 알았지 뭐냐. 너 연애편지 잘 쓰더라. 내 것도 좀 써줄래.

한 시간쯤 후, 김중위가 이발소로 달려들어오더니, 냅다 주먹으로 그의 얼굴을 내갈겼다. 코피가 흘렀다. 그는 영문을 몰랐다. 이 머저리 같은 새끼. 너, 진짜 나하고 연애해? 사내 새끼가 여잘 좋아해야지, 남잘 좋아하면 돼? 미치겠구만. 이따위 편지로 사람을 완전히 개똥으로 만들다니. 중위는 쪽지를 눈앞에 들이밀며 고함을 질렀다. 그 쪽지가 하루종일 장교 식당 게시판에 붙어 있었다는 걸 그는 몰랐다. 사병들도 이미 알고 있었다. 너, 지금 당장 완전군장에 총 들고 튀어나와. 중위의 명령대로 그는 텅 빈 연병장으로 나갔다. 지금부터 연병장 스무 바퀴 돈다. 구호를 큰 소리로 계속 복창해. 팔월 대낮, 폭염 속 연병장을 그는 홀로 뛰었다. 나는. 남자다. 나는. 남자다. 나는. 남자다. 막사에서 병사들이 몰려나와 구경하며 낄낄댔다. 얀마, 불알 두 쪽이 아깝다. 여군 막사로 가봐. 그들 중엔 고향 선배 나수칠 중사도 있었다. 고향 얼굴에 똥칠을 한 새끼. 옆 중대 인사계인 나수칠은 다음날 그를 부대 석탄 창고 뒤로 끌고 가 엄청난 구타를 퍼부었다. 그날 불볕에 하얗게 타는 연병장을 달리며, 그는 내내 울었다. 고통스럽고 부끄럽고 힘들어서가 아니었다. 어처구니없게도, 경멸과 혐오감에 가득찬 중위의 시선 때문이었다. 이때부터 그의 별명은 양마담, 양변태가 되었다.

사건은 그걸로 끝나지 않았다. 얼마 뒤 그는 강제로 군인병원 정신과로 호출되어 검진을 받았다. 불쌍한 자식. 너같이 불행한 사람들이 세상엔 제법 많단다. 책을 펴놓고 혼자 바둑을 두던 군의관은 그를 건너다보며 혀를 찼다. 얀마. 군대에서 일단 변태성욕자로 찍히면, 넌 사회에 나가서도 평생 사람 취급 못 받아. 무슨 말인지 알아들어? 습관적으로 불만에 가득찬 표정을 짓고 있던 그 젊은 군의관 덕택이었는지, 그는 사흘 만에 부대로 복귀했다. 그사이, 보직이 사병 이발소 담당으로 바뀌어 있었다.

*

이튿날은 토요일이었다. 전날 체육대회를 치른 참이라 학교는 수업이 없었다. 이발사는 평소와 똑같이 출근했다. 모든 것이 평소와 똑같았다. 평소처럼 간간이 손님이 찾아왔고, 평소처럼 행인들은 그만그만한 표정으로 지나갔으며, 텔레비전과 라디오 방송 역시 매양 듣던 목소리와 시시껄렁한 잡담으로 채워졌다.

이발사는 교회당 옆 골목 쪽엔 단 한 번도 시선을 주지 않았다. 정자로 오르는 오솔길 어귀, 건너편 산골짜기, 학교 건물 쪽 역시 마찬가지였다. 마치 그의 시야엔 그것들 모두가 아예 존재하지 않는 듯했다. 나비 선생은 집에 앓아누워 있다고 했다. 사건 직후 양호실에서 간단한 치료만 받았을 뿐, 병원에 가기를 한사코 거절하고 혼자 하숙방으로 돌아간 모양이었다. 점심나절 옆집 미장원 주인 여자가 공연히 찾아와서 늘어놓은 얘기였다. 온몸은 흙투성이에 머리털은 뭉텅 뽑혀나가고, 눈도 제대로 못 뜰 정도로 얼굴이 끔찍하게 부어올랐다고 했다. 저러다 병신 되는 게 아닌가 모르겠다고, 여자가 고개를 절레절레 흔들었다. 이발사는 몇 마디 무심히 대꾸만 했을 뿐, 내내 태연하고 냉랭한 얼굴로 듣고 있었다.

일요일인 다음날 역시 변한 건 아무것도 없었다. 월요일, 화요일도 마찬가지였다. 그사이 두어 차례 미장원집 여자가 일없이 들렀다 가곤 했다. 나비 선생의 상태가 몹시 안 좋다, 물 말고는 거의 아무것도 먹지 않는 눈치다, 집주인 충주댁 노인조차 방에 들이지 않은 채 온종일 숨소리조차 없이 누워만 있다…… 여자는 짐짓 별 뜻 없이 전하는 얘기인 양 주섬주섬 늘어놓았다.

결국 직장도 그만두게 될 모양인가봐요. 하긴 그 지경이 된 마당에 어떻게 사람들 얼굴을 대하겠어요. 아이들 얼굴 보기도 창피할 테고. 교장 선생님이랑 다른 선생들 분위기만 해도, 차라리 자기 쪽에서 먼저 알아서 정리하고 더는 소리소문 없이 떠나주길 바라고 있대요. 안 그래도 학부형들 가운데 몇 사람이 교육청으로 당장 몰려가겠다는 걸, 일단은 교장 선생님이 겨우 막아놓은 상태라지 뭐예요. 원, 사람은 무척 순하고 선량해 보이던데…… 어쨌거나, 곁에서 보자니 맘이 참 안됐어요.

천연덕스러운 여자의 말에, 이발사는 별 표정 없이 짧게 한마디만 해주었다. 그러게 말입니다.

수요일은 오전부터 비가 부슬부슬 내렸다. 온종일 손님 한 사람 찾아오지 않는 날이었다. 아저씨이. 날이 어둑어둑해질 무렵, 조그만 계집아이 하나가 우물쭈물 문틈으로 고개를 디밀었다. 충주댁의 일곱 살짜리 손녀 아이였다. 저어, 이거요. 건넌방 선생님이 전해드리래요. 편지봉투였다.

"두렵습니다. 저는 모든 것을 잃었습니다. 아이들은 제게 남아 있는 유일한 생명이었습니다. 이젠 더이상 저 자신을 사랑할 힘을, 용기를 잃게 될 것 같아 두렵습니다. 도와주세요. 잠시만이라도, 곁에서 저를 지켜주십시오. 기다리겠습니다."

만년필로 힘겹게 꾹꾹 눌러쓴 글씨였다. 이발사는 창 너머에 시선을 던져둔 채 한참 동안 멍하니 서 있었다. 그러다 편지를 아주 꼼꼼히 잘게 찢어서 휴지통에 구겨넣었다. 목요일부터 이발사는 전화를 아예 받지 않았다. 결국 전화기 플러그까지 뽑아버렸다. 그는 전에 없이 갑자기 말이 부쩍 많아졌고, 찾아온 사람들과 농담을 나누며 아주 쾌활하게 웃음을 터뜨리곤 했다.

금요일 밤, 이발사는 아홉시가 넘어서야 퇴근했다. 내일 새벽 급히 서울에 갈 일이 생겼다면서 저녁 늦게야 염색을 해달라고 찾아온 손님 때문이었다. 소등을 하고 밖으로 나와 마지막으로 출입문을 잠그려고 할 때였다. 이발사는 저만치 느티나무 옆 벤치에서 누군가 이쪽을 주시하고 있다는 것을 알아차렸다. 점포들이 죄 문을 닫은 광장은 몹시 어두웠다. 열쇠를 뽑아들고 잠시 그대로 서 있던 이발사는 돌아서서 집을 향해 걷기 시작했다. 모퉁이를 돌아설 때까지, 그는 광장 쪽엔 끝내 눈길 한번 돌리지 않았다.

다음날인 토요일 오후, 나비 선생이 간밤에 갑자기 사라졌다는 소식이 이발사의 귀에 들려왔다. 이틀 후, 수색에 나선 경찰은 정자 부근 절벽 위에서 나비 선생의 구두를 찾아냈다.

*

　주민들의 요청에 떠밀려, 경찰은 결국 늪지 일대에 대한 본격적인 수색 작업에 착수했다. 산업용 대형 양수기 석 대를 동원, 늪에 고인 물을 일주일 밤낮으로 퍼냈다. 수위가 최저치로 줄어들자, 예비군과 자율방범대원들이 바닥까지 직접 들어가 진흙밭을 샅샅이 뒤졌다. 주변 일대의 고랑이며 수초 지대, 갈대숲까지도 두 번씩 되풀이해 훑었다. 그러나 나비 선생의 시체는커녕 찢어진 옷 조각 하나 나타나지 않았다. 열흘 가까이 법석을 떨던 수색 작업이 끝나고, 읍내는 다시 여느 때처럼 단조롭고 밋밋한 일상의 시간으로 되돌아갔다. 그리고 며칠 후, 그동안 내내 마을을 뒤덮고 있던 그 정체불명의 악취는 거짓말처럼 흔적 없이 사라져버렸다.

　가을이 지나고 겨울이 왔다. 그사이 나비 선생에 관한 이상한 소문이 간간이 나돌기도 했다. 누군가 우연히 지리산 계곡에서 승복 차림으로 황황히 지나치는 나비 선생을 목격했다는 거였다. 또 나비 선생이 인천항 선착장에서 새우잡이 선원 일을 하고 있더라는 소문, 심야 서울역 대합실에서 맨바닥에 신문지를 깔고 누워 있는 모습이 우연히 티브이 뉴스 카메라에 잡혔다는 얘기도 있었다. 그렇지만 하나같이 출처가 모호한 그런 소문들은 매번 거품처럼 생겨났다가 이내 흐지부지 꺼져버리곤 했다. 이윽고 춤고 긴 겨울을 지나 봄이 찾아왔을 때, 읍내 사람들은 더는 누구도 나비 선생의 이름을 입에 올리지 않았다.

*

　삼 년 후. 초겨울의 문턱에 막 접어든 첫번째 수요일 오후였다. 이발사 양씨는 혼자 모처럼 산에 오르기로 했다. 얼마 전부터 그는 매주 수요일을 정기휴업일로 정해놓고, 이날 하루만은 자신의 건강관리와 가족을 위해 쓰기로 결심했던 것이다. 맘먹고 장만한 등산화를 꺼내 신고, 그는 정자가 있는 산등성이까지 천천히 걸어올랐다. 정자 아래쪽 절벽 끝에서 그는 호리병처럼 휘어져나간 황천의 물줄기를 내려다보며, 야호 하고 힘껏 소리를 질렀다. 그때 머리 위에서 무엇인가 팔랑팔랑 내려왔다. 눈이 부시도록 휘황한 초록색 날개를 가진 아름다운 나비였다. 남방녹색부전나비. 이발사는 첫눈에 그것의 이름을 퍼뜩 기억해냈다. 학교 과학실의 나비도감에서 본 바로 그 나비였다.

　이런 계절에 나비가 남아 있다니. 홀린 사람처럼 이발사는 그것을 쫓아가기 시작했다. 정답게 나들이라도 하듯, 나비는 쉬지 않고 팔랑팔랑 나아갔다. 골짜기를 내려와 빈 집터를 지나고, 당산나무와 당집 앞을 지났다. 개울을 지나고, 작은 콘크리트 다리도 건넜다. 다시 강둑을 따라 내려가다가 샛길로 접어든 나비는 이윽고 옛 과수원 자리인 잡초밭 어귀에서 멈추었다.

이발사는 말라붙은 여뀌 덤불을 헤치고 늪 쪽으로 천천히 걸어들어갔다. 버려진 낡은 창고 앞에서 잠시 멈추었다가, 늪 가장자리 약간 도톰하게 솟은 자리를 찾아 앉았다. 그는 그 부근의 풍경에 익숙해 있었다. 삼 년 전 여름, 그들 두 사람은 종종 그 낡은 창고를 자신들만의 약속 장소로 정하곤 했었다. 고개를 들어 살펴보았지만, 나비는 더이상 보이지 않았다. 늪 수면은 한없이 검고 칙칙했다. 문득 한줌 소슬한 바람이 늪으로부터 누군가의 숨결처럼 불어왔다.

두렵습니다. 저는 이제 모든 것을 잃었습니다. 제발 도와주세요.

바람결에 얼핏 누군가의 목소리가 들려왔다. 이발사는 힘없이 무릎 사이에 얼굴을 파묻었다.

황금귀(黃金鬼)

유령이 나타난 건 그해 초겨울, 정확히 동짓달 보름날이었다. 달이 유난히도 크고 둥글어, 천지가 온통 황금 물감을 뒤집어쓴 듯 휘황하고 눈부신 밤이었다. 유령이 처음 모습을 드러낸 곳은 읍내 초입, 주유소 뒤편에 자리한 고가였다. 뒤란에 백오십 년 묵은 벚나무 한 그루가 기우뚱 서 있는 그 낡은 기와집은 바로 유령의 옛집이었다. 그 집에선 그의 늙은 아내 백화가 삼십육 년째 남편을 기다리고 있었다.

그날 유령이 고가에 머문 시간은 불과 서너 시간 정도였다. 그럼에도 사람들은 훗날 그것이 여러 날 혹은 몇 달 동안인 양 멋대로 부풀려 얘기하곤 했다. 사실 유령의 모습을 직접 목격한 사람은 그리 많지 않았다. 그들조차도 각자의 눈에 비친 그것의 정체를 놓고 의견이 엇갈렸다. 물론 인간이라고 여기는 이는 아무도 없었다. 대부분 유령 아니면 괴물이 틀림없다고 주장했다. 예수를 따르는 이들은 사탄이나 악마라는 표현을 즐겨 썼다.

유령 사건이 아니더라도, 그해는 내내 픽도 시끌벅적하고 야단스러운 한 해였다. 읍내 곳곳에서 갖가지 발칙하고 고약스러운 일들이 꼬리를 물었기 때문이다. 이른 봄, 한 몸뚱이에 머리통 둘 달린 염소가 태어난 게 첫번째 사건이었다. 한쪽 머리는 희고 다른 쪽은 새까만 그 희한한 새끼염소를 들여다보며 사람들은 길조라고 말했다. 다음엔 눈이 넷 달린 송아지, 발 여섯 개짜리 고양이, 콧구멍 없는 젖소, 여우 주둥이를 가진 거위, 돼지 꼬리를 단 고양이가 차례로 태어났다. 이젠 어느 누구도 그것들을 길조로 여기지 않았다. 차마 봐선 안 될 것인 양 너나없이 이맛살을 찌푸린 채 고개를 돌려버렸다. 그 소문을 어떻게 들었는지, 외지에서 서커스단 단장이나 떠돌이 약장수 들이 번갈아 찾아들었다. 흉한 몰골로 세상에 나온 그 어린 동물들은 젖을 떼자마자 용달차에 실려 먼 도회지로 팔려나갔다.

이변은 계속되었다. 초여름으로 접어들자마자 때아닌 태풍이 폭우를 몰고 덮쳐왔다. 하늘이 결딴난 것처럼 무시무시한 장대비가 쉬지 않고 폭포처럼 쏟아졌다. 비는 꼬박 열흘 만에야 그쳤다. 읍내 전역이 엄청난 피해를 입었다. 강둑이 터져 마을과 논밭 대부분이 물에 잠겼고, 교량과 도로가 쓸려나갔다. 무엇보다 읍내 뒤편의 큰 산에서 발생한 초대형 산사태로 사람들은 한동안 오금을 저려야 했다. 울창한 숲을 자랑하던 산의 중동이 아예 폭삭 주저앉은 꼴이었다. 변두리 마을에서 네댓 명의 사상자가 발생했지만, 밀집한 주택가는 아슬아슬하게 참변을 면했다. 대신 골짜기마다 쏟아낸 엄청난 양의 토사와 물줄기로 인해 산기슭엔 난데없이 크고 작은 웅덩이들이 생겨났다.

엉뚱하게도 산사태는 흙속의 무수한 해골들을 무더기로 땅 위에 토해놓았다. 어림잡아 수백 구가 넘어 보였다. 아직 지하에 존재하는 다른 수많은 폐갱 속엔 얼마나 더 많은 유골이 묻혀 있는지 모를 일이었다. 뒤늦게야 사람들은 오래전 그 일대가 광대한 금광 채굴 지역이었다는 사실을 기억해냈다. 해골들이 떼거리로 기어나온 갱은 그중에서도 진짜 노른자위 광구가 위치했던 지점이었다. 이 궁벽한 산읍이 한때 조선의 삼대 황금 광산 가운데 하나로 꼽히던 시절이 있었다. 황금 열풍이 반도 전역을 휩쓸었던 1930년대가 바로 그때였다. '조선의 엘도라도'라고 불리며 팔도의 온갖 노다지꾼들을 구름처럼 불러들였다는 이곳 황천읍. 하지만 이젠 그날의 영화를 기억하는 이는 거의 없었다. 젊은이들에게 그건 호랑이 담배 피우던 시절의 곰팡내나는 전설이었고, 좀 더 나이든 이들은 턱없이 과장된 허황한 향토사쯤으로 여길 뿐이었다.

그나저나 눈앞에 널려 있는 이 흉측한 뼈다귀들의 정체는 대체 뭐란 말인가. 사람들은 당혹감과 호기심에 찬 눈으로 거대한 뼈 무더기를 바라보았다. 온갖 추측과 소문이 난무할 즈음, 군청의 한 직원이 청사 부속 창고에서 발견한 헌책자 한 권을 들고 나타나 지역신문에 인터뷰를 자청했다. 누렇게 변색된 그 소책자엔 읍의 간략한 유래가 일본어로 적혀 있었다. 덕분에 약 오십 년 전에도 또다른 대홍수가 이 지역을 휩쓸고 갔다는 사실이 밝혀졌다. 홍수는 당시 번영의 절정기를 구가하던 이곳 금광 지대를 완전히 초토화시켜버리고 말았다. 채굴지 대부분이 유실·매몰되고, 개미굴처럼 얽혀 있던 수백 개의 지하 갱도가 회복 불능 상태로 붕괴되었다. 수만여 명의 광부 중 상당수가 죽거나 행방불명되었고, 시신 확인을 위해 반도는 물론 일본에서까지 몰려든 유가족과 구경꾼 들이 연일 인산인해를 이루었다고 했다. 경찰과 서울에서 파견된 전문가들 그리고 지역 관리들은 바로 그 대목에다 자신 있게 밑줄을 그었다.

무더기로 기어나온 문제의 뼈다귀들은 대홍수 당시 갱내에 갇힌 채 비명횡사한 광부들로 추정되었다. 그들이 광산회사에 고용된 광부들인지, 일확천금을 꿈꾸며 각처에서 흘러든 떠돌이들인지는 불분명했다. 절차상 필요한 조처였으므로 군청에선 지역신문에 신원 확인 수배 공고를 냈다. 그러나 반세기 만에 햇볕 구경을 나온 그 삭아빠진 뼈다귀들을 새삼스레 자기네 조상이랍시고 찾아온 사람은 어디에도 없었다. 얼마 후 군청 앞뜰에선 포클레인 한 대를 앞세운 채 지극히 소박한 추모식이 열렸다. 뼈들은 애초에 그것이 발견되었던 폐광 부근 골짜기로 되돌아가 묻혔다.

홍수 피해가 아물기도 전, 이번엔 유례없이 혹심한 가뭄이 찾아왔다. 한여름부터 초겨울까지, 반년이 다 되도록 단 한 방울의 비도 구경하지 못했다. 이상한 일이었다. 그해엔 홍수도 가뭄도 여타 지역에선 전혀 찾아볼 수 없었다. 읍을 중심으로 몇십 리 안쪽에만 국한된 현상이라고 했다. 기상 당국은 순전히 이곳의 특수한 지형적 요인에 의한 현상으로 보인다고 발표했다. 메마르다 못한 땅바닥은 아스팔트처럼 굳어버렸다. 강은 물론 호수와 방죽까지 바닥을 허옇게 드러냈다. 논밭의 작물은 그렇다 치고 잡초들까지 형체도 없이 말라붙었다. 농부들은 일찌감치 가을 파종을 포기했다. 무엇보다 상수원 고갈로 인해 식수 확보가 힘들었다. 급수 트럭 몇 대가 연일 타지역으로부터 식수를 분주히 실어날랐지만, 물 부족 사태는 금방 풀리지 않았다. 골목마다 물을 배급받으려는 사람들이 줄을 섰고, 신경들이 예민해진 탓에 걸핏하면 소란한 다툼질이 벌어졌다.

*

그즈음 백화는 처음으로 그 정체불명의 소리를 들었다. 자신의 집 안방에서였다. 주유소 뒤편의 그 고가는 식민지 시대에 지어진 집답게 규모며 짜임새가 제법 컸다. 기와집 세 채가 안마당을 호위하듯 에워싸고 있는 그 집에서 백화는 혼자 힘으로 여관 겸 식당을 꾸려왔다. 수십 년 동안 '백화옥'은 관리들과 지역 유지들이 단골로 드나드는 유명 업소였다. 소탈한 성격에 탁월한 사업 수완을 지닌 그녀를 사람들은 좋아했다. 그런데 얼마 전이었다. 백화는 돌연 모든 사업을 정리하고 가게 문을 닫아버렸다. 모두들 그 이유를 궁금해했다. 백화의 대답은 짧고 명쾌했다.

"이 짓을 너무 오래해온 거야. 시간이 얼마 남지 않았어."

이젠 인생을 정리하고 흙으로 돌아갈 때를 기다리겠다는 말로 들렸다. 그녀는 일흔다섯 살이었다. 종착점에 충분히 가까워진 나이였다. 하지만 그 말은 백화하고는 왠지 어울리지 않아 보였다. 세간에 그녀의 나이는 오랫동안 풀리지 않는 수수께끼였다. 그녀의 모습은 마흔 중반 혹은 더 아래로까지 보였다. 작고 아담한 얼굴. 섬세하고 부드러운 이목구비. 또 주름살 없이 팽팽한 살결은 여전히 곱고 윤기가 흘렀다. 유일한 세월의 흔적이라면, 여태 고집스레 지켜오고 있는 쪽찐머리와 반백으로 변해가는 머리카락 정도였다.

'백화옥'을 정리한 이후 그녀는 웬일인지 집안에만 틀어박혀 지냈다. 담을 이웃한 사람들조차 그녀의 얼굴을 대하기 힘들었다. 항상 활기 넘치던 기와집은 눈에 띄게 쓸쓸하고 고적해졌다. 담 너머로 올려다보이는 거무칙칙한 기와지붕에선 빈집처럼 완연한 퇴락의 기운마저 풍겼다.

그날 백화는 어느 결엔가 소스라치게 놀라 깨어났다. 자정 무렵이었다. 처음엔 그저 흉한 꿈인 줄 여겼다. 일어나서 혼자 가슴을 쓸어내리는데, 또 그 소리가 들려왔다. 분명 꿈은 아니었다. 후우…… 후우…… 뒷산 쪽이었다. 바람 소리인 양 아스라이 맴도는 소리. 희미한 듯 또렷하고, 그칠 듯 다시 이어지는 소리. 잠자코 귀를 기울이던 그녀는 흡 하고 숨을 들이켰다. 순간 머릿속에서 번쩍 불똥이 튀면서 눈앞이 캄캄해졌다. 그녀는 문을 와락 열어젖히고 툇마루로 달려나갔다. 달빛이 마룻장 위에 하얗게 내려앉아 있었다.

"그 인간이야! 역시, 살아, 있었어."

마루에 주저앉아 그녀는 몸을 떨며 신음하듯 부르짖었다. 후우. 후우. 다시 소리가 들렸다. 상처 입은 짐승처럼 가쁘고 불안하게 씨근덕대는 숨소리. 틀림없었다. 남편 황충이었다. 삼십육 년 전, 배낭 하나 등에 멘 채 집을 나서던 그의 마지막 뒷모습이 또렷하게 떠올랐다. 그 인간의 숨소리를 내 어찌 잊겠는가. 내 천년의 원수, 저주받은 전생의 업보인 그 인간을…… 달빛에 휩싸인 뜰을 내려다보며 그녀는 어금니를 악물었다. 반쯤 썩어가는 벚나무 검은 둥치 너머로 쪽대문 윤곽이 어슴푸레 드러났다. 그날 밤 남편은 바로 그 문을 열고 사라졌다.

"두고 봐. 이 황천읍을 몽땅 사서, 잘난 네년의 손에다 쥐여줄 테니."

남편이 남긴 마지막 말이었다. 그렇게 한밤중 혼자 굴속으로 기어들어간 이후 그는 종적이 없었다. 공식적으로 남편은 행방불명된 사람이었다. 하지만 백화는 그가 여전히 살아 있음을 알고 있었다. 무슨 흔적이나 단서라도 있어서가 아니다. 그녀는 남편의 심장 소리를 언제고 본능적으로 감지할 수 있었다. 그리 멀지 않은 곳이었다. 그 익숙한 심장박동은 마을 북쪽 폐광의 지하 갱, 그 캄캄한 어둠 속 어딘가에서 희미하게 울려오곤 했다.

　그러나 직접 숨소리를 들은 건 이번이 처음이었다. 그만큼 가까이 와 있다는 증거였다. 남편 황충의 나이는 올해 여든다섯일 터였다. 명이 참으로 질기기도 하구나. 땅속에서 아직 그 나이까지 살아 있다니. 벚나무 마른 가지 사이로 뒷산 등성이가 거뭇한 음영으로 누워 있었다. 그녀는 숨을 멈춘 채 한동안 귀를 기울였다. 후우. 후우. 후우. 소리가 아까보다 더 또렷해졌다. 가만! 뭔가 이상했다. 숨소리만이 아니었다. 정체 모를 또다른 소리가 섞여 있음을 그녀는 알아차렸다.

　"캬륵…… 캬륵…… 캬르륵."

　저게 무엇일까. 날카롭고 불길한 그 소리는 남편의 숨소리와는 전혀 달랐다. 가래 끓는 듯한 소리, 짐승의 이빨 벼리는 소리. 녹슨 함석을 뾰족한 쇠붙이로 긁어대는 소리 같기도 했다. 불현듯 그녀는 머리카락이 곤두서는 듯한 공포감에 휩싸였다. 틀림없어. 혼자가 아니라 둘이야. 또다른 누군가와 함께 있어. 달빛이 밀가루처럼 허옇게 고인 뒤뜰을 내려다보며 그녀는 중얼거렸다.

처마 끝에 해쓱한 달이 걸려 있었다. 속이 채 여물지 않은 달이었다. 그러고 보니 이틀 후면 보름이었다. 오라, 그랬구나. 백화는 탄식했다. 동짓달 보름날. 남편이 집을 떠난 바로 그날이었다. 삼십육 년 후, 같은 날 같은 시각에 그는 돌아오려는 것이다. 필시 그때처럼 저 낡은 쪽대문을 통하여. 그녀는 방으로 돌아왔다. 후우. 후우. 캬륵. 캬르륵…… 소리는 밤새도록 멈추지 않았다.

*

출구는 바로 지척이었다. 하지만 그는 갱 안쪽 어둠 속에 죽은 듯 누워 있었다. 그는 완전히 뼈와 가죽만 남은 나체였다. 몸에 뭔가를 걸쳐본 게 언제였는지조차 기억나지 않았다. 수직으로 뚫린 수십 미터의 지하 갱도를 필사적으로 오른 다음, 다시 바위와 흙더미에 막힌 굴속을 맨손으로 헤치며 기어나온 끝에 마침내 이 출구를 발견한 게 언제였을까. 그는 북통처럼 부풀어오른 배를 안고 축축한 암벽 바닥에 누워 기억을 더듬었다. 사나흘? 일주일? 그는 고개를 저었다. 부질없는 짓이었다. 시간 감각 따윈 이미 잃어버린 지 오래였다.

끙. 신음을 토하며 그는 힘겹게 상체를 일으켰다. 숨이 차오르고 목에서 헥헥 바람이 새나왔다. 암벽에 등을 기댄 채 그는 출구

쪽을 돌아보았다. 눈앞에서 갱도가 직각으로 꺾여 있어, 그 위치에선 출구가 보이지 않았다. 바깥세상은 아직 한낮인 듯했다. 출구로 흘러든 한줌 빛이 맞은편 암벽 위에 희미하게 걸려 있었다. 그는 양 손바닥으로 눈을 가렸다. 그 정도 미미한 햇빛에도 각막은 치명적인 손상을 입을 수 있었다.

"캬륵…… 꺌…… 꺌…… 캬륵……"

뱃속에서 놈이 또 소리를 질렀다. 뭔가 불만스럽다는 신호였다. 본능적으로 그는 자신의 배를 그러안았다. 곧 끔찍한 통증이 덮쳐오리라. 그런데 용케도 이번엔 잠잠했다. 놈이 슬슬 졸음기를 느끼고 있는 눈치였다. 그래, 어서 잠들어다오. 제발 잠시만이라도 나를 쉬게 해달란 말이다. 그는 자신의 배를 손바닥으로 가만가만 쓸어내렸다. 놈이 흥분하거나 예민해지면 그는 늘 그렇게 달랬다. 꿈틀, 꿈틀, 꿈틀…… 놈이 몸을 뒤척일 때마다 그의 부풀어오른 뱃가죽이 울룩불룩 움직이곤 했다. 이윽고 뱃속이 잠잠해졌다. 지독한 놈. 이제야 잠들었군. 그는 한숨을 내쉬었다. 땀방울이 콧등을 타고 주룩 흘러내렸다.

배는 아까보다 더 불러오른 것 같았다. 그의 몰골은 만삭의 임부 그대로였다. 그는 열기구처럼 극도로 팽창한 자신의 배를 내려다보았다. 바야흐로 배는 터지기 직전이었다. 미농지처럼 얇아진 뱃가죽을 뚫고 놈의 대가리가 당장이라도 불쑥 튀어나올 것만 같았다.

"시간이 얼마 남지 않았어. 더 지체해선 안 돼……"

그는 바싹 마른 입술로 되뇌었다. 바위에 깔렸을 때 다친 발목이 심하게 욱신거렸다. 그의 육신은 이미 만신창이였다. 온통 찢기고 갈라진 상처투성이였다. 팔다리를 움직일 힘조차 없었다. 그는 최후의 순간이 임박했음을 알고 있었다.

"흙속의 버러지만도 못한 위인이야, 당신은."

마지막으로 집을 나설 때, 그의 등뒤에서 아내 백화는 말했다. 당신은, 영원히, 용서받지, 못해. 설사 열두 번의 생을 되산다 할지라도, 난 절대로 당신을 용서하지 않아. 서릿발같이 시퍼렇게 독기 서린 아내의 표정과 목소리를 그는 떠올렸다. 그 상상만으로도 온몸에서 피가 거꾸로 솟구쳤다.

"오냐. 내, 돌아가마. 조금만 더 기다려다오."

그는 머리맡에 놓인 금괴를 덥석 끌어안고 씨근덕거렸다. 벽돌 크기의 그 금덩이는 그가 아홉 개의 궤짝 중 하나에서 꺼내온 유일한 증거물이었다. 아내의 발 앞에 그것을 쿵 소리 나도록 내던져주며 그는 말해줄 것이다. 자, 똑똑히 봐. 내가 약속을 지킨다고 했었지? 내가, 이 손으로, 결국 찾아냈단 말이다. 오직 그 한마디만 할 수 있다면 족했다. 그리고 궤짝들이 묻힌 자리를 아내에게 은밀히 알려주고 나서, 그는 미련 없이 숨을 거둘 터였다.

"으악!"

갑자기 그는 배를 부둥켜안고 뒹굴었다. 잠잠하던 놈이 뱃속에서 다시 날뛰기 시작했다. 울뚝불뚝. 배가 찢어질 듯 무섭게 요동을 쳤다. 놈의 이빨이 내장과 살점에 콱콱 들이박히고 있었다.

"그래, 죽여다오. 차라리 그만 날 죽여줘!"

그는 악을 썼다. 이윽고 통증이 멎었다. 뱃속이 차츰 조용해졌다. 놈이 한바탕 분풀이를 끝낸 눈치였다. 대체 네놈의 속셈이 뭐냐. 나더러, 뭘, 어쩌라고…… 그는 거대한 배를 그러안고 헐떡였다. 크어억. 목구멍에서 뭔가 툭 튀어나왔다. 희멀겋고 끈끈한 액체와 함께 붉은 핏덩이가 섞여 있었다. 눈을 감았다. 까닭 모를 눈물 한 방울이 솟았다. 그게 언제였을까. 지하 갱에서 생활한 지 꽤 되었을 무렵이었다. 그는 자신의 몸속에 무엇인가 낯선 생명체가 들어와 살고 있다는 사실을 깨달았다. 캬륵. 캬륵. 기괴한 숨소리를 내는 그것은 필시 기다란 몸뚱이와 날카로운 이빨을 갖고 있는 듯했다. 그 정체불명의 생명체가 언제 어떻게 몸속으로 들어온 것인지, 왜 하필 자신의 몸을 숙주로 선택했는지 그는 알수가 없었다.

그때부터 그는 줄곧 그놈을 자신의 몸속에 담고서 함께 살아왔다. 그사이 오랜 시간이 흘렀고, 이젠 특별히 불편한 느낌조차 없었다. 그 기이한 공생에 그는 완전히 익숙해져 있었다. 놈의 숨소리조차 자신의 그것인 양 친숙하게 느껴질 정도였다. 놈은 복숭아씨만한 크기 그대로, 항상 뱃속에 조용히 머물러 있었다. 그런데 바로 얼마 전, 돌연 변화가 일어났던 것이다. 놈의 몸이 조금씩 자라기 시작했다. 그의 배도 함께 놀라운 속도로 부풀어올랐다. 양순하기만 하던 놈이 완전히 공격적으로 돌변한 것도 그때부터였다. 캬륵. 캬르륵. 끔찍한 괴성과 함께 난폭하게 요동을 치고, 날카로운 이빨로 그의 내장과 뼈마디를 닥치는 대로 물어뜯었다. 그때마다 그는 엄청난 고통에 몸부림을 쳤다.

하지만 방금 전과 같은 무시무시한 고통은 처음이었다. 마침내 놈이 발광하기 시작한 것일까. 놈이 그처럼 흉포하고 무지막지하게 날뛴 적은 여태 한 번도 없었다. 무엇 때문인지 놈이 그만큼 다급해 있다는 증거였다. 놈은 지금 그에게 뭔가 절박한 신호를 보내고 있었다. 어서 서둘러라. 시간이 없다. 발버둥을 치며 놈은 그렇게 외치고 있었다.

"그래. 마침내 너와 헤어질 때도 머지않았구나. 기다리렴. 소원대로 해줄 테니."

그는 조용히 웃음을 머금었다. 굴 밖에선 밤이 아주 느린 걸음으로 다가오고 있었다.

*

이야기는 지금부터 한참 옛날로 거슬러 올라간다. 1930년, 황충은 백화를 처음 만났다. 백화의 나이 열다섯, 그가 십 년 위인 스물다섯 살 때였다.

당시 혈기 방장한 청년이던 그의 직업은 신문기자였다. 그것도 조선의 대표적 민족일간지인 'K일보'의 기자. 그의 첫 직업은 소학교 교사였다. 부친의 별세와 함께 가세가 급격히 기울자 그는 동경 유학을 중단하고 고향 해주로 돌아왔다. 한동안 모교에서 아이들을 가르치다가, 운 좋게 신문기자 채용시험에 합격해 경성으로 혼자 올라왔다. 사실 그는 총각이 아니었다. 유학 떠나기 전, 혼인한 지 세 해 만에 아내를 병으로 잃은 홀아비였다.

신출내기 기자로서 그는 누구보다 열심히 뛰어다녔다. 일제가 대륙 침략 준비에 막바지 열을 올리던 시기였다. 참담한 식민지 조선의 현실 앞에서 그의 가슴은 울분으로 끓어올랐다. 암울하고 비참한 시대였다. 절대다수인 농민은 친일파 지주의 수탈에 신음하고, 노동자들은 생계비에도 못 미치는 극심한 저임금에 허덕였다. 도시 거리마다 거지와 실업자가 득실거렸다. 무수한 유랑민들이 정든 집을 버린 채 만주를 향해 줄을 잇고, 독립투사들과 지식인들은 줄줄이 감옥으로 끌려갔다.

비록 총독부의 통제 아래서나마 그는 민족혼을 지켜야 한다는 사명감을 품고 일했다. 그러나 기자 생활은 불과 삼 년 만에 끝났다. 극심한 경영난 끝에 신문사는 다른 사람 손에 넘어가고 말았다. 주인이 바뀌어 어수선한 그즈음, 그는 퇴근 후 사회부장을 따라나섰다.

"민족지 K일보도 이젠 끝장일세. 그 잘난 명예니 자긍심 따위가 다 뭐란 말인가. 어차피 자본의 노예로 전락하고 말았으니, 독자들 보기가 부끄럽네. 나, 이 짓은 그만 집어치우기로 했네. 하룻밤 새에 졸부가 된 무식한 금광꾼 사장 밑에서 충견 노릇을 하느니, 차라리 산속에 처박혀 풀이나 뜯어먹는 게 나아."

사회부장 S선생은 막걸리잔을 단숨에 들이켰다. 동경 유학을 마친 최고 엘리트인 부장을 그는 평소 존경했다. S선생의 충격과 울분을 그도 십분 공감했다. 신문사를 인수한 사람은 칠십대 노인 천만석이었다. 서당에서 한학을 배웠을 뿐 신학문엔 까막눈이지만, 어느 날 갑자기 조선 최고의 졸부 대열에 합류한 인물이었다. 금광 노가다로 시작, 미친놈 소리를 들으며 혼자 두더지처럼 수십 년간 흙을 뒤진 끝에 마침내 금맥을 발견해낸 그의 이야기는 이미 만인의 신화였다. 한바탕 분개하던 S선생이 문득 정색을 했다.

"이봐. 이까짓 신문사, 나라고 못 차릴 것 같나? 운만 따라주면 어려운 일도 아닐세. 천만석이나 최창학이만 노다지 캐라는 법은 없지. 실은 내, 알짜배기 금광 몇 군데를 확보해두었네. 그중 하나만 터져주어도 몇십만 원 손에 쥐는 건 금방이야. 그걸로 신문사 하나 만들어보자고. 어때, 나를 도와줄 텐가?"

운명은 그리 시작되었다. S선생은 세상 이치를 꿰뚫어보는 당대의 인텔리였다. 그런 인물 말고 또 누구를 믿겠는가. 주저 없이 사표를 던진 그는 당장 금광 사업에 뛰어들었다.

이 무렵 반도는 실로 황금 열풍의 도가니였다. 황금. 황금. 노다지. 노다지. 온 백성이 통째로 눈이 홱 뒤집힐 만도 했다. 금광 하나만 제대로 손에 걸리면 하룻밤 사이 당대의 명사로 떠올랐다. 신문들은 금광으로 벼락부자가 된 인물들의 기사를 연일 봇물처럼 쏟아냈다. 무지렁이 잡부로 금전판을 기웃거리며 노름이나 일삼다가 졸지에 조선 최고 부호가 된 평안도의 최창학. 광산 현장감독을 하다가 손가락 세 개 굵기의 금맥이 터지는 바람에 백만장자 반열에 오른 촌부 천만석. 간호부와 전화교환수를 전전하던 끝에 강원도 횡성에서 노다지를 만나 횡재한 약관의 여인 김정숙. 그 외에도 이른바 '황금왕'이라 불리는 위대한 신화의 주인공들은 수십 명이었다.

그중엔 일본인도 있었다. 유하라라는 이름의 규슈 출신 가난뱅이 사내는 불알 두 쪽만 차고 조선에 건너와 벼락부자가 되었다. 빈둥빈둥 돌아다니다 우연히 마포에서 문 닫은 화장장 하나를 발견한 유하라는 재빨리 화장장 정리 허가를 받아냈다. 송장 태운 잿더미 속에선 망자의 금니며 금반지 들이 쏟아져나왔고, 유하라는 순식간에 명사가 되었다. 그 소문에 한동안 전국의 폐쇄된 화장터마다 소동이 벌어졌다.

백만장자까지는 아니어도 하루아침에 팔자를 고친 졸부들은 그보다 훨씬 많았다. 내버려진 폐광을 단돈 삼백 원에 사서 거금

이십만 원에 되판 홍천의 노인, 꿈에 조상님이 신혈 자리를 일러주어 대박을 터뜨린 정주의 청년, 밭둑에 쪼그려앉아 똥을 누고는 밑을 닦으려고 집어든 돌이 뜻밖에 금덩이였다는 충청도 과부, 두레박 건지러 내려갔다가 우물 밑 금맥을 찾은 함경도의 서당 훈장, 부모 묏자리를 파다가 횡재한 경상도의 효자…… 조선의 방방곡곡엔 크고 작은 수만 개의 금광들, 또 개인들이 파헤친 무수한 금 구덩이들이 파리똥처럼 널려 있었다. 그 어디에나 금광 영웅들의 신화는 반딧불처럼 떠돌았다.[*]

노다지 신화는 단숨에 만백성의 얼을 빼놓았다. 조선 땅 전체가 금광이었고 금밭처럼 보였다. 황금에 미친 건 일본 정부도 크게 다를 게 없었다. 위기에 처한 국가 재정을 회생시키기 위해 일제는 금 생산량 촉진 정책에 기를 쓰고 매달렸다. 덕분에 금광권 허가 절차는 놀랍도록 간단했다. 소요 경비라고 해봐야 푼돈이나 다름없었다. 남보다 먼저 신청서만 제출하면 아무나 국유지 채굴권을 손쉽게 확보할 수 있었다. 비단 자산가들만 금광을 욕심내는 게 아니었다. 양복쟁이부터 무지렁이 촌부까지 글자만 깨쳤다하면 너나없이 출원증을 움켜쥐고 광무소로 내달렸다. 몇 갑절 웃돈을 얹어 되파는 브로커들도 떼돈을 벌었다. 삼천리 방방곡곡 흙과 바위 있는 곳엔 망치를 쥔 탐광꾼들이 쏠고 다녔다. 입과 귀

---

[*] 1930년대 조선의 금광 열풍에 관한 자료는 전봉관의 『황금광시대』(2005, 살림)를 주로 참조했다.

달린 사람이면 남녀노소 오로지 황금 얘기뿐이었다.

"금광을 안 하는 놈이 진짜 미친놈이다!"

"노다지만 터져주면 팔자 고친다!"

황금빛 복음이 연일 우렁차게 울려퍼졌다. 일단 남보다 한발 앞서야 했다. 자본가는 뭉칫돈을 들고 내달렸다. 노동자는 연장을 내던지고 달리고, 일자무식 머슴들까지 농기구며 지게를 벗어놓고 금전판으로 내달렸다. 눈치 살피느라 한발 늦게 나선 먹물들은 더 열광적으로 내달렸다. 대학생도 달리고 선생, 의사, 변호사, 공무원, 약사, 은행원, 신문기자, 소설가, 전향한 사회주의자도 내달렸다. 우선 자금이 있어야 독립운동도 가능하다는 판단에, 출옥하자마자 금광으로 달려간 어느 독립투사도 있었다. 두메산골의 유명한 광산마다 노동자 겸 노다지꾼 무리가 수천수만 명씩 몰려들고, 순식간에 대규모 거주지와 상가 지역이 생겨나 불야성을 이루었다.

황금을 꼭 광산에서만 캐내란 법이 있다던가. 무지렁이 촌부들도 멀쩡한 자기네 논밭과 야산을 열심히 파헤쳤다. 선산을 파헤치고, 안마당 뒷마당을 파헤치고, 외양간과 측간과 장독대까지 홀랑 뒤집었다. 일가족이 출동해 강바닥을 채로 싹싹 훑어내리고, 개펄에 구멍을 뚫고, 심지어 조상의 묘와 안방 구들장, 아궁이까지 닥치는 대로 뚫고 파고 뒤엎어댔다. 그것이 1930년대 조선의 풍경이었다.[*]

사업을 시작할 때만 해도 S선생은 자신만만했다. 소문난 노다지 금광은 한반도 거의 전역에 분포했다. 그중 대표적인 대형 금광들은 평안도와 황해도에 몰려 있었고, S선생이 브로커에게 거금을 주고 산 땅들도 대개 그쪽이었다. 지질 조사 결과, 그중 평안도의 한 곳으로 결정했다. 백만장자만 십여 명을 배출한, 조선 최고의 광산인 운산금광에서 멀지 않은 위치였다. S선생은 그에게 부사장이라는 직함을 주었는데, 실제로는 현장 사무소장이었다. S선생은 주로 경성에 있었고, 그는 험악한 산골짜기 광산에 남아 혼자 모든 업무를 도맡았다. 낮에는 수백 명의 광부와 함께 직접 곡괭이질을 하고, 밤엔 혼자 움막 안에서 흐린 불빛 아래 업무일지를 작성했다.

　그 무렵 그는 처음 백화를 만났다. 업무차 경성에 올 때마다 묵는 종로의 여관에서였다. 유난히 추운 겨울이었다. 이른 아침 측간에 다녀오는데 열댓 살쯤의 계집아이 하나가 마루에 물걸레질을 하고 있었다. 방에 돌아와 다시 누웠지만 눈앞에 자꾸 그 아이의 발갛게 얼어터진 손이 어른거렸다. 아침식사중인데 계집아이가 숭늉 대접을 내왔다. 순간 그의 가슴이 철렁했다. 죽은 아내를 꼭 닮은 얼굴이었다. 첫날은 그게 전부였다.

---

* 실제로, 1933년 한 해에 새로 생겨난 금광 숫자만 해도 3,222개소에 달했다 (조선중앙일보, 1934. 1. 1).

그런데 알 수 없는 일이었다. 움막에 홀로 누워 있노라면, 그 계집아이의 얼어터진 손이 눈앞에 떠오르곤 했다. 그는 생시에 아내에게 정은커녕 값싼 연민조차 느껴보지 못했다. 부친의 불같은 성화에 억지로 맺어진 부부였다. 아내는 고작 열여섯 살에 시집을 왔다. 소학교만 마친 쑥떡 같은 촌뜨기에게 그는 곁눈 한번 주지 않았다. 아내는 원래 심장이 나빴다. 입술이 항상 붓꽃처럼 푸르뎅뎅했다. 삼 년 내내 부엌데기로만 살던 아내는 혼자 콩밭에서 호미를 쥔 채로 숨을 거두었다. 뱃속의 아이와 함께.

한 달 후, 그는 다시 그 여관을 찾았다. 담배 심부름을 다녀온 계집아이에게 그는 이름을 물었다. 백화여요. 흰 백 자, 꽃 화여라우. 계집아이는 홍싯빛 얼굴로 수줍게 웃었다. 아내를 꼭 닮은 웃음이었다. 또 한번 머릿속이 핑글 돌았다.

"지지리 복자가리도 없는 년이지. 의붓아비란 위인이 저 아일 기생집에다 팔아넘기려고 하기에, 내가 적잖은 돈을 집어주고 대신 넘겨받았소. 고향이 저 아래, 전라도 부안이라든가. 일찍부터 고생을 해본 아이라, 부엌일도 곧잘 한다오."

여관 주인은 이쪽 속셈을 떠볼 요량인 듯 실눈을 뜨고 살살거렸다. 그는 밤늦도록 뒤척이다 잠들었다. 아침식사를 마친 뒤 주인의 방을 찾아갔다. 저 아일 내가 데려가고 싶소. 대뜸 돈봉투를 들이밀며 그는 말했다. 의붓아비에게 줬다는 액수의 갑절이었다. 계집아이를 데리고 그는 기차를 타고 금광으로 돌아왔다. 너를 몸종으로 부리려는 게 아니다. 매달 급료를 줄 테니 훗날을 대비해 꼬박꼬박 모아두어라. 그는 아이를 위해 움막 한쪽에 통나무로 방을 달아냈다. 그날부터 취사와 빨래는 계집아이의 일이 되었다.

금광 사업이란 게 본디 도깨비놀음이었다. 첫 삽을 뜬 지 석 달이 지나도록 금싸라기 한 톨 구경 못했다. 애써 여유를 부리던 S선생도 차츰 안색이 굳어갔다. 광부 수백 명의 노임과 장비 대금만도 연일 굉장한 액수였다. 중도에 포기하기도 어려웠다. 언제 노다지가 터져나올지 모르는 일이었다. 금맥이 터졌나 하고 뛰어가보면 고작 머리카락 굵기이거나 사금 흔적만 찔끔 비치다 말았다. 반년 만에 S선생의 낯빛은 거멓게 변했다. 물려받은 전답과 야산까지 금광에 쏟아부었음에도 감감무소식이었다. 그러다가 금맥 비슷한 게 나타났다. S선생과 그는 환호하며 얼싸안았다. 일확천금의 노다지! 눈앞에 신문사 신축 빌딩이 성큼 다가선 듯싶었다. 하지만 너무 섣부른 판단이었다. 예상보다 금 매장량은 훨씬 빈약했다.

그래도 덕분에 S선생은 마지막 힘을 냈다. 경성의 집만 남기고, 모든 재산을 정리해 목돈을 마련했다. 이번엔 황해도 지역에서 새 광구를 찾기로 했다. 앞선 사람이 중도에 포기하고 내놓은 광구를 인수해 작업을 시작했다. 운이 좋았다. 보름 만에 금 흔적이 잡혔다. 또다시 그의 눈알에 핏발이 돋았다. S선생까지 벽채와 삼

태기를 들고 합세했다. 금은 꾸준히 나왔다. 하지만 맥 줄기가 워낙 빈약한 까닭에 투자비용에도 미치지 못했다. 언제부턴가 S선생은 경성에서 두문불출이었다. 스님처럼 머리를 박박 밀고, 매일 좌선으로 시간을 보낸다고 했다. 반면에 그는 하루도 현장을 떠나지 않았다. 그의 두 눈은 두더지처럼 항상 핏발이 서 있었다. 수면 부족 탓만은 아니었다. 분노인지 욕망인지 모를 열기로 번들거렸다. 백화는 그런 그를 말없이 지켜보기만 했다.

마침내 S선생이 금광에 모습을 드러냈다. 의외로 편안한 표정이었다. S선생은 결국 손을 털겠다고 선언했다. 광산은 이미 폐쇄된 상태였다. 광부 숙소였던 빈 움막들만 무덤처럼 고요했다. 백화가 보리차 두 잔을 내려놓고 조용히 물러갔다. S선생은 말했다.

"난 마음을 비웠네. 헛된 신기루를 좇았던 게지. 빈손이 되긴 했지만, 덕분에 많은 걸 깨우쳤어. 다만 염려되는 건 황군, 자네일세. 전도양양한 청년을 내가 사지로 끌고 들어온 셈이니, 정말 면목이 없네."

진짜 빈털터리는 S선생이 아닌 그였다. S선생은 강원도 황천의 광산 두 곳을 그에게 넘겨주었다. 이거라도 팔아서 인생을 새롭게 시작해보게나. S선생은 말했다. 하지만 그의 생각은 달랐다. 백화를 이끌고 그는 황천읍으로 들어갔다. 황천은 최근 알려지기 시작한 신흥 금광 지대였다. 과연 첩첩산중 일대가 온통 금광 천지였다. 광산촌은 상가가 들어서서 도시처럼 흥청거렸다. S선생이 넘겨준 폐광을 꼼꼼히 돌아본 그는 주먹을 불끈 쥐었다.

서둘러 그는 고향으로 내려가, 얼마 안 되는 재산을 모두 정리해서 황천으로 돌아왔다. 그러나 두 달 만에 또 빈털터리가 되었다. 그의 눈에서 피가 솟구쳤다. 지난 칠팔 년 세월을 고스란히 공염불로 만들 순 없었다. 그는 벽채와 삼태기를 들고 혼자 갱 속으로 들어갔다. 매일 새벽부터 밤까지 흙을 파고 바위를 두드려 깼다. 몇 해가 흘렀다. 백화가 객줏집에 일을 다니면서 근근이 생계를 꾸려갔다. 그는 이젠 굴속에 들어가지 않았다. 광산은 남에게 넘어간 지 오래였다. 움막에 틀어박혀 그는 술만 퍼마셨다. 백화에게서 우려낸 돈으로 아편을 사기도 했다. 취하면 쥐약 먹은 개처럼 눈알을 퍼렇게 까뒤집은 채 우-우-우, 소리내어 울부짖었다. 어느 날, 그는 백화에게 말했다.

"이젠 너 갈 데로 떠나거라. 붙잡지 않겠다."

"선생님, 왜 그런……"

"나, 선생 아니다. 네 남편도 아니고."

"여기 있을라요. 그 어디든 기어코 따라갈 테요."

"미욱한 년. 후회하지 말거라."

그는 그날로 보따리를 꾸려, 백화를 이끌고 경성으로 올라갔다. 작심하고서 S선생을 찾아간 그는 처음이자 마지막으로 떼를 썼다. 장사를 해볼 생각인데, 돈 좀 내놓으시지요. 저한테 그만한 권리는 있는 줄로 압니다만. 그는 짐짓 불량배처럼 말했다. S선생은 한눈에도 생활이 넉넉지 않아 보였다. S선생은 슬픈 얼굴로 한숨을 내쉬었다.

"자네도 많이 변했구먼. 눈망울이 맑은 사람이었는데……"

마포에 싼 방을 하나 얻어 살림을 차렸다. 이웃 사람들 눈엔 부부라기보다 부녀지간 같았다.

"네 소원대로 되었구나. 우린 이제부터 합법적인 부부야. 물론 사업도 함께한다. 우린 동업자란 말이다."

부엌 집기, 싸구려 찬장, 이불 따월 사들여놓고 나서 그가 말했다. 백화는 감격하여 코를 훌쩍였다. 이튿날 그는 만주행 기차표 두 장과 함께 품속에서 뭔가를 꺼냈다. 여러 겹으로 포장된, 수첩 크기의 금괴 네 개였다.

"이거 하나가 열 돈씩이다. 첫날이니까, 일단 이 정도부터 시작해보자."

사태를 짐작한 백화의 낯빛이 하얘졌다. 금괴 밀수. 사업이란 게 그거였다. 속옷까지 다 벗겨놓고 나서 그는 백화의 몸 구석구석에 금괴를 숨겼다. 양쪽 젖가슴 밑과 사타구니에 한 개씩 붙인 다음 천으로 꼼꼼히 동여맸다. 원체 가슴이 커서 티도 안 나는구나. 됐다. 감쪽같아. 그는 흡족한 웃음을 흘렸다.

경성발 신의주행 북행 열차는 내내 긴장의 연속이었다. 정차

144

역마다 순경들이 번갈아 올라와 검문을 실시했다. 신분증을 요구하고, 짐을 들춰보기도 했다. 더 두려운 건 승객들 틈에 섞여 있을 형사들이었다. 그들은 줄곧 지켜보았다가, 기차가 신의주역에 도착하면 밀수범들을 가차없이 끌어내렸다. 백화와 그는 처음부터 따로 앉아서 갔다. 백화 혼자서만 금을 몸에 감췄다. 정작 그는 달랑 가방 하나뿐이었다.

"여자 혼자면 의심을 덜 받는다. 한꺼번에 둘 다 붙잡혀갈 필요는 없지."

과연 그는 자주 몸수색을 당했다. 세관을 통과하고, 신의주를 거쳐 압록강을 건널 때까지 아무도 백화의 몸을 더듬지 않았다. 봉천역에 내리자마자 둘은 역 뒤편 허름한 이층 건물을 물어서 찾아갔다. 늙수그레한 조선인 남자가 그들을 맞았다. 금괴 네 개를 팔았다. 한 개 반값이 고스란히 떨어졌다. 첫 출장은 대성공이었다.

금 밀수는 실로 위험천만한 중범죄였다. 총독부가 금 밀수출을 막으려 기를 쓰는데도, 밀수꾼들은 매년 엄청난 양을 만주로 빼돌리고 있었다. 당연히 그럴 만했다. 만주의 금값이 조선의 금값보다 훨씬 비쌌다. 많게는 절반값 정도 차이가 났다. 만주에 한 번만 다녀오면, 당시 신문기자 월급의 몇 배를 쥘 수 있었다.

밀수꾼들은 겹겹의 감시망을 뚫고 필사적으로 압록강과 두만강을 건넜다. 특히 만주행 북행 열차는 금괴 밀수출 전담인 '국경

이동 감찰반'에겐 최고의 낚시터였고, 거기서 붙잡힌 금괴 밀수꾼에 관한 기사는 모든 신문의 단골 메뉴였다. 빼돌리는 수법이야 무궁무진했다. 경찰이나 세관원 같은 관리 매수하기, 기관차 화부와 공모하기 정도는 고전에 속했다. 구두 뒤축에 숨기기. 열차 의자 밑에 쑤셔박기. 비누, 떡, 갱엿 속에 집어넣기. 하지만 가장 인기 있는 수법은 몸을 사용하는 것이었다. 여기에선 여자가 단연 유리했다. 남자에 비해 감시가 덜하고 몸수색 당할 염려도 적었다. 신체구조상 숨길 만한 곳이 많았다. 머리카락 속, 배, 젖가슴, 허리, 허벅지, 사타구니, 심지어 음부나 항문에도 숨겼다. 남자들 역시 가짜 금니 박기라든가 항문을 주로 이용했다.

사업은 두번째, 세번째도 성공을 거두었다. 회를 거듭하면서 그는 더욱 치밀하고 대담해졌다. 출장 간격은 뜸하게 유지하되, 한 번에 운반하는 양을 과감히 늘렸다. 몇 차례 위험한 순간도 겪었다. 백화는 출장을 다녀올 때마다 살이 부쩍부쩍 올랐다. 불안 초조에 짓눌려 끊임없이 먹어대는 까닭이었다. 그가 애초에 약속한 열두번째 출장까지 마쳤을 때, 백화의 몸은 하마가 되어 있었다. 앞으론 더이상 지옥행 열차 따윈 타지 않겠다고 백화는 선언했다.

"딱 한 번만 더! 이번이 진짜 마지막이다. 피맛골 그 식당 자릴 놓칠 순 없잖아. 이번 일만 마치면, 가게 차릴 돈은 얼추 되겠어."

백화는 더없이 복잡해진 시선으로 그를 쳐다보았다. 그의 핏발 선 눈알이 두더지의 그것 같았다. 백화는 자신의 배를 손으로 가리켰다.

"저어, 선생님. 우리…… 아이가 생겼어요."

한순간 뜨악해서 그녀를 노려보던 그는 곧 냉랭한 표정을 되찾았다.

"그거 잘되었구나. 어쨌건, 당장은 이번 일이 더 중요해. 돈을 벌어야 아이도 키울 것 아니냐?"

백화는 그의 우격다짐을 이겨낼 수가 없었다. 그를 따라 열세 번째 출장길에 나섰다. 경성역에 도착하니, 신문들이 불티나게 팔리고 있었다. 머리기사 활자가 주먹만큼씩 했다.

"유치장에서 노파가 항문으로 금덩이를 분만!"

신의주경찰서. 고무 주머니에 담은 금괴 세 개. 항문에 쑤셔넣고…… 오십대 노파. 변기통에 감추려다가 적발. 한 개당 삼십 돈. 도합 구십 돈…… 바로 전날 벌어진 사건이었다. 그런 기사가 처음은 아니었다. 오십대 여자와 시아버지 항문에서 나란히 금덩이가 나왔다는 뉴스로 장안이 떠들썩했던 게 엊그제였다. 금괴 두 개를 삼킨 채 체포된 청년은 위장 세척 끝에 가까스로 목숨을 건지기도 했다. 백화의 안색이 금세 백지장처럼 변했다. 그가 백화의 어깨를 움켜잡고 눈을 부라렸다.

"걱정 마. 등잔 밑이 어둡다고, 이럴 때 되레 감시가 허술한 법이다. 나만 믿어. 그놈의 낯짝, 당장 안 펼 거냐. 자, 나가보자."

백화 눈엔 열차가 도살장으로 보였다. 백화의 젖가슴과 사타
구니엔 무려 백이십 돈의 황금이 숨어 있었다. 실은 백화만의 비
장의 카드는 그녀의 특별한 음부였다. 백화는 남달리 깊고, 넓고,
튼튼한 질을 지니고 있었다. 그는 그것을 '보물'이라고 불렀다.
하지만 이번만은 남편도 그 은밀한 방식을 억지로 강요하진 않았
다. 아비로서의 유일한 배려였다.

결국 그것은 두 사람의 진짜 마지막 출장길이 되었다. 열차가
신의주역에 도착하기 직전, 양복 입은 사내 하나가 백화의 목덜
미를 우악스레 낚아챘다. 끽소리도 없이 끌려 내려가는 백화를
그는 못 본 척하고 앉아 있었다.

사흘 후, 백화는 경찰서 뒷문을 통해 한밤중에 풀려나왔다. 골
목 어둠 속에서 기다리던 그가 제대로 걷지도 못하는 백화를 맞았
다. 그의 표정엔 분노와 절망이 혼재했다. 백화를 빼내느라고 몇
해 동안 벌어들인 돈 절반이 훌쩍 날아가버렸다. 유치장을 나온
직후, 아이는 피와 물로 변해 그녀의 다리 사이로 와르르 쏟아져
나왔다. 유산이었다. 백화는 그 후유증으로 오랫동안 몸져누웠다.

남은 돈으로 그는 마포나루 부근에 조그만 가게를 마련했다.
국밥집은 금세 손님이 늘었다. 백화는 손맛이 좋았다. 가게 규모
도 제법 늘어났다. 부기가 빠진 그녀의 몸은 원래 상태로 돌아왔

다. 하지만 백화는 끝끝내 벙어리 꼴이었다. 그에게만은 말문을
완전히 닫아버렸다.

어느 날 느닷없이 해방이 찾아왔다. 새로운 세상, 새로운 판이
시작된 듯했다. 권력과 돈을 위한 기회가 모두에게 공평하게 주
어졌다는 환상에 너나없이 들떠 있었다. 가게는 백화 혼자 도맡
다시피 했다. 그는 신문사를 만드네, 출판사를 세우네, 학교를 설
립합네, 떠들어대는 사람들과 함께 별 소득도 없이 어울려 돌아
다녔다. 이따금 눈에 핏기를 드러내면서 뜬금없는 금광 얘기를
불쑥 꺼내기도 했다.

"니미! 돈 없이는 죄다 공염불이지. 역시 금광만한 게 없어. 노
다지만 터져주면, 까짓 신문사 하나쯤 대수야?"

이번엔 또 전쟁이 뻥, 터졌다. 인민군이 들어왔을 때 부부는 꼼
짝없이 서울에 주저앉아 있었다. 백화가 만삭의 몸이었다. 늦가
을에 사내아이가 태어났다. 네모난 두상에 눈이 별같이 초롱초롱
했다. 유별나게 각이 진 아이의 머리통을 처음 보았을 때, 백화는
가슴이 철렁했다. 눈앞에 금괴 모양이 퍼뜩 떠올라서였다.

겨울이 되자 느닷없이 유엔군이 헐레벌떡 쫓겨 내려왔다. 1·4
후퇴였다. 처음엔 아예 피란 떠날 엄두를 못 냈다. 핏덩이를 안고
혹한 속에 나설 순 없었다. 그런데 연일 들려오는 소문이 너무나
끔찍했다. 폭격으로 서울이 불바다가 된단다. 원자폭탄이 떨어진
단다.

"안 되겠다. 멋모르고 주저앉아 있다간 모조리 죽고 말 거야."

그는 아이를 덥석 안으며 소리쳤다. 얼떨결에 부부는 보따리를 꾸려 허둥지둥 역으로 내달았다. 천신만고 끝에 기적적으로 피란 열차에 올라탔다. 그런데 열차 내부가 아니라 바깥 지붕 위였다. 눈은 펑펑 쏟아지고, 그들은 칼바람에 고스란히 몸을 내맡겼다. 지붕을 차지한 것만도 하늘의 보살핌 덕분이라고, 처음엔 여겼다. 하지만 아니었다. 눈보라 속 그 혹한의 밤, 백화는 지붕 위에서 아이를 잃었다.

*

암벽에 드리운 빛의 윤곽이 희미해졌다. 갱 바깥으로 저녁이 성큼 다가왔다는 표시였다. 바닥에 누운 채 얼핏 잠이 들었던 것인가. 캬르르. 캬르르. 놈의 숨소리를 그는 주의깊게 헤아렸다. 다행이었다. 놈은 분명 곤한 잠에 빠져 있었다. 어둠이 짙어지면 그는 갱 밖 세상으로 나설 터였다. 달빛 정도라면 눈의 각막이 어느 정도 견뎌낼 수 있겠지. 자칫하다간 그 소경 노인처럼 굴을 나서는 순간 눈알이 터져버릴 수도 있다. 아니면 그대로 고꾸라져 숨이 끊길지도 모른다. 그는 산에서 집까지 가는 길을 꼼꼼히 떠올려보았다. 과연 몸이 제대로 말을 들어줄까. 놈이 아까처럼 발광이라도 하면 한 걸음도 움직일 수 없을 터였다. 놈의 육중한 무게가 느껴졌다.

"당신이야. 내 아이들, 모두, 당신이 죽인 거야!"

아내의 음성이 귓전을 때렸다. 그는 두 눈을 질끈 감았다. 아니야. 그건 실수였어. 그는 숨을 헐떡였다. 터엉! 얼어붙은 강의 빙판 위로 뭔가 떨어져내리는 소리. 터엉! 지옥에서 들려오는 것 같은 그 소리가 계속 뇌리를 울렸다.

*

피란 후 서울로 돌아와 다시 국밥집을 계속했다. 백화는 숫제 실성한 사람 꼴이었다. 그를 향해서 아예 분노조차 드러내지 않았다. 그녀의 눈에 남편 황충은 더이상 존재하지 않았다. 그녀가 돌아올 수 없는 강을 이미 건넜음을, 그는 깨달았다. 말도 없이 그는 혼자서 집을 나왔다. 그렇게 가랑잎처럼 세상을 떠돌다가 또다시 황천읍까지 흘러들었다.

놀랍게도 황천읍은 폐허처럼 방치되어 있었다. 한때 수만 명 인구가 몰려들어 흥청대던 금광 도시. 막대한 금 매장량을 자랑하던 기회의 땅 '엘도라도'는 없었다. 한차례 대홍수가 휩쓸고 간 뒤, 해방과 함께 금광 열기도 거품처럼 스러져버린 까닭이었다. 빈집만 남은 마을은 무덤처럼 고요했다. 골짜기마다 을씨년스러운 폐광 구덩이와 돌무더기, 검은 아가리를 벌린 폐갱들 천지였다. 읍 전체가 거대한 공동묘지 같았다.

그 폐허에서 그는 웬 비렁뱅이 노인을 만났다. 폐광 부근 느티나무 그늘에서 만난 노인은 소경이었다. 어딘가 낯이 익다 했더니, 예전 S선생의 금광에서 덕대로 일했던 사내였다. 한낮의 괴괴한 정적 속에서, 노인은 놀라운 비밀을 털어놓았다.

"해방 되고 바로 이듬해 겨울이었어. 한밤중에 바로 이 나무 밑에 집결했지. 도합 열세 명. 비밀리에 연락해 모인 터라 내게도 대부분 초면이더군. 난 그때까지도 반신반의했어. 지하 갱 은밀한 어딘가에 이노키 상의 금괴가 무더기로 묻혀 있다는 거야. 이노키 상을 자네도 알 거야. 황천 금광 외에도 알짜배기 금광을 예닐곱 개씩이나 거느린 어마어마한 갑부였으니까. 이노키는 일본이 항복한다는 걸 이틀 전에 미리 알았다더군. 그래서 아무도 몰래 급히 금괴를 감춘 뒤 잽싸게 황천을 빠져나갔지. 한데, 부산에서 엉뚱하게 강도를 만나 가슴에 칼을 맞고 비명횡사해버린 거야. 우리 열세 명을 은밀히 규합한 사람은 진씨라고, 이노키가 운전수로 부린 인물이었어. 각자 장비와 일주일 치 식량을 준비해왔지. 갱도를 샅샅이 뒤지기 시작했어. 영락없는 개미굴이더군. 금전판에서 뼈가 굵은 나조차도 이곳에 그렇게 많은 굴이 존재할 줄은 상상도 못했어. 굴 수백 개가 거미줄같이 얽혀 있어서 길을 잃고 헤매기 일쑤였어. 갱도 곳곳엔 홍수 때 죽은 해골이 널려 있더군. 광부들이 떼죽음 당한 굴만 골라, 광주들이 고의로 허물어서 막아버렸다고들 했지. 물론 보상비 때문에 그랬던 게지. 그런 곳을 지날 땐 해골과 뼈다귀 들이 와작와작 밟혀서 아예 걸을 수가 없어. 말 그대로 지옥이었지. 빌어먹을 들쥐랑 박쥐떼는 또 어찌나 들끓는지…… 식량과 기름도 바닥이 나서, 그만 슬슬 손 털고 일어설 참이었어. 아, 바로 그때 그게 딱 불거진 거야. 궤짝은 딱 하나였어. 벽돌 크기의 금괴 스무 개가 들어 있더군. 근처를 더 뒤졌지만, 그게 다였어. 하지만 그것만도 엄청난 횡재였지. 원래 약속대로라면, 그중 한 개 정도는 내 몫이었고…… 마침내 출발했는데, 가도 가도 출구가 나타나질 않는 거야. 귀신 곡할 노릇이었지. 방금 왔던 길조차 분간을 할 수 없는 거야. 얼마나 헤맸을까. 모두 녹초가 되어 주저앉았는데, 머리 위 천장이 순식간에 와르르 무너져내린 거야. 돌무더기에 깔려 두 명이 즉사하고, 두 명은 많이 다쳤어. 앞뒤가 완전히 붕괴된 바람에, 우린 좌우 몇십 미터 공간 안에 갇혀버린 거야."

살기 위해서는 돌과 흙무더기를 치워야 했다. 그러나 그들은 금세 모조리 나가떨어졌다. 삽자루를 쥘 힘조차 없었다. 잡아먹을 쥐나 박쥐도 더는 보이지 않았다. 물로 배를 채우고, 바위틈에서 벌레와 미생물까지 훑어 먹었다. 조금 남은 기름으로는 꼭 필요할 경우에만 불을 켰다. 땅 밑 암흑 속에서 그들은 서서히 죽어가고 있었다.

어느 날, 비몽사몽간에 노인은 고깃덩어리를 미친 듯 뜯어먹었다. 차츰 정신이 돌아와 주위를 살펴보니, 동료들이 큼지막한 고기를 불에 지글지글 굽고 있었다. 노인은 실컷 먹고 나서 곯아떨어졌다. 뒤늦게야 그는 다친 동료 하나가 없어진 걸 알았다. 얼마후엔 남은 한 명도 어디론가 사라졌다. 암흑 속에서 뭔가 무서운 일이 벌어지고 있었다. 남은 사람은 아홉 명. 금속 탐지 기술자인 정씨와 자신을 빼면, 나머지는 모두 주동자인 진씨와 한 패거리였다. 노인은 자신이 다음 차례임을 알았다. 기회를 엿보던 노인은 운 좋게 바위틈으로 도망쳐 나왔다.

"그때부터 또 오랫동안 혼자 갱 속에서 헤맸지. 천신만고 끝에 출구를 찾았지만, 그때 이렇게 두 눈을 잃고 말았어. 햇빛 아래로 갑자기 뛰어나오다가 눈알의 핏줄이 죄다 터져버린 거야. 정신을 잃었다가, 네발로 기어서 집까지 돌아왔어. 그런데 희한한 일이지 뭔가. 기껏해야 두어 달쯤으로 여겼는데, 나와 보니 그사이 삼 년이 훌쩍 지났다는 거야. 귀신에 홀린 것 같더군. 그런데 진짜 비밀은 여기부터라네. 일행에서 도망쳐 혼자 출구를 찾아 헤맬 때, 우연히 궤짝 묻힌 자리를 알아냈어. 이노키는 나머지 금괴를 몽땅 거기에 따로 숨겨놓았던 걸세. 궤짝이 몇 개였는지 아나? 아홉! 세상에, 아홉 개가 가지런히 묻혀 있더라니까!"

"남아 있던 다른 사람들은 어찌되었소?"

"나보다 앞서 빠져나왔던가봐. 다들 팔자 고치고 출세까지 했더군. 진씨는 국회의원이라지. 패거리 중 하나는 장군이 되고, 경찰국장, 방직공장 사장, 신문사 사장, 대학 이사장, 또 누구는 서울에서 제일 큰 교회 목사가 됐다더군."

노인은 흰자위만 남은 눈으로 그를 바라보며 문득 목소리를 낮추었다.

"세상에서 이 비밀을 아는 사람은 나하고 자네뿐이네. 내가 누구한테 그걸 말할 수 있었겠나. 딱 한 번, 죽은 마누라에게 말했다가 미친놈 취급만 당했어. 눈만 이 꼴이 아니었다면, 난 지금쯤 남한 최고 재벌이 되었겠지. 그러니 내가 어떻게 그걸 포기할 수 있겠나? 기어코 내 손으로 찾아올 작정이었네. 눈은 이렇듯 곯아버렸지만, 내 머릿속엔 지도가 아직 남아 있으니까. 하지만 이젠 다 틀렸어. 죽을 날이 코앞에 왔다는 걸 난 알고 있네. 내 얘기를 믿고 말고는 자네 몫이겠네만, 황금은 지금도 그 자리에 있네. 여기 폐광 밑, 지하 갱 어딘가에."

그는 비렁뱅이 소경 노인을 느티나무 아래 남겨둔 채 혼자 마을로 돌아왔다. 서울로 돌아오는 버스 안에서 그는 줄곧 생각에 골몰했다. 어느 순간, 마침내 그의 눈앞에서 거대한 불꽃이 확 타올랐다. 그는 가게를 정리하자마자 황천읍으로 이사를 했다. 그리고 낡은 한옥을 말끔히 보수한 다음 '백화옥'이라는 간판을 내걸었다. 이번에도 백화는 남의 일인 양 그저 바라보기만 할 뿐이었다.

*

굴 내부가 완전히 깜깜해졌다. 밤이었다. 그는 몸을 일으키기 위해 벽에 두 손을 짚고 안간힘을 썼다. 우드득. 발목뼈가 소리를 질렀다. 금괴를 어렵사리 손으로 집어올린 다음, 그는 갱 벽에 몸을 의지한 채 절룩절룩 발을 옮겼다. 흙과 이끼의 푸석한 감촉이 발바닥에 느껴졌다. 출구였다. 북통 같은 배 때문에 발밑은 볼 수가 없었다. 출구 바로 앞에서 그는 다시 주저앉아 숨을 몰아쉬었다.

작은 풀포기들이 드문드문 돋아 있었다. 마른 줄기 하나를 뽑아들고 그는 신기한 듯 들여다보았다. 풀포기를 마지막으로 본 게 언제였더라. 코에 대고 마른 풀 냄새를 맡았다. 까닭 없이 눈물이 피잉 솟아났다. 문득 칼날 같은 한기가 그의 나신을 휘감았다. 그가 앉은 자리는 지하 공기와 바깥 대기의 대치점이었다. 겨울이구나. 그는 어깨를 움츠리며 뇌까렸다. 하늘은 은은한 빛으로 가득차 있었다. 달빛이 흘러들자 눈에 미세한 통증이 느껴졌다.

가만, 겨울이라니? 그는 애써 기억을 더듬었다. 그가 집을 떠나 갱 안으로 들어온 건 분명 겨울이었다. 뒤란 한가운데 장승처럼 우뚝 서 있던 아내의 마지막 모습이 떠올랐다. 흐드러지게 퍼붓는 달빛에 백화의 얼음장 같은 얼굴이 또렷하게 드러났다. 틀림없어. 그때가 동짓달 보름이었지. 그렇다면, 그사이 일 년이

156

지났단 말인가. 그는 고개를 저었다. 갱 안에선 시간도 흐름을 멈춘다. 집을 나설 때 배낭 안엔 미숫가루며 육포 같은 비상식량이 들어 있었다. 식량, 등유, 연장 따위는 그전에 미리 갱으로 옮겨놓았다. 아껴서 그걸 다 먹을 때까지, 최소한 반년은 걸렸으리라. 그다음엔? 그는 고개를 갸웃했다. 뭔가 이상했다. 그 이후엔 뭘 먹고 지냈는지, 전혀 기억이 없었다. 물은 마음껏 마셨다. 갱 바닥엔 어디나 물이 고여 있었다. 물 말고, 난 지금껏 무엇을 먹고 지냈을까. 또 이놈은 언제부터 내 몸안으로 들어온 것일까.

그는 배를 조심스레 만져보았다. 용케도 놈은 아직 잠들어 있었다. 울룩불룩. 놈의 심장박동을 확인하면서 그는 기억을 찾아 내려 애썼다.

"지하 맨 아래쪽엔 뭔가 엄청난 놈이 살고 있어. 내 눈으로 본 적은 없지만, 소리는 똑똑히 들었다네."

소경 노인의 말은 사실이었다. 크아아. 크아아. 폭포 소리 혹은 코끼리 울음 같기도 한 그 괴이한 소리는 캄캄한 어둠 저편에서 쩌렁쩌렁 울려오곤 했다. 가끔 물 고인 웅덩이를 철벅철벅 지나가는 기척도 들렸다. 그 모두가 환청이었을까.

꿈틀. 돌연 뱃속에서 놈이 움직였다. 놈은 뭔가 바짝 경계하고 있었다. 급작스런 외부 온도 변화에 긴장한 눈치였다. 그는 배를 살살 어루만져주었다. 제발 이대로 얌전히 있어다오. 옳지……
그는 금괴를 집어들고 달빛에 비춰보았다. 영롱한 황금빛이 그의 눈에 스며들었다. 이번엔 두 손을 달빛에 나란히 펼쳤다. 손이라기보다 쇠갈퀴 같아 보였다. 끝이 갈고리처럼 날카롭게 휘어진 손톱. 뼈를 덮은 질긴 가죽. 그 쇠갈퀴 같은 손으로 그는 끝없이 흙을 파고, 돌을 헤치고, 갱목을 뜯어내고, 해골과 뼈다귀 들을 치워냈다. 노인의 머릿속 지도는 애당초 별 도움이 못 되었다. 거대한 지하의 미궁을 그는 자신의 손으로 정복하길 원했다. 그리고 마침내 그는 이노키의 보물을 찾아냈던 것이다. 노인이 말한대로. 아홉 개의 궤짝은 지하 맨 아래쪽 갱에 묻혀 있었다.

놈이 또 신호를 보내고 있었다. 서두르라고. 시간이 없다고. 그는 힘겹게 몸을 일으켜세웠다. 달빛 속에 서서 그는 한참 만에 눈을 떠보았다. 둔중한 통증이 차츰 사라졌다. 머리 위에 크고 둥근 달이 조용히 떠 있었다. 저만치 산 아래 수많은 불빛들이 그를 놀라게 했다. 바람결에 묻어오는 냄새, 소리, 촉감도 대단히 낯설었다. 눈앞의 골짜기가 한없이 멀고 깊어 보였다. 두 팔로 배를 부둥켜안은 채 그는 마침내 위태로운 걸음을 천천히 내디뎠다.

*

흰 치마저고리 차림으로 백화는 툇마루에 고요히 앉아 있었다. 쪽찐머리에 은비녀를 지른 모습이었다. 열어젖힌 미닫이문 사이로 뒤뜰이 내다보였다. 달빛이 하얗게 내려앉은 마당은 작은 호수 같았다. 백화는 벌써 몇 시간째 그렇듯 앉은 자세 그대로였다. 지난 이틀 동안 백화는 잠시도 남편의 숨소리를 놓치지 않았다. 그 괴이한 소리도 함께. 이제 소리는 훨씬 더 가까이에 있었다. 백화는 벚나무 쪽에 눈길을 주었다. 아이들은 보이지 않았다. 하지만 분명히 어둠 속 어딘가에서 이쪽을 주시하고 있을 터였다.

두 아이가 나타난 건 오늘 새벽이었다. 새소리인가 하고 무심코 들창을 열다가, 백화는 풀썩 주저앉았다. 집 맞은편 높다란 전봇대 위였다. 아이들은 똑같이 전깃줄에 다리를 걸고 거꾸로 대롱대롱 매달려 있었다. 백화를 보자마자 아이들은 재빨리 빙그르르 몸을 돌렸다. 그러고는 철봉을 하듯 전깃줄에 나란히 매달린 채 그녀를 말없이 내려다보았다. 초롱초롱한 눈의 사내아이는 여섯 살쯤, 얼굴 윤곽이 흐릿한 여자아이는 아홉 살 정도였다. 둘 다 벽돌같이 네모난 머리통, 똑같은 노란색 옷차림이었다. 백화는 그들이 누구인지 단번에 알아보았다. 오래전 유치장과 피란 열차 지붕에서 죽은, 그녀의 아이들이었다. 순간 눈물이 비 오듯 철철 쏟아졌다.

그들이 맨 처음 백화를 찾아온 건, 오래전 그녀가 밤중에 혼자 절벽 아래로 몸을 던지려 했을 때였다. 그날 밤 아이들은 그녀의 머리맡을 밤새 고요히 지키다 사라졌다. 그후 통 보이지 않더니, 오늘 수십 년 만에 불쑥 찾아온 거였다. 본디 그 애들은 말하는 법도, 표정도 없었다. 언제나 저만치서 빙빙 돌면서 제 어미를 조용히 지켜보기만 했다.

달이 서쪽으로 훌쩍 기울었다. 뎅. 뎅. 뎅. 뎅. 괘종시계가 네
번 울렸다. 새벽은 머지않았다. 백화는 귀를 기울였다. 후우. 후
우. 캬르륵. 캬르르. 소리는 여전히 다가오고 있었다. 대단히 느린
속도로, 힘겹게, 조금씩…… 그것은 필시 뒷산 기슭 어디쯤이었
다. 조금 있으면 마을로 접어들 터였다. 쪽대문의 빗장은 그녀가
벌써 풀어놓았다. 터엉…… 그녀는 눈을 감았다. 얼어붙은 강 위
로 낙하하는 작은 포대기가 보였다. 터엉. 터엉. 얼음장 위로 떨
어져내리는 그 몸서리쳐지는 소리. 그 소리는 평생 백화를 놓아
주지 않았다.

그날, 그녀는 절대로 기차를 타지 말았어야 했다. 폭격을 당해
죽더라도 집에 남았어야 했다. 역에서 밤을 새고 또 몇 시간을 기
다렸다.

"밟혀 죽건 얼어 죽건 마찬가지야. 내 허릴 꽉 잡아."

남편이 먼저 지붕으로 기어올랐다. 누군가 그녀를 뒤에서 밀어
올려주었다. 지붕에도 발 디딜 틈이 없었다. 간신히 가장자리를
차지했다. 발을 뻗으면 그대로 아슬아슬한 허공이었다. 한겨울
밤, 열차 지붕 위는 말 그대로 지옥이었다. 눈보라는 퍼붓고 몸은
통나무처럼 얼어붙었다. 사내들은 소주로 몸을 녹였다. 백화는
오로지 품속의 아이 걱정뿐이었다.

"어, 그게 어디 갔지?"

소주를 홀짝이던 남편이 별안간 미친 듯이 허둥대며 뭔가를 찾기 시작했다.

"난리통에 현찰은 휴지쪽이나 마찬가지야. 이것만 있으면 절대 걱정 없어."

남편은 금붙이가 든 전대를 내내 차고 있었다. 지붕에 오르기 직전, 남편은 그걸 아이 포대기 안에 쑤셔넣었다. 북새통에 벗겨질까봐 불안해. 여기가 가장 안전하겠어. 남편은 흡족한 웃음까지 흘렸다. 한데, 그게 안 보였다. 퍼뜩 짚이는 게 있었다. 지붕을 오를 때 뒤에서 밀어올려주던 남자. 쿠릉. 쿠릉. 쿠릉. 철교에 막 진입하는 기차가 급격히 요동을 쳤다.

"뭐라고? 미친년. 이리 줘봐!"

포대기를 홱 낚아채가던 남편의 몸뚱이가 크게 휘청했다. 그가 벌렁 넘어지는 순간, 포대기 안에서 뭔가가 쑥 빠져나와 허공 너머로 사라졌다. 아이였다. 그 모두가 찰나였다. 백화는 네발로 북북 기어갔다. 아이는 보이지 않았다. 철교 아래로 허옇게 얼어붙은 강이 엎어져 있었다.

뎅. 뎅…… 다섯시였다. 소리는 바로 지척까지 와 있었다. 공터를 지나, 골목으로 접어들고 있었다. 후우. 후우. 캬륵. 캬륵. 둘 다 필사적으로 숨을 헐떡이고 있었다. 마침내 대문을 열고 누군가 무겁게 안으로 들어섰다. 맨 처음 백화가 본 것은 엄청나게 큰 뒤웅박이었다. 저게 뭘까. 때마침 서쪽 산을 넘어가던 달이 마지막 안간힘으로 달빛을 확 뿌렸다. 한순간 뜰이 대낮처럼 환해졌다. 백화는 보았다. 공 모양의 거대한 복부. 주먹만한 머리통. 뼈만 앙상한 두 다리.

"기어코 괴물이 되었구나, 저 인간이!"

백화는 부르짖었다. 괴물은 젓가락 같은 두 다리로 흐느적이며 다가오더니, 툇마루 앞에서 우뚝 멈춰 섰다. 눈길이 마주치는 순간 백화는 그것이 남편 황충임을 알았다. 그가 뭔가를 툇마루 위에 쿵, 하고 떨어뜨렸다. 돌덩이, 아니면 벽돌이었다.

"자, 자, 또, 또, 히, 보, 보, 라……고."

그가 숨을 헐떡이며 열심히 웅얼거렸으나 백화는 알아듣지 못했다. 내, 내, 가, 야, 야, 소, 소, 옥…… 몹시도 힘겹게 뭐라뭐라 웅얼대다가 꽈당, 그는 마루 위에 나동그라졌다. 백화는 일어나 전등을 켰다. 그의 가슴에 귀를 가까이 대고 숨을 헤아려보았다. 후우. 후우우. 분명 지쳐 곯아떨어진 숨소리였다. 비로소 백화는 그의 몰골을 자세히 뜯어보았다. 그건 완전히 뼈다귀와 거죽뿐인 미라였다. 전신의 모든 혈액과 살과 수분을 그 거대한 배가 몽땅 빨아들인 것 같았다. 밀랍처럼 투명하고 흐물흐물한 노란색 피부, 털 한 올 남지 않은 머리, 갈퀴 같은 손과 발, 풍선처럼 팽창한 거대한 배…… 그것은 인간이 아니었다. 지옥에서 막 걸어나온 요괴의 형상이었다. 백화의 눈에 눈물이 그렁그렁 고였다. 문득 그가 눈을 뜨고 백화를 올려다보았다. 부엉이처럼 샛노란 눈알이었다.

"무, 물."

그는 단숨에 물 한 주전자를 다 들이켰다. 내, 내, 가, 아, 차, 차, 자, 내…… 그, 그음, 화, 화앙, 그음…… 연신 뜻 모를 소리를 웅얼거렸으나, 백화는 '황금' 한마디만 알아들었다. 하늘이 성큼 밝아져왔다. 곧 아침해가 떠오를 터였다. 으아악. 순간 그가 느닷없이 배를 그러안고 데굴데굴 구르기 시작했다. 울뚝불뚝. 뱃속에서 정체불명의 뭔가가 뱃가죽을 뚫고 튀어나오려는 듯 미쳐 날뛰고 있었다. 끝내 그의 사지가 축 늘어졌다.

"우두둑!"

이내 그의 고관절이 두 쪽으로 빠개지는 소리와 함께 사타구니 사이로 뭔가 시커먼 것이 불쑥 튀어나왔다. 백화는 숨이 꼴딱 넘어갈 뻔했다. 가랑이 사이를 뚫고 나온 건 괴물의 머리통이었다. 뾰족한 머리, 날카로운 앞니, 쇠뿔 모양의 두 귀. 황금색으로 번들거리는 몸체. 그것은 난생처음 보는, 흉측하기 그지없는 괴물이었다. 크아악. 캭. 크아악. 캭…… 놈은 대가리를 바짝 쳐들고 주위를 홰홰 살피더니, 돌연 아가리를 쩍 벌렸다. 이내 놈은 황충의 몸뚱이를 닥치는 대로 물어뜯기 시작했다. 갈고리 같은 이빨이 허벅지와 엉덩이에 콱콱 들이박혔다. 붉은 핏물이 분수처럼 사방으로 튀었다.

마침내 윤기로 번들거리는 놈의 기다란 몸체가 숙주로부터 서서히 빠져나오기 시작했다. 어른 어깨 굵기의 몸통. 등판의 투명한 비늘. 눈부신 황금색을 띤 복부가 차례로 모습을 드러냈다. 괴물은 뿔 달린 머리통을 제외하고는 거대한 구렁이와 매우 흡사했다. 백화는 숨도 못 쉬고 마루 구석에 새파랗게 얼어붙어 있었다.

크아악! 크아악! 놈은 대가리를 꼿꼿이 쳐든 채 툇마루와 토방을 거쳐, 뜰 마당을 천천히 꿈틀꿈틀 기어나갔다. 아침해가 산등성이 위로 마악 떠올랐다. 놈의 기다란 몸체가 햇살을 받아 찬란한 황금빛을 뿜어내기 시작했다. 그 강렬한 빛 때문에 백화는 눈을 뜰 수가 없었다. 이윽고 황충의 가랑이 사이에서 괴물의 꼬리가 다 빠져나왔을 때, 그것의 대가리는 이미 마당 저편 쪽대문 문턱을 구물구물 타넘고 있었다. 잠시 후 그것은 골목과 공터를 지나, 산기슭 쪽으로 유유히 사라졌다.

*

마침내 괴물의 모습이 시야에서 완전히 사라졌을 때, 백화는 간신히 몸을 일으켰다. 툇마루에 남편 황충의 모습은 보이지 않았다. 대신 마룻바닥 위에 구렁이 허물인지 걸레 뭉치인지 모를 기묘한 덩어리 하나만 남아 있었다. 백화는 뜰로 내려와 한동안 사방을 두리번거렸다. 아이들의 모습도 보이지 않았다. 두 아이는 방금 전까지 담장 위에 나란히 앉아서 그 광경을 줄곧 지켜보고 있었던 것이다.

귀신, 괴물, 유령, 사탄…… 어쩌고저쩌고. 문득 두려움에 잔뜩 질린 웅성거림이 담 밖에서 두런두런 들려왔다. 어느 사이 쪽대문 너머로 동네 사람들이 몰려와 마당 안을 훔쳐보고 있었다. 백화는 잠자코 다가가 쪽대문을 꽈당 닫아건 다음, 다시 집안으로 들어왔다.

툇마루 밑에는 벽돌 크기의 네모진 돌덩이 한 개가 아직 그대로 놓여 있었다. 백화는 그것을 두 손으로 집어들었다. 아까 남편 황충이 들고 온 것이 틀림없었다. 보기보다 제법 묵직했다. 백화는 손바닥으로 그걸 받쳐들고 요리조리 유심히 살펴보았다. 하지만 아무리 봐도 산에 지천으로 널려 있는 쓸모없는 돌멩이였다. 그 인간이 왜 이따위 요상한 걸 여기까지 가져왔을까. 잠시 고개를 갸우뚱하더니, 백화는 그것을 담 너머로 훌쩍 내던져버렸다.

월녀

이것은 한 여자와 일곱 명의 남자들에 대한 이야기다. 그리고 폐쇄된 낡은 극장, 수백 년 묵은 왕벚나무, 한없이 깊은 우물과 정체 모를 풀잎에 관한 이야기다.

*

읍 중앙의 광장에 서서 북동쪽으로 고개를 돌리면, 낮고 허름한 주택 지붕들 너머로 엎어진 사발 모양의 언덕 하나가 저만치 시야에 들어온다. 깎아지른 듯한 암벽을 병풍처럼 등뒤에 두른 채 비스듬히 돌아앉은 그 언덕을 가리켜, 노인들은 예부터 전해오는 특별한 명당이라고들 얘기한다. 풍수지리상으로 음 기운이 승한 황천읍 지형에서, 거기가 정확히 여자 젖가슴에 해당하는 자리라는 것이다. 하긴 그러고 보니, 탐스럽게 봉긋 솟아오른 형태가 얼핏 여인의 풍성한 젖무덤을 닮은 듯도 싶다. 암벽 아래, 현재는 말라버린 우물의 물빛이 쌀뜨물처럼 희멀건 색깔이었던 것 역시 그 연유에서라고도 하고.

언덕 기슭엔 거대한 고목 한 그루가 우람하게 버티고 서 있다. 수령 오백 년이라는 그 왕벚나무의 밑동은 장정 다섯이 나란히 양팔을 펼쳐야 겨우 에워쌀 수 있다. 그런데 한눈에도 나무 상태가 심상치 않아 보인다. 울창하게 허공으로 뻗어나간 가지들은 어쩐지 온통 숯덩이같이 시커멓다. 혹시 오래전 불에 타기라도 한 것일까. 이파리는 거의 눈에 띄지 않는다. 아스라이 높은 가지에만 이끼인지 뭔지 모를 푸르스름한 빛이 드문드문 남아 있을 뿐. 때문에 주민들 대부분은 벌써 오래전 죽어버린 나무라고 믿고 있다.

그 노거수 아래, 커다란 콘크리트 건물 한 채가 버티고 서 있다. 높은 지붕, 창문도 없이 뭉툭한 좌우 벽체, 우중충한 현관 따위가 얼핏 시골 어디에나 있을 법한 양곡 저장 창고를 닮았다. 건물 전체에선 몹시 음산하고 음울한 분위기가 풍겨난다. 특히 비라도 금방 쏟아낼 듯한 저녁 무렵 같은 때, 봉분처럼 부풀어오른 언덕을 배경으로 저 혼자 우뚝 서 있는 모습은 흡사 묘비 같아 보인다.

황천극장.

문을 닫은 지 십 년이 넘었어도 사람들은 여전히 그 잿빛 콘크리트 건물을 그렇게 부른다. 지난 수십 년 동안 그것은 읍내 유일한 극장이었다. 매일 저녁 그것은 커다란 외등과 네온사인을 휘황하게 켜놓고 사람들을 불러모았다. 이따금씩 도시에서 순회 악극단이며 삼류 쇼단을 불러와 쿵작쿵작 공연을 올리기도 했다. 설날이나 추석 땐 인근 산촌 주민들까지 몰려와 극장 안을 콩나물시루처럼 빽빽하게 채워주었다. 물론 이젠 모두가 까마득한 시절의 얘기다. 지금 건물의 몰골은 피부병 걸린 늙은 개처럼 추레하고 흉물스럽기 짝이 없다. 녹슨 함석지붕은 붉다못해 검게 삭아내리고, 창문이란 창문은 모조리 합판으로 쾅쾅 못질된 채 봉해져 있다. 알록달록한 간판이 내걸리곤 했던 현관 벽면엔 흙먼지, 녹물, 얼룩이 켜켜이 들러붙었고, 콘크리트 몸체는 예전의 도색 흔적조차 분간하기 어렵다.

원래 그곳은 일본인들이 주민들을 강제 동원해 석축을 쌓고 호화로운 신사를 세웠던 자리다. 신사는 해방되자마자 사람들이 몰려가 깡그리 때려부숴버렸다. 전쟁 당시엔 남쪽 북쪽 군인들이 번갈아가며 그 언덕 위에 참호를 구축하고, 산에서 전나무를 베어와 어설픈 망루를 세우기도 했다. 오랫동안 방치되어 있던 그 쓸모없는 공터를 사들인 사람이 바로 장월녀(張月女)였다. 전쟁 이후 줄곧 종적이 묘연하던 그녀는 어느 해 홀연히 읍에 나타나더니, 불과 몇 달 만에 건물을 뚝딱뚝딱 지어올리고는 떡하니 극장 간판을 내걸었다.

한 시절 성황을 누렸던 황천극장은 결국 이십 년 만에 간판을 내리고 폐업했다. 가가호호 안방에 최신형 텔레비전을 신주단지처럼 모셔들이고, 읍내에만 수십 개의 비디오 대여점이 우후죽순 생겨날 무렵이었다. 월녀는 극장을 닫은 대신, 고갯길 초입에 작은 주유소를 새로 차렸다. 그러나 주유소 경영은 수양딸 명기에게 일임한 채, 월녀는 이후 바깥출입을 일절 끊어버렸다.

"대체 그 할망구는 집안에 틀어박혀 날마다 무엇을 하는고?"

햇볕 한줌 들지 않는 극장 바닥에 흙을 깔고, 거기다 앵속이며 대마를 심었다더라. 치매가 심해져 똥오줌도 제대로 가리지 못한다더라. 극장 내부를 무당집같이 울긋불긋 꾸며놓고, 혼자 징 치고 장구 치며 괴이한 굿을 벌인다더라. 월녀에 대한 온갖 소문과 억측이 나돌았지만, 그도 한동안이었다. 당당한 거구, 놀랍도록 크고 풍성한 젖가슴, 눈이 부시게 환한 은발머리, 남정네같이 걸걸하고 쩌렁쩌렁한 목청을 가진 그 여자, 장월녀의 존재는 사람들 기억에서 차츰 희미해져가고 있었다.

*

새벽 네시.

극장 뒷마당에 낮게 엎드려 있는 이층집 한 채. 제법 널찍한 그 살림집엔 월녀 혼자 살고 있다. 사람들은 그것을 극장집이라고 부른다.

지금, 월녀는 방안에서 잠들어 있다. 음력 시월 보름. 때마침 오늘은 월녀의 여든다섯번째 생일이다. 팔십대라니! 힘차게 콧소리를 내며 자고 있는 모습만 보면, 그리고 눈부신 은발머리 한 가지만 제외하면 그녀는 삼십 년은 족히 젊어 뵌다. 한창 시절의 풍성하던 살집은 사라졌어도, 타고난 거구에다 통뼈인 덕에 당당한 풍모는 여전하다.

잠을 깨기 직전, 월녀의 후각이 맨 먼저 그 특별한 냄새를 알아차렸다. 갓난아이 살냄새같이 배릿하면서도 한없이 그윽하고 달콤한 향기. 순간 월녀의 온몸이 감전된 듯 짜르르 저려오고, 뼈마디마디가 바늘에 찔린 양 아파온다. 제 육신의 그 익숙한 반응들이 무엇을 의미하는지를 그녀는 본능적으로 깨닫는다.

"아, 돌아왔구나!"

그녀는 탄식한다. 호흡을 멈추고 마당 쪽으로 두 귀를 모은다.

"톡. 토독. 톡. 토톡……"

소리가 들린다. 정확히 삼 년 만에 들어보는 소리다. 무수히 많은 비눗방울이 차례로 터지는 소리. 여문 봉숭아 씨앗들이 한꺼번에 씨방을 찢고 튀어나오는 소리. 달걀 속 병아리가 껍질을 쪼고 나오려는 소리. 혹은 대나무숲에 내리는 빗소리이거나 분만

중인 짐승의 신음 소리 같기도 하다. 그 낮고 은밀한 소리는 점차 빨라지고 있다. 월녀는 자리에서 일어나 뒤뜰과 이어진 쪽창을 활짝 열어젖힌다. 차갑고 맑은 늦가을 새벽 공기가 방안으로 쏟아져들어온다. 세상은 아직 해 뜨기 직전의 어둠에 혼곤히 젖어 있다. 담장 너머로 올려다뵈는 왕벚나무의 검고 우람한 둥치가 성벽처럼 까마득하다.

톡. 토톡. 톡. 소리는 왕벚나무 쪽에서 난다. 보지 않아도 그녀는 훤히 알고 있다. 꽃망울 돋는 소리다. 수천수만 마리 구렁이가 뒤엉킨 듯, 허공으로 울창하게 뻗어나간 가지들. 그 죽어가는 가지마다 지금 무수한 꽃망울들이 일제히 돋아나고 있다. 아아. 불현듯 그녀의 목구멍에서 신음이 흘러나온다. 이내 온몸이 불길에 휩싸인 양 뜨겁게 달아오른다. 심장박동이 격렬하게 빨라지고, 혈관을 타고 붉고 흰 피톨들이 불똥처럼 튀어오른다.

월녀는 가쁜 숨을 몰아쉰다. 숨을 쉴 때마다 가슴이 함께 들썩인다. 그녀는 양쪽 젖가슴을 손바닥으로 지그시 감싸쥐어본다. 조금 전까지 말라붙은 수세미처럼 힘없이 축 늘어져 있던 가죽주머니. 모래처럼 푸석하던 그 두 개의 주머니가 어느 사이 후끈 달아오르고 있다. 환희와 고통이 뒤섞인 열기에 휩싸여 그녀는 부르르 진저리를 친다. 꿈틀꿈틀. 마침내 그녀의 젖가슴이 움직인다. 온몸의 열기가 액체로 변하여 톡톡 소리를 내며 가슴으로 흘러드는 것이 또렷이 느껴진다. 젖이다. 폐광처럼 메말랐던 유

174

방 안에 이 순간 싱싱한 유액이 샘물처럼 고이고 있는 것이다.

월녀의 젖가슴이 서서히 풍선처럼 부풀어오르기 시작한다. 월녀는 조용히 잠옷을 벗는다. 다시 속옷마저 벗어낸다. 알몸을 하고 반가부좌 자세로 눈을 감는다. 몸안에서 일어나고 있는 그 특별한 의식이 마저 끝날 때까지, 그녀는 조용히 기다린다. 육신이 금세 싱싱한 활기로 되살아나고 있음을 그녀는 느낀다. 얼굴 주름살이 사라지고 검버섯 낀 뺨에 홍조가 돌기 시작한다. 살가죽이 윤기를 띠며 탱탱해지고, 모든 세포가 생기로 차오른다.

이윽고 월녀는 눈을 뜬다. 뒤웅박같이 어마어마하게 부풀어오른 젖가슴의 부피를 확인하자마자 그녀는 깜짝 놀라 기억을 찬찬히 더듬어본다. 분명 지난번, 삼 년 전 그때의 갑절 크기다. 한창 나이에도 이렇게 굉장했던 적은 한 번도 없다.

"어찌된 일일까. 오늘은 아무래도 심상치가 않아."

월녀는 그 굉장한 가슴을 두 팔로 부둥켜안은 채 알몸으로 방문을 나선다. 허리를 곧추세우고 마룻바닥에 반가부좌로 앉는다. 아무래도 이상하다. 뭔가 있는 게 틀림없어. 월녀는 눈을 감고 다시금 호흡을 가다듬어본다. 향기가 콧속으로 오롯이 흘러든다. 갓난아이 살처럼 배릿하고 달짝지근한 향기. 그런데 오늘은 뭔가 다르다. 전혀 낯선, 뭔가 특이한 냄새가 섞여 있다. 이게 무엇일까. 세상 모든 암흑보다도 더 깊은 어둠의 냄새. 억만 년 우주의 허공을 떠도는 먼지와 모래의 냄새. 빛도 소리도 없는 천 길 지하에 도사린 검은 바람의 냄새. 월녀는 번쩍, 눈을 뜬다. 마당 가운데 성벽처럼 우뚝 선 나무를 한참 동안 응시하더니, 불현듯 뇌까린다.

"마침내 그날이 왔구먼! 그렇다면, 늦기 전에 채비를 해야지."

*

새벽 다섯시.

극장으로 이어지는 언덕길. 동녘 하늘 한쪽 귀퉁이가 희붐해지고 있지만, 아직 사위는 많이 어둡다. 한 사내가 다리를 절룩이며 오르고 있다. 두툼한 점퍼 차림, 껑충한 키에 구부정한 등을 가진 이 사내는 황천극장 지배인 천씨다. 천씨는 언덕 아래 주택가 끄트머리 단칸집에서 줄곧 혼자 살고 있다.

조금 전, 천씨 역시 잠자리에서 그 특별한 기미를 알아차렸다. 비몽사몽간에 그 익숙한 냄새를 감지한 그는 서둘러 옷을 걸치고 집을 막 나선 참이다. 극장이 가까워올수록 향기는 한결 진해진다. 혹시나 했던 조바심이 점차 확신으로 변한다. 탈바가지처럼 뭉툭하고 무표정한 얼굴에 보일 듯 말 듯 희미한 홍조가 떠오른다. 이 냄새를 어찌 잊을 수 있겠는가. 얼마 만인가. 자그마치 삼 년 만이다. 매년 한 번도 어기는 법이 없다가, 어찌된 셈인지 두 해를 걸렀다. 이젠 영영 끝나고 만 게 아닌가 싶었다. 그동안

176

내내 극심한 절망과 비탄에 빠져 허우적대며 버티어왔다. 그런데 이렇게 다시 찾아와주다니!

천씨는 다리를 절룩이며 뒷마당으로 올라선다. 그의 한쪽 무릎엔 아직 파편이 박혀 있다. 피란길, 한강 철교가 폭파되는 순간에 얻은 쇳조각이다. 천씨는 숨을 고르며 사방을 휘둘러본다. 모두가 조용하다. 극장도 그대로다. 암벽 아래 우물도, 불이 꺼진 별채도 역시 잠잠하다. 천씨는 왕벚나무 아래 잠시 멈춰 서서, 고개를 한껏 젖히고 허공을 올려다본다. 토톡. 톡. 톡…… 소리가 이젠 훨씬 또렷하다. 빗방울 듣는 소리, 혹은 싸락눈 날리는 소리 같은 그 반가운 소리. 그러나 어둠 속에서 검은 가지는 아직 잘 보이지 않는다. 하지만 천씨는 안다. 보이지 않아도 분명 망울들은 돋고 있다. 이 순간 수천수만 개의 꽃망울이 검게 말라죽은 왕벚나무 가지마다 핏방울처럼 돋아나고 있는 것이다. 천씨의 눈자위에 금세 물기가 핑글 돈다. 오래 꽁꽁 얼어붙었던 가슴 밑바닥 어느 캄캄한 구멍에선가 불현듯 한줄기 바람이 인다. 심장이 두근거리고, 온몸으로 뜨거운 기운이 차오른다. 별안간 천씨는 견딜 수 없이 목이 마르다. 삼 년을 참아온 갈증이 한꺼번에 몰려오는 듯하다.

그게 언제였던가. 오래전, 바로 이 나무와 처음 만났던 날을 천씨는 떠올린다. 늦가을 저녁, 나무는 단풍 든 잎을 가랑비처럼 우수수 흩뿌리고 있었다. 열아홉 살 소년의 손엔 양잿물 병이 들려

있었다. 장터에서 훔쳐낸 거였다. 온 세상을 떠돌다가, 무엇엔가
홀린 듯 소년은 혼자서 이 낯선 산골 소읍까지 흘러들었다. 나무
를 처음 본 순간, 소년은 자신을 그곳까지 불러들인 것이 바로 그
나무였다는 사실을 비로소 알았다. 밤이 찾아왔고, 엄청나게 큰
보름달이 둥실 떠올랐다. 나무 밑에 쭈그려앉아 소년은 단숨에
양잿물을 목안에 들이부었다. 그리고 이틀 후 소년은 월녀의 방
안에서 눈을 떴다. 아무 말 하지 않아도 돼. 그냥 그대로 편히 누
워 있거라. 크고 걸걸한 음성으로 월녀는 소년의 손을 꼬옥 쥐어
주며 말했다. 그날 이후 오늘까지, 천씨는 변함없이 극장을 지켜
왔다.

천씨는 여느 날과 마찬가지로 극장 외곽을 한 바퀴 돌아본다.
우물 앞을 지날 땐 절로 입안의 침이 마르고 머리끝이 주뼛해진
다. 우물이 말라붙은 건 아주 오래전이다. 전쟁이 나던 해, 어느
날 돌연 수맥이 끊겨버렸다고 한다. 한낮에도 우물 밑바닥은 전
혀 보이지 않는다. 우물의 정확한 깊이는 누구도 알지 못한다.

몇 해 전, 군청에서 젊은 직원 하나가 찾아온 적이 있었다. 그
는 대뜸 수박통만한 돌덩이를 우물 속에 휙 던져넣고는 재빨리
우물 위에 엎드린 채 두 귀를 모았다. 하지만 아무리 기다려도 캄
캄한 구멍은 아무 소리도 토해내지 않았다. 아니나다를까. 젊은
직원은 그날 밤 숙직 근무중에 문틈으로 새어든 연탄가스를 마시
고 병원으로 실려갔다. 용케 목숨은 건졌으나 바보가 되어버렸다

는 소문이 돌았다. 우물 속에 유령들이 산다는 것을 읍내 사람이면 누구나 알고 있었다. 그 우물이 지금껏 그대로 방치된 채 남아 있는 건 어느 누구도 감히 매립할 엄두를 내지 못해서였다. 갓 부임한 젊은 직원은 그 연유를 미처 몰랐던 것이다.

천씨는 극장이 가까워오자 발소리를 한껏 죽인다. 언제부턴가 극장 근처에만 오면 어김없이 등골이 서늘해오곤 한다. 몇십 년을 손수 관리해온 극장이 무서워지다니, 그 자신도 영문을 모를 일이다. 극장 내부엔 몇 년째 들어가보지 못했다. 현관 복도까지는 간혹 드나들었지만, 커튼 안쪽 객석 내부는 엄두도 내보지 못했다. 그곳을 출입할 수 있는 사람은 오직 월녀뿐이다.

"그 누구라도 절대 얼씬 못하도록 해. 그들의 잠을 깨워서는 안 되니까."

월녀는 몇 번이나 천씨에게서 다짐을 받았다. 사장의 말이라면 천씨는 항상 절대 복종했다. '그들'이 누구인지, 극장 안에서 무엇을 하는지, 왜 그들이 거기에 들어가 있는지를 천씨는 한 번도 질문하지 않았다. 자신은 죽는 날까지 황천극장의 지배인이고, 월녀는 주인이어야만 했다.

천씨는 현관 앞에서 걸음을 멈추고 귀를 기울여본다. 먹물 같은 어둠에 잠긴 극장 안에선 인기척이 없다. 너무나 고요하다. 그럼에도, 설명할 수 없는 어떤 실체가 아주 강하게 느껴진다. 한둘이 아니다. 수백수천의 존재. 아니 그보다 훨씬 더 많을지도 모른다. 불현듯 머리끝이 곤두선다. 마당을 서둘러 빠져나온 그는 별채 쪽으로 향한다. 그사이 안방엔 전등이 켜져 있다.

"봉삼이냐?"

장지문 새로 걸걸한 음성이 흘러나온다. 천씨는 문을 향해 허리를 숙인다.

"편히 주무셨습니까."

"공기도 차가운데, 그만 내려가거라."

"저어, 사장님."

"왜?"

"저 소리, 들리십니까? 꽃망울이 돋고 있습니다."

"알고 있다."

"그리하면, 제가 두루 기별을 해도 되겠습니까, 사장님?"

"그래야겠지. 마지막인데."

"알겠습니다. 그럼."

천씨는 창문을 향해 머리를 숙인다. 마당을 돌아나오다가, 그는 문득 멈춰 서서 별채를 한번 돌아다본다. 마지막이라니. 무슨 뜻으로 하신 말씀일까. 설마? 뇌리를 퍼뜩 스치는 불길한 예감. 천씨는 다시 한번 눈을 감고 숨을 깊이 들이마셔본다. 과연 향기 속엔 전에 없이 웬 낯선 냄새가 숨어 있다. 모래바람 냄새. 진흙 냄새. 아니, 얼어붙은 강 위로 천둥 같은 폭음과 함께 처박히는 쇠붙이들의 냄새, 먼지구름과 폭음과 화약 냄새…… 이럴 수가!

천씨는 탄식을 토하며 그 자리에 풀썩 주저앉는다. 그렇구나. 이건 죽음의 냄새다. 이 일을 어쩌면 좋단 말인가. 천씨는 두 손으로 머리털을 움켜쥔다. 어차피 정해진 숙명임에도, 막상 닥치고 보니 눈앞이 아뜩하다. 천씨는 애써 냉정을 되찾는다.

"내 이러고 있을 때가 아니지. 서둘러야 해."

그는 절룩이며 언덕길을 바삐 내려간다.

*

아침 다섯시 반.

언덕에서 가까운 주택가 골목. 처마에 간판 '황천두부'가 비뚤름히 걸려 있는 벽돌집. 형광등 환히 켜진 부엌에서, 부부가 아침에 내다팔 두부를 준비중이다. 커다란 솥에선 두부가 익고 있다. 주인 허씨는 두 눈을 껌벅이며 부뚜막 앞에 멍하니 쭈그려앉아 있다. 방금 전 허씨도 그 특별한 냄새를 맡긴 했다. 하지만 그는 자신의 코를 별로 신뢰하지 못한다. 후각 기능이 거의 망가진 까닭이다. 그것이 반평생 뜨거운 김을 얼굴에 뒤집어쓴 채 콩 수천 가마를 삶아내고, 두부 수만 판을 쪄내면서 숫제 악을 쓰듯 살아온 대가다.

'이 멍충아. 삼 년째 감감무소식이다. 헛된 꿈은 꾸지 말란 말이여.'

속으로 스스로를 꾸짖으며, 그는 멍하니 자신의 양쪽 손바닥을 번갈아 들여다본다. 야, 문디이다! 저기, 문디이 간다! 간밤에도 또 그 고약한 꿈을 꿨다. 아이들이 돌을 던지며 쫓아왔다. 아니다. 아니다. 이거 봐라. 그는 양손을 머리 위로 펼쳐 보이며 절박하게 외쳤다. 한데 놀랍게도, 양손 모두가 뭉툭했다. 손가락이 떨어져나가고 없었다. 그는 숨넘어가도록 도망쳤다. 동네 어른들이 농기구와 몽둥이를 꼬나쥔 채 앞을 가로막았다. 문디이 짜슥! 어디로 내뺄라고! 누군가 쇠스랑을 번쩍 치켜들더니, 단번에 그의 등허리를 내리찍었다. 으악, 고함을 내지르며 그는 꿈에서 깨어났다. 정확히, 어제 오후에 항아리를 들어올리려다 삐끗했던 그 부위였다.

"또 그 잘난 손금만 들여다보고 앉았수? 얼릉 두부 안 꺼내고 뭐한대요!"

아내가 빽 소릴 치자, 허씨는 벌떡 일어나 희뿌연 훈김 속에서 한참을 바삐 움직인다. 그러다 무심코 고개를 돌리던 허씨는 화들짝 놀란다. 가게 문밖에 누군가 자전거를 옆구리에 낀 채 엉거주춤 서 있다. 극장 지배인 천씨다. 허씨 가슴이 철렁 내려앉는다. 한순간 두 사람의 시선이 마주친다. 천씨가 어둠 속에서 엄지와 검지를 말아 보이자, 허씨도 똑같이 손가락 두 개로 동그라미를 만들어 응답한다. 짧은 눈짓을 남긴 채 천씨가 이내 사라진다. 다행히 아내는 천씨를 보지 못했다. 허씨는 돌아서서 일을 계속

한다.

아, 이번엔 진짜로 왔구나. 금세 호흡이 가빠지고 두 눈에 눈물이 핑글 돈다. 감격에 북받쳐 엉엉 소리내어 울고 싶을 지경이다. 하지만 아내 때문에 입술을 물고 참는다. 저도 모르게 허씨 얼굴이 환해진다. 국자로 간수를 퍼내다가 그걸 훔쳐본 아내는 어리둥절하다. 평생 웃을 줄도 말할 줄도 모르는 탈바가지 같은 위인이 까닭 없이 혼자 싱글거리다니. 그녀는 공연히 불안해진다.

허씨의 자전거 뒤엔 소형 손수레가 매달려 있다. 수레에 두부상자를 싣고, 허씨는 자전거에 올라탄다. 저 인간이 오늘은 별일이네. 찌릉찌릉 벨까지 울리며 골목을 빠져나가는 뒷모습을 그의 아내가 멀뚱히 지켜본다. 늘 그러하듯, 허씨는 큰길을 건너자마자 농협 후문 앞에 자전거를 받쳐 세운다. 딸랑 딸라랑. 두부요오. 두부우. 두부 왔습니다아! 종을 쥐고 신나게 흔들어대자 골목 여기저기서 대문이 열린다. 거개가 부녀자들이다.

허씨는 손님에게 두부를 건넬 때마다 항상 저도 모르게 긴장한다. 자신의 손을 그는 믿지 못한다. 자신의 손이 무엇보다 무섭고 두렵다. 손가락이 어느 순간 감쪽같이 사라지고 없을 것만 같다. 무심코 내민 손이 돼지 족발처럼 뭉툭하게 변해 있을 것만 같다. 하지만 오늘 아침 허씨는 두부를 떨어뜨리거나 뭉개는 실수를 용케 한 번도 하지 않는다. 그는 셔터가 내려진 '고향가구점' 쪽을 연신 곁눈질하며 종을 더욱 힘차게 흔든다.

마침내 가구점 문을 열고 한 사내가 나온다. 가구점 주인 박씨다. 박달구. 올해 나이 마흔다섯. 박씨는 자다가 뛰쳐나온 참이다. 간밤 혼자 늦게까지 마신 술에 만취해 곯아떨어졌었는데, 잠결에 얼핏 들려온 허씨 음성과 종소리가 어딘지 심상치 않았던 것이다. 바닥에 떨어진 신문을 집어들고 허리를 펴는 척하면서, 박씨는 재빨리 허씨와 눈길을 맞춘다. 허씨가 남모르게 점퍼 자락 사이로 손가락을 슬쩍 말아 보인다. 박달구도 똑같이 응답한다. 대번에 환해지는 박달구의 얼굴을 확인한 허씨가 자전거에 훌쩍 올라탄다.

찌링찌링. 큰길 쪽으로 허씨의 자전거가 사라지자, 박달구는 서둘러 집안으로 들어간다. 이내 대충 옷을 챙겨입고 나온 그는 재래시장 쪽으로 향한다. 경황중에 슬리퍼를 꿰고 나왔음을 뒤늦게 깨달았지만, 별수없이 그냥 찰싹찰싹 발소리를 내며 걷는다. 발바닥을 핥는 슬리퍼 소리가 파도 소리처럼 들린다. 문득 고향 바닷가 흰 모래밭이 눈앞을 가득 채운다. 포구로 구불구불 이어지는 고갯길. 길가에 늘어선 아름드리 소나무들. 그 아래로 칙칙한 동백나무숲 골짜기가 보인다. 한낮에도 햇볕 한줌 들지 않는 그 음습한 숲 그늘에 드문드문 숨어 있는 초분(草墳)들. 순간 박달구는 절레절레 고개를 내젓는다. 하지만 소용없다. 갱엿처럼

184

들러붙은 기억은 얼른 지워지지 않는다. 전봇대 앞에 멈춰 선 그는 담배를 한 대 꺼내 피운다.

후우. 후우. 후우. 또 등뒤에서 그 아이의 숨소리가 들려온다. 박달구는 두 눈을 감고 오만상을 찌푸린다. 은님을 깨우고 만 것이다. 숨소리. 귓전을 울리는 타인의 숨소리. 후우. 후우. 얼음처럼 차가운 입김까지도 또렷하게 느껴진다. 은님은 하루에도 수십 번씩 자신의 존재를 그렇게 박달구에게 확인시키곤 한다. 잠을 잘 때도, 밥을 먹거나 망치질을 하고 있을 때도 불쑥불쑥 찾아온다. 지난 이십 년 동안 단 하루도 거른 적이 없다. 그 계집아이는 그림자처럼 아예 형체가 없다. 말하는 법이 없으므로, 목소리를 가졌는지조차 알 수 없다. 등뒤에 찰싹 들러붙은 그 아이의 휘파람 같은 숨소리만 귓전으로 또렷하게 들려올 뿐이다.

담배꽁초를 질끈 밟아준 다음, 박달구는 다시 걷기 시작한다. 시장통 입구로 들어선다. 이른 시각이라 손님은 없고 상인들만 분주하다. 이미 문 연 가게도 있고, 이제 막 문이 열리는 가게도 있다. 어물전을 지나면 청과물 가게들이다. 간판 '홍성청과물'이 눈에 띄자 박씨 걸음이 갑자기 느려진다. 가게 앞에 손수레 하나가 서 있다. 때마침 이씨가 과일 상자를 안고 밖으로 나오다가 박달구를 발견한다. 이씨의 눈이 반짝 커진다. 두 남자는 재빨리 은밀한 눈짓을 교환한다. 박달구가 오른손 엄지와 검지를 말아 보이자, 이씨도 허둥지둥 응답한다. 이씨가 흥분한 모양이다. 대번에 발그레 달아오르는 이씨의 낯빛을 확인하고, 박달구는 청과물 가게를 얼른 지나친다.

박달구가 사라지자 이씨는 다시 상자를 나르기 시작한다. 이남출. 나이 쉰둘. 신장 백육십오 센티미터, 체중 사십구 킬로그램의 왜소한 체격. 처음 보는 사람들은 예외 없이 그의 나이를 칠십대라고 단정해버린다. 바짝 친 반백의 머리, 구부정한 허리, 확연히 불편해 뵈는 걸음걸이, 퀭하니 들어간 두 눈, 주름살 많은 얼굴, 무엇보다 평생 동굴 속에 갇혀 살아온 사람처럼 지독히도 음울하고 쓸쓸한 눈빛. 그 모든 것들이 이씨를 이십 년은 더 늙어 보이게 만든다.

남출씨의 고향은 전라남도 진도다. 더 정확하게는, 진도하고도 또다른 콩알만한 섬이다. 시장통 상인들 사이에 그는 '고쟁이 영감'으로 통한다. 고정간첩 혐의로 체포되어 무기형을 언도받고, 복역 십오 년 만에 풀려난 전과 때문이다. 사실 그 고약한 별명을 남출씨 면전에서 직접 입에 담는 이는 없다. 물론 남출씨는 지금껏 읍내 주민 그 누구에게도, 꿈에서조차도, 그런 얘길 꺼내본 적이 없다. 필시 담당 경찰관의 입에서 시작되었을 것이다.

남출씨는 '홍성청과물'의 주인이 아니고 잡역부다. 물론 청과물 주인이 남출씨를 좋아해서 덥석 받아들였을 리는 만무하다. 경찰관인 처남이 일부러 찾아와, 보호감찰 대상자인 남출씨한테

잡역부 일자리를 내주도록 은밀히 부탁했기 때문이다. 남출씨가 이곳으로 흘러든 건 사 년 전이다. 하지만 이웃들에겐 여전히 미심쩍고 껄끄럽고 두려운 존재다. '홍성청과물' 주인은 누구보다 경계심을 늦출 수 없는 입장이다. 일거일동 유심히 지켜봐두었다가, 때때로 처남에게 알려줘야 할 책임이 있다. 주인은 남출씨를 의외로 선량하고 공손한 사람, 심성이 지나치게 약한 사람이라고 생각하면서도, 그런 겉모습에 절대 현혹되어선 안 된다는 사실을 내심 잊지 않는다. 아무리 착해 보여도 속 뻘건 수박은 결국 수박일 뿐이라고, 주인은 믿고 있다.

과일 상자 일곱 개를 싣고 남출씨는 배달 일에 나선다. 손수레를 돌려 시장통 후문 쪽으로 향하는데, 주인이 내다보며 소리친다. 아니, 왜 그쪽으로 나서? 청산연립주택으로 갈 물건 아닌가? 그러자 남출씨는 맥없이 고개를 숙인 채 웅얼거린다. 예에. 청산연립은 맞는디요. 이쪽 길로 가는 편이 아무래도 더 수월해서라우. 다소 못마땅한 기색을 하고 주인은 가게 안으로 들어가버린다. 남출씨는 손수레를 끌고 시장통을 나선다. 공중화장실을 지나고, 작은 콘크리트 다리를 건넌다. 다리 밑으로 검게 오염된 개울물이 쫄쫄 흘러가고 있다. 그때 맞은편 골목에서 누군가 허둥지둥 도망쳐 나온다. 열 명 남짓한 조무래기들이 와와 고함을 지르며 그를 뒤쫓고 있다. 얼레리꼴레리. 남출씨는 다리 어귀에 손수레를 급히 세운다.

"야, 저기 미친년 간다. 잡아라아!"

"시집가라 미친년. 화장해라 미친년. 가랑이 벌려라 미친년."

쫓기던 청년은 더이상 도망을 치지 못한다. 담벼락에 이마를 처박은 채 청년은 힘없이 비명을 지른다. 아이들이 빙 둘러싼다. 하나가 막대기로 청년을 마구 찔러댄다. 치맛자락을 함부로 걷어 올리려는 놈도 있다.

"아파! 아파! 제발, 저리 가! 나를 좀, 괴롭히지, 말라니까아. 허어엉."

청년은 계집아이처럼 얼굴을 가린 채 울음을 터뜨린다. 머리엔 노란 스카프를 둘렀다. 허옇게 분칠한 얼굴. 새빨간 입술. 알록달록한 목걸이. 굽 뾰족한 하이힐. 그리고 화사한 연분홍 원피스 위에 보라색 스웨터를 겹쳐 입었다. 아야야. 아파. 진짜루 아프단 말야. 흐느끼는 청년의 음성은 잔뜩 쉬어 걸걸하다.

"이 녀석들아! 저리 안 갈래? 불쌍한 사람을 왜 그리 못살게 구는 거여!"

남출씨가 고함을 치며 쫓아가는 시늉을 한다. 아이들이 골목 안으로 우르르 달아난다. 청년은 울음을 그치고 겁먹은 표정으로 돌아본다. 남출씨임을 확인하자 새삼스레 벽에 이마를 묻으며 소리내어 서럽게 운다. 남출씨는 엉거주춤하니 서서 한참을 기다린다.

양성복. 청년의 이름이다. 서른셋. 곱슬머리에 호리호리한 키.

고도 근시라서 안경 렌즈가 두툼하다. 청년은 겉보기엔 분명 멀쩡한 사내다. 자세히 보면 제법 준수하고 지적인 인상이다. 청년은 엄마와 단둘이 시장통 부근 이층 양옥집에서 살고 있다. 이사온 지 여러 해 되었어도, 이웃들은 그 모자에 대해 아는 게 별로 없다. 돌아이 총각. 다들 청년을 그렇게 부른다. 서울에서 대학을 다녔고, 어릴 때부터 일찌감치 정신병원을 들락거렸으며, 부모가 성전환수술을 극력 반대하는 바람에 끝내 저리 되고 말았다는 소문도 있다.

평소 청년은 바깥출입이 전혀 없다. 이웃집 사람들 말에 따르면, 집안엔 책이 그득하고, 늘 클래식 음악이 흘러나오며, 이따금 마당에 캔버스를 내놓고 청년이 그림을 그린다고 한다. 청년의 돌발적이고 충격적인 외출은 언제 터질지 전혀 종잡을 수가 없다. 매번 변함없는 건 한 가지다. 알록달록한 여자 옷차림에다 진한 화장을 하고, 여자처럼 걷고 웃고 도망치고 울다가, 결국엔 뒤쫓아 나온 엄마 손에 이끌려 집으로 돌아간다는 것.

이윽고 청년은 울음을 그치고 고개를 든다. 눈물에 마스카라며 립스틱이 지워져 얼굴이 엉망이다. 남출씨와 시선이 결합하는 순간 청년의 두 눈이 똥그래진다. 주위를 흘깃 살핀 다음 남출씨가 재빨리 청년을 향해 손가락을 말아 보인다. 청년은 손가락 신호 대신 고개를 연신 끄덕여 보인다. 남출씨는 돌아와 손수레를 잡는다. 다리를 건너기 전 슬쩍 돌아보니, 청년은 엉거주춤 일어서서, 이쪽을 바라보며 헤벌쭉하니 웃고 있다.

네거리 모퉁이의 우체국은 현관 셔터가 아직 닫혀 있다. 시계를 보니, 문이 열리기엔 이른 시각이다. 허씨는 자전거를 몰고 일단 우체국 앞을 그냥 지나치기로 한다. 이따가 돌아오는 길에 들를 생각이다. 군청을 지나면 널찍한 광장이 나타난다. 거대한 느티나무 한 그루가 광장 한가운데 서 있다. 허씨는 수레 달린 자전거를 허름한 이층집 앞에 받쳐놓는다. 이층집 녹색 대문은 닫혀 있다. 허씨는 종을 딸랑딸랑 흔들며 골목을 한 바퀴 돌기 시작한다. 광장 주변엔 큰 골목이 셋이나 있다. 종소리를 듣고 여자들이 하나둘씩 나타난다. 손님이 제법 많은 날이다. 두부를 몇 상자 더 싣고 나올걸 그랬나. 하지만 오늘 아침은 그런 것쯤이야 아무래도 좋다. 허씨 얼굴이 발그레하니 상기되어 있다. 눈빛까지 생기로 반짝거린다. 부인네들이 한마디씩 던진다.

"아저씨, 오늘 뭐 좋은 일 있으신가봐. 유난히 얼굴이 환해 보이셔."

"그럴 일이 뭐 있겠수. 간밤 잠을 설쳤더니, 그래서 그런가."

두부가 금세 동이 난다. 빈 상자를 챙기면서, 허씨는 연신 이층집 쪽을 돌아다본다. 때마침 그 집 대문이 열리며 경찰 제복 차림의 윤씨가 나온다. 읍내 파출소의 소장인 그는 지금 출근하는 길이다. 사십대 중반. 중키에 약간 마른 체형. 지독히도 음울하고 칙칙한 표정. 만성 수면 부족인 탓에 두 눈이 늘 토끼처럼 빨갛다.

예전에는 윤씨의 얼굴이 지금처럼 어둡고 복잡하지 않았다. 자신감과 여유가 넘쳤고, 종종 큰 소리로 하하하 웃음도 터뜨렸다. 주변에선 윤씨를 '선량하고 욕심 없는 사람'이라고 표현했다. 직장에선 무난하고 평범하며 현실적인 타입이었다. 그는 애처가로 통했다. 스스로도 그런 말을 듣는 게 좋았다. 사랑하는 처와 두 아이를 가진 행복한 가장. 이웃들의 눈에 비친 그의 모습이었다.

그러다가 몇 해 전, 그의 아내가 돌연 암으로 세상을 떴다. 장례 기간 내내 윤씨는 완전히 넋 나간 사람이었다. 오죽 금슬이 좋았으면 저럴까. 다들 입을 모아 동정하고 안타까워했다. 그 이후, 윤씨는 완전히 다른 사람으로 변했다. 웃음이 사라지고 자신감도 여유도 없어 보였다. 말수마저 현저히 줄었다. 말을 할 때도 시선을 피한 채 웅얼웅얼하는 식이었다. 휴일엔 집안에만 틀어박혀 두문불출했다. 결국 심각한 불면증 때문에 일 년간 휴직까지 했다. 그사이에 두 아이는 서울 외가로 올려보냈다. 최근에 파출소로 복귀한 윤씨는 현재 그 집에서 혼자 지내고 있다.

"아이구, 소장님. 출근하시는 길이구먼요?"

허씨를 보고 윤씨는 조금 놀라는 기색이다.

"아 예에, 오랜만입니다. 장사는 잘되십니까?"

"잘되기는요. 만날 그렇지요, 뭐."

소장과 눈을 맞추면서 허씨는 다른 사람들 모르게 손가락을 재빨리 말아 보인다.

금세 표정이 밝아진 소장이 목소리를 낮추며 묻는다.

"그, 그렇습니까. 오늘밤?"

"예예. 그러믄 이따가⋯⋯"

허씨는 자전거에 훌쩍 올라탄다.

우체국장은 창문과 책상 사이를 시계추처럼 연신 오락가락하고 있다. 양손은 뒷짐을 지고, 뚜벅뚜벅 구두 소리를 내면서 말이다. 아까 출근해서부터 내내 저러고 있지 뭔가. 창구를 혼자 지키고 앉은 젊은 여직원은 눈을 흘기며 속으로 투덜댄다.

"하필이면 오늘 아침에 왜 또 저런대. 진짜 완전히 돌았나봐."

그녀는 몇 달 전 임시 계약직원으로 들어온 신참이다. 선배 여직원은 마침 오늘 하루 연차 휴가중이다.

국장이 '돌아이'라는 사실은 직원들끼리만 아는 비밀이다. 도대체 성격을 종잡을 수가 없다. 평상시엔 아주 멀쩡하다. 멀쩡한 정도가 아니라 매너 좋고, 유머도 있고, 꽤나 점잖은 신사 같다. 그러다 느닷없이 (꼭 손님이 한 명도 없을 때에만) 돌변하는데, 정말이지 그런 돌아이가 따로 없다. 혼자 잠잠히 앉아 있다가도 뜬금없이 으악! 비명을 지르거나, 왜! 왜! 왜! 하고 외마디 고함을 친다. 기겁해서 뒤를 돌아보면, 역시나 국장은 책상 위에 엎디어 두 손으로 제 머리털을 마구 쥐어뜯고, 이마를 책상 바닥에 쾅

쾅 짓찧어댄다. 그러다 또 잠시 후엔 너무도 침착한 얼굴로 돌아와, 언제 그랬냐는 듯 태연히 서류를 훑어보는 것이다. 한데, 오늘 아침은 평소 안 하던 버릇까지 또하나 생긴 성싶다. 코를 끊임없이 쿵쿵대며 창문과 책상 사이를 시계추처럼 쉬지 않고 오락가락한다.

우체국장. 여태 독신인 사십대 후반의 남자. 중키에 약간 통통한 몸집. 오랜 우울증 병력을 소유한 그는 몇 달째 전혀 잠을 자지 못하고 있다. 불면증이 이번처럼 심한 경우는 처음이다. 눈앞에서 순심의 모습이 잠시도 떠나지 않는 것이다. 순미와 순례까지도 그의 눈꺼풀에 아교처럼 들러붙어 있다. 순심아, 제발 나를 이제 그만 놓아다오. 밤새 방안에 번데기처럼 웅크리고 앉아, 그는 절규하듯 뇌까리곤 한다. 순심은 언제나 말이 없다. 그녀의 두 동생들 역시 마찬가지다. 본디 죽은 이들이란 말이 없는 법이다.

요즘 그는 극심한 자살충동에 사로잡혀 있다. 한밤중에 혼자 왕벚나무를 찾아갔던 몇 해 전 그날처럼 말이다. 그때 현관문이 떵뚱 하고 열린다. 오늘의 첫번째 고객이다. 어서 오세요. 여직원이 일어나 인사를 한다. 국장도 자세를 풀고 돌아본다. 뜻밖에도 손님은 두부장수 허씨다. 별안간 국장의 심장이 불안하게 뛰어오르기 시작한다.

"저기, 아가씨. 우표 두 장만 주시구려."

그때 허씨와 국장의 은밀한 시선이 마주친다. 이번엔 국장 쪽에서 먼저 손가락을 둥글게 말아 보이자, 허씨가 고개를 크게 두 번 끄덕여준다. 이내 허씨가 우표를 쥐고 밖으로 총총히 사라진 다. 국장의 입에선 금세 흥얼흥얼 콧노래가 흘러나온다. 여직원 이 놀라서 뒤를 돌아보니, 국장은 천장을 올려다보며 젖먹이처럼 동그랗게 만 입술을 연신 오물오물 하고 있는 참이다.

*

오후 두시.

월녀는 남은 옷가지를 마저 보자기에 싼다. 이젠 대충 마무리 된 성싶다. 진즉부터 이날을 대비하여 주변을 정리해온 터라 짐 은 매우 단출하다. 집과 토지 문서, 통장 따위는 문갑에 따로 챙 겨놓았다. 이제 곧 세상에 홀로 남게 될 딸한테 전해줄 거라곤 그 뿐이다. 방 한쪽에 크고 작은 꾸러미며 보퉁이 몇 개를 모아놓았 다. 모두 불에 태워질 것들이다. 그 또한 딸이 맡아야 할 일이다. 월녀는 자신의 생이 이제 얼마 남지 않았음을 알고 있다. 새벽녘 그 꽃향기 속에 숨어 있는 검은 먼지와 모래 냄새를 감지했을 때, 그녀는 모든 걸 깨달았던 것이다.

차 한잔을 마신 다음, 월녀는 다시금 반가부좌로 앉는다. 두 눈 을 감고 천천히 의식을 호흡에 집중한다. 그녀의 거대한 앞가슴 이 규칙적인 오르내림을 조용히 반복한다. 놀랍게도 어느새 그녀는 무르익은 사십대 초반 여인의 모습으로 변해 있다. 윤기 자르르 흐르는 피부. 두 볼은 복숭아처럼 발그레하고 도톰한 입술은 앳된빛이다. 눈빛은 아이처럼 초롱초롱하고, 탱탱한 살결엔 배릿한 향기가 배어 있다. 그 모든 신비한 변신은 젖 덕분이다. 해마다 단 하루, 왕벚나무에 꽃이 활짝 피었다 지는 바로 그날, 그녀의 젖가슴은 터질 듯 휘영청 부풀어오른다. 샘물처럼 콸콸 차오르는 젖과 함께 그녀의 육신도 잠시나마 싱싱한 젊음을 되찾는 것이다.

월녀는 눈을 감은 채 고요히 호흡을 계속한다. 지나온 생, 여든다섯 해 세월이 강물처럼 그녀의 눈앞을 흘러간다.

젖녀. 젖례. 별스럽게도 젖을 많이 먹어 붙여진, 어릴 적 월녀의 별명이다. 어미젖만으로는 부족해 따로 유모를 들였지만, 늘 양이 덜 차서 보챌 정도였다. 사내아이라면 커서 장사가 될 터인데 하고 부친은 아쉬워했다. 부친은 개성에서 알부자로 알려진 인삼 도매상이었다. 늦둥이 막내딸은 집안의 보물이었다. 초경 무렵, 월녀는 자신의 젖가슴에 감춰진 비밀을 처음으로 알았다. 그러나 어미에게조차 그 사실을 차마 털어놓지 못했다. 남몰래 가슴을 천으로 단단히 동여매고 조이기만 할 뿐이었다.

열아홉 살 때였다. 여학교 졸업을 앞둔 어느 날, 부친은 점찍어둔 사윗감을 집에 불러들였다. 다섯 살 많은 동경 유학생은 용모도 성품도 출중했다. 선머슴 같은 월녀에겐 과분한 혼처였다. 혼인 날짜가 코앞에 닥쳤다. 월녀는 결국 어미 앞에서 스스로 저고리 고름을 풀어내렸다. 딸의 젖가슴을 두 눈으로 확인한 어미는 충격 때문에 그 자리에서 반쯤 숨이 넘어가버렸다. 이튿날 새벽, 홀로 집을 나온 월녀는 보퉁이 하나만 달랑 안고 경성행 기차에 올랐다.

경성 생활 삼 년에 월녀는 돈을 제법 모았다. 집을 떠나올 때 어미가 보퉁이에 찔러준 돈과 패물은 큰 밑천이었다. 처음엔 밥집 주방 일을 거들다가, 얼마 후 아예 그 가게를 인수했다. 처녀라고 우습게 보던 이들도 그녀의 타고난 수완과 호탕한 성격에 금세 반해버렸다. 그 무렵 조선 전역에는 한바탕 금광 열풍이 불어닥쳤다. 일확천금. 사람들은 땅을 파면 어디서나 황금이 쏟아지리라 믿었다. 방방곡곡 수백수천 개의 금광이 난립했다. 돈과 사람이 산골짝 금광 지대로 썰물처럼 빠져나갔다.

월녀도 그 대열에 합류했다. 황천읍에 자리를 잡고 밥집을 열었다. 당시 '동양의 엘도라도'로 불리던 황천 광산 일대의 인구는 무려 수만 명을 헤아렸다. 월녀의 사업도 순풍을 탔다. 점차 자신이 생긴 월녀는 밥집 외에 색시집으로도 눈을 돌렸다. 금광 지대엔 산적 같은 사내들만 들끓는 게 아니었다. 오갈 데 없는 여자들도 사방에서 끊임없이 몰려들었다. 거개 가난에 찌들고 굶주림에 지쳐 무작정 흘러든 여자들이었다. 과부, 집 나온 처녀, 식구들 끼니를 얻으려는 광부들의 아내…… 무조건 살아야 한다. 일단 목숨부터 살려놓고 보자. 막다른 길에 내몰린 여자들의 눈빛은 그렇게 입을 모아 합창하고 있었다. 월녀는 팔을 걷어붙이고 나섰다. 점차 굉장한 규모의 '색시촌'으로 발전했다. 그것은 황천에서 가장 크고 유명한 환락가였다. 전성기에는 여자들이 삼백여 명에 이르렀다. 월녀는 그들 모두를 이끌고 보호할 책임을 지닌, 여왕 같은 포주였다.

호황기는 그리 오래가지 않았다. 금맥이 바닥을 드러내기 시작했다. 때마침 대홍수가 닥쳐와 금광 거의 전부를 휩쓸어가버렸다. 폐광이 속출하고 사람들도 썰물처럼 사라졌다. 색시촌도 문을 닫았다. 마지막까지 남아 있던 서른세 명의 여자들에게 월녀는 급료를 정확히 계산해주었다. 사업이 성황일 때도 월녀는 급료 한푼 떼먹은 적이 없었다. 그녀는 몸 파는 일을 정당한 직업이라 믿었고, 당연히 정당한 대가를 받아야 한다고 믿었다.

월녀는 마지막까지 황천에 남았다. 해방이 찾아왔고, 이내 또 전쟁이 터졌다. 내지 깊숙한 산간 지역인 황천읍은 군대의 중요한 이동 경로였다. 먼저 북쪽 군대가 지나갔고, 이어서 남쪽 군대가 지나갔다. 매번 허기지고 지친 군인들이 월녀의 밥집을 찾아들었다. 하나같이 뺨에 솜털 보송송한 아이들이었다. 월녀는 그들에게 기꺼이 밥과 물을 주고 잠잘 자리를 내주었다. 전쟁이 끝나자마자 군인들이 나타나 월녀를 끌고 갔다. 적을 도와준 빨갱이 부역자라는 죄명이었다. 월녀 몸의 비밀은 감옥에서 고문을 당할 때 어쩔 수 없이 드러났다. 연대장, 장교, 사병 할 것 없이 월녀를 구경하려고 영창을 뻔질나게 들락거렸다. 군인들은 그녀를 괴물, 홀스타인, 젖소라고 불렀다. 감옥에서 보낸 삼 년 반 동안 월녀는 그 별명들과 함께 살았다. 출옥했을 때, 그녀의 정신은 극도로 망가진 상태였다. 스스로 정신병원을 찾아간 그녀는 거기서 몇 해를 더 지냈다.

정신이 되돌아온 월녀는 어찌어찌 하다보니 동두천 미군부대 기지촌 근처에다가 칼국수집을 열게 되었다. 금세 수많은 양색시들이 단골이 되었다. 희고 검은 피부의 미군들도 함께 드나들었다. 어느 날 백인 병사 한 놈이 들어와 색시 하나를 다짜고짜 패는 걸 보고, 월녀는 주방에서 프라이팬을 쥐고 달려나가 그놈을 북어 패듯 흠씬 두들겨주었다. 그 인연으로 월녀는 기지촌 여성들 모임의 왕언니가 되었고, 내친김에 아예 기지촌 내에 술집을 차렸다. 색시 여섯을 데리고 시작한 술집이 나중엔 사십 명으로 늘었다.

어느 날, 이웃 술집에서 살인 사건이 터졌다. 홀 여급인 열아홉 살 아이가 대낮에 방에서 침대에 알몸으로 묶인 채 끔찍하게 칼로 난자된 모습으로 발견되었다. 로버트 상병의 짓이 틀림없었다. 놈이 방에서 뛰어나오는 것을 목격한 여자가 둘이나 있었다. 로버트 상병은 이미 비슷한 두 건의 살인 사건 용의자였지만, 미군은 매번 증거가 없다며 풀어주었다. 이번에도 마찬가지였다.

월녀는 미군부대 정문 앞 길바닥 한복판에 이불을 깔고 철퍼덕 드러누웠다. 다른 색시들도 따라나섰다. 월녀는 일주일 동안 단식농성을 벌였다. 엉뚱하게도 관할 경찰서에서 그녀들을 연행해 갔다. 때마침 미국 대통령이 한국을 방문한다고 온 나라가 생야단법석이던 참이었다. 경찰서에서 당장 월녀의 전력이 불거졌다. 빨갱이년이 폭동을 일으키려 했다는 죄명이 덧씌워졌다. 끔찍한 고문과 폭행을 견디다 못해 월녀는 몇 차례나 의식을 잃었다. 꼬박 달포 만에 풀려난 그녀는 제대로 걷지도 말하지도 못했다. 어쩔 수 없이 가게를 접고, 제 발로 다시 정신병원을 찾아갔다.

병원을 나왔지만 그녀에겐 갈 곳이 없었다. 죽기로 마음먹은 그녀는 황천읍으로 가는 버스에 올랐다. 불현듯 그 소읍의 언덕 위에 홀로 우뚝 서 있는 왕벚나무가 눈앞에 떠올랐던 것이다. 마지막으로 그 나무를 한 번만 더 보고 싶었다. 한밤중에 그녀는 혼자서 언덕으로 올라갔다. 나무 아래엔 오래된 빈 우물이 있었다. 그녀는 우물 가장자리에 올라서서, 수건으로 얼굴을 가린 채 홀쩍 뛰어내렸다.

얼마나 지났을까. 정신을 차려보니, 새벽하늘이 부옇게 밝아오고 있었다. 어찌된 영문인지 월녀는 우물 밖 땅바닥에 누워 있었다. 월녀는 기억을 더듬었다. 캄캄한 우물 속으로 떨어져내리는 순간, 무엇인가 그녀의 몸을 가볍게 받아 안는 것 같았다. 그리고 이내 몸이 공중으로 다시금 붕 떠올랐고, 그녀는 깜박 정신을 놓았던 것이다. 그사이 대체 무슨 일이 일어났던 것일까.

훗날에야 월녀는 그 수수께끼를 풀었다. 바로 그 터에 극장을 지을 때였다. 우물을 메워야 한다는 공사 감독의 주장에 그녀는 별생각 없이 동의했다. 첫날 트럭 열 대 분의 돌과 흙을 퍼넣었지만 우물은 바닥을 내비치지 않았다. 이튿날 아침, 놀라운 일이 벌어졌다. 전날 퍼넣은 돌과 흙무더기가 고스란히 우물 밖 마당에 산처럼 쌓여 있었다. 그때 월녀는 깨달았던 것이다. 바로 그 우물이야말로 무수한 떠돌이 혼령들의 거처라는 사실을.

월녀는 황천 일대에 꽤 넓은 땅을 갖고 있었다. 한창 잘나가던 시절에 사둔 것들이었다. 그걸 팔아서 월녀는 마침내 언덕 위에 극장을 지었다. 극장은 월녀의 유일한 꿈이었다. 기지촌에 있을 때부터 월녀는 소문난 영화광이었다. 매일 낮 시간은 극장에서 살았다. 영화 속엔 기쁨과 슬픔, 행복과 불행, 사랑과 이별이 모두 들어 있었다. 영화 속 세계에 빠져 있는 순간만은 맘껏 울고 웃고 미워하고 사랑할 수 있었다. 그녀는 영화의 마법을 숭배했다. 그리고 그 경이로운 세계를 슬픔과 외로움에 지친 이들에게 선물하고 싶었다. 월녀가 극장을 세운 까닭은 그래서였다.

오후 세시.

월녀는 눈같이 흰 비단 치마 저고리를 차려 입고 마당으로 나선다. 이날을 위해 오래전에 마련해두었던 옷이다. 왕벚나무 아래 서서 그녀는 고개를 젖혀 나무를 올려다본다. 검은 가지마다 핏방울 같은 망울들이 무수히 돋아나 있다. 해가 지고 어둠이 내리면 망울들은 바야흐로 하나둘 꽃잎을 피워내기 시작할 터이다. 읍내 사람들은 모두 그 고목을 죽은 나무라 믿고 있다. 그들은 전혀 모르고 있는 것이다. 매년 시월 보름날, 달이 해보다 둥글고 환한 밤이 되면 홀연 그 나무가 온통 거대한 꽃다발로 변한다는 사실을. 하지만 밤새 만발했던 꽃잎들은 해가 뜨기 직전, 눈송이처럼 일제히 녹아버리고 말았다. 아침에 나가보면, 가지 끝에 싸라기눈 같은 흔적만 희미하게 남겨져 있을 뿐.

월녀는 우물 앞으로 한발 다가선다. 돌로 쌓은 가장자리에 양손을 짚고 안을 들여다본다. 구멍은 칠흑같이 깊고 깜깜하다. 월녀는 머리를 숙인 채 한동안 귀를 기울여본다. 소리가 들린다. 아주 미세한 기척. 아, 물이다. 까마득히 깊은 바닥 어디에선가 희뿌연 빛깔의 샘물이 조금씩 차오르고 있는 것이다. 오늘밤 어둠이 짙어지고 나무가 거대한 꽃다발로 변할 즈음, 우물은 마침내 가득차게 되리라. 넘칠 듯 찰랑찰랑해져서, 우물가에 앉아 바가지로 떠낼 수 있을 정도로.

월녀는 이번엔 극장으로 발길을 옮긴다. 오늘따라 건물 외양이 한층 칙칙하고 음산해 보인다. 미관상 흉하니 철거해달라고, 매년 군청에서는 독촉장을 보내온다. 그녀가 죽고 나면 이 건물도 곧 사라질 터이다. 그 번거로운 작업 역시 월녀는 딸 명기에게 부탁할 생각이다. 현관 유리문은 쇠사슬로 단단히 잠겨 있다. 자물쇠를 풀고 현관으로 들어선다. 복도를 지나 객석 출입문을 조심스레 연다. 심호흡을 한 다음, 커튼을 가만히 젖히고 삼백아흔아홉 개 객석이 들어찬 내부로 소리 없이 들어선다. 일순 시야가 완전한 암흑에 갇혀버린다.

월녀는 눈을 감은 채 짙은 암흑 속에서 한동안 조용히 기다린다. 수천 길 심해의 밑바닥, 그 태초의 고요 한가운데 이 순간 그녀는 홀로 서 있다. 숨을 아주 천천히, 깊이 들이마신다. 냄새다. 천지의 모든 암흑보다도 더 깊은 어둠의 냄새. 억만 년 우주의 허공을 떠도는 먼지와 모래의 냄새. 천만 길 지하에 도사린 검은 바람의 냄새…… 그리고 거기, 또다른 뭔가가 더 있다. 소름끼치도록 음습한 기운. 얼음장같이 차가운 기운. 그건 입김이다. 숨소리다. 수많은 혼령들이 은밀히 내뿜는 입김, 숨소리들. 월녀는 천천히 눈을 뜬다. 시야가 어슴푸레 열리고, 사물의 흐린 윤곽들이 잡힐 듯 말 듯 떠오른다. 아, 그들이다. 삼백아흔아홉 개 의자에 그들이 빼곡히 앉아 있다.

그들이 누구인지, 월녀는 잘 알고 있다. 혼령들. 한과 슬픔을 안고 구천을 떠도는 중음신들. 죽어서도 저승에 온전히 들지 못한 채, 천지간의 칠흑 허공을 한낱 미망의 그림자로 덧없이 떠돌아다니는 가엾은 혼령들이다. 전쟁통에 총 맞아 죽고, 굶어 죽고, 맞아 죽은 이들. 무덤도 비석도 없이 흙속에 암매장된 이들. 사고로 매몰된 갱 밑에 연장을 껴안은 채 고스란히 파묻혀 죽은 이들…… 그 외롭고 가엾은 혼령들이 그녀의 극장 안에 숨어들어와서, 지금 이렇게 곤히 잠들어 있는 것이다.

월녀는 이미 오래전에 그들의 존재를 알고 있었다. 그녀에겐 특별한 능력이 한 가지 있었다. 그것은 타인의 몸안에 갇혀 있는 말, 토해내지 못한 이야기를 알아듣는 능력이었다. 감옥에서 고문을 당해 몇 번이나 의식을 잃었다가 깨어난 후부터였다. 타인의 가슴속에 차마 언어가 되지 못한 채 돌덩이로 얹혀버린 말, 목구멍에 갇혀버린 핏덩이의 말들이 그녀의 귀에는 또렷하게 들려왔다. 때로는 죽은 이의 음성도 들렸다. 눈을 감으면 먼지처럼 우우 떠오르는 목소리들, 누군가 제 이름을 호명해주기를 갈망하는 마음들, 길을 잃고 허공을 떠도는 숨결들, 흐느낌들, 넋두리들, 울음들, 슬픔들, 아픔과 고통들, 그리움과 원망과 하소연들…… 저 우주의 무한천공은 온통 그것들로 가득차 있었던 것이다.

월녀는 극장 안에 떠돌이 영혼들이 숨어 있다는 사실을 우연히 알게 되었다. 어느 날 혼자 마당에 나와서 잡초를 뽑고 있는데, 텅 빈 건물 안에서 수상한 기척이 들려왔다. 월녀는 현관문을 열고 조심스레 들어가 객석 홀 출입문에 귀를 대보았다. 분명히 안에 뭔가 있었다. 얼핏 새소리 혹은 바람 소리처럼 들렸다. 군중의 떠들썩한 웃음소리 같기도 했다. 월녀는 소리 없이 안으로 스며들어 맨 뒷줄 좌석 뒤에 몰래 쪼그려앉았다.

월녀는 기절할 듯이 놀랐다. 무덤 속같이 깜깜한 내부는 정체 불명의 존재들로 만원을 이루고 있었다. 형체는 보이지 않아도 월녀는 그것이 수많은 혼령들임을 알았다. 객석은 물론 통로까지 빽빽하게 들어찬 그들은 연신 깔깔대고, 박수를 치고, 휘파람을 불어대곤 했다. 대관절 무엇 때문에 저리들 즐거워하는 걸까. 한동안 어리둥절해 있던 월녀는 뒤늦게야 이유를 알았다. 극장 내부는 온갖 소리와 빛과 그림자 들의 세계로 변해 있었다. 천장, 지붕, 벽, 바닥, 의자, 커튼, 전등…… 그 모든 것들은 지금껏 황천극장을 거쳐간 무수한 영화 속 장면들을 고스란히 기억해놓고 있다가, 어둠 속에 다시금 하나하나 재생해내고 있었다. 흑백영화도 있고 컬러영화도 있었다. 마부 김승호가 막걸리에 취해 노래를 부르고, 최은희는 향단이랑 광한루에서 그네를 탔다. 김지미와 최무룡이 숲속에서 입을 맞추고, 엄앵란은 변심한 애인 신성일의 가슴에 은장도를 꽂았다. 도금봉은 허장강의 술잔에 몰래 독약을 타고, 배신당한 문희는 한강 다리 위에서 치마를 뒤집어쓴 채 뛰어내렸다. 그때마다 혼령들은 일제히 깔깔대고, 흐느껴 울고, 분개하고, 혀를 차고, 짝짝짝 손뼉을 치며 환호했다. 영화에 완전히 몰입한 그들은 월녀가 자신들과 함께 앉아 있는지조차 모르고 있었다.

그날 이후 월녀는 그 무수한 떠돌이 혼령들을 기꺼이 받아들였다. 그리고 지금껏 그들의 고단한 잠을 방해하지 않도록 최대한 배려해왔다. 하지만 이젠 그들 또한 이곳을 떠나야 할 시간이었다. 월녀는 객석 사이 통로를 뚜벅뚜벅 걸어나간다. 놀라 깨어난 그림자들이 어둠 속에 숨어 불안하게 수런거린다. 월녀는 잠자코 무대 위로 올라간다. 그리고 어둠에 묻힌 삼백아흔아홉 개의 객석을 향해 입을 연다.

"불시에 잠을 깨워 미안합니다만, 나로서도 달리 도리가 없구려. 당신들 모두, 이제는 그만 이 극장을 비워줘야겠소. 나도 그렇고, 당신들한테도 시간이 없소. 왜냐하면 내겐 오늘밤이 지상에서의 마지막 밤이고, 극장은 곧 철거될 것이기 때문이오. 그럼, 잠시나마 편히들 쉬시구려."

월녀는 뚜벅뚜벅 발소리를 내며 통로를 걸어나온다. 객석엔 정적이 천근만근 고여 있다. 커튼을 마악 젖히고 나오려는데, 별안간 등뒤에서 울음소리가 폭포처럼 와악, 터져나오기 시작한다. 월녀는 잠자코 출입문을 닫고 돌아선다.

*

밤 열한시.

달이 둥실 떠 있다. 뒤웅박같이 크고 둥근, 시월 보름의 만월이다. 흐벅진 달빛이 온 세상에 폭포처럼 쏟아지고 있다. 지상의 모든 형상과 사물과 풍경 들은 이미 달빛에 흠뻑 젖었다. 왕벚나무 검은 가지들도 온통 은빛으로 변했다. 언덕 등성이, 극장의 지붕, 월녀 집 처마 끝에서도 유즙같이 희디흰 달빛이 줄줄 흘러내리고 있다.

밤이 이슥해지자, 이윽고 사내들이 월녀의 집으로 하나둘 모여들기 시작한다. 행여 남의 눈에 띌까, 그들은 환한 달빛이 불안한 모양이다. 하나같이 주변을 두리번거리며 나무 그늘을 밟아 언덕길을 서둘러 올라온다. 맨 먼저 도착한 허씨는 마당 주위를 재빨리 살피더니, 집 모퉁이를 돌아서 쪽문을 열고 도둑고양이처럼 안으로 스며든다.

일층 사랑방 안엔 극장 지배인 천씨가 혼자 앉아 있다. 문 여는 소리에도 천씨는 고개를 돌리지 않는다. 허씨 역시 말없이 벽에 등을 기대고 앉는다. 천씨가 선반에서 화투와 방석을 꺼내오자, 이내 둘은 묵묵히 화투를 치기 시작한다. 잠시 후, 전직 경찰서장 최씨가 방안으로 들어선다. 그도 역시 말없이 화투판에 끼어든다. 이어서 고향가구 박달구, 우체국장, 홍성청과물 이남출이 차례로 도착한다. 그 누구도 말 한마디 없다. 서로 눈길도 맞추지 않는다. 각자 그림자처럼 방안에 스며들어와, 슬그머니 화투판에 끼어들 뿐이다. 이제 방안에 모인 사람은 모두 여섯이다. 딱 한 사람, 돌아이 총각 양성복의 모습이 아직 안 보인다. 어차피 그는 매번 가장 늦게 나타나는 인물이다.

한동안 방안엔 낮고 불안한 숨소리와 투덕투덕 화투패 떨어지는 소리만 이어진다. 사내들은 흐린 불빛 속에 그림자들처럼 묵묵히 둘러앉아 있다. 하나같이 음울하고 음산한 표정들. 극심한 슬픔과 고통, 외로움과 울분에 찌들 대로 찌든 눈빛들. 평생 단 한순간도 행복해본 적이 없는 듯한 비참한 얼굴들. 그들은 영락없이 허깨비들 혹은 허수아비들을 닮았다. 댕, 댕, 댕. 거실의 괘종시계가 자정을 알리고 있다. 화투패를 고르던 천씨의 손이 일순 멈춘다. 이윽고 천씨는 화투를 한쪽으로 밀쳐놓고 조용히 일어난다. 그리고 쪽문을 열고 밖으로 나간다. 사내들도 뒤따라 일어나 차례로 마당으로 나선다. 그때 장독대 뒤에서 돌아이 청년 양성복이 엉거주춤 일어서는 게 보인다. 어느새 멀쩡한 사내 차림으로 돌아온 청년은 지금껏 내내 거기서 혼자 쭈그려앉아 있었던 모양이다. 이제 일곱 명이 다 모인 셈이다.

사내들은 묵묵히 마당을 가로질러 우물로 향한다. 바가지와 수건을 손에 쥔 천씨가 앞장을 섰다. 달빛 가득한 마당은 눈에 덮인 듯 온통 눈부시게 반짝이고 있다. 우물가에 이르자 사내들은 약속이나 한 듯 저마다 옷을 벗기 시작한다. 어느 누구도 입을 열지 않는다. 우물은 어느새 지표면 높이까지 그득히 샘물이 차올라 있다. 청년이 무릎을 꿇고 손바닥으로 찰랑찰랑 물을 쓰다듬어본다. 우윳빛 샘물은 더없이 부드럽고 따스하다. 어느새 일곱 명의 사내들은 모두 알몸을 하고 있다. 앙상하고 볼품없는 그 일곱 개의 몸뚱이 위에도 달빛은 흥건히 쏟아진다.

싸륵, 싸르르. 사내들은 문득 고개를 젖히고 왕벚나무를 바라본다. 싸륵, 싸르륵…… 마침내 꽃망울이 터지고 있다. 메마른 가지마다 흰 꽃잎들이 다투어 피어나기 시작한다. 꽃향기가 머리 위에서 폭포처럼 쏟아져내린다. 마당은 순식간에 온통 고혹적인 향기로 가득하다. 달빛과 꽃향기가 한몸으로 섞여 아득한 허공으로 끝없이 퍼져나간다. 사내들은 저마다 정성스레 몸을 씻기 시작한다. 바가지에 우윳빛 샘물을 가득 떠 담아, 머리 위에서부터 촬촬 내리붓는다. 물방울이 유리알처럼 하얗게 부서져내린다.

*

목욕을 마친 사내들은 각자 제 옷을 찾아 입고, 함께 방으로 되돌아온다. 방 한가운데 작은 향로와 나무상자 하나가 놓여 있다. 월녀의 수양딸 명기가 놓고 나간 것이다. 사내들은 향로를 중심으로 원을 만들어 모여앉는다. 천씨가 상자를 열고 향 몇 촉을 꺼낸 다음 정성스레 불을 붙인다. 사내들은 저마다 허리를 바로 세우고 반가부좌 자세를 취한다. 그리고 눈을 감고 조용히 호흡을 가다듬는다.

향이 고요히 타들어간다. 안개처럼 희고 부드러운 연기가 소리 없이 방안에 퍼지기 시작한다. 향내음이 매우 특이하다. 묵직

하면서도 그윽하고, 맑으면서도 서늘한 어둠이 먹 빛깔로 은은히 배어 있다. 그 특별한 향의 원료가 무엇인지는 사내들도 모른다. 누구는 대마 잎일 거라고, 누군가는 잘 말린 앵속일 거라고 말했다. 물론 그 향의 정체를 아는 사람은 월녀뿐이다.

오래전, 그녀는 극장 안에서 그 검은 풀잎을 우연히 발견했다. 풀은 벽면의 미세한 균열에 버섯처럼 뿌리를 내린 채 자라고 있었다. 그것은 빛이 없는 칠흑의 어둠 속에서만 자라는 풀이었다. 어둠. 마른 먼지와 모래의 냄새. 음울한 습기. 얼음처럼 차가운 혼령들의 입김. 검은 풀의 생장에 필요한 자양분은 그런 것들이었다.

향연이 방안 가득히 누군가의 숨결처럼 흘러다닌다. 사내들의 몸과 감각과 의식이 차츰 몽롱하게 풀려간다. 오랫동안 얼어붙었던 그들의 가슴도 소리 없이 녹기 시작한다. 얼음 속에 갇혀 있던 언어와 마음들이 녹고 있다. 가슴속 돌멩이, 목구멍 속의 핏덩이도 녹고 있다. 어느 사이 사내들의 눈에서 맑은 눈물이 방울방울 흘러내린다.

천씨는 이 순간 다시 여덟 살, 그 운명의 여름날로 되돌아가 있다. 1950년 6월 28일. 전쟁 발발 후 사흘째인 그날. 일가족은 한강 철교 위를 건너고 있었다. 미아리의 집을 떠나 한강까지 오는 데만 꼬박 한나절이 걸렸다. 아버지, 어머니, 할머니, 누나 둘, 동생 둘, 그리고 그까지 모두 여덟 식구였다. 너나없이 이불, 옷 보통이, 솥단지, 식량 따위를 지고 이고 든 채로 종종걸음을 쳤다. 어디에나 피란민 행렬이 넘쳐났다. 한강 철교 북쪽을 지키던 군인들은 사람들을 막지 않았다. 철교는 무섭고 위험했다. 발밑에 뻥뻥 뚫린 틈새로 시퍼런 강물이 까마득히 내려다보였다. 그는 두 살 아래 남동생의 손을 쥐고 앞서나갔다. 다리 거의 끝에 이르러서, 그는 걸음을 멈추고 뒤를 돌아보았다. 저만치 한참 뒤쪽에 식구들 모습이 보였다. 목은 마르고, 동생은 자꾸 칭얼거렸다. 그때였다. 바로 등뒤에서 군인들이 이쪽을 향해 다급한 손짓을 하며 뭐라고 마구 고함을 질러댔다. 확성기가 윙윙거려 뭐라 하는지 알아들을 수가 없었다. 어디선가 함성인지 비명인지 모를 다급한 외침이 터져나왔다. 어리둥절해서 서 있는데 돌연 눈앞에서 엄청난 굉음과 함께 거대한 불기둥이 확, 하고 솟구쳤다. 콰콰쾅. 철교 중동이 마치 환각처럼 와르르 무너져내리고 있었다. 바로 그 순간 천씨는 똑똑히 목격했던 것이다. 거대한 철 구조물 무더기와 함께 강물 속으로 일제히 후두둑 떨어져내리고 있는 식구들의 모습을…… 피란민들이 아직 다리 위에 있는데도, 아군 쪽에서 스스로 철교를 폭파해버리다니. 그 다리에서 천씨는 여섯 식구를 한꺼번에 잃었다. 그때 무릎에 날아와 박힌 파편은 그를 영불구로 만들었다. 이듬해, 동생은 부산의 한 고아원에서 숨을 거두었다.

그날 이후, 천씨의 영혼은 바로 그 철교 위에 영영 묶여버렸다. 그의 생애의 시간도 함께 멎었다. 1950년 6월 28일, 그날은 천씨에게는 영원히 변함없는 현재일 뿐이었다. 어느 때고 눈을 감으면, 그의 눈앞에 그 다리가 보였다. 그리고 매번 똑같이, 식구들은 강물 속으로 곤두박질치며 우수수 떨어지곤 했다. 난, 그날 죽고 만 거야. 식구들과 함께. 지금 여기 앉아 있는 건 다만 허깨비일 뿐이야. 천씨는 뇌까린다.

허씨는 자꾸만 눈물이 솟구친다. 저기, 문둥이다! 문둥이 자슥이 간다아! 누군가 사납게 외치고 있다. 허씨에겐 시도 때도 없이 그런 끔찍한 환청이 찾아온다. 그 때문에 저도 모르게 손바닥을 펴고 손가락 열 개를 일일이 확인하는 버릇이 생겼다. 그의 아버지와 형은 문둥이였다. 물론 그 사실은 아직 아무도 모른다. 고향 마을 사람들 말고는.

전쟁이 나던 해, 칠월이었다. 경상남도 함안 일대엔 아직 전투가 없었다. 그날, 그는 된장과 젓갈이 든 보퉁이를 아버지와 형에게 전해주고 돌아와야 했다. 아버지와 형은 다른 나환자들과 함께 읍내 인근의 움막촌에서 따로 지내고 있었다. 집에서 십 리 남짓 떨어진 곳이었다. 남의 눈에 띄지 않도록, 보퉁이를 전해주자마자 곧장 돌아오라고 어머니는 말했다. 해가 산등성이로 설핏 기울었다. 돌아갈 길을 생각하니 그는 마음이 조급해졌다. 다리 가까이에 왔을 때였다. 한 무리 군인들이 트럭에서 우르르 뛰어내리더니, 한꺼번에 움막촌 쪽으로 몰려갔다. 저만치 아버지와 형이 개천가에 나와서 저녁밥을 짓고 있는 모습이 보였다. 군인들이 환자들을 불러모으더니, 별안간 하늘에 대고 탕탕탕 총을 쏘아댔다. 그에게 총소리는 난생처음이었다. 기겁을 한 그는 돌아서서 단숨에 집으로 도망쳐와버렸다. 꼭 총성 탓만은 아니었다. 아버지와 형을 만나는 것이 그는 내심 죽도록 싫었던 것이다.

며칠 후, 나환자들이 떼죽음을 당했다는 소문이 돌았다. 어머니는 어린 그를 이끌고 그곳으로 달려갔다. 빈 움막들만 엉망으로 헝클어져 있을 뿐, 아무도 없었다. 그 많은 환자들은 어디로 사라졌을까. 한꺼번에 생매장 당했다는 소문도 있었지만, 어딘가에 강제로 이주시켰다는 소문 쪽에 어머니는 애써 매달렸다.

"아이믄, 문둥이는 문둥이끼리 모여 살아야제. 어차피 그것이 백번 낫데이."

돌아오는 길에 어머니는 혼잣말로 몇 번이나 되풀이했다. 이듬해 이월, 방첩대가 나환자촌 학살 사건을 수사한다고들 했다. 발굴 현장은 움막촌 인근 개천가였다. 살 썩는 악취가 진동했다. 시신들은 구덩이 안에 한 덩어리로 뒤엉켜 있었다. 총 스물여덟 구의 시신 가운데 아버지와 형도 있었다. 흙구덩이 속에서도 아버지는 성경을, 형은 찬송가 책을 꼭 움켜쥐고 있었다.

뒤늦게 그 내막이 알려졌다. 사건이 터진 바로 그날. 이웃 마을 주민들이 군인들을 초대한 다음, 술을 대접하고 돈을 쥐여주며 은밀히 부탁을 했다는 거였다. 더러운 문둥이들 때문에 우리가 도저히 마음놓고 살 수가 없다고. 부디 알아서 잘 좀 처리해달라고 말이다. 군인들은 저녁밥을 짓다가 엉겁결에 끌려나온 환자들을 한꺼번에 구덩이 안에 몰아넣었다. 제발 마지막 기도할 시간만이라도 달라고 애원하던 환자들은 끝내 온몸에 총알을 맞고 다 함께 죽어갔다.

그러나 결국 학살 사건은 흐지부지 종결되고 말았다. 험악하고 끔찍스러운 전쟁 시국이었다. 유가족들 중 누구 하나 배포 있게 항의하고 나설 만한 인물도 없었다. 세상 인심은 어차피 전쟁통에 문둥이 목숨 몇 개쯤이야 아무 가치도 없다는 식이었다. 펄펄 끓는 불덩이를 가슴에 삼킨 채로, 어머니는 십 년 후 세상을 떠났다. 울분과 억울함보다도, 문둥이 집안이라는 이웃의 손가락질이 더 무서워 모자는 내내 숨 한번 제대로 쉬지 못하고 살아야 했다. 어머니 장례를 마치자마자 허씨는 한밤중 몰래 홀로 고향을 떴다.

현재 허씨는 아내와 두 아이를 거느린 가장이다. 가족들은 그의 집안 내력을 전혀 모른다. 그렇지만 허씨는 늘 식구들에게 죄를 짓고 있다는 죄의식에서 벗어날 수가 없다. 아버지와 형의 오그라진 손에 쥐여 있던 성경과 찬송가 책, 초라한 움막들, 아버지와 형의 뭉개진 얼굴, 그리고 두 사람의 그 한없이 쓸쓸한 눈빛은 허씨 뇌리에 여전히 사금파리처럼 생생하게 박혀 있다. 그는 이미 잘 알고 있다. 자신의 남은 생 역시 변함없이 그 기억들과 함께할 것이라는 사실을.

　박달구의 등엔 언제부턴가 계집아이 하나가 철썩 들러붙어 있다. 물론 다른 사람들은 전혀 눈치채지 못한다. 그건 세상에서 박달구 혼자만 아는 비밀이다. 아이는 열여섯 살, 이름은 은님이다. 강은님. 나이에 대해서 말하자면, 그 애 죽었을 때의 나이가 열여섯 살이었다는 뜻이다. 하지만 달구는 정작 그 애의 얼굴도, 목소리조차도 모른다. 오직 숨소리 한 가지만 알 뿐이다. 그 아이는 하루 중 대부분 시간을 그의 등뒤에 붙어서 잠을 잔다. 그러다가도 느닷없이 아무때나 불쑥불쑥 튀어나와, 그의 귓전에다 얼음같이 차가운 숨결을 불어넣곤 하는 것이다. 때로는 하루 온종일, 마치 잔잔한 파도 소리처럼 아이의 숨결이 그의 귓가에 머무르기도 한다. 때문에 박달구는 이따금 자신과 아이의 호흡이 처음부터 하나였던 것 같은 착각에 빠지기도 한다. 후우. 후우우. 그 아이의 숨소리에 감춰진 생각을, 무슨 말을 하고 싶은지를, 박달구는 너무도 잘 안다.
　'아저씨, 정신 차려요. 나, 여기 있응께. 아저씨 곁에 나도 언제나 함께 있응께. 그걸 기억하라고요. 단 한순간도 잊지 말아요. 후우. 후우우……'
　박달구는 귀신 잡는 해병대, 베트남 참전 용사다. 파병되기 직전 짧은 휴가를 받아 고향에 갔을 때, 그는 영웅 대접을 받았다. 그의 고향은 연락선을 타고 세 시간이나 가야 하는 남해안의 작은 섬이다. 1980년대 초에야 비로소 전기가 들어올 정도로 낙후된 외딴섬. 박달구는 섬 주민을 통틀어 외국 땅을 밟아본 최초의 인물이었다. 그는 일 년 반 만에 무공훈장을 두 개나 가슴에 달고 돌아왔다. 악착같이 아껴 모은 돈으로, 작은 채취선 한 척도 마련했다. 돈을 벌어서 육지에 가정을 꾸리는 게 그의 꿈이었다.

그런데 몹쓸 병이 도졌다. 숱한 정글 전투에서 그의 소대원 중 다섯은 죽고 아홉은 부상당했다. 하지만 박달구는 살아남았다. 대신 그는 몸에 아주 특별한 병균을 담아왔다. 완치율이 극히 낮아서 '국제매독'이라 불리는, 참으로 지독스럽고 고약한 균이었다. 치료를 받아도 그때뿐이었다. 성병은 원호 혜택 대상조차 아니었다. 결국 채취선을 팔아 약값과 병원비에 모조리 썼다. 온몸에 발진이 돋고 헌 자리에선 농이 흘렀다. 몇 년 사이 그는 완전히 폐인으로 변해버렸다. 급기야 섬망 증세까지 나타났다. 자주 헛것이 보이고 헛소리가 들렸다. 전사한 소대원들, 달구 자신의 손에 죽은 베트콩 병사들이 줄줄이 튀어나왔다. 밤낮없이 골방에 처박혀 그는 악몽 속을 헤맸다. 육지에서 당골을 불러다가 몇 차례나 굿을 벌였다. 하루는 어미가 그의 귀에 대고 은밀히 말했다.

"사람 정강이뼈가 특효약이라드라. 깨끗한 뼈를 구해서 불에 그슬려가꼬 숯불에 달여서 마시면 신통허게 듣는다더라만……
어째, 한번 해볼끄나?"

어차피 가릴 게 없었다. 코앞에 죽음이 바싹 다가와 있었다. 앞
으로도 이대로라면, 차라리 당장 죽는 편이 백번 나았다. 어미가
대상을 은밀히 물색했다. 당시만 해도 섬엔 아직 초분(草墳) 풍
습이 존재했다. 일단 삼 년 정도 시신을 초분에 보존해 육탈을 시
키고 나면, 유골만 깨끗한 상태로 남게 된다. 그 유골을 수습하
여, 재차 의식을 치른 연후에 비로소 땅에 매장하는 풍습이다. 때
마침 이웃 마을에 적당한 초분이 하나 나왔다. 두어 달 전에 죽은
어린 처녀였다. 육지의 여학교를 졸업한 후, 심장이 나빠 집에서
요양중이었다 한다. 관례상 아이들에겐 초분을 쓰지 않았지만,
처녀의 아비가 한사코 고집을 꺾지 않았다. 박달구는 그 부잣집
막내딸을 생시에 한 번도 본 적이 없었다.

박달구는 그날을 바로 어제 일인 양 생생히 기억하고 있다. 어
미는 그믐밤을 택했다. 달도 없이 흐린 별들만 드문드문한 초겨울
밤. 모든 준비는 어미의 몫이었다. 집을 나서기 전, 박달구는 소주
두 대접을 연거푸 들이마셨다. 어미는 톱과 자귀를, 아들은 빈 자
루와 비닐 뭉치를 손에 들었다. 자정 무렵의 마을은 캄캄한 무덤
속 같았다. 모자는 일부러 해안을 멀리 돌아 고개 너머 동백나무
숲으로 숨어들었다. 삭은 지붕과 두꺼운 짚단을 맨손으로 훑어낸
것도 어미였다. 뚜껑을 열기도 전에 끔찍한 악취가 솟구쳤다. 그

가 바깥으로 뛰쳐나와 토악질을 하고 있을 때, 등뒤에서 톱질하는 소리가 또렷하게 들려왔다. 순간 달구는 혼자 미친 듯 골짜기를 도망쳐 내려왔다. 어미가 돌아온 건 자정이 훨씬 지나서였다.

박달구는 꼬박 달포를 앓아누웠다. 열에 들떠 제정신이 아니었다. 자, 마셔라. 병이 낫어야 장가도 가고, 자식도 낳고, 일도 할 수 있지 않겠냐. 한입에 훌훌 들이마시거라, 얼릉. 어미가 내미는 약사발을 그는 잠자코 받아들었다. 얼마 후 모자는 도시로 이사했다. 신통하게도 병세가 전에 비해 많이 나아졌다. 일단 증세가 도졌다가도 얼마 후면 미미하게 가라앉곤 했다. 어미가 달여준 약 덕분이었는지도 모른다. 하지만 어미가 눈을 감는 날까지, 그는 약에 관해선 단 한마디도 묻지 않았다.

박달구가 어미에게 말하지 못한 건 또하나 있다. 어느 날 갑자기 나타나 자신의 등뒤에 바싹 들러붙어 떨어지지 않는 낯선 숨소리, 그 얼음같이 차가운 숨결에 대해서 말이다. 후우. 후우우. 후우. 목소리는 없지만, 그 애가 무슨 말을 하려는지를 박달구는 잘 알고 있다. 잊지 마요, 아저씨. 난 아저씨랑 함께 있을게. 앞으로도 쭈욱 여기, 이렇게, 아저씨 몸속에. 후우. 후우우……

파출소장 윤씨는 안경을 벗는다. 두 눈을 부릅뜨고 천장을 올려다본다. 눈물이 나오는 게 싫어서다. 사내가 눈물을 보인다는 건 창피하고 끔찍한 일이다. 그런데도 눈물은 어느 틈에 흐르고 있다. 사실 그는 아내가 세상을 뜬 이후 혼자 있을 때면 곧잘 훌쩍훌쩍 우는 못난 버릇이 생겼다. 한밤중 홀로 거실에 나와 앉아 술 마시는 버릇까지 생겼다. 이전엔 상상도 못했던 일이다. 스스로 생각해봐도 심신이 완전히 망가져버리고 만 것이다. 불면증 치료차 일 년간 휴직을 했다가, 그는 얼마 전에야 복귀했다. 하지만 불면증은 여전히 진행중이다. 벌써 몇 달째, 한숨도 제대로 눈을 붙여보지 못했다.

윤씨는 아내의 영상, 그 최후 순간의 영상에서 도저히 벗어날 수가 없다. 아내의 손. 그 밀랍처럼 희고 앙상한 손가락들. 그가 아무리 몸부림을 치고 발악을 해도, 기억은 그 끔찍한 영상을 오히려 더욱 생생하게 되살려놓을 뿐이다. 왜 그랬을까. 아내는 왜 내게 그토록 무서운 짓을 하고 떠났을까. 하필이면 세상을 하직하는 그 마지막 순간에, 도대체 왜? 어째서, 아내는…… 윤씨는 하루에도 수천 번 그런 똑같은 질문을 자신에게 던진다. 끝내 답은 보이지 않는다. 그 대답을 해줄 사람은 오로지 아내뿐이다. 하지만 아내는 이미 세상에 없다.

오 년 전, 그의 아내는 죽었다. 암이라는 사실을 알았을 땐 이미 손을 쓸 수 없는 상태였다. 그들이 부부로서 함께 지낸 시간은 정확히 십오 년 칠 개월 십오 일이다. 윤씨에겐 더없이 소중하고 행복한 시간이었다. 물론 아내 역시 당연히 그러하리라고 그는 철석같이 믿어왔다. 하지만 지금은 전혀 자신이 없다. 아니, 아내의 속마음을 아예 짐작조차 할 수가 없다. 혼돈. 말 그대로 모든 게 뒤죽박죽이 되어버린 것이다.

오 년 전, 그에게 대체 무슨 일이 일어났던 것일까. 윤씨는 그 날, 마치 기도하듯 두 손을 그러모은 채, 병실 복도 의자에 앉아 기다리고 있었다. 혼수상태에서 깨어나자마자 아내는 식구들을 차례로 불러들였다. 그것은 마지막 작별을 의미했다. 장모, 두 아들, 처제와 처남의 순서로 호명되었다. 그들은 심란한 얼굴로 들어갔다가, 잠시 후 하나같이 눈물범벅을 하고 나왔다. 방금 전 들어간 처남 부부가 나오면, 마지막으로 그의 차례였다.

그 짧은 시간 동안 그의 머릿속에선 천만 가지 생각, 감정, 기억 들이 활동사진처럼 스쳐갔다. 억장이 무너지고 눈앞이 아뜩해 왔지만 그럴수록 정신을 바짝 차려야 했다. 그는 어금니를 악물었다. 누구라도 운명을 비켜갈 수는 없어. 당장 이 순간엔 마지막 이별을 아름답게 치르는 것 한 가지만 생각하기로 하자. 그는 진심으로 아내를 사랑했다. 자신을 향한 아내의 사랑 역시 의심할 바 없었다. 아이들은 건강하게 잘 자라주었다. 넉넉하진 않아도 크게 부족할 것 없는 생활이었다. 이 예기치 못한 병마만 아니었다면, 그들 부부는 앞으로도 쭉 행복한 여생을 살아갈 수 있을 터였다…… 그런 생각을 하자 마음이 다소 진정되었다. 아내에게 해줄 마지막 인사도 벌써 준비해놓고 있었다. 미안해요, 여보. 용서해줘요. 아내의 힘없는 목소리를 떠올리자 그는 울컥 목이 멨다. 그러면 그는 아내의 손을 꼭 쥐어주며 이렇게 말해줄 터였다. 당신을 내 목숨보다 더 사랑했다고. 단 한순간도 당신에게 실망해본 적 없노라고…… 그때 처남 부부가 문을 열고 나왔다. 이젠 그의 차례였다.

병상에 누운 아내의 허깨비 같은 모습을 대하자, 그의 가슴은 또 한번 무너졌다. 아내는 눈을 감은 채 마지막 기력을 그러모으려 애쓰는 듯했다. 그는 침대 옆 보조의자에 말없이 앉았다. 종잇장처럼 창백한 얼굴의 아내가 그를 조용히 쏘아보고 있었다. 퀭하니 들어간 두 눈이 우물처럼 검고 깊었다. 어딘지 낯설고 기이한 그 눈빛 속에서 언뜻 스쳐가는 푸른 광채를 윤씨는 본 것도 같았다. 여보, 이젠 정신이 좀 들어? 그가 물었을 때도 그 낯선 시선은 그를 조용히 쏘아보기만 했다.

아내의 입술이 희미하게 움직였다. 이리 와요. 더, 가까이…… 그는 아내 쪽으로 얼굴을 가져갔다. 바로 그 순간, 그 일이 일어났던 것이다. 처음에 윤씨는 무슨 일이 일어났는지조차 전혀 알아차리지 못했다. 뭔가가 번개처럼 눈앞을 스치고 지나간 듯했다. 아니면 얼굴을 뭔가에 부딪친 것 같기도 했다. 다음 순간, 또다시 눈앞으로 손 하나가 불쑥 올라왔다. 갈퀴처럼 팽팽히 웅크리고 있는 손, 손가락, 손톱. 이번에도 그는 피하지 못했다. 갈퀴는 순식간에 그의 얼굴을 위에서 아래로, 놀랍도록 빠르게 후벼 파고 지나갔다. 눈을 뜰 수가 없었다. 손톱에 스친 모양이었다.

얼굴을 만져보니 양 손바닥에 피가 묻어나왔다. 그는 황급히 일어나 벽에 붙은 거울을 들여다보았다. 이마, 눈두덩, 코, 뺨에 손톱자국들이 빨갛게 그어져 있었다. 볼과 입술에선 핏물이 흘러나왔다. 비로소 그는 사태를 어렴풋이나마 짐작했다. 분명 아내의 손이었다. 아내가 그의 얼굴을 북북 긁어내린 것이다. 그것도 두 번씩이나. 아니, 그런데, 왜……? 그는 놀라 아내를 살펴보았다. 입술을 반쯤 열어둔 채, 아내는 이미 숨이 멎어 있었다.

그게 전부다. 그날 일에 관해 윤씨가 알고 있는 것은. 그 이후 윤씨는 영영 웃음을 잃어버렸다. 잠을 잃었고, 휴식을 잃어버렸다. 세상의 누구와도 그는 눈을 똑바로 마주치지 못했다. 사람들이 두려워졌다. 거울에 비친 자신의 얼굴조차 마주보지 못했다. 길을 걷다가도 문득 멈춰 서서, 그는 자신에게 묻곤 했다. 대체 아내는 내게 왜 그랬을까. 혹시 나한테, 나만 모르고 있는, 어떤 엄청난 잘못이 있었을까. 지난 몇 년 동안 수천수만 번 되풀이했지만, 그는 아직도 그 답을 찾아내지 못하고 있다.

내 아내는, 아니 그 여자는 정말 누구였을까? 나는 누구일까? 그 여자에게, 나는 또 누구였을까? 윤씨는 고개를 툭, 떨어뜨린다.

*

향이 고요히 타들어간다. 방안은 이제 그윽한 향내음으로 가득차 있다. 향로를 중심으로 둥글게 모여 앉은 일곱 명의 사내들은 기척조차 없다. 두 눈을 지그시 감고 저마다 깊은 침묵 속에 가라앉아 있을 뿐. 흐린 불빛 아래 미동조차 없는 모습이 얼핏 무덤 속 미라들 같다.

문득 소리 없이 방문이 열리더니 누군가 고개만 살짝 안으로 내보인다. 곱슬머리의 젊은 여자. 거무스름한 살색에 이목구비가 남다르다. 명기. 월녀가 기지촌에서 데려온 고아 계집아이. 천씨를 향해 가볍게 고갯짓을 해 보인 뒤 명기는 곧 사라진다. 마침내 시간이 된 것이다. 천씨가 먼저 일어선다. 허씨, 박달구, 파출소장이 뒤따라 일어난다. 나머지 셋은 방안에 그대로 앉아 기다린다.

네 명의 사내는 복도를 지나 계단을 통해 이층으로 올라간다. 이층 전체가 마루 깔린 거실이다. 반쯤 열어둔 장지문 앞에서 그들은 멈춰 선다. 월녀의 음성이 나직하게 흘러나온다.

"들어들 오너라."

넷은 방으로 들어서자마자 나란히 마룻바닥에 꿇어앉는다. 방 한쪽에 양초 세 개가 타고 있을 뿐, 거실은 어슴푸레하다. 사내들은 한동안 묵묵히 앉아 기다린다. 차츰 어둠에 눈이 익숙해지자 실내 풍경이 훤히 드러난다. 지금 월녀는 등을 돌린 채 반가부좌로 통창을 마주하고 앉아 있다. 그들은 월녀의 어깨 너머로 넓은 통창을 바라본다. 마당과 우물과 왕벚나무가 한눈에 고스란히 내다보인다. 소금처럼 흰 달빛이 마당 위에 소복이 내려 쌓이고 있다. 마당이 온통 설원으로 변해 있다. 아아! 불현듯 왕벚나무에 시선이 멎는 순간 그들의 입에서 일제히 탄성이 낮게 흘러나온다. 목화송이. 나무 전체가 한 송이 거대한 목화꽃이다. 흐드러지게 쏟아지는 달빛에 젖어, 바야흐로 만개한 백색 꽃잎들이 눈부시게 물결치고 있다. 사내들은 숨을 깊이깊이 들이마신다. 벚꽃향기. 그 꿈결처럼 매혹적인 향기가 방안 가득 출렁이고 있다.

월녀가 조용히 이쪽으로 돌아앉는다. 어깨 너머 휘황한 달빛에 가려, 월녀의 얼굴은 잘 보이지 않는다. 그들은 무릎걸음으로 월녀를 향해 다가간다.

"오오, 내 자식들아! 어서 오너라."

월녀는 두 팔을 벌려 넷을 한꺼번에 품어 안는다. 그들이 조급하게 품을 파고든다. 아직 처녀의 몸인 월녀는 젖가슴을 활짝 열고, 자신의 비밀스런 네 개의 유방을 드러낸다. 월녀의 품에 안긴 그들은 희고 둥근 달덩이를 각자 하나씩 차지한다. 그리고 허겁지겁 제 몫의 젖꼭지를 찾아서 입에 문다.

흐벅진 달덩이 하나를 통째로 차지한 천씨는 품에 안긴 채 서럽게 흐느끼기 시작한다. 그의 눈앞에서, 식구들이 또다시 푸른 강물 속으로 풍덩풍덩 떨어져내리고 있다. 어무이. 어무이. 어린 동생이 죽어가면서도 어미를 찾고 있다. 두부장수 허씨는 흰 달덩이에 코를 묻은 채 눈물 콧물을 쏟고 있다. 피 묻은 형의 찬송가 책이 보인다. 뭉그러진 당신의 얼굴을 손바닥으로 가린 채, 아버지가 구덩이 안에서 어린 그에게 다급하게 손짓하고 있다. 이 자슥아. 당장 가그라. 다신 여그 오지 말그라…… 박달구의 눈에 선 닭똥 같은 눈물이 뚝뚝 떨어진다. 후우. 후우이. 또 그 아이의 숨소리가 들린다. 마셔라이, 얼릉. 그래야 장가도 가고, 손주도 볼 거 아니냐이. 파출소장은 달덩이에 얼굴을 묻은 채 흐느낀다. 왜 그랬을까. 무엇 때문에, 아내는 왜……

월녀는 그들의 메마른 이마를 손바닥으로 하나하나 정성스레 닦아주면서 나지막하게 중얼거린다.

"그래, 울어라. 마음껏 울어버려라. 울어야만 산다. 가슴속 돌 맹이, 목구멍의 핏덩이를 토해내야만 산다…… 내 가엾은 자식 들아. 슬픔이 너의 힘이다. 분노와 한이 너의 힘이다. 고통이, 울 분이, 후회가 바로 너희를 살게 하는 힘이다. 그러니, 어찌할 것 이냐. 그 힘으로 어떻게든 버티어내거라. 한사코 포기하지 말고, 어떻게든 이 끔찍스러운 생을 살아내거라……"

포만감에 젖은 사내들은 쌔근쌔근 숨소리를 내며 어느새 곤히 잠들어 있다. 평생 단 한 번도 맛본 적 없는 평화와 안식의 품속 에, 그들은 행복한 젖먹이가 되어 포근히 안겨 있다.

*

아래층에 남은 세 명의 사내는 말이 없다. 앞서 올라간 이들이 돌아올 때까지 잠자코 기다린다. 향이 거의 밑동까지 타들어간다. 우체국장이 상자에서 향 몇 촉을 꺼내어 새로 불을 붙인다. 발갛게 타들어가는 불꽃을 세 사내는 조용히 응시한다.

우체국장은 그 불꽃 때문에 다시금 연탄불을 떠올리고 만다. 그러자 금세 눈가에 물기가 핑 돈다. 십수 년 전, 서울 중계동 달동네. 아침마다 공동 변소와 공동 수돗가에서 수십 명씩 쟁탈전을 벌이며 살던 시절. 당시 그는 순심이네 집 다섯 평짜리 쪽방에 세든 노총각 공무원시험 준비생이었다. 베트남 참전 상이용사인 집주인의 세 딸 이름은 순심, 순미, 순례였다. 제과 공장에 나가는 큰딸 순심을 그는 미치도록 좋아했다. 순심도 그를 좋아했다. 지독히도 추웠던 그날, 무서운 순심이네 아버지 몰래 둘은 점심 때 시내에서 만나, 영화도 보고 팥죽도 사먹고 돌아왔다. 바로 그날 밤 순심은 죽었다. 함께 자던 순미, 순례까지도.

"염려 말아요. 내가 이따가 아궁이 구멍을 막아놓을 테니까, 순심씬 그냥 들어가서 푹 자요."

그는 순심을 방으로 떠다밀며 분명히 약속했었다. 연탄을 갈아넣고 반시간쯤 지난 후엔 반드시 아궁이 덮개를 다시 덮고, 또 환기통도 막아줘야 했다. 하지만 그는 책을 들여다보다가 깜박 잠이 들고 말았다. 그는 약속을 지키지 못했고, 연탄가스는 밤새 쪽방의 모든 틈새로 스며들었다. 아침에 장판을 들어내고 보니 방바닥에 금이 쫙쫙 가 있었다. 그는 모든 것이 자기 탓이라고 믿었다. 그의 손으로 죽인 거나 마찬가지였다. 그의 잘못으로 순심은 죽었고 순미, 순례도 함께 죽었다. 그는 지금껏 누구한테도 그 비밀을 고백한 적이 없다. 아마 앞으로도 영원히 그럴 터이다. 사실 우체국장은 중증 알코올중독 환자다. 여태 독신인 그는 앞으로도 결혼할 생각 따윈 없다. 자신이 없어서인지도 모른다. 그는 아직도 오로지 순심만 생각한다. 순심을 잊어버리려고 매일 술을 마신다. 그런데도 취하면 어김없이 순심, 순미, 순례의 얼굴이 떠오르는 것이다.

고쟁이영감 남출씨는 또 눈자위를 훔쳐낸다. 손수건은 이미 흥건히 젖었다. 신기하지 뭔가. 평생 그토록 많이 뽑아냈는데도 아직 남은 눈물이 있다니. 1981년 3월. 느닷없이 고향집 안방으로 들이닥친 기관원들이 그를 새벽 잠자리에서 끌어냈다. 어머니와 동생, 한 동네에 사는 숙부 내외와 고모 내외도 마찬가지였다. 영문도 모르고 줄줄이 수갑이 채워진 채 끌려 올라간 서울 남산 안기부 취조실. 무려 두 달 동안 끔찍한 취조와 고문이 이어졌다. 듣도 보도 못하고 상상조차 안 되는 일들을 다짜고짜 시인하라고 그들은 윽박질렀다. 알몸을 철창에 묶고, 공중에 매달고, 몽둥이찜을 하고, 코에 물을 쏟아붓고, 온몸을 라이터로 지지기까지 했다. 그는 일단 어떻게든 살고 보자고 생각했다. 살아야 했으므로,

무조건 맞노라고, 모조리 내가 했노라고, 그는 그자들이 원하는 대로 대답해주었다. 그리하여 그들은 무시무시한 칠인조 '진도 일가족 간첩단'의 주인공들로 둔갑한 채 세상에 등장하게 되었다. 그 우두머리 배역은 남출씨 몫이었다. 전쟁통에 행방불명된 아비를 만나 두 차례나 월북한 고정간첩 역이었다. 그자들이 간첩단의 유일한 증거물이라고 내세운 건 조그만 '망치' 한 개. 딱 그 한 가지가 전부였다. 공안당국의 발표는 매우 명쾌하고 확실했다.

"통상 간첩의 필수장비라고 하는 난수표, 무전기, 라디오, 권총은 당연히 남아 있지 않다. 왜냐면 이들 일당이, 바로 이 망치를 사용하여, 깡그리 때려부숴 없애버렸으니까."

도대체 증거 자체가 아무것도 없었다. 정황도 전혀 맞지 않았다. 오직 당사자들이 자백했다는 '진술'만 있었다. 하지만 그것은 별의별 끔찍한 고문을 동원해 그자들이 완성해낸 시나리오일 뿐이었다. 재판 역시 그야말로 일사천리였다. 재판관들 또한 각본대로 각자 맡겨진 배역만을 충실히 완수해냈을 뿐이다. 결국 일가족 전원은 실형을 받았다. 일심 사형. 이심과 삼심에선 무기징역. 그게 남출씨가 받은 판결문이었다. 특사로 감형을 받아 풀려나기까지, 남출씨는 꼬박 십오 년을 감옥 안에 있었다. 감옥에서 그는 날마다 머리를 싸안고 그 수수께끼의 답을 찾기 위해 골몰했다. 왜 그랬을까. 어째서 하필이면 나였을까. 이 희한한 칠인조

일가족 간첩단 연극의 주인공들로, 무려 사천만 인구 중에서, 그 자들은 왜 하필이면 우리 일가족을 선택했을까. 망치는 어째서 일곱 개도 아닌, 딱 한 개라고 정했을까.

그 십오 년 사이 남출씨는 모든 것을 잃었다. 그보다 앞서 출옥한 숙부는 고문 후유증으로 세상을 떴다. 나머지도 제대로 성한 꼴로 살고 있는 이가 없었다. 이웃도 친구도 죄다 발길을 끊었다. 가족은 오히려 이웃보다 더 차갑고 멀었다. 코흘리개 나이에 헤어진 자식들은 출옥해 처음 만난 그를 쳐다보려 하지도 않았다. 사실 그건 당연했다. 간첩의 딸. 빨갱이 아들. 그간 간첩 아비를 둔 덕에 아이들도 온갖 험악한 고초를 다 겪었던 것이다. 아내는 별거를 원했다. 그는 한낱 그림자에 불과했다. 집에서도 사회에서도 그는 유령일 뿐이었다. 남출씨는 홀로 집을 나와 떠돌이가 되었다. 고향엔 두 번 다시 내려가지 않았다. 갈 수도 없었고, 찾는 이도, 알은체해주는 이도 없었다. 심지어 아이들의 결혼식에도, 작은아버지 장례식에도 못 갔다. 그가 나타나주지 않으면 오히려 다들 안도했다.

이제 남출씨에겐 정말로 아무것도 없다. 분노할 힘도, 통곡할 기력조차도 남아 있지 않다. 그는 다만 무서울 뿐이다. 세상이, 인간들이 너무나 무섭다. 아니, 무엇보다 자신이 여태 이 짐승 같은 땅, 이 지옥 같은 세상에 살고 있다는 사실이 그는 가장 무섭고 끔찍하다.

돌아이 총각 양성복은 줄곧 조용히 앉아 있다. 그 평온하고 단정한 모습 어디에도 티끌만한 혼돈의 흔적 따윈 드러나지 않는다. 하지만 청년의 몸 내부엔 항상 팽팽한 긴장감이 존재한다. 그의 건장한 몸속엔 '그녀'가 살고 있다. 이 세상에서 그 사실을 아는 사람은 엄마뿐이다. 청년의 몸안에 언제부터 그녀가 들어와 살게 되었는지는 확실치 않다. '그녀'의 존재를 그가 느끼기 시작한 건 열두어 살 즈음이다. 혼돈은 그렇게 뿌리를 내렸다.

그녀는 아주 제멋대로다. 대부분 시간 잠잠했다가도, 예고 없이 불쑥 튀쳐나와 청년을 몹시 힘들게 한다. 그녀의 거처는 청년의 몸속, 정확히 말하면 좌측 늑골 아래쪽이다. 그녀는 스스로를 공주라고 말한다. 그래선지 뭐든 화려한 것만 좋아한다. 옷, 구두, 화장품, 목걸이, 스카프, 머리핀까지, 무조건 예쁘고 비싼 것만 찾는 것이다. 성깔 또한 공주답게 만만찮다. 성에 차지 않으면 제멋대로 짜증을 내고 투정을 부린다. 때문에 그는 그녀를 몹시 두려워한다. 물론 그녀 때문에 가끔은 즐겁고 행복할 때도 있다. 힘들 때가 훨씬 더 많긴 하지만 말이다. 너무 괴로워서 차라리 죽고 싶어질 때도 있다.

실제로 그는 몇 차례 자살을 시도한 적도 있다. 그런 날이면, 그녀는 벌써 눈치를 채고서, 늑골 뒤에 숨어서 죽은 듯이 꼼짝하지 않는다. 요즘도 그는 매일 한밤중에 서너 번씩 잠을 깨곤 한다. 목구멍 저 아래서 또렷하게 들려오는 그녀의 신음 소리 때문이다.

　"아아, 날 좀 구해줘! 숨이 막혀 죽을 것만 같아. 제발, 날 여기서 꺼내줘!"

　그때 문이 소리 없이 열린다. 이층에서 내려온 네 명의 사내가 방으로 차례로 들어선다. 누구도 입을 열지 않는다. 저마다 자리에 앉자마자 아까같이 잠자코 두 눈을 감는다. 돌아온 그들 네 사내의 모습이 몰라보게 달라져 있다. 평소의 음울하고 칙칙한 표정은 흔적도 없다. 엄마 품에 안긴 젖먹이처럼 하나같이 평화롭고 행복한 얼굴들. 볼엔 발그레 화색이 돌고 윤기마저 흐른다. 시들고 메말랐던 온몸이 일시에 싱싱한 생기로 넘치고 있다.

　자, 이젠 나머지 세 사람의 차례다. 우체국장, 이남출씨, 청년. 그들은 조용히 방을 빠져나간다. 이내 이층 계단을 오르는 그들의 조심스런 발소리가 들려온다.

*

　새벽 네시.

　일곱 명의 사내들은 마당으로 느릿느릿 걸어나온다. 어디선가 희미하게 닭 우는 소리가 들려오는 것도 같다. 마당 가득히 고여 출렁이는 달빛도 점차 눈에 띄게 바래가고 있다. 어째선지 사내들의 표정은 똑같이 복잡하고 혼란스럽다. 슬픔과 기쁨, 생기와 절망이 함께 뒤섞여 있다. 그들은 지금 극심한 충격에 빠져 있는 참이다.

그들은 방금 전에야 그 놀라운 사실을 알았다. 앞으로 왕벚나무는 영원히 꽃을 피워내지 않을 것이다. 시월 보름달이 휘영청 떠올라도, 우물은 영영 차오르지 않을 터이다. 그리고 다시는 그 누구도 자신들을 이곳으로 초대해주지 않을 것이다.

그들은 문득 걸음을 멈춘다. 그리고 약속이나 한 듯 똑같이 이층 창문을 한없이 서러운 눈길로 올려다본다. 내 가엾은 자식들아. 슬픔이 네 힘이다. 고통이, 울분이, 회한이 바로 너희들의 힘이다. 부디 그 힘으로, 이 추하고 무서운 생을 어떻게든 살아내거라…… 귓전을 맴도는 따스한 음성을 사내들은 저마다 되새기면서, 그렇게 오랫동안 말뚝처럼 서 있다. 누군가 흑, 하고 흐느낀다. 그러자 그들은 일제히 어깨를 들먹이며 소리죽여 운다.

흰 달빛이 사내들의 머리 위로 유즙처럼 끈적끈적하게 흘러내리고 있다. 툭. 투둑. 투툭. 기어코 왕벚나무가 꽃잎을 지우기 시작한다. 가지마다 만발했던 꽃송이들이 벌써 소리 없이 녹아내리고 있다. 흰쌀죽 같은 덩어리들이 뚝뚝, 땅바닥으로 떨어져 고인다. 문득 마당 쪽으로부터 이상한 기척을 알아챈 천씨가 뒤를 돌아다본다. 거기, 뭔가 정체 모를 형체들이 그림자처럼 소리 없이

다가오고 있다. 극장 건물 쪽이다. 안개도 아니고 연기도 아닌, 푸르스름하게 빛나는 수많은 그림자들이 극장 안에서 끝도 없이 꾸역꾸역 쏟아져나오고 있는 것이다. 일곱 명의 사내는 하나같이 숨을 멈춘 채 그 놀라운 광경을 지켜본다. 한 줄로 나란히 마당을 건너온 그 푸른 그림자들은 이윽고 우물 속으로 홀연 모습을 감추어버린다.

마침내 이층 창문의 희미한 불빛이 툭, 하고 꺼졌다.

일곱 명의 사내는 각기 주먹으로 눈물을 훔치며 하나둘 돌아선다. 언덕 아래 저만치, 흐린 불빛들이 어둠 속에 음험하게 도사리고 있다. 그 어둡고 쓸쓸한 인간의 땅을 한참이나 말없이 응시하던 그들은 이윽고 언덕길을 터벅터벅 내려가기 시작한다.

묘약

유난히 눈이 많았던 그해 겨울, 산골 소읍에서는 밤마다 어디선가 이상한 소리가 들려왔다.

"오고 있다. 오고 있다."

모두가 곤히 잠든 한밤중, 그 메마르고 쓸쓸한 목소리는 바람 소리를 타고 흐느끼듯 속삭이듯 끊임없이 들려오곤 했다. 그것은 마을 앞 얼어붙은 호수 밑바닥에서 울려오는 것도 같고, 호수 건너편 낙엽송 울창한 숲속에서 인 것 같기도 했다. 아니면 주조장의 높다란 굴뚝 속, 혹은 뒷산 기슭 폐광의 지하 동굴 속에서 불어오는 음울한 메아리 같기도 했다. 긴긴 겨울밤, 사람들은 이불 속에서 꿈을 꾸면서 모두들 그 이상한 전언을 듣고 있었다. 그러나 아침이 찾아오면 누구도 그 목소리를 기억하지 못했다.

그 기이한 사건은 그해 크리스마스 즈음 며칠 사이에 일어났
다. 애초에 그것은 꿈과 함께 시작되었다. 첩첩산중 막막한 산골
오지에 들어박혀 살아온 그 소읍의 주민들은 그 무렵 저마다 예
외 없이 꿈을 최소한 두세 가지씩 꾸었다고 주장했다. 사실 따져
보면 그 어느 것도 특별할 게 없는, 그저 하찮고 긴가민가한 꿈에
지나지 않았다. 하지만 황천읍 사람들은 그해 겨울 자신들을 찾
아왔던 그 꿈이야말로 평생 처음으로 맞닥뜨린 신비하고 놀라운
것이었노라고, 훗날 입을 모아 증언했다.

묘하게도 그 꿈들은 읍의 호수를 무대로 하고 있다는 점에서만
은 일치했다. 호수는 마을 북쪽에 위치해 있었다. 꽤 넓은 면적에
비해 그것의 평균 수심은 그다지 깊지 않았다. 그것은 마을을 호
리병 형상으로 에워싼 채 완만하게 흘러나가는 황천의 조그만 지
류 한 가닥이 수천수만 년 동안 산 아래 저지대 안으로 조금씩 물
을 흘려넣어 빚어낸 자연 호수였다. 한때 호수는 그 소읍의 명물
이자 자랑거리였다. 하지만 이제는 누르께하니 흐린 물빛과 함께
볼품없이 시름시름 병들어가고 있을 뿐이었다.

"틀림없는 맷돌이더라고. 엄청 큰 맷돌이 호수 한복판에서 절
로 빙빙 돌면서 희멀건 쌀죽을 계속 갈아내고 있지 뭐야. 손으로

찍어보니까 풀같이 끈적끈적하더군."

방앗간집 사내는 정말 풀이 묻기나 한 듯 제 손가락을 몇 번 늘여 펴 보이며 말했다.

"내가 본 건 연자방아였지. 시커먼 수말 한 놈이 콧김을 씩씩대며 커다란 연자방아를 뱅글뱅글 돌리고 있었어."

신발가게 주인 사내는 부리부리한 두 눈을 굴리며 말했다. 별안간 집채만한 바위 두 개가 물속에서 불끈 솟아오르는 걸 봤다는 이도 있었다. 혹은 바위가 아니라, 껍질 벗겨낸 거대한 찐 달걀 두 개가 희고 매끈한 속살을 드러낸 채 수면 위를 뚱그적뚱그적 떠다니더라고도 했다. 특히 동물을 보았다는 경우가 많았다.

"와, 진짜 엄청나게 큰 구렁이였다니까. 두 놈이 몸을 서로 친친 감고 한참 교미를 하고 있었는데, 난 이무기들이 용이 되기 위해 싸우는 줄 알았어."

이마가 벗겨진 읍장은 검붉고 두툼한 윗입술을 혓바닥으로 슬쩍 핥으며 말했다.

"돼지 한 쌍이 위아래로 이층을 지어서 헤엄치고 있지 뭐야. 칠팔백 근씩은 너끈히 나가겠더라고. 수놈은 암돼지 등에 벌렁 올라타 있고, 암돼지는 밑에서 네 다리로 물장구를 치더군."

하필 그 얘길 한 사람은 양돈업을 하는 작자였다. 그 밖에도 흰 염소를 보았다는 사람, 하마, 돌고래, 물개, 고릴라를 보았다는 사람도 있었다. 또 엉뚱하게도 바닷가에나 사는 말미잘을 보았다는 이도 있었다. 거대한 암갈색 말미잘들이 호수를 온통 빼곡하게 뒤덮은 채, 주둥이이자 항문인 털북숭이 구멍을 일제히 뻐끔뻐끔 여닫고 있더라고 했다.

조무래기 아이들의 꿈은 조금 달랐다. 올챙이떼가 새까맣게 물 속으로 마구 몰려다녔다는 아이, 접시 모양의 유에프오를 보았다는 아이, 흰옷을 입은 천사 둘이 호수 위 허공에 나란히 떠서 반투명의 흰색 고무풍선을 입으로 커다랗게 불고 있더라는 아이도 있었다.

*

첫째 날 ― 12월 22일.

그날은 크리스마스 사흘 전이었다. 아침부터 쌀가루처럼 푸슬 푸슬 흩날리기 시작하던 눈발은 점심 무렵부터 갑자기 아이 주먹만하게 커졌다. 폭설이었다. 삽시간에 사방이 두툼한 솜이불을 뒤집어쓴 듯 하얗게 변했다. 읍내는 온통 눈구덩이에 처박힌 꼴이었다. 정강이까지 푹푹 빠지는 길을 사람들은 허리를 구부리고 엉거주춤 걸어다녔다. 읍내에서 바깥으로 통하는 유일한 도로가 눈으로 막혀버렸다는 소식이 들려왔다. 가파른 도둑고개 중턱에서 눈사태가 났기 때문이었다. 소읍은 외부로부터 단절된 채 완전 고립 상태에 빠지고 말았다. 폭설이 그 기세로 한나절만 더 계속된다면 장차 몇 날을 더 갇혀 있게 될지 모를 일이었다.

다행히 눈은 해 질 무렵 홀연 멎었다. 폭포처럼 쏟아지던 눈발이 한순간 뚝 그치자 온 세상이 거짓말처럼 고요해졌다. 정적과 함께 돌연 차단막이 드리워진 듯 사위가 희부옇게 변하기 시작했다. 난데없는 안개였다. 그러고 보니, 어느 사이 거짓말처럼 기온이 따뜻해져 있었다. 흡사 봄날 오후 같았다. 얼어붙은 강과 호수에서부터 뭉클뭉클 피어오른 안개는 삽시간에 읍내를 뒤덮고 주변 산과 고개 언저리까지 퍼져나가, 마침내 분지 전체를 통째로 품어버렸다. 온 세상이 고요하고 아늑한 늪 속으로 깊이깊이 가라앉고 있는 느낌이었다. 한겨울 눈 속에 안개라니! 이런 기이한 날씨는 평생 처음이라고, 노인당에 모여 장기를 두던 토박이 노인들은 툴툴거렸다.

*

—저녁 일곱시. 호숫가 갈보리교회.

투툭, 창밖 뒤뜰에서 고드름이 땅바닥으로 떨어지는 소리에 목사는 퍼뜩 정신이 들었다. 그의 발 앞엔 전기난로가 발갛게 달아올라 있었다. 난로 앞에 앉아 머릿속으로 설교 준비를 하고 있던 참에 깜박 졸았던 모양이다. 그사이 그는 꿈을 두 개나 꾸었다.

앞뒤도 안 맞는, 어수선하고 모호한 꿈이었다.

"별스럽네. 하나는 길몽 같은데, 다른 하나는 고약하기 그지없으니."

사십대 중반의 독신남인 목사 허기진씨 역시 이즈음 부쩍 꿈자리가 어지러웠다. 하나같이 종잡을 수 없는 것들뿐이었다. 하지만 방금 꾼 것 중 하나는 어딘가 특별했다. 성서에 숱하게 등장하는 거룩한 계시 혹은 예언적 꿈들과 흡사했다.

꿈의 무대는 바로 교회당 아래편 호수였다. 밤인지 낮인지 모르게 사위가 온통 휘황한 빛에 감싸여 있는데, 호수 저편으로부터 누군가 수면 위를 걸어 다가오고 있었다. 치맛자락 밑으로 옥잠화 꽃잎 같은 맨발이 보였다. 물위를 춤추듯 걸어오는 희고 아름다운 여인. 신비로운 광채와 장중한 음악이 오로라처럼 여인의 주위를 감싸고 있었다. 아아, 천사다! 거룩하신 주님의 전령이 오셨구나. 그는 감격하여 저도 모르게 바닥에 엎드렸다. 천사의 부드러운 치맛자락이 그의 이마와 얼굴을 사르르 휘감았을 때, 그는 황홀감에 눈앞이 몽롱해지면서 온몸이 저릿저릿해왔다. 그러다 퍼뜩 눈을 떴던 것이다. 왠지 쑥스럽고 부끄러운 느낌과 함께, 그는 그 찰나의 황홀감이 못내 아쉬웠다.

두번째 꿈의 무대 역시 호수였지만, 수면은 꽁꽁 언 빙판이었다. 맞은편에서 웬 거구의 여인이 커다란 술 항아리를 와릉와릉, 발로 굴리며 다가왔다. 주조장 여주인 홍녀였다. 아하하하. 엉터리 예수쟁이! 홍녀는 그를 보자마자 카우보이처럼 큰 소리로 웃어젖혔다. 이내 홍녀가 느닷없이 항아리를 힘껏 걷어찼고, 그 거대한 술독은 탱크처럼 맹렬한 속도로 돌진해오기 시작했다. 그것이 그의 몸뚱이를 깔아뭉개는 순간, 픽 하고 수박 깨지는 듯한 소리에 그는 기겁해서 깨어났다. 알고 보니, 처마 끝에서 고드름 떨어지는 소리였다.

그는 엉거주춤 일어나 창밖을 내다보았다. 실내에서 새어나간 불빛에 처마 끝 고드름 몇 개가 부식된 치아처럼 을씨년스레 드러났다. 저녁 예배까지는 반시간쯤 남아 있었다. 무심코 돌아서던 그는 유리창에 비친 자신의 모습과 마주쳤다. 왜소하고 깡마른 체구에 목만 유난히 긴 그 중년의 사내가 새삼 낯설었다. 홀쭉한 뺨과 각진 턱, 끝이 약간 처진 코, 항상 찌푸리고 있는 미간. 벌써 희끗희끗해진 머리와 완고하고 고집스러운 인상 때문에 실제 나이보다 예닐곱 살은 더 들어 보였다.

그는 평소 거울과 마주하기를 끔찍이도 싫어했다. 세수나 면도를 할 때조차 한사코 외면했다. 그 오랜 버릇은 정글에서 수색 작전 중 한쪽 눈을 잃은 다음부터였다. 그의 왼쪽 눈은 의안이었다. 특수 플라스틱으로 정교하게 만들어진 그것은 홍채의 빛깔까지 들어 있어서 얼핏 보면 감쪽같았다. 하지만 그는 왼쪽이 텅 빈 구멍으로 남아 있다는 사실을 한순간도 잊은 적이 없었다. 삼십 년째 비어 있는 깊은 맨홀. 혹은 소리 없이 썩어가는 검은 늪지의 움푹 팬 웅덩이.

　그는 천천히 안경을 벗었다. 그리고 성한 오른쪽 눈으로 왼쪽의 가짜 눈을 잠시 노려보았다. 가짜 눈은 그를 바라보지도, 움직이지도 않았다. 그것이 가리고 있는 것은 텅 빈 구멍일 뿐이었다. 그는 이따금 그 구멍이 누군가의 입이나 목구멍처럼 보이기도 했다. 그럴 때면, 그것이 혹시 무엇인가 하고 싶은 말을 감추고 있는 게 아닐까 하는 의심이 들었다. 가령 어느 날 아침 세수를 하고 있을 때, 거울 속에서 그것이 불쑥 말을 걸어올지도 모른다고 그는 생각했다. 그런데 구멍이 나한테 하고 싶은 말이란 대체 무엇일까.

　예배실 쪽에서 두런두런 인기척이 들렸다. 그는 재빨리 안경을 걸친 다음, 짐짓 근엄한 표정을 하고 예배실로 들어섰다. 성탄 트리에 장식을 하고 있던 여고생 둘이 인사를 했다.

　"목사님. 이것 좀 보세요. 진짜 예쁘죠?"

　피아노 반주를 맡은 여자아이가 생글거리며 색깔 전구를 쳐들어 보였다.

　"못 보던 거로구나. 어디서 났지?"

　"장로님이 어제 서울에서 사오셨대요. 화단 향나무에도 벌써 장식해놓은걸요. 교회 마당이 환해졌어요."

　"그래, 제법 근사하구나."

　그는 고개를 끄덕이며 인자한 미소를 지었다. 말은 그리 했으

242

나, 내심 그는 우울했다. 성탄 주간이란 말이 무색하게 예배당 내부는 평소보다 되레 초라하게 느껴졌다. 단상 양옆에 세워놓은 모조 트리는 십 년째 그대로였다. 그새 색깔이 칙칙하게 바랜 것이 차라리 없느니만 못해 보였다. 그렇다고 산에 가서 생소나무를 캐올 수도 없는 일이었다.

이번 성탄엔 새 식구들도 오실 터이니, 이참에 분위기를 좀 바꿔보는 게 어떻겠습니까. 지난번 회의 때 그가 한마디 슬쩍 흘려보았더니, 교회 살림을 맡은 김장로는 천장만 올려다보며 꿀 먹은 벙어리 시늉이었다. 형편을 빤히 알면서도 섣불리 말을 꺼낸 걸 그는 금세 후회했다. 농협 하급 직원인 김장로 역시 그 일이 마음에 걸렸던 것일까. 엊그제 출장차 서울 다녀오는 길에 김장로는 장식용 전구 따위를 구입해온 눈치였다.

그는 교회 마당으로 나섰다. 아까 손수 마당을 쓸어내긴 했지만, 가장자리엔 여전히 눈이 쌓여 있었다. 그는 낡은 지붕 위로 껑충하니 솟은 첨탑을 올려다보았다. 첨탑 끝엔 난데없이 적색 뿔 하나가 돋아 있었다. 한 달 전부터 그 모양이었다. 네온사인 일부가 망가져 십자가의 절반은 불이 들어오지 않았다. 첨탑에서부터 현관 처마까지 길게 드리워진 오색 전구들이 용케 부지런히 반짝거리고 있었다. 그 알록달록한 꼬마전구들 덕분에 그나마 성탄 분위기가 풍겨났다.

맑은 공기라도 쐴 겸 목사는 교회 입구까지 걸어나갔다. 언덕길 초입의 가로수엔 '오라, 주님의 품으로—새 가족 맞이 100일 대약진'이라는 플래카드가 걸려 있었다. 언덕길에 서서 목사는 호수 쪽을 바라보았다. 안개는 아까보다 다소 묽어진 듯했다. 호수의 윤곽이 어둠 속에 희미하게 드러났다. 혹한으로 수면은 꽁꽁 얼어붙어 있었고, 건너편 산기슭은 불빛 하나 없이 캄캄했다. 그 부근은 인가라곤 없이, 숲 어귀에 작은 산장 하나만 숨어 있는 곳이었다. 그 서구식 목조주택의 주인은 동양화를 그린다는 서울 사람이었는데, 어쩌다 자동차만 들락거릴 뿐 얼굴은 전혀 볼 수가 없었다.

이렇게 호수를 바라보노라면 그에게선 늘 한숨이 절로 흘러나왔다. 팔십여 년 전, 그의 조부는 황천읍 최초의 교회를 바로 이곳 언덕 위에 세웠다. 떠돌이 고아였던 조부는 경성 청계천 변에서 우연히 만난 선교사의 양자가 되어 미국으로 떠났다가, 십 년 만에 장로회 목사가 되어 돌아왔다. 조부에겐 원대한 꿈이 있었다. 불행한 식민지 조국의 복음화를 위해 조선 최고의 신학교를 세우는 일이었다. 그 꿈을 가슴에 안고, 젊고 열정에 찬 목사는 황금 노다지꾼들이 득실대는 황천읍을 찾아들어왔다. 그리고 호수가 코앞에 내려다뵈는 이 펑퍼짐한 언덕을 장차 신학도들과 목회자들의 요람이 될 성스러운 터전으로 정했던 것이다.

그러나 그 원대한 꿈은 삼대째 이루어지지 않고 있었다. 조부는 전쟁 때 인민군의 총에 맞아 비명횡사했다. 일찍 홀로 된 아버지는 금쪽같은 외아들이 한쪽 눈구멍을 플라스틱으로 틀어막은 채 월남에서 돌아온 그 이듬해 심장병으로 세상을 떴다. 혼자 남겨진 그는 무공훈장에 빛나는 베트남 참전 용사이자 장애인, 그리고 무엇보다 독신이었다. 그에겐 아내도 후손도 없었다. 필시 앞으로도 죽 그러할 터였다. 결국 조부가 씨앗을 뿌린 그 원대한 꿈은 바로 그 자신의 대에서 종말을 고할 터였다. 그는 긴 한숨을 내쉬었다. 새삼 회한이 밀물처럼 몰려들었다. 그는 자신의 내면 깊은 곳 어딘가에 숨겨진 균열을 오래전부터 감지하고 있었다. 그 균열은 시간이 갈수록 점점 더 크고 깊게 번져갈 뿐이었다. 너는 실패했어. 더이상 네 자신을 속이지 마. 내면의 깊고 어두운 웅덩이에서 이따금씩 울려오는 속삭임. 울컥, 울음이 나올 것만 같아 그는 입술을 악물었다.

그는 언덕을 천천히 내려오기 시작했다. 저만치 엷은 안개에 싸인 시가지가 눈에 들어왔다. 자동차 불빛만 띄엄띄엄 움직일 뿐, 건물이며 도로의 윤곽은 흐릿했다. 그러나 그의 외짝 눈은 어둠 속에서도 관성처럼 목표물을 대번에 포착해냈다. 읍내 한가운데, 광장 바로 뒤편에 거대한 포신처럼 허공을 뚫고 당당하게 직립해 있는 황천주조장의 굴뚝. 바로 그 굴뚝 아래 홍녀가 살고 있었다. 그는 분노와 회한에 찬 눈으로 그 도도하고 흉물스러운 굴뚝을 쏘아보았다. 그 검은 굴뚝은 허씨 집안 삼대에 걸쳐 대물림해온, 이를테면 또다른 의미의 특별한 유산이었다. 조부에게도 아버지에게도 그 굴뚝은 수십 년 동안 박혀 빠지지 않는 손톱 밑의 가시 같은 대상이었다. 그들에게 그 방탕하고 사악한 향락의 소굴은 불과 칼의 심판을 받아야 마땅할 소돔이나 진배없었다.

그 자신 역시 그 굴뚝을 싫어했다. 그것을 볼 때마다 가슴에 무엇인가 얹힌 듯, 마음이 무겁고 불편해졌다. 하지만 그가 정작 미워하는 대상은 굴뚝이 아니라 한 여자였다. 굴뚝처럼 항상 오만하고 당당한 황홍녀. 하늘을 향해 곧추선 굴뚝을 볼 때마다 목사는 모욕감과 함께, 까닭 모를 슬픔과 상실감을 느꼈다. 불현듯 좀 전의 꿈이 떠올랐다. 아하하하. 커다란 술독을 와릉와릉 굴리며 그를 향해 깔깔대던 홍녀의 웃음소리가 생생히 되살아났다. 그는 저도 모르게 두 주먹을 움켜쥐었다.

"아니야. 아직 끝나지 않았어. 이렇게 비참하게 허물어질 순 없어. 하나님. 제게 기회를 주십시오. 제발 한 번만!"

문제의 발광체가 발현한 것은 바로 그때였다. 서쪽 하늘, 캄캄한 허공의 한 자락을 찢어내며 영롱한 빛줄기 하나가 홀연 솟아났다. 도둑고개 바로 위쪽 같았다. 얼핏 자동차 전조등 불빛 같기도 했으나, 그러기엔 그 영롱함이 너무나 강렬하고 또 특별했다.

"오오. 저것은!"

목사는 신음 소리를 토했다. 오묘하고 찬란한 빛깔. 신비하고도 장엄한 광채. 혹시 저건 그 빛이 아닐까? 이천 년 전 이스라엘 하늘에 찬연히 발현했던 그 빛. 세 사람의 현자를 먼 동방에서부터 이끌어왔던 바로 그 거룩한 빛. 오, 하나님. 이것은 또 어떤 계시입니까. 담벼락에 가슴을 기댄 채 목사는 숨을 몰아쉬었다. 그 신비한 빛은 이내 어둠과 안개가 뒤섞인 허공 속으로 홀연히 사라졌다.

*

—같은 시각. 도둑고개.

승용차 한 대가 고갯마루 위로 막 모습을 드러냈다. 그 은색 승용차는 눈 쌓인 비탈길을 용케 꾸준한 속도로 올라왔다. 두 남녀가 앞자리에 나란히 앉아 있었다. 삼십대 후반의 남자는 중키에 배가 나왔고, 여자는 삼십대 초반의 늘씬한 체구였다.

"이놈 진짜 힘이 대단하네. 경사진 눈길을 끄떡없이 다 올라왔잖아. 승용차가 아니라 탱크구만, 탱크. 하하."

남자가 두 손으로 핸들을 그러쥔 채 제법 호탕하게 웃었다.

"이게 이래 봬도 얼마짜린데요."

"하긴 렉서스 값이 만만찮죠. 얼맙니까?"

"일억 오천 조금 넘을걸요. 세금 포함해서."

"역시 비싼 차라 돈값을 하네. 이놈 아녔으면 눈 속에 갇혀 오도 가도 못할 뻔했잖아."

그들은 조금 전까지 고개 반대편에서 두 시간이나 서 있었다.

눈사태로 막힌 도로를 중장비 트럭과 인부들이 뚫고 있는 중이었다. 겨우 차 한 대 빠져나갈 만한 틈이 열렸을 때, 인부들은 체인을 감았더라도 저 고개를 넘기란 불가능하다며 극구 만류했다. 하지만 사내는 자신의 운전 실력과 배기량 오천에 팔 기통짜리 사륜구동인 최신형 렉서스를 믿고 그냥 밀어붙였던 것이다. 이윽고 고개 위 평평한 곳에서 사내가 자동차를 세웠다.

"이젠 맘놓으세요. 여기서부턴 쉬운 길이니까."

"어머, 다 올라온 거예요?"

"저 아래가 황천읍입니다. 읍내를 통과해서, 산장까진 이십 분이면 충분해요."

"근데, 불빛 같은 게 별로 안 보이네."

여자가 창유리에 이마를 대고 두리번거렸다. 남자도 덩달아 고개를 꼬아 바깥을 내다보았다. 말이 읍이지, 코딱지만한 동네거든요. 남자가 전조등을 상향으로 고정시키자, 휘황하고 강렬한 빛이 두 개의 대리석 기둥처럼 어둠을 뚫고 튀어나갔다.

"어머, 안개 색깔 좀 봐! 핑크예요, 핑크."

여자가 꺅 비명을 지르며 짝짝짝 손뼉을 쳤다.

"어, 진짜 희한하네. 무슨 안개 색깔이 이렇지?"

남자도 놀란 눈으로 밖을 내다보았다. 전조등 탓인가 싶어 몇 차례 껐다 켰다 되풀이해보았다. 하지만 분명 안개 자체가 엷은 분홍색이다. 아아, 너무너무 환상적이야. 꼭 꿈을 꾸고 있는 기분이에요, 홍선생님. 여자는 아예 자리에서 팔짝팔짝 뛴다. 하하하. 이건 분명 우리 두 사람을 위해 운명의 신이 마련한 환영 선물일 겁니다. 어때요, 양교수님. 저랑 여기 오길 잘했죠? 그래요, 홍선 생님. 진짜 잘 온 거 같아요. 여자가 소녀처럼 어깨를 웅크리며 까르르 웃었다.

남자는 다시 기어를 넣고 차를 천천히 움직였다. 완만한 내리 막이지만 눈길이라 조심스러웠다. 여자가 오디오 볼륨을 조금 낮 추었다.

"근데, 이름이 왜 도둑고개죠?"

"예전 이 근방에 산적이 많았답니다. 노다지꾼과 장사치 들이 호주머니깨나 털렸던가봐요. 하긴 황금 캐겠다고 팔도에서 온갖 건달이 다 모여들었을 테니까."

"금광이었어요, 여기가?"

"일제 때는 이쪽 일대가 금광 덕에 흥청망청했다더군요. 강아 지도 입에 지폐를 물고 다닌다고 할 정도였다나. 지금이야 뭐, 폭 삭 망한 동네가 되고 말았지만."

그들은 고개를 다 내려와, 읍내 초입으로 들어섰다. 가로등만 띄엄띄엄 서 있을 뿐, 시가지는 어둡고 황량해 보였다. 도로 양쪽 에 늘어선 낮고 추레한 지붕들은 빈집처럼 깜깜하고 조용했다. 길에도 얼씬거리는 사람 하나 없어, 흡사 피란 떠난 마을 같았다. 어머, 무슨 읍내가 이렇담. 여자가 목을 자라처럼 쑥 집어넣으며 쫑알거렸다. 제법 널따란 광장이 나오자 남자는 차를 세웠다.

"담배 좀 사와야겠군. 혹 필요한 건 없습니까?"

"별루요. 아까 백화점에 들러 대충 샀거든요."

남자는 맞은편 불 켜진 가게를 향해 서둘러 걸어갔다. 차 안에서 여자는 주위를 살펴보았다. 그 부근이 중심가인 듯했다. 턱없이 무슨 '마트'라는 간판을 단 조그만 가게들과 식당, 미장원, 방앗간, 옷가게, 이발소, 중국음식점, 목욕탕 등등이 광장을 중심으로 어수선하게 모여 있었다.

어째선지 남자는 금방 돌아오지 않았다. 허리 근육도 풀어줄 겸 여자는 차 밖으로 나왔다. 무심코 고개를 뒤로 젖히던 여자는 깜짝 놀랐다. 바로 머리 위에 거대한 느티나무가 서 있었다. 수령이 수백 년은 되어 보였다. 나무가 아니라 뭔가 영혼을 가진 신령한 생명체 같았다. 와락 무섬증이 든 여자는 얼른 문을 열고 차 안으로 들어왔다. 그제야 남자가 담배 상자를 가슴에 안고 나타났다. 화장실에 들렀다 온 눈치였다.

"자, 이젠 산장으로 직행하면 됩니다. 렛츠 고우!"

정면을 향해 권총을 피융, 쏘는 시늉을 하며 남자가 크게 웃었다. 웃을 때마다 남자의 뱃살이 출렁거렸다. 부르릉, 렉서스가 다시 출발했다. 무슨 공장처럼 보이는 컴컴한 건물 앞을 지날 때 남자가 말했다.

"저게 바로 황천주조장입니다. 엄청 오래된 굴뚝이 아직도 남아 있어요. 혹시 '칠선녀주'라고, 들어보신 적 있습니까?"

"아아뇨."

"하긴, 외국에서만 줄곧 지내셨으니까. 한때 조선의 최고 명주로 불렸던 술인데, 바로 저 주조장에서 만들었다는 거 아닙니까. 향기만 맡아도 금세 눈앞에 무지개가 쫙 하고 떠오를 정도였다더군요. 참, 혹시 이사장님께선 기억하고 계실지도 모르겠습니다. 연세 지긋하신 애주가분들치고 그 술 모르는 이는 없을 테니까. 아, 애석하다. 이런 날, 양교수님과 함께 그걸 마셔야 하는데 말이지."

이사장님이란 말이 나오자 여자는 잠시 표정이 굳었다. 사학재벌 K학원의 이사장은 여자의 친아버지였다.

"홍선생님. 그럼 차 돌려서 한 병 사갖고 가죠, 뭐."

"하하. 그랬으면 오죽 좋겠습니까만, 그 술은 전설 속으로 영원히 묻혀버렸답니다. 제조법을 아는 사람이 아무도 없어서요."

눈앞에 조그만 교회당 하나가 나타났다. 염소 뿔 모양의 이상한 십자가가 첨탑 위에 서 있었다. 지독히도 초라해 보이는 산골 교회당이었다. 알록달록 반짝이는 자잘한 오색 전구들을 보고 여자가 탄성을 질렀다.

"귀여워라! 이렇게 작은 산골 교회에도 크리스마스 장식을 했네."

"어떻습니까, 양교수님. 내일 서울 돌아가지 말고, 아예 크리스

마스까지 여기서 그냥 눌러앉아버릴까요? 까짓 거, 시간 아까운
데 밥도 먹지 말고, 잠도 자지 말고."

"먹지도 자지도 않고, 뭘 할 건데요?"

"그야 뭐, 인생과 문학을 얘기하고, 산책도 즐기면서 말입니다.
하하."

"말도 안 돼. 오호호."

자동차는 어느덧 읍내를 벗어나 호젓한 숲길로 들어섰다.

*

—같은 시각. 황천주조장.

목사가 그 기묘한 광채의 출현에 넋을 잃고 있던 바로 그 시각,
주조장 여주인 황홍녀 역시 그 정체불명의 발광체를 목격했다.
카페 건물 한쪽에 붙은 자신의 살림집 이층 옥상에서였다.

사십대 중반의 독신녀인 홍녀는 이날 새벽부터 저녁까지 정신
없이 바빴다. 여느 날보다 많은 양의 술을 빚어야 했기 때문이었
다. 아침엔 찹쌀 오십 가마와 누룩 스무 포대를 협동조합에서 구
입해와 창고에 쌓아놓았고, 다음날 쓸 고두밥을 만들기 위해 찹
쌀 두 가마 분량을 물로 씻어두었다. 그다음엔 사흘 전 세척해둔
지하실의 술 저장고 내부를 다시 마른 수건으로 꼼꼼하게 닦아냈
다. 술을 떠내는 즉시 그곳에 저장해야 하기 때문이었다.

이날은 특별히 과하주를 뜨는 날이었다. 오후부터 본격적인 작업이 시작되었다. 석 달 동안 밀봉 상태에서 발효시킨 청주를 최초로 떠내는 작업이었다. 발효실엔 사람 키 높이의 커다란 항아리 아홉 개가 개봉을 기다리고 있었다. 잡역부 서씨, 최씨, 주씨가 지켜보는 가운데, 홍녀는 사다리를 타고 올라가 첫번째 항아리의 뚜껑을 열었다. 밀봉해둔 한지를 조심스레 뜯어내자 그윽한 향기가 오롯이 피어올랐다. 주발로 떠보았더니, 빛깔 또한 맑고 깔끔했다. 서씨, 최씨, 주씨가 긴장한 표정으로 번갈아 맛을 보고는 금방 입이 함지박만하게 벌어졌다. 하지만 홍녀는 시종 무표정하게 나머지 항아리들을 차례차례 확인해나갔다. 마지막 항아리를 점검하고 내려온 홍녀가 한 말은 딱 두 마디였다.

"썩 나쁘진 않군. 자, 떠요."

아홉 개의 항아리에서 떠낸 청주를 합해놓고 보니 굉장한 양이었다. 홍녀와 세 인부들은 비지땀을 흘리며 그것을 지하 저장고에 보관된 대형 참나무 술통에 옮겨 담았다. 그 술통의 짙은 암갈색 표면은 철판처럼 견고했다. 칠십여 년 전 그것을 최초로 고안하고 제작한 사람은 홍녀의 할머니인 황옥봉이었다. 지금은 전설이 되어버린 조선의 천하 명주를 최초로 잉태했던 바로 그 유서 깊은 술통이었다.

밖이 완전히 어두워졌을 무렵 인부들은 일을 마치고 귀가했다. 혼자 남은 홍녀는 지하실로 다시 내려갔다. 이젠 모두 여섯 개의 참나무 술통 가운데 다섯 개가 차 있었다. 나머지 비어 있는 한 통은 이틀 후 걸러낼 선녀주를 위해 남겨둔 것이었다. 선녀주는 정확히 삼 년 전, 순전히 그녀 혼자 힘으로 담근 술이었다. 그것은 홍녀의 진정한 야심작이었다. 그에 비하면 오늘 개봉한 과하주는 군청과 협동조합에 납품하기 위해 준비한 상품용일 뿐이었다.

과하주 향이 은은히 밴 저장고 바닥에 주저앉아, 홍녀는 홀로 한참 동안 후이후이, 휘파람을 불었다. 낮고 느린, 어딘가 쓸쓸하고 애잔한 곡조였다.

"내일이면 결판이 나겠구나. 아, 선녀주!"

삼 년 전, 두 주먹 불끈 쥐고 자신만만하게 덤벼들던 순간을 떠올리며 그녀는 쓸쓸하게 웃었다.

황씨 가문의 자랑이자 황천읍의 전설인 '칠선녀주'의 진정한 부활. 그건 홍녀 필생의 소원이자 꿈이었다. 왜 어머니가 칠선녀주의 명확한 제조법을 끝내 자신에게 가르쳐주지 않았는지, 그 까닭을 홍녀는 알지 못했다. 하지만 결코 포기할 수는 없었다. 지난 십여 년 동안 홍녀는 어두운 지하실 안에서 남몰래 수없이 많은 술을 빚고 또 빚었다. 오래전 어머니의 어깨너머로 보고 들은 것들을 하나씩 더듬어가며 집요하게 연구와 실험을 거듭했다. 그렇지만 결과는 매번 참담했다. 술맛을 본 사람들은 너나없이 엄지를 추켜올리며 최고라고 감탄사를 연발했다. 하지만 홍녀는 슬펐다. 그건 홍녀가 꿈꾸는 술이 아니었다.

내일 개봉하게 될 선녀주는 그녀의 지식과 경험이 총 집약된 작품이었다. 굳이 '선녀주'라는 이름을 붙인 이유도 그래서였다. 이번만은 뭔가 일어날 듯한, 다소 특별한 예감까지 있었다. 선녀주를 밀봉해둔 직후부터 그녀는 부쩍 많은 꿈을 꾸었다. '오고 있다. 마침내 오고 있다.' 꿈속에서 바람 소리 닮은 그런 기이한 속삭임도 들었다. 그 상징적이고 모호한 꿈들은 어떤 계시처럼 느껴졌고, 그녀에게 생생한 자신감을 불어넣었다. 지난 삼 년 동안 그녀는 혼자 가슴을 조이며 이날을 기다려왔다. 그런데 정작 그날이 코앞에 닥친 지금 홍녀는 왠지 우울하고 절망적인 감정에 휩싸였다. 그녀는 벌써 직감하고 있었다. 십중팔구 이번에도 역시 실패로 끝나리라는 것을.

홍녀가 자신이 경영하는 '황천카페' 안으로 돌아와보니, 마침 누군가 밖에서 출입문을 덜컹덜컹 흔들어대고 있었다.

"누가 이렇게 야단이람. 오늘 임시 휴업이라는 글자도 안 보이나?"

걸쇠를 풀자마자 문짝을 확 열어젖히고 홍녀는 고함을 질렀다. 사내 둘이 깜짝 놀란 듯 입을 떡 벌린 채 문 앞에 엉거주춤 서 있었다. 둘 다 삼십대 후반, 왜소한 체구에 꾀죄죄한 차림이었다. 한쪽은 철지난 얇은 점퍼와 운동화. 다른 쪽은 색 바랜 추리닝에다 엉뚱하게도 여름용 슬리퍼를 신고 있었다.

"내 이럴 줄 알았지. 누군가 했더니만."

홍녀는 어이가 없어 픽, 웃음을 터뜨렸다. 또 반갑잖은 '천사의 집' 남자들이었다. 그중 하나는 아예 단골로 찾아와 성가시게 구는 작자였다. 그 알코올중독 환자 재활원이 마을에 들어선 것은 작년이었다. 폐교된 초등학교 건물을 임대 받았다고 했는데, 홍녀의 주조장에서 한참 떨어진 위치였다.

"바, 반갑습니다, 사장님."

"뭡니까. 또 술 달라고요?"

"그게 아니고요. 그러니까……"

운동화 사내가 우물거렸다. 운동화 등뒤에 웅크리고 서 있는 슬리퍼 사내는 초면이었다. 둘 다 이미 잔뜩 겁을 먹고 있었다. 특히 슬리퍼는 홍녀의 체구와 걸걸한 음성만으로도 완전히 주눅이 든 눈치였다. 둘의 키는, 체중 팔십 킬로그램에 신장 백팔십오 센티미터인 홍녀의 가슴 높이밖에 되지 않았다. 홍녀는 굵고 우람한 두 어깨로 문틀을 가로막고 서서 말했다.

"뭐가 어떻다는 거죠?"

"여, 여기가 카페, 맞지요?"

"그런데요?"

"카페에서는, 그러니까, 차도 팔고 술도 팔지 않겠습니까."

"그래서요."

"저기, 수, 술을, 딱 한 모금만 땡기고 갈까 해서……"

"그만 가슈. 당신들한테 줄 술은 한 방울도 없으니까."

"사장님. 자, 잠깐만."

돌아서려는 홍녀의 팔을 운동화가 무심코 덥석 잡더니, 이내 제풀에 소스라치게 놀라며 급히 손을 뺐다. 홍녀는 문턱 너머 한 발을 쿵하고 내디뎠다.

"저, 정말 딱 한 모금만요."

"이봐. 그만 돌아가랬잖아!"

홍녀가 낮고 묵직한 음성으로 으르렁거렸다. 둘은 주춤주춤 뒤로 물러섰다. 그때 돌연 운동화의 얼굴이 극심한 슬픔과 절망으로 일그러졌다.

"우, 우린 뭐 좋아서 여길 날마다 찾아오는 줄 아십니까? 따지고 보면, 사장님한테도 채, 책임이 있단 말이오."

반쯤 울음 섞인 음성이 제법 격앙되어 있었다. 홍녀의 기억엔 늘 비굴하고 소심해 뵈기만 하던 운동화였다.

"책임?"

"저 주조장 굴뚝에서 풍겨나오는 술냄새 땜에, 정말이지 미치고 환장하겠단 말요. 아무리 참으려고 해도, 도저히 참을 수가 없다구요. 이래도 책임이 없단 말요? 어쩔 테요. 당장 책임지쇼."

운동화는 금방 울음을 터뜨릴 듯 말했다. 그러면서도 술냄새를 맡느라 연신 두리번두리번 코를 벌름거렸다.

"기가 차는군. 굴뚝에서 술냄새가 풍긴다고? 폐쇄된 지 삼십 년이나 된 저 굴뚝에서?"

"물론 재활요양원에 살고 있는 주제에, 술 달라고 찾아온 건 문제가 있지요. 나도 그건 압니다. 그렇지만 이건 결단코 우리 죄가 아니라고요. 우리들은 알코올 귀신을 상대로 요양원에서 지금 피나는 싸움을 하고 있는 사람들 아닙니까. 이건 전투라고요. 생사를 건 전투! 그런데 왜 우리를 이렇게 괴롭히느냐 이겁니다."

어쩌면 운동화는 전직 연극배우였는지도 모른다. 제법 열변을 토해내는 운동화를 홍녀는 미간을 약간 찌푸린 채 잠자코 내려다보았다.

"누가 당신들을 괴롭혔는데?"

"하여튼, 냄새! 냄새가 난단 말요. 알고 보면, 우리도 초능력자들이오. 우리들 코는 개코란 말이오. 다른 건 몰라도 그 냄새 하나만은 몇 킬로 전방에서도 귀신같이 알아낸단 말이오. 날마다 이 집 굴뚝에서 풍겨내는 술냄새 땜에 우리 원우들이 얼마나 고통을 겪어야 하는지 아십니까? 밤마다 잠을 못 이루고, 창문 붙잡고 끙끙대는 그 심정을 아시냐고요. 이건 진짜 고문이라고요. 물고문보다 백배 천배 더 끔찍한 술 고문."

"요컨대, 어쩌라는 얘기야?"

"채, 책임을 지셔야지요."

"어떻게?"

그러자 운동화의 표정이 금세 비굴해지더니, 속삭이듯 웅얼거렸다.

"그러니까, 딱 한 잔만 주시면……"

순간 홍녀의 목에서 빽, 고함이 터져나왔다.

"꺼져! 이 한심한 술 귀신들."

"아이고!"

계단 아래로 굴러떨어지듯 두 사내가 후다닥 달아났다. 가엾은 슬리퍼는 벗겨져나간 한 짝을 미처 줍지도 못했다. 둘은 광장의 느티나무 아래서 숨을 헐떡이며 이쪽을 멍하니 건너다보고 있었다. 그 꼴을 보고 홍녀는 혀를 끌끌 찼다. '이 시각 이후 천사의 집 원생에게는 읍민 누구이건 간에 절대로 술을 제공해선 아니됩니다.' 그건 요양원이 마을에 들어선 직후, 읍장이 주재한 통반장 전체회의에서 만장일치로 채택된 규약이었다.

홍녀는 문을 쾅 닫고 카페 안으로 돌아왔다. 온종일 힘을 쓴 탓에 배가 몹시 고팠다. 삼겹살이나 두어 근 구워먹을까 하고 주방으로 들어갔더니, 하필 엘피지 가스통이 바닥나 있었다. 전화를 걸기 무섭게 가스 배달차가 달려왔다. 아들이 마침 출타중이어서 대신 왔노라며, 환갑 넘은 가게 주인은 가스통을 붙잡고 빌빌거렸다. 홍녀가 다가가 한번 끙 하고 힘을 쓰자, 육중한 가스통이 홍녀의 어깨 위로 가볍게 올라앉았다.

"어, 저게 뭐지?"

이층 옥상 바닥에 가스통을 내려놓고 막 일어서던 홍녀는 멈칫했다. 안개와 어둠이 뒤섞인 맞은편 허공에 돌연 기이한 발광체 하나가 튀어나왔다. 휘황하고 강렬한 그 빛의 덩어리는 미묘하게 알록달록한 색깔이었다. 눈사태가 났다더니, 이젠 길이 뚫렸나? 도둑고개 부근인 듯싶기는 한데, 자동차 불빛치고는 야릇하네. 홍녀가 혼자 중얼거리며 우두커니 서 있는 사이, 불빛은 홀연 시야에서 사라져버렸다.

그런데 이상한 일이었다. 불현듯 홍녀의 가슴이 두근두근 뛰어오르기 시작했다. 오고 있다. 마침내 무엇인가 오고 있어. 꿈속에서 들었던 목소리가 얼핏 떠올랐다. 홍녀는 한동안 가스통 핸들을 쥔 채 홀린 듯 멍하니 서 있었다.

*

─오후 일곱시 삼십 분. 황천호수.

읍내를 벗어나 산장으로 들어가는 비포장도로는 차 한 대 겨우 드나들 정도로 좁았다. 길은 호수를 오른편에 두고 구불구불 이어졌다. 왼쪽으로는 계속 울창한 숲이었다. 제설차량이 미치지 않은 길이라 눈이 고스란히 쌓여 있었다. 약 이십 분 후 그들을 태운 렉서스는 무사히 산장 입구에 도착했다. 평소엔 칠팔 분이면 족한 거리였다. 집 바로 앞 작은 콘크리트 다리 아래, 호수로 흘러드는 실개천이 꽁꽁 얼어붙어 있었다.

남자가 차에서 내려 철제 대문을 열었다. 주차장은 대문 바로 옆에 있었다. 사십 평 남짓한 미국식 목조주택 건물이었다. 남자가 앞서 집안으로 들어가더니, 야외 조명등을 모조리 켰다. 집 주위가 대낮같이 환해졌다. 하얗게 눈 깔린 마당 앞쪽엔 수십 그루의 키 큰 낙엽송이 운집해 있었다. 집 앞쪽은 가파른 산, 뒤편은 꽝꽝 얼어붙은 호수였다. 엷은 안개 사이로 호수 건너 마을의 불빛이 몽롱했다.

"어서 오십쇼. 여기가 숲속의 궁전입니다. 하하."

"아, 멋진데요. 낮에 보면 더 그림 같겠어요. 보스턴에서 공부할 때 내가 자주 가던 공원 풍경이랑 꽤 흡사하네요."

생각보다 훨씬 초라한 산장이어서 내심 실망했으나, 여자는 불빛에 드러난 엷은 핑크빛 안개를 바라보며 그렇게 말했다. 그들은 짐을 챙겨들고 집안으로 들어섰다. 실내는 휑하고 몹시 냉랭했다. 난방 스위치를 한껏 올려놓은 다음, 남자는 부랴부랴 벽난로에 장작을 넣고 불을 댕겼다. 그동안 여자는 실내를 둘러보았다. 거실과 주방 그리고 방 두 칸에 욕실이 하나인 퍽 단순한 구조였다. 특이하게 침실과 욕실이 유난히 넓었다. 침실 절반을 차지한 킹 사이즈 베드에 무심코 앉아보니, 탄력이 뛰어난 물침대였다. 여자의 양볼이 지레 후끈 달아올랐다. 여자는 저 혼자 흐뭇한 미소를 깨물며 침실을 나왔다.

"까악!"

거실로 막 들어서려던 여자의 비명에 남자가 달려왔다.

"저, 저기."

하얗게 질린 여자가 벌벌 떨며 찬장 쪽을 가리켰다. 쥐였다. 크고 통통하게 살찐 놈이 찬장 뒤에서 머리만 내놓은 채 눈알을 반짝거렸다. 남자가 골프채를 찾아들고 왔으나, 이미 사라진 뒤였다. 주인 사내의 말이 퍼뜩 떠올랐다.

'그 집이 다 좋은데, 쥐들이 많아 골치라니까. 쇠붙이로 된 쥐덫을 구하려고 했더니, 요샌 그런 게 없더라고. 대신 읍내 약국에서 끈끈이 덫을 한꺼번에 몽땅 사다놓고 써봤는데, 거 신통하게 잘 잡혀요. 매일 꼭 한두 놈씩은 걸리거든. 접착제가 몸뚱이에 들러붙어 옴짝달싹 못하는 걸 한 놈씩 몽둥이로 때려잡노라면, 내 속이 다 시원해진다니까. 사냥하는 재미가 따로 없어요.'

남자는 주방 옆 다용도실에서 끈끈이 쥐덫 한 상자를 찾아 꺼내왔다. '쥐 잡는 울트라 끈끈이'라는 상품명과 함께 '쥐 완전 박멸용 초강력 접착제 부착'이라고 씌어 있었다. 일반 책 사이즈의 납작한 플라스틱 용기에 접착제를 듬뿍 발라놓은 극히 단순한 제품이었다. 설명서에 따르면, 쌀죽처럼 희멀건 빛깔의 접착제에 함유된 특유의 냄새가 쥐들을 '백발백중' 유인한다고 했다. 남자는 집안 곳곳을 돌아다니며, 의심스러운 지점마다 쥐덫을 감춰놓았다. 모두 열여섯 개나 되는 끈끈이 쥐덫 가운데 절반이 특별히 거실과 주방에 집중 설치되었다.

벽난로에서 장작이 타는 동안 그들은 만찬을 준비했다. 여자가 백화점에서 손수 구입해온 피자와 과일, 샐러드, 포도주, 활어회 모둠을 펼쳐놓으니 식탁이 그득했다. 둘은 한동안 열심히 허기진 배를 채웠다.

"친구분이 동양화가라고 하시지 않았어요?"

"국전 입상 경력도 몇 차례 있고, 남종화로는 이름이 꽤 알려져 있지요. 왜요?"

"집안에 화구 같은 게 하나도 안 보여서요."

"아, 작업실은 양평에 따로 있을 겁니다. 여긴 가끔 내려와 머리 식히는, 뭐 산지기 움막 같은 거죠."

"산지기 움막이라, 재밌네요."

"그 친구, 산이라면 꺼뻑 죽습니다. 요즘은 대학에서 명상 강의도 하고, 도인이 다 됐죠."

주인이 동양화가인 건 맞지만 유명하단 얘긴 뻥이었다. 그는 부동산 투기로 돈을 엄청나게 번 졸부였다. 그가 대단한 호색한이고, 이 산장에서 자주 은밀한 정사를 갖는다는 사실을 남자는 알고 있었다. 사실 남자는 그와 막역한 사이도 아니었다. 동네 골프 연습장에서 어쩌다 알게 되어, 이따금 만나서 술을 마시는 정도였다. 언젠가 그와 어울려 이 산장에 잠시 놀러온 적이 있었다. 그때 그는 언제든지 하루쯤 산장을 써도 좋다고, 남자에게 우쭐대며 말했다. 그 약속을 빌미로, 남자는 엊그제 그에게서 열쇠를 건네받았던 것이다.

간단한 저녁식사를 마친 후 여자는 목욕을 했다. 세심하게도 남자가 벌써 욕조에 더운물을 채워놓았다. 옷을 다 입고 난 다음에야, 여자는 욕조 물속에 차분히 잠수중인 자신의 휴대전화를 발견했다. 아까 분명히 머리 위 선반에 올려놓았는데, 왜 그것이 욕조에 들어가 있는 것인지 알 수가 없었다. 남자가 살펴보고 나서, 완전히 망가져버렸다고 말했다.

"할 수 없죠 뭐. 급하면 홍선생님 걸 빌려 쓸게요."

"어쩌죠. 나도 깜박하고 휴대전화를 집에 두고 나왔는데."

잠깐만. 어디 일반 전화가 있을 겁니다. 남자가 티브이 옆에서 전화기를 찾아냈지만, 이내 수화기를 탁 하고 내려놓았다. 뭐야. 이거 완전 먹통이잖아. 아참, 유선 전화는 오래전에 해지해버렸다고 그랬지. 어머, 그럼 바깥으로 연락할 방도가 전혀 없어진 셈이네요. 갑자기 여자의 표정이 불안해졌다. 남자는 무덤덤한 기색이었다. 이혼한 아내가 최근 걸핏하면 아이들 교육비 타령을 해왔으므로, 남자는 휴대전화를 숫제 꺼놓고 지냈다.

"차라리 잘된 일인지도 모르죠. 누구의 방해도 없이, 우리 둘만의 시간을 가질 수 있게 되었으니까 말입니다. 하하."

"하긴 특별히 걸려올 전화도 없을 테니까."

그러면서도 여자는 찜찜한 표정이다. 사흘 전 출장차 중국에 간 남편은 오늘 아내가 여고 동창생들과 설악산 콘도에 간 줄 알고 있을 것이다. 가정부한테 맡겨둔 세 살짜리 아들이 좀 걸리지만, 다행히 두 시간 전에 통화를 했다. 여자는 마음이 조금 편해졌다. 남자가 샤워를 마치고 나오더니 실내등을 껐다. 두 사람은 마주앉아 포도주를 마셨다. 바흐의 선율이 은은히 흐르고, 테이블 위에선 빨간색 양초 두 자루가 조용히 타올랐다. 두 사람은 말없이 서로의 발그레 달아오른 얼굴을 응시했다.

여자가 자신에게 푹 빠져버렸음을 확신한 남자는 흐뭇했다. 새삼 수컷으로서의 자신의 능력에 자부심을 느꼈다. 원래 그는 여자들이 많이 따르는 형이었다. 말솜씨가 좋았고, 분위기에 어울리는 표정 연출이 뛰어났다. 큰 눈망울에다 쓸쓸하고 고독한 그림자만 한번 슬쩍 띄워올리면 열에 일곱쯤은 쉽게 허물어졌다. 나이들고 몸무게 불면서 사정이 많이 달라지긴 했으나, 속 빈 여자들에게 시인이라는 명칭은 여전히 유효한 브랜드였다.

여자는 촛불에 비친 남자의 눈빛이 별 같다고 생각했다. 남자의 눈은 유난히 크고 동그랬다. 남자를 처음 만난 건 여자의 첫번째 독창발표회 때였다. 성악과 동료 교수와 함께 찾아온 그 뚱뚱한 시인을 보는 순간 여자는 왠지 마음이 끌렸다. 시인이라는 존재는 여자에겐 어린 시절 이래 변함없는 동경의 대상이었다. 그가 시인으로선 이미 한물간, 상당한 바람둥이라는 소문도 들렸으나 여자는 별로 개의치 않았다. 시인에게 바람기란 어차피 운명 같은 것이 아니던가. 남자는 같은 대학에서 시 강의를 맡아 출강중이었고, 이따금 여자의 연구실 문을 두드리곤 했다. 양교수님.

제가 아주 호젓한 호수로 안내해드리고 싶은데, 언제 시간을 내주시겠습니까? 한 달 전 남자가 느닷없이 말했을 때, 여자는 그것이 유혹임을 빤히 알았다.

남자는 여자의 호흡이 점점 가빠오고 있음을 눈치챘다. 숨을 쉴 때마다 볼륨 있는 앞가슴이 풍선처럼 불룩거렸다. 뺨 맞을 각오를 하고 슬쩍 던져본 유혹에 그리 쉽게 걸려들다니, 의외로 순진하달까 맹추 같은 구석이 있는 여자였다. 매력 있는 얼굴은 아니지만, 몸매가 꽤 근사했다. 게다가 K학원 이사장의 딸이자 대학교수라는 프리미엄이 특별했다. 독창발표회 때 확인한 여자의 성악 실력은 솔직히 수준 이하였다. 고음 부분에선 매번 사레들린 장닭 소리를 내는 통에 앉아 있기가 다소 민망했다. 그럼에도 여자는 미국 삼류 대학 학위와 이사장의 딸이라는 프리미엄을 앞세워 일찌감치 조교수 자리를 꿰차고 있었다. 남자는 크고 둥근 눈을 의식적으로 반짝이면서, 여자의 앞가슴을 뜨겁게 응시했다.

여자는 점점 빠르게 숨이 차올랐다. 퍼지는 취기와 함께 전신의 은밀한 구석구석이 발갛게 달아오름을 느꼈다. 여자는 한 손으로 턱을 괸 채 남자를 향해 미소를 보냈다. 그 미소에 남자도 한껏 은근한 눈웃음으로 화답해주었다. 남자의 머릿속에선 갖가지 계산이 분주히 오갔다. 여자의 힘을 빌려 이사장을 움직인다면, 전임교수 자리쯤은 어렵지 않을 터이다. K학원은 지방에도 분교가 있었다. 어디든 감지덕지 아닌가. 사실 남자는 현재 모든 면에서 최악의 상황이었다. 아내와는 몇 해 전 헤어졌고, 약속한 아이 교육비조차 몇 달째 보내주지 못했다. 시간강사 급료 외엔 수입이 거의 끊어진 상태였고, 무질서한 생활은 나날이 몸의 부피만 늘리고 있었다.

무엇보다 남자는 벌써 오랜 기간 시를 한 줄도 쓰지 못하고 있었다. 어느 날 문득 남자는 자신의 몸안에서 무엇인가 갑자기 죽어버리고 말았다는 사실을 깨달았다. 그건 어떤 혼 같은 거였다. 한번 빠져나가고 나면 껍데기밖에 남기지 않는. 하지만 오늘밤은 그따위 골치 아픈 생각은 지워버리고, 오로지 눈앞의 과제에만 집중하는 거야. 남자는 한껏 쓸쓸하고 고독한 눈으로 여자를 응시하다가 문득 속삭이듯 입을 열었다.

"필시 꿈이겠지요. 이렇게 단둘이 있다는 게."

"왜 그러세요. 부끄럽게……"

여자는 숨을 멈추고 남자를 뚫어져라 응시했다. 거기, 우주 끝에서 날아온 고독하고 뚱뚱한 별 하나가 눈앞에 앉아 있었다. 여자의 눈에서 불꽃이 확 타올랐다. 둘은 거의 동시에 의자를 박차고 벌떡 일어섰다. 두 개의 몸이 와락 엉키면서 격렬한 입맞춤이 이어졌다. 남녀는 한덩어리가 된 채 허겁지겁 침실로 이동했다. 알몸으로 뒤엉킨 두 사람을 태운 물침대가 폭풍 속을 질주하는 선박처럼 맹렬히 출렁거리기 시작했다. 얼핏 어디선가 겁에 질린 쥐 울음소리가 희미하게 들려오는 것 같았다.

바로 그 시각. 바깥에선 눈이 내리고 있었다. 저녁나절 내내 잠잠하더니, 마치 모두가 잠들기를 기다렸다는 듯 눈은 한꺼번에 쏟아지기 시작했다. 처음엔 단추만하던 것이 곧 매실 열매만해졌고, 이젠 어느덧 갓난아이 주먹만하게 커져 있었다. 굉장한 눈이었다. 바람조차 없는 밤, 탐스러운 함박눈은 잠시도 쉬지 않았다. 눈은 이미 산과 호수와 도둑고개를 하얗게 덮어버렸다. 읍내 마을의 지붕들도 하나같이 두툼한 솜이불을 흠뻑 뒤집어쓴 채 납작 엎드려 있었다.

눈 덮인 지붕 아래서 사람들은 저마다 꿈나라를 헤매고 있었다. 예외 없이 호수가 그 무대인 꿈이었다. 신발 가게 주인은 시커먼 수말과 연자방아를 보았다. 방앗간집 사내의 꿈에선 엄청나게 큰 맷돌이 희멀건 쌀죽 같은 액체를 연신 풀풀 토해냈다. 읍장은 이번에도 몸을 친친 감은 구렁이 한 쌍을 만났다. 푸줏간 사내는 수퇘지를 등에 업고 헤엄쳐오는 암퇘지를 보았다. 그 외에도 거대한 암갈색 말미잘, 돌고래, 물개, 희멀겋게 껍질 벗긴 찐 달걀, 고무풍선으로 애드벌룬을 만들어 하늘로 둥실둥실 떠오르는 천사들까지, 사람들의 꿈은 오늘밤도 각양각색이었다.

"오고 있다. 오고 있다."

이따금 어디선가 그런 이상한 소리가 들려왔다. 어제도, 그제도, 열흘 전에도 똑같았다. 그 희미하면서도 또렷한 소리는 얼어붙은 호수 밑바닥에서 울려오는 것도 같고, 앞산 골짜기인 것도 같았다. 아니면 주조장의 오래된 굴뚝 속, 혹은 뒷산 기슭 폐광의 수많은 지하 동굴에서 불어오는 음산한 메아리 같기도 했다.

*

둘째 날 — 12월 23일.

―오전 아홉시. 호숫가 산장.

먼저 잠을 깬 건 여자였다. 여자는 남자 곁에 한참을 더 누워 있었다. 눈을 뜨면 그 충만한 행복감이 수증기처럼 증발해버릴까봐 두려워서였다. 온몸이 투명한 물로 변해 흘러가는 듯 노곤하고 아늑한 기분. 간밤은 가히 경이로웠다. 그들은 밤새 땀으로 흥건히 젖은 채 몸과 마음을 다해 서로에게 열중했다. 여자는 살그머니 고개를 돌렸다. 입을 약간 벌린 채 남자는 낮게 코를 골고 있었다. 피곤해 뵈는 그의 얼굴을 들여다보며 여자는 방긋 웃었다. 새삼 남자가 고맙고 사랑스러웠다. 간밤 그는 시종 성실하고 진지했다. 여자에겐 감격적이고 충격적인 체험이었다. 애정 없는 남편과의 메마른 관계에선 상상할 수조차 없었다.

작게 콧노래를 흥얼대며 자리에서 일어나, 여자는 알몸인 채로 화장실로 향했다. 침실로 돌아온 여자는 창문 커튼 자락을 살짝 들어올렸다.

"어머나!"

세상이 온통 만발한 목화밭이었다. 통창 가득히 눈부신 설경이 펼쳐져 있었다. 그것은 영락없는 성탄 카드 속 풍경이었다. 자동차는 대문 옆에 얌전히 서 있었다. 눈을 온통 뒤집어쓴 모습이 거대한 솜뭉치 같았다.

'밤사이 엄청나게 쌓였구나. 지금도 계속 오고 있잖아. 그 희한한 안개는 다 사라져버렸네. 핑크색 안개라니, 진짜 환상적이었는데 말이야.'

바깥 풍경을 보기 위해, 여자는 살며시 커튼을 절반쯤 걷어냈다. 맞은편 낙엽송 군락에 시선이 멎었다. 하늘을 향해 쭉쭉 뻗은 나무들은 키가 엇비슷했다. 그런데 비탈에 선 서너 그루가 대문을 향해 비딱하니 기울어져 있었다. 그중 하나는 아예 사십 도쯤, 거의 넘어지기 직전 상태였다. 하필 자동차 근처여서 여자는 은근히 불안했다. 저 나무는 언제부터 저러고 있는 것일까. 저러다 그대로 자빠지면 어떡하나. 여자는 남자가 깨어나면 얘기해야겠다고 생각했다. 그나저나 눈이 이렇게 계속 오면, 오늘 서울로 돌아갈 수 있을까.

"오, 판타스틱!"

연극 대사를 읊는 듯한 남자의 감탄사에 여자는 화들짝 놀랐다. 남자가 침대 위에 앉아 그윽한 시선으로 이쪽을 바라보고 있었다. 어머, 일어났네. 밤사이 여자의 말투가 반말 조로 바뀌어 있었다. 말끝에 코맹맹이 소리도 묻었다.

"눈이 간밤에 진짜 엄청 많이 왔나봐. 자, 시인님. 설경을 맘껏 구경하세요."

"가만! 거기 그대로 있어봐."

커튼을 마저 활짝 젖히려던 여자는 주춤 돌아보았다.

"그대로, 움직이지 말고."

"왜…… 그러는데?"

"오호, 저 완벽한 비너스의 실루엣이라니."

짐짓 실눈을 하고서 남자는 사진 찍는 포즈를 취해 보였다.

어머머, 나 몰라! 뒤늦게 알몸인 걸 깨닫고 여자가 비명을 지르며 뛰어왔다. 럭비 선수처럼 남자가 여자를 덥석 끌어안고 한 바퀴 뒹굴었다. 여자의 행복해하는 표정에 남자는 의기양양해졌다. 이것 봐라. 볼수록 꽤 괜찮은 여자 같은데. 남자는 진심으로 여자가 마음에 들었다.

"왜 자신의 육체를 부끄러워하지? 육체와 본능을 죄악시해선 안 돼. 그건 영혼과 정신만을 인류에게 강요해온, 모든 종교와 이상주의자들의 관념론에 세뇌된 탓이야."

"흐응, 외설적인 시인."

"외설이라니? 그 또한 육체를 경멸하고 두려워하는 정신주의

자들이나 쓰는 말이지. 육체도 정신만큼 존중받아야만 해. 정신이 거세된 육체가 야만이라면, 육체 없는 정신은 인간과 우주 전부를 관념화시키고 말아. 산 인간을 박제화하는 것. 그게 바로 현대문명의 근원적 질병이다, 라고 일찍이 선언했던 사람이 있지."

"그게 누군데?"

"D. H. 로렌스. 『재떨이 부인의 사랑』에 나오는 말이야."

남자가 싱글싱글 웃었다

"『채털리 부인의 사랑』 아닌가?"

"아니, 재떨이가 맞아."

"순 엉터리."

여자가 남자의 젖가슴을 살짝 꼬집었다. 순간 둘의 눈에서 또다시 불꽃이 확 하고 일렁였다. 두 개의 몸뚱이가 와락 엉켰다.

한 시간 후, 남자와 여자는 서로의 체온과 심장의 박동을 느끼며 한동안 샌드위치처럼 몸을 포갠 채 느긋하니 누워 있었다. 그런 어느 순간이었다.

"철커덕."

얼핏 이상한 소리가 들렸다. 아주 가까운 곳에서였다. 저게 무슨 소리지? 고개를 세우고 남자는 귀를 기울였다. 자물쇠 채우는 소리 같기도 하고, 밧줄이 말뚝에 걸리는 소리 같기도 했다. 침대 밑에서 나는 소리였을까. 하지만 더는 아무 기척이 없었다. 남자는 머리맡에 벗어둔 손목시계를 집어들었다. 몸을 포갠 채로, 남자는 내려다보며 말했다.

"헤이, 잠꾸러기 아가씨. 아직 자?"

"으응."

여자가 아래서 코맹맹이 소리로 옹알거렸다.

"이젠 슬슬 서울로 돌아가봐야 하잖아."

"몇 신데?"

"열한시."

"으흥, 알았어요. 엉큼한 시인 아저씨."

여자가 아래서 생긋 웃으며 대답했다.

"으윽!"

그 순간 무심코 엉덩이를 들어올리려던 남자가 다급한 비명을 질렀다. 왜 그래. 어디 아파요? 여자가 놀라 물었다. 아니, 아무것도 아냐. 어라. 가만…… 가만 있어봐. 이게…… 어째 좀 이상한데. 남자는 당혹한 표정으로 고개를 갸웃거렸다. 어찌된 셈인지, 배꼽 아래쪽을 떼어낼 수가 없었다. 남자의 그것이 뭔가에 단단히 묶인 것처럼 아예 꿈쩍하지를 않았다. 마치 누군가 그것에 진공흡입기를 들이대고 있는 듯한 느낌. 남자는 재차 엉덩이를 힘껏 들어올리려 했다. 아이쿠. 이번엔 더 큰 비명이 터져나왔다.

뿌리째 뽑혀나올 듯한 엄청난 통증. 눈앞으로 번갯불이 번쩍 하고 지나갔다. 젠장, 이거…… 나 원 참. 어이가 없…… 으응? 대체…… 이게 말야…… 왜 이러지. 난감한 표정으로 중얼거리던 남자가 이내 피식, 웃음을 터뜨렸다.

"난 또. 이보슈. 이젠 그만 놓아주시지."

"뭐, 뭘?"

"이제 보니까 순 음흉한 개구쟁이구만. 하하."

영문도 모르고 여자가 호호, 따라 웃었다.

"안 풀어줄 거야?"

"뭘 말예요?"

"지금 자기가 내 그걸 움켜잡고 있잖아."

"움켜잡다니…… 뭘?"

"아, 진짜 그만하라니까!"

남자가 짜증을 냈다. 아래서 여자가 힘껏 몸을 뒤틀었다. 어머, 뭐, 뭐가 이렇담. 아래를…… 꼼짝달싹할 수가 없네. 어머머…… 기가 막혀. 말도 안 돼. 비로소 여자도 뭔가 이상하다는 걸 알아차렸다.

"이건 좀 장난이 심하잖아."

"자기야말로 장난하지 마. 빨리 비켜줘. 나, 무섭단 말야."

여자가 짜증스레 남자의 가슴을 두 손으로 떠밀었다.

"정말 자기가 잡고 있는 거 아니지?"

"내가 뭘 잡아. 장난은 자기가 치고 있으면서."

"그 말 진짜지?"

"내려오래두. 나 숨막혀."

"그러면 도대체…… 이게, 왜……"

"내려오란 말야, 당장!"

진짜로 화를 벌컥 내며 여자가 팔다리를 버둥거렸다. 남자의 표정이 단박에 심각해졌다. 그렇다면 이게 뭐야. 대체 어떻게 된 거지. 허리를 뽑아내려고 연신 끙끙 힘을 써보지만 전혀 움직이지가 않는다. 남자의 이마에 땀이 송송 맺혔다.

"이거 보라구. 분리가 아, 안 된다니까."

"어, 나도 좀 이상해. 꼬, 꼼짝하질 않잖아. 뭐가 자, 잘못된 거야?"

여자가 잔뜩 겁먹은 소리로 말했다.

"괜찮아. 침착하라고. 이번엔 이렇게 한번 해보자구."

남자가 한 팔은 침대를 짚고, 다른 팔로 여자를 안아서 겨우 옆으로 일으켜세웠다. 한 쌍의 오뚝이처럼 그들은 한몸이 되어 마주보고 앉았다. 자, 함께 동시에 시도해보는 거야. 하나아, 두울. 순간 두 입에서 동시에 비명이 터졌다. 으악. 으아악. 두번째, 세번째, 네번째도 역시 마찬가지였다. 남자도 여자도 낯빛이 하양게 질려갔다.

"이거, 황당하네. 완전히 붙어버렸어."

"말도 안 돼!"

"말이 안 되긴 하는데, 문제가 생겼잖아. 이렇게."

"사람이, 인간에게…… 도대체 이게 현실적으로 가능한 일이라고 생각해?"

"맞아. 불가능하겠지?"

남자가 동의를 구하듯 간절한 표정으로 고개를 주억거렸다. 둘은 한동안 말없이 눈만 꿈벅거리고 있었다. 눈앞, 아니 허리 아래쪽 상황이 도대체 실감이 나지 않았다.

"우리 말이야. 대관절 뭐가 잘못된 거지?"

남자가 중얼거리더니, 한동안 뭔가 골똘히 생각하는 표정이었다.

"이봐, 솔직히 대답해봐. 자기 혹시 그런 특수한 케이스야?"

"무슨 케이스?"

남자가 두 눈을 껌벅이며 말했다. 그런 케이스가 천 명당 한 명 꼴이라고 했던가. 뭐 여하튼, 생식기 구조가 대단히 희귀하고 특별한 여자들이 있다더군. 특별하다니, 무슨 말이야? 여자도 눈을 깜박였다. 보통 여자들과 달리 안쪽에 그게 또 하나가 더 있다는 거지. 말하자면 이중 밸브 같은 거야. 그런데 그게 아주 특별한 구조라서, 지퍼에 옷이 물릴 때처럼, 일단 꽉 물었다 하면 거의 초주검이 될 때까지 남자를 안 놔준다잖아. 잘못하다 복상사하는 경우도 적지 않대. 일본말로, 그걸 뭐라고 부르던데. 여자가 두 눈을 허옇게 흡떴다. 뭐야. 그러니까, 지금 날 그런 괴물로 보는 거야? 완전히 미쳤군. 사람을 어떻게 보고! 그러자 남자가 찔끔했다. 뭐, 아니면 말고…… 하지만 자기 자신도 미처 모르는 채로 지내는 경우도 있지 않겠어? 뭐라구? 내가 바본가. 그런 것도 여태 모르고 있게?

아무래도 뭐가 잘못됐나봐. 무서워. 어흐흑. 기어코 여자가 울음을 터뜨렸다. 이봐, 침착해. 울면 안 돼. 자꾸 이러면 나까지 홱 돌아버릴지도 몰라. 여자는 입술을 악물고 울음을 참았다. 무심코 얼굴을 돌리다가 코와 코가 세차게 맞부딪쳤다. 둘 다 눈물이 핑 돌았다. 코피는 나오지 않았다. 사실 얼굴끼리 지나치게 근접해 있는 자세였다. 가슴과 어깨, 배, 허벅지, 다리, 아니 육체의 전 부품들이 너무 바싹 붙어 있었다. 신장이 서로 비슷해서 그나마 다행이라고 남자는 생각했다. 안 그러면 한쪽은 상대의 가슴에 코를 박고 호흡 곤란에 시달려야 했을 테니까.

"너무 걱정하지 마, 응? 풀어질 거야. 안 풀어질 까닭이 어디 있겠느냐고. 침착하게 우리 함께 생각해보자고. 뭔가 분명 해결책이 있을 거야."

여자의 등을 쓸어주며 남자는 애써 차분해지려고 노력했다. 하지만 그의 목소리도, 몸도 후들후들 떨리고 있었다. 남자는 눈을 연신 감았다 떠보았다.

'지금 난 악몽을 꾸고 있는 걸 거야. 웃기지도 않는 개꿈 말이야. 자, 봐…… 그런데…… 어쩌지. 역시 꿈이 아니야. 이건 분명한 현실이라고. 대체 뭐가 어디서부터 잘못된 것일까. 혹시 누군가 콘돔 안에 고의로 접착제를 발라놓았다? 젠장, 말도 안 돼. 참, 그런데 간밤에 우린 콘돔을 사용하지도 않았잖아. 그럼 대체 뭐란 말이야. 이렇게 꼼짝달싹할 수조차 없다니…… 가만, 강력 접착제라고? 맞아, 그 끈끈이 쥐덫! 하지만 그걸 내가 설치하긴 했어도, 접착제를 손으로 직접 만지진 않았잖아. 하긴 그 끈끈이가 무슨 재주로 요 아래 틈새까지 기어들어왔을라구. 혹시, 우리 두 사람한테 문제의 원인이 있는 건 아닐까? 어쩌면 우리가 너무 긴장한 까닭에, 근육 조직이 일순간 경직되어버렸는지도 몰라. 그 때문에 잠시 자물쇠처럼 철컥 맞물린 거고? 맞았어!'

남자는 뛸 듯이 기뻤다. 문득 아까 들었던 '철커덕' 소리가 떠올랐다. 드디어 해답을 찾았다! 틀림없어. 바로 그때 잠겨버린 거라고. 흥분한 나머지 무심코 혼자 벌떡 일어서던 남자는 으악, 다급한 비명과 함께 주저앉았다. 숨을 몰아쉬면서 남자는 여자에게 설명해주었다.

"여하간, 내 말대로, 근육의, 긴장만, 풀어주면 돼."

"이런 자세를 하고 어떻게?"

"우선 온욕부터 해보는 거야. 긴장 스트레스 푸는 데는 온수에 푹 담그는 방법이 최고라고!"

"그래요. 이 집에 욕실이 있잖아."

그들은 맘이 급했다. 너무 서두르다가 우당탕, 축구공처럼 함께 침대 아래로 굴러떨어졌다. 몸을 일으켜세우기 위해 둘은 여덟 개의 팔다리를 마구 허우적거렸다. 그지없이 굴욕적이고 참담했지만, 그래도 실망하지 않았다. 아직은 희망이 남아 있었다. 아아, 말도 안 돼. 우리, 지금 이게 진짜 무슨 꼴이지? 여자가 바닥에 드러누운 채 숨을 헐떡이며 말했다. 그 순간 밖에서 어마어마한 굉음이 터져나왔다.

"우지끈, 콰앙!"

방바닥이 흔들리고 창문이 부르르 떨릴 정도였다. 지붕이 무너져내리는 줄만 알고, 두 사람은 엉겁결에 코와 코를 아프게 부딪치면서 서로 부둥켜안았다. 이내 사위가 조용해졌다. 산에서 커다란 바위가 마당으로 굴러떨어진 것이라고 남자는 생각했다. 함께 간신히 몸을 일으켜세운 그들은 게걸음으로 뒤뚱뒤뚱, 아주 조금씩 창가로 이동해갔다. 한순간 둘의 입이 떡억 벌어졌다. 거대한 낙엽송 한 그루가 마당을 가로질러 넘어져 있었다. 그 엄청난 거목 밑에 납작 구겨진 채 깔려 있는 렉서스를 그들은 한참 후에야 알아보았다.

*

―같은 시각.

읍내 곳곳에선 한바탕 크고 작은 소동들이 벌어지고 있었다. 맨 처음 소동은 읍내에 있는 네 개의 미용실과 세 개의 이발소에서 거의 동시에 일어났다.

"세상에 별 희한한 일도 다 있지. 손님 머리를 자르는 중인데, 손에 쥔 가위가 별안간 철커덕 하고 말을 안 듣는 거여. 양쪽 가랑이가 쩍 들러붙어가지고 도대체 벌려지지가 않더라니까."

미장원과 이발소뿐만 아니었다. 옷 수선집과 이불집 역시 그러했다. 가게에 있는 멀쩡한 가위들이 느닷없이 날이 일제히 붙어버렸다. 한편 중국집에선 우동을 먹던 손님들의 젓가락이 철커덕 들러붙었고, 주방의 냄비, 주전자, 기름 병, 심지어 알루미늄 배달통의 뚜껑까지 딱 들러붙어 떨어지질 않았다. 읍내에 하나뿐인 금은방에선 손님이 잠시 끼어본 금반지가 빠지질 않는 바람에 하마터면 손가락을 부러뜨릴 뻔했다. 난로 연통 소제를 하던 수리공은 별안간 솔이 연통에 들어박힌 채 빠지지 않았다. 가정집들에선 멀쩡하던 장독 뚜껑이며 요강 뚜껑이 철썩 들러붙었다고 야단이었다. 푸줏간 주인 남자는 집에서 용변을 보다가 엉덩이가 좌변기 깔판에 들러붙는 바람에 혼비백산했다. 식구들이 달려들어 간신히 떼어내긴 했지만, 그 통에 생살 거죽이 손바닥 넓이만큼 벌겋게 뜯겨져나갔다.

그 희한한 현상은 가축들도 예외가 아니었다. 느닷없이 암수끼리 엉덩이를 맞붙인 채 혀를 빼고 헐떡이며 돌아다니는 개들이 갑자기 많아졌다. 놀랍게도 아침에 붙었던 엉덩이가 저녁까지도 그대로였다. 저런 추잡스런 놈들이 다 있나. 오래 살다보니 별꼴을 다 보지 뭐야. 사람들은 돌멩이를 집어던지고 몽둥이를 휘둘렀다. 양동이에 찬물을 가득 퍼와서 냅다 끼얹기도 했다. 개들은 낑낑대며 집 밖으로 도망쳤다. 골목과 큰길마다 엉덩이를 마주붙인 개들 천지였다. 돼지, 염소, 오리도 마찬가지였다. 철커덕. 철커덕. 읍내 수많은 축사마다 그 고약한 소리가 그치지 않았다. 목장의 얌전하기만 하던 젖소들까지 흥분해서, 엉뚱하게도 암소 등에 올라탄 암소들을 떼어내느라 목부들은 온종일 정신없이 뛰어다녔다.

이 모든 소동 덕분에 뜻밖의 이득을 챙긴 사람은 철물점 주인이었다. 평소 손님이 뜸하던 가게에 별안간 사람들이 뻔질나게 드나들었다. 자물통과 열쇠 그리고 전기 콘센트와 플러그 따위가 가장 많이 팔렸다. 사람들이 자물통 구멍에 키를 집어넣는 순간, 철커덕 하고 구멍에 박혀버린 키는 영 빠지질 않았다. 잠긴 문을 열지 못해 바깥에서 추위에 떤 사람들이 부지기수였다. 빈집 화장실에 한나절을 갇혀 있다가 하마터면 얼어죽을 뻔한 영감도 있었다. 전기 콘센트 구멍에 무심코 플러그를 꽂자마자 그것들도 한데 찰싹 붙어버렸다. 전열기를 쓰지 못해 곤란을 겪은 집이 허다했다. 철커덕. 철커덕. 꼬박 사흘 동안 그 소리는 읍내 곳곳에서 흘러나왔다.

*

　─오전 열한시. 황천카페.

　홍녀가 주방에서 설거지와 청소를 대충 마치고 잠시 숨을 돌리고 있을 때, 밖에서 누군가 문을 두드렸다. '천사의 집' 원장인 주박사였다.

　"마침 안에 있었군. 우체국 가는 길에 한번 들러봤지."

　육십대 중반의 전직 정신과의사는 너털웃음을 지으며 테이블에 앉았다. 머리가 완전히 백발인데, 혈색 좋은 동안 덕분에 십 년은 젊어 보였다.

　"술 생각나서가 아니고요?"

　"그야 뭐, 부인할 생각은 없고."

　"죄송하지만, 오늘은 안 돼요."

　"왜?"

　"내일까지 임시 휴업인 거 모르세요?"

　홍녀는 엽차 잔을 박사 앞에 내려놓으며 짐짓 퉁명스레 대구했다.

　"우리 황사장께서 왜 이러시나. 다 알고 왔다구. 과하주, 어제 개봉했다면서?"

　"내일 오후 두시. 시음회 때까지만 기다리세요."

　홍녀는 단호하게 고개를 저어 보였다.

"정 그렇다면 뭐 할 수 없지. 내일까지 기다릴 수밖에."

박사가 너털웃음을 흘렸다.

"실은 황사장 땜에 엊저녁에 제대로 잠을 못 잤지 뭐야."

"또 무슨 엉뚱한 소릴 하시려는 거예요."

"허허, 오해하지 말라구. 자정쯤 잠자리에 들었는데, 어디서 근 사한 향기가 솔솔 날아오잖아. 아하, 황사장이 오늘 과하주 통을 열었구나, 단박에 알았지. 그때부터 잠이 와야 말이지. 한 바퀴 돌아봤더니만, 원생 녀석들도 냄새를 알아차리고 자면서도 코를 킁킁대더라니까."

"알코올중독 환자를 돌보는 원장이 술 중독이어도 되는 거예 요? 게다가 가장 중증 같은데."

짐짓 이죽대는 홍녀의 말에 원장은 또 너털웃음을 지었다.

"과부 속은 홀아비가 가장 잘 안다잖아. 허허. 우리집 녀석들, 자꾸 여기 찾아와서 성가시게 한다는 거 나도 잘 알지. 하지만 알 고 보면 더없이 착하고 심약한 사람들이야. 이 살벌한 세상에서 죄 없이 남한테 상처받고 밟혀도, 그쪽을 향해 고함 한번 크게 질 러볼 용기조차 없거든. 그래서 세상과 맞서 싸우는 대신, 거꾸로 스스로를 학대하고 방기하는 방식으로 문제를 해결하는 데 익숙 해져버린 거야. 그 친구들에겐 술은 단순한 술이 아니야. 자신들 을 위로해주고 의지하도록 도와주는, 지상에서 가장 미덥고 고마 운 상대인 것이지. 그러니까, 홍녀씨도 나 같은 늙은이를 너무 박대하지 말라구. 허허허."

박사의 눈빛에 얼핏 스치는 회한과 쓸쓸함을 홍녀는 읽었다. 폐교를 개조한 '천사의 집'은 수용 인원 삼십 명에 불과한 작은 규모였다. 정부 지원금과 외국 어느 자선단체로부터 후원을 받는다고는 했지만, 상당 부분 주원장의 사재로 꾸려가는 눈치였다. 서울 유명 대학병원 정신과의사였던 그가 왜 하필 이런 궁벽한 산골로 찾아든 것인지, 주민들은 궁금해했다. 박사가 던지는 대답은 늘 명쾌했다.

"순전히 본인을 위해서 하는 일이라고. 나야말로 술을 끊고 싶어 죽겠거든."

원장이 돌아가고 난 뒤, 홍녀는 외출 준비를 했다. 무릎 높이의 가죽 방한화를 신고, 털모자와 두꺼운 점퍼 차림으로 그녀는 가게를 나섰다. 한길엔 인적이 드물었다. 모두들 문을 꽁꽁 닫고 방 안에 들어앉은 모양이었다.

공원으로 이어지는 비탈길 입구에서 홍녀의 발길이 문득 멎었다. 그녀는 저만치 언덕 위에 사마귀처럼 돋아난 '갈보리교회'를 물끄러미 바라보았다. 그 낡은 벽돌 건물은 나날이 추레한 몰골로 변해가고 있었다. 일제 때 처음 세워졌던 건물은 전쟁 때 불타버렸고, 몇 년 후 선교사들의 도움으로 그 자리에 서둘러 엉성하게 지은 교회였다. 초라한 교회 지붕과 유리창을 더듬고 있는 홍녀의 눈빛이 얼핏 스산하게 흔들렸다.

작은 공원을 지나 가파른 산길로 접어들었다. 거기서부터는 본격적인 폐광 지대의 시작이었다. 그 일대 전체가 1910년대부터 1940년대 초까지 조선에서도 첫손가락으로 꼽히던 황금 광산이 들어섰던 현장이었다. 당시엔 읍 뒤편 큰 산에서 시작해 서쪽과 남쪽에 이르는 산등성이와 골짜기마다 수백 개의 채굴 갱이 거미줄처럼 깔려 있었다고 한다. 아직도 폐광 부근 여기저기엔 지하 동굴이 고스란히 남아 있었고, 이따금 추락 사고가 일어나곤 했다.

골짜기로 들어서자 제법 널찍한 터와 무덤들이 나타났다. 양지쪽에 한 줄로 나란히 늘어선 무덤은 모두 셋이었다. 오떡례. 황옥봉. 황금심. 조그만 묘비엔 세 사람의 이름이 함께 음각되어 있었다. 푹신한 솜이불을 덮고 다정하게 누운 그 봉분들 옆에 쪼그려 앉아, 홍녀는 담배를 피워 물었다. 묘비의 이름들은 그녀 집안의 특별하고도 기구한 내력을 고스란히 드러내고 있었다. 할머니 옥봉으로부터 어미인 금심 그리고 홍녀 자신에 이르기까지, 그녀의 집안은 삼대째 모계의 성을 따라 내려오고 있었다. 모두 아비가 없거나, 정확히 누구인지 알지 못한 채 태어난 까닭이었다.

홍녀는 마음이 심란하거나 외로워질 때면 홀로 그곳을 찾곤 했다. 그녀들 옆에 혼자 퍼질러앉아, 큰 소리로 신세 한탄도 하고 넋두리도 했다. 하지만 지금은 아무 얘기도 꺼내고 싶지 않았다.

오늘은 마침내 선녀주를 개봉하는 날이었다. 성공할 확률은 바늘 구멍 정도에 지나지 않는다는 걸 그녀는 알고 있었다. 숨을 거두기 전 어미 금심이 남긴 그 수수께끼 같은 유언을 홍녀는 언제나 기억했다.

"천하 명주는 인간의 힘만으로 얻어지는 게 아니란다. 먼저 하늘의 뜻을 구하고, 땅의 도움을 받은 연후에야 비로소 인간의 노력이 결실을 볼 수 있는 법이야. 진심으로 노력한다면 땅의 도움은 받을 수 있겠지. 허나. 하늘의 뜻이 무엇인지는 오로지 하느님만이 아신다. 그러하니, 마음을 온전히 비우고서 기다리거라."

그 말을 수천 번 되새기며, 홍녀는 맥이 끊긴 명주를 되살려내기 위해 긴 세월 참으로 많은 노력을 기울여왔다. 그러나 이젠 홍녀 나이 마흔여덟이었다. 하루가 다르게 몸도 마음도 지쳐가는데, 대체 언제까지 더 기다리기만 하란 말인가.

발아래 엎디어 있는 읍내 풍경을 내려다보며 그녀는 긴 한숨을 내쉬었다. 눈 속에 잠긴 읍내 시가는 죽은 듯이 고요했다. 지붕들 사이에 외롭게 솟아 있는 낯익은 굴뚝이 눈에 들어오자, 홍녀는 새삼스레 가슴이 아려왔다.

황씨 가문 여인들의 역사는 대략 구십여 년 전으로 거슬러올라간다.

어느 봄날, 금광이 처음 들어설 즈음 어린 딸을 들쳐업은 가난한 과부 하나가 황천으로 흘러들었다. 바로 홍녀의 증조모 오떡례였다. 그녀는 한동안 주막집에서 허드렛일을 해주다가, 집주인 사내의 후처로 들어앉게 되었다. 술 빚는 솜씨를 타고난데다 장사 수완까지 뛰어난 그녀는 다섯 칸짜리 초가집을 짓고 제법 큰 술집을 차렸다. 하지만 남달리 재물운이 따랐던 증조모는 불의의 사고로 일찍 세상을 떠났다.

떡례가 남기고 간 외동딸은 훗날 칠선녀주를 발명하고 황천주조장 창업주가 된 바로 그 여장부, 황옥봉이었다. 그녀는 열일곱 살에 어미를 잃고 졸지에 혼자 몸으로 술집을 떠맡았다. 놀랍게도 옥봉의 술 빚는 솜씨는 어미의 곱절이었다. 그녀의 특별한 동동주 소문이 근동에 널리 알려지면서 일약 주문이 늘어나기 시작했다. 규모를 대폭 확장한 사업은 탄탄대로를 달렸고, 옥봉은 마침내 황천읍에서 제법 크다는 요릿집 '명월옥'을 열었다.

그러던 어느 해 유별나게도 추운 겨울이었다. 한밤중 낯선 청년 하나가 그림자처럼 옥봉의 집에 스며들었다. 일경의 추적을 피해 눈 덮인 산을 넘어온 청년은 옥봉의 마당에 닿자마자 의식을 잃고 쓰러졌다. 전신이 동태처럼 얼어붙고 사지가 온통 동상에 걸려 위중한 지경이었다. 그 상태로 갑자기 더운 기운을 쐬게 하면 목숨을 잃을 수도 있기에, 옥봉은 청년을 지하실 술 저장고에 숨긴 다음 남몰래 보살펴주었다.

며칠 후, 일본 순사들이 한밤중에 벼락같이 들이닥쳤다. 옥봉은 잠옷 차림으로 경찰서로 끌려갔고, 지하실의 청년은 용케 담을 뛰어넘어 도망쳤다. 하지만 청년은 이튿날 새벽 호숫가에서 사살되고 말았다. 한밤중 교회로 숨어든 그를 발견한 젊은 목사가 순사들에게 소리를 쳐서 알려주었던 것이다. 죽은 청년은 상해에서 밀파된 요원이었고, 옥봉이 그에게 독립운동자금을 건네주려 했었다는 사실이 밝혀졌다.

옥봉은 여러 달 만에 만삭의 몸으로 감옥에서 풀려나왔다. 그녀의 몸속에 든 아이는 죽은 청년이 남긴 씨앗이었다. 딸을 낳은 옥봉은 아이 이름을 금심이라 짓고, 자신의 성을 따라 황씨로 정했다. 청년의 진짜 성과 이름조차 알지 못했기 때문이었다. 감옥에서 당한 혹독한 고문의 후유증으로 그녀의 다리 한쪽은 불구가되었고, 장사 역시 장기간 문을 닫아야 했다. 그럼에도 옥봉은 몇년 동안 지하실에 들어박혀, 혼자서 뭔가를 끊임없이 연구하고실험하기를 반복했다.

그러던 어느 해 봄이었다. 한 무리의 진귀한 손님들이 홀연 찾아들었다. 눈같이 희고 아름다운 일곱 마리의 두루미였다. 온몸의 깃털은 눈처럼 희고 목덜미엔 황금색 띠가 둘려 있었다. 이른 아침 새들이 햇살을 받으며 일제히 날아오를 때면 흡사 영롱한 무지개가 허공에 걸린 것 같았다. 새들은 뒷산 솔밭에 둥지를틀었다. 옥봉은 어린 딸과 함께 툇마루에 앉아, 매일 아침 새들의신비로운 비상을 지켜보았다. 그 상서로운 새들이 행운을 가져다주었을까. 마침내 옥봉은 그토록 꿈꾸었던 명주를 빚어내는 데 성공했다.

신제품 시음회가 열리던 날, 옥봉은 굳게 닫아걸었던 대문을 활짝 열어젖혔다. 명월옥은 호기심에 몰려든 수많은 사람들로 가득 들어찼다. 모두들 옥봉의 손에 들린 투명한 유리병을 주시했다. 병에 담긴 술은 영롱한 무지갯빛을 띠고 있었다. 그들이 무심코 술잔을 입술에 대는 순간, 홀연 은은한 향기가 피어올랐다. 신비하고도 매혹적인 향기. 세상 어디에도 없는 특별하고도 오묘한 향기였다.

그때 누군가 침묵을 깨고, 이 놀라운 술의 이름이 무엇이냐고 물었다. 흰 치마저고리 차림의 옥봉이 대답했다.

"칠선녀주(七仙女酒)라 합니다. 하늘의 무지개가 내려준 특별한 선물이라는 뜻이지요."

이번엔 다른 이가 물었다. 이 신비로운 술맛은 대체 어디서 나오는 것이냐고. 옥봉이 다시 대답했다.

"찹쌀과 누룩, 물로 빚어낸 일반 청주와 특별히 다를 것은 없습니다. 단지 제조법이 좀 다를 뿐이지요. 물론 그것을 밝힐 수는 없습니다. 저 아름다운 새들이 특별한 선물을 가져다주었다고나 할까요?"

알쏭달쏭한 대답이었다. 시음회는 실로 대성공이었다. 장내엔 감격과 감동의 찬사가 물결쳤다. 한 시인은 첫맛을 느끼던 순간의 체험을, 아직 흥분이 채 가시지 않은 어조로 이렇게 표현했다.

"첫잔의 맛은 수줍음, 두번째 잔은 그리움, 세번째는 감동이었다. 그다음은 황홀, 전율, 환희였으며 마지막 일곱번째의 맛, 그것은 자유였다!"

마지막 술잔을 입술에서 채 거두기도 전, 술꾼들은 벌써 천상의 낙원에 당도해 있었다. 그들의 혼과 육신은 새처럼 하늘로 유유히 날아올라, 저마다 꿈꾸어온 세상을 찾아가고 있었다. 바로 그날, 황씨 가문 여인들의 피땀이 밴 천하 명주는 그렇게 탄생했던 것이다.

잠시 주춤하던 눈발이 다시 희끗희끗 날리기 시작했다. 홍녀가 담배 한 개비를 다시 피워 물었을 때였다. 우지끈─쿠웅. 어디선가 엄청난 굉음이 허공을 질러 날아왔다. 먼 곳의 대포 소리처럼 무겁고 둔중한 소리였다. 저게 무슨 소리지? 홍녀는 벌떡 일어나 사방을 살펴보았다. 건너편 골짜기 아니면 외딴 산장이 있는 호숫가 쪽 같기도 했다. 한동안 귀를 기울여봤으나 더는 아무 소리도 나지 않았다. 골짜기에서 바위가 굴러떨어졌거나 눈 무게에 눌려 고목 가지가 찢어지는 소리였을까. 아니면 호수 바닥이 얼어붙을 때 나는 소리였는지도 모르지. 홍녀는 산길을 성큼성큼 내려오기 시작했다.

*

―오후 두시. 읍내 광장.

미처 돌아서기도 전, 등뒤에서 대문이 부서질 듯 꽈당 하고 닫혔다.

"젠장, 어느 교회건 내 맘 꼴린 대로 다니면 되는 게지, 집까지 찾아와서 오라 마라 잔소리야!"

담 너머로 사내의 음성이 또렷이 들려왔다. 일부러 들으라고 노골적으로 내뱉는 말이었다. 얼마 전까지만 해도 '갈보리교회'의 열성적인 신자였던 그 사내는 몇 달 전 소리 없이 다른 큰 교회로 옮겨갔다. 신심은 전혀 없이 순전히 자기 사업이나 장사에 도움이 되길 기대하고 교회에 나오는 사람들이 있는데, 사내 역시 그런 부류였다.

성경책을 가슴에 안고 돌아나오던 목사는 순간 현기증에 눈앞이 아득해져왔다. 가슴속 검붉은 응어리가 목구멍으로 울컥 치밀어올랐다. 그것은 형언할 수 없는 분노와 절망, 염오와 슬픔이 수십 년 동안 키워낸 응어리였다. 그는 담 밑에 쪼그려앉아 기어코 뱃속의 것을 모조리 토해냈다. 까닭 모르게 눈물이 핑 돌았다.

낡은 블록담에 어깨를 기대고 목사는 한동안 호흡을 가다듬었다. 얼핏 인기척 소리에 그는 뒤를 돌아보았다. 좁고 어두운 골목 안 저만치 누군가 그림자처럼 서 있었다. 또 그 소녀였다. 가슴까지 내려온 긴 머리에 흰 아오자이를 입은 베트남 소녀. 어억! 그는 낮게 신음을 터뜨리며 눈 위에 털썩 주저앉았다. 눈밭 위에 맨발로 선 소녀는 아무 표정도 없이 그를 뚫어져라 바라보기만 했다. 크고 검은 눈망울엔 눈물이 가득 괴어 있었다.

"저리 가. 제발."

목사는 두 손으로 얼굴을 감싸쥔 채 부르짖었다. 온몸이 와들와들 떨려왔다. 눈을 떴을 때, 소녀의 환영은 사라지고 없었다. 그는 골목을 허둥지둥 도망쳐나왔다. 두 번이나 미끄러져 눈밭에 세차게 엉덩방아를 찧었다. 눈은 여전히 푸슬푸슬 내리고 있었다. 정강이까지 차오른 눈 때문에 걸음을 옮기기가 힘들었다.

광장에 이르러서야 목사는 걸음을 멈추었다. 그리고 분노에 찬 시선으로 맞은편 이층 건물을 노려보았다. 주조장 부속 건물인 '황천카페'였다. 홍녀는 지금 그 카페 안에 있을 터였다. 목사는 낡은 트렌치코트 주머니에 손을 지른 채 잠시 망설였다. 그곳이 맨 마지막 집이었다. 홍녀의 집 방문을 마치고 나면 애초의 계획대로 정확히 백일째 되는 날에 목표를 달성하게 되는 셈이었다. 그러나 난공불락인 적의 진지 앞에서 돌격 명령 하달을 망설이는 지휘관처럼 목사는 초조히 서 있기만 했다.

요 몇 년 사이 읍내엔 큰 교회가 둘이나 들어섰다. '갈보리교회'가 오두막이라면 새 교회의 건물들은 호화로운 궁전이었다. 한쪽은 젊고 잘생긴 목사, 다른 한쪽은 설교 잘하는 중후한 목사라고 했다. 그 부자 교회들은 이미 많은 신도를 거느리고 있으면서도, 수를 더 늘리려고 경쟁이 치열했다. 유아원과 문화센터를 운영하고, 주일마다 미니버스로 외곽의 작은 마을들에서까지 신자들을 끌어모았다. 그사이 '갈보리교회'의 신자 수는 삼분의 일로 줄어들었다. 오랜 세월을 읍의 역사와 함께 해온 '갈보리교회'의 참담한 몰락이었다.

급기야 석 달 전, 목사는 야심에 찬 결단을 내렸다. 읍내 전 주민을 대상으로 백 일에 걸친 전도 운동에 돌입했던 것이다. 방문 전도야 늘 해온 일이었으나, 이번엔 조금 달랐다. 다른 신자들의 도움 없이, 순전히 목사 혼자서만 집집을 방문하기로 결심했다. 무모하고 고집스러운 계획임을 그 자신도 알고 있었지만, 이대로 주저앉을 수는 없다는 절박한 위기감이 그를 강하게 몰아세웠다. 오늘까지 그는 하루도 거르지 않고 혼자서 가가호호 방문을 계속해왔다. 눈비 쏟아지고 몸이 아픈 날도 기어코 책임량을 완수했다.

그는 이번 성탄일을 목표로 삼았다. 오늘이 그 대장정의 마지막 날이었다. 그는 눈길을 헤치며 지금까지 혼자 다섯 가구를 방문했다. 경계심과 찜찜함과 거북스러움을 노골적으로 드러낸 눈빛과 표정들. 매몰차게 등을 밀어내지만 않았을 뿐, 귀도 마음도 단단히 닫아건 사람들 앞에서 그는 녹음기처럼 똑같은 말을 반복해야 했다. 그의 간곡한 전언은 매번 거품처럼 흔적 없이 증발했다. 그럴수록 그의 음성은 더욱 뜨겁고 불안하게 달아올랐다. 그 자신에게 그건 대화가 아니라 싸움이었다. '선교는 전쟁이다. 전쟁에서 기필코 승리하라. 구원과 축복은 오로지 승리자만의 몫이다.' 그것은 삼대째 장로교 목사로 이어져온 허씨 가문의 가훈이자 불변의 좌우명이었다.

가난과 절망에 찬 이 암흑의 반도에 일찍이 찬란한 복음의 빛을 전했던 초창기 선각자의 후예답게, 그는 세상의 무시와 냉대, 무지와 굴욕에 맞서 물러나지 않았다. 최소한 마지못해 던져주는 한마디 억지 대답이라도 듣기 전엔 자리에서 꿈쩍도 하지 않았다. 길 잃은 어린 양들은 그 지독한 고집에 질려 결국 손을 들어야 했다.

"뭐, 언제 한번 가보기는 하지요."

"감사합니다. 성탄절엔 꼭 나오십시오. 이건 하나님과의 약속입니다."

그는 다음 이교도의 집을 향해 발길을 옮겼다. 그의 등뒤에서 사람들은 '세상에 저런 지독한 인간도 다 있을까' 하는 표정으로 고개를 흔들었다. 하지만 그의 놀라운 인내와 노력에도 불구하고 그 결실은 아직까지 미미해 보였다.

"내일…… 그래. 내일이면 모든 게 명확해지겠지."

쌀가루처럼 푸슬푸슬 흩날리는 눈 속에 말뚝처럼 서서 목사는 침통하게 뇌까렸다. 그는 손목시계를 보았다. 좋아. 삼십 분 후에 쳐들어가는 거다. 우선 몸부터 좀 녹이고, 마음속으로 전투 준비도 해둬야지. 목사는 몸을 돌려 맞은편 '황천이발소'로 들어갔다.

"어서 오십시오, 목사님."

한 손에 가위를 쥔 채 이발사 양씨가 엉거주춤 인사를 했다. 오늘은 이발을 하러 왔노라고 하자, 양씨의 표정이 금세 풀어졌다. 여기 앉아서 조금만 기다리세요. 이 손님, 마저 해드리고요. 양씨가 컵에 따끈한 옥수수차를 따라주며 말했다. 먼저 와 있는 사람은 셋이었다. 장기판을 마주한 약국 주인 정씨와 부동산 중개사 김씨는 여느 때처럼 이웃에서 놀러왔고, 손님은 이발중인 낯선 사내 혼자뿐이었다. 목사가 옥수수차를 홀짝이는 동안 손님과 양씨는 하던 얘기를 계속했다.

"두루미의 출현과 함께 칠선녀주가 탄생했고, 그 새들이 사라짐과 동시에 칠선녀주도 함께 전설 속으로 묻히고 말았다. 결국 모든 게 두루미하고 연관이 되는군요."

의자에 앉은 사내가 거울에 시선을 둔 채 말했다.

"두루미가 그 술을 가져다주었다는 소문도 그 때문이겠지요."

이발사가 면도날을 피대에 쓱싹쓱싹 갈면서 작게 웃었다.

"저는 그게 궁금합니다. 천하 명주와 두루미는 구체적으로 어떤 관련이 있을까요? 그것만 알아낸다면, 제조법도 당연히 밝혀낼 수 있지 않겠습니까."

호기심이 유난히 많은 손님이었다. 목사도 언젠가 한번 얼핏 본 얼굴이었다. 소설가라고 했던가. 이따금 차를 몰고 서울에서 내려와 '노다지모텔'에서 묵어가는 눈치였다. 칠선녀주에 관해 묻는 걸 보니, 소설 소재가 꽤나 궁했던 모양이라고 목사는 생각했다.

"그걸 알았다면야 홍녀가 진즉 복원해냈겠지."

"바로 그게 이해할 수 없는 점입니다. 유일한 상속인인 딸한테 어머니가 그 제조법을 끝내 함구한 채로 눈을 감았다는 게, 아무래도 이상하지 않습니까?"

그러자 장기판 앞에 앉은 약국 주인 정씨가 끼어들었다.

"이봐요. 내가 어려서 어른들한테 들은 얘기인데 말이오. 실은 그 천하 명주란 게, 겉보기엔 예전부터 민간에 전해지는 일반 청주와 별반 다를 게 없었다는 거요. 원료라고 해봐야 어차피 찹쌀과 누룩으로 발효시킨 것이고 말이지. 그런데 막상 맛을 보면, 말 그대로 천상의 맛이라는 거야. 똑같지만 전혀 다른 것. 바로 거기에 칠선녀주의 비밀이 감춰져 있다는 얘기지."

"똑같으나 전혀 다른 것. 거기에 비법이 있다?"

소설가가 고개를 갸우뚱했다.

"그 비법이란 게 뭘까요?"

"그야 누가 알겠소. 당사자인 홍녀도 몰라 여태 저러고 있다는데."

이발을 마친 소설가 사내가 자리에서 일어나, 난로 옆 의자로 옮겨 앉았다. 목사는 코트를 벗고 이발용 의자에 올라앉았다. 양

씨가 엷은 분홍색 가리개를 그의 목에 둘러주었다. 약국 주인이
말했다.

"그 비법인가 뭔가 때문에, 당시에도 야단법석이었던 모양이
야. 말하자면 특급 기업 기밀을 빼내려고 온갖 수단 방법이 다 동
원되었던 게지. 걸핏하면 밤중에 강도가 들고, 폭력배가 들이닥
치고 했었대. 급기야는 일본 순사 놈들까지 나서서 옥봉이를, 그
게 홍녀의 할머니 이름이야, 지서로 끌고 가서 족쳐낸 거야. 술에
무슨 약을 탔느냐. 앵속 아니면 무슨 독성 있는 약을 섞은 게 아
니냐. 그렇게 아무리 족쳐봐도 소득이 없으니까 결국은 그냥 풀
어주곤 했었대. 실제로 쪽발이들이 그 술을 경성제국대학으로 가
져가 성분 분석을 해봤는데, 일반 청주하고 다른 점이 없었다는
구면. 거참, 신기한 일이지. 뭔가 특별한 묘약 같은 게 분명히 있
을 텐데, 도대체 알아낼 수가 없거든. 당연히 쪽발이 순사 놈들로
서야 쪽팔리기도 했겠지. 여하간 그 덕분에 칠선녀주는 더 유명
해지게 된 거야."

"묘약이라고요?"

"나도 그 얘긴 어려서 들었지. 황옥봉이 만든 그 특별한 묘약이
란 게 사실은 두루미 똥에서 나온 거라더군."

이번엔 김씨의 얘기가 이어졌다.

"한번은 독에 담가놓은 동동주가 어쩌다 그만 상했던 모양이
야. 그걸 쏟아버리려고 술독째 뒷마당에 내다놓았는데, 뭔가 얼

핏 허연 덩어리 같은 게 독 안으로 퐁당 떨어지더라는 거야. 옥봉이 머리 위를 올려다보니, 소나무 가지에 두루미들이 나란히 앉아 있더래. 그런데 조금 있으려니까, 술독 안에서 기막힌 향기가 올라오더라는 거야."

김씨는 마치 자신의 눈으로 직접 보기나 한 것처럼 말했다. 약국 주인이 말을 이어받았다.

"또 이런 얘기도 있었잖아 왜. 어느 날 두루미 한 마리가 날아오더니, 술독 안에다 뭔가를 한 보따리 꾸역꾸역 토해내더라는 거야. 옥봉이가 뒤늦게 달려가 술독 안을 들여다보았더니, 미꾸라지 뱀 개구리 두꺼비 들이었다지. 그게 며칠 만에 기막힌 명주로 둔갑을 했더라는 얘긴데, 솔직히 뒷사람들이 다 창작해낸 거겠지."

목사는 이발사의 손에 머리를 맡겨둔 채 잠자코 듣고만 있었다. 그런 정도는 황천읍 주민이라면 누구나 아는 얘기였다. 명주의 비밀에 관한 무수한 추측과 상상 또한 오래전부터 존재해왔다. 그렇지만 그들이 잘 모르는 사실이 하나 있었다.

칠선녀주가 탄생했던 그즈음, 마을에 찾아든 손님은 두루미뿐만은 아니었다. 옥봉의 딸 금심. 다름 아닌 홍녀의 어머니가 태어났던 것이다. 금심의 출생은 더없이 불행했다. 그녀는 유복녀였다. 젊은 나그네 하나가 어느 날 야음을 틈타 홀연 마을로 숨어들었고, 얼마 후 경찰은 옥봉의 집을 덮쳤다. 나그네는 도망치다가 호숫가에서 사살되었다. 소문엔 그가 중국에서 건너온 독립군이었다고 했다. 그리고 열 달 후, 옥봉은 처녀의 몸으로 딸아이를 낳았다. 사살된 나그네의 씨앗, 금심이었다.

목사는 그 내력을 선친으로부터 직접 들었다. 그때 청년은 하필 예배당 안으로 몸을 피했고, 뒤쫓아온 일본 순사에게 나그네를 신고한 사람은 다름아닌 그의 조부 허영칠 목사였다. 잠결에 경황없이 밖으로 뛰쳐나왔던 조부는 그 나그네를 강도로 여겼다고 한다. 하지만 그 불행한 사건은 결국 두 집안 간의 삼대에 걸친 지독한 악연의 시발점이 되고 말았다.

"참, 그 얘기 들었나? 주조장 황사장이 내일 저녁에 시음회를 연다잖아."

정씨의 말에 김씨가 반색을 했다.

"시음회라니. 홍녀가 웬일로?"

"신제품 출시 기념으로 한턱내는 모양이야. 홍녀가 출품한 토속주가 이참에 지역 대표 상품으로 지정받았거든. 어제 그거 뚜껑을 첨 땄는데, 맛이 아주 좋다던걸."

"무슨 술인데?"

"과하주래. 국화가 약간 들어간, 뭐 청주 비슷한 거라더군. 내일 오후 문을 연다니까, 가볼 거지?"

"아, 가고말고. 마침 내일이 크리스마스이브 아녀?"

목사는 의자에 앉아 외짝 눈으로 자신의 구두 끝만 잠자코 내려다보았다. 까닭 없이 가슴속이 부글부글 끓어올랐다.

*

─오후 세시. 황천카페.

산에서 돌아온 홍녀는 빵 한 조각으로 늦은 점심을 때웠다. 커피잔을 손에 들고 막 테이블 앞에 앉았는데, 누군가 다급하게 현관문을 두드렸다. 문을 여는 순간, 홍녀는 저도 모르게 흡 하고 숨을 들이삼켰다.

문 앞에 버티고 서 있는 사내는 놀랍게도 허기진 목사였다. 오오, 네가 날 찾아오다니. 홍녀의 심장이 돌연 엇박자로 쿵쾅대기 시작하고 두 무릎은 마구 후들거렸다. 홍녀는 호흡을 가다듬으며, 눈앞에 서 있는 목사를 비로소 찬찬히 내려다보았다. 목사의 키는 작았다. 홍녀의 어깨 높이에 간신히 미칠 정도였다. 홍녀와 시선을 맞추려면, 그의 고개는 한껏 젖혀져야 했다. 하지만 목사는 고개를 곧게 세운 채 정면만 주시하고 있었다. 이 순간 그들은 지구상에서 가장 가까운 거리에 마주서 있었지만, 시선은 전혀 엉뚱한 각도로 엇갈려 있었다. 목사는 그녀의 통나무같이 풍성한 가슴팍만을, 홍녀는 그의 윗머리통과 가르마를 보았다. 목사에겐 그녀의 가슴이 앞을 가로막은 장벽처럼 보였지만, 홍녀는 몰라보게 듬성듬성해진 그의 머리카락을 보고 가슴이 아렸다.

목사도 홍녀도 입을 열지 않았다. 문을 사이에 둔 채 말뚝처럼 마주 버티고 선 두 사람은 얼핏 외나무다리 위의 원수들처럼 보였다. 목사의 낡은 코트 어깨 위로 시름시름 눈이 내려앉았다. 무엇 때문인지, 그는 거칠게 숨을 몰아쉬고 있었다. 안색은 창백하고 이마와 목덜미도 진땀으로 젖어 있었다.

"마냥 거기 서 있을 거야?"

홍녀가 말했다. 속마음과는 달리 냉랭한 음성이 튀어나왔다. 목사는 움직이지 않았다. 창문 옆 말라 죽은 아이비 화분만 멀거니 바라보고 있었다.

"들어올 거면, 들어오고."

홍녀는 문을 열어둔 채 안으로 먼저 들어왔다. 붙박인 듯 서 있던 목사가 이내 뒤따라 안으로 들어섰다. 그는 난롯가 의자에 맥없이 털썩 주저앉았다. 홍녀는 주방으로 들어가 차를 끓였다. 그릇을 만지는 손이 허둥거렸다. 홍차 두 잔을 테이블 위에 내려놓고 그녀는 맞은편에 앉았다. 한동안 누구도 입을 열지 않았다.

홍녀는 담배 한 개비를 뽑아 물었다. 연기 한 모금을 길게 토해내는데, 별안간 눈물이 훅 솟구칠 것만 같았다. 허목사, 아니 기진이 제 발로 먼저 찾아왔다는 사실이 꿈만 같았다. 이렇게 단둘이서만 있어본 적이 언제였을까. 세상에! 자그마치 삼십 년 만이었다. 입대하기 바로 전날, 밤늦게 호숫가에서 만났던 기억이 마지막이었다. 그토록 오랜 시간이 흘렀다는 사실이 황당한 거짓

말만 같았다. 그녀는 단 하루도 그를, 그와 맺었던 약속을 잊어본 적이 없었다. 그날 호숫가에서 보낸 꿈같은 시간을 수천수만 번 추억하고 또 그리워했다. 그러므로 그는 지금껏 단 한순간도 멀리 있지 않았다. 그런데 그토록 오랜 세월이 흘러갔다니.

"웬일이냐. 여기까지 다 찾아오고."

감정을 드러내지 않으려 애쓰며 그녀가 말했다. 목사가 흘깃 쏘아보더니, 곧 시선을 돌려버렸다. 오늘따라 그는 극도로 불안하고 혼란스러워 보였다.

"왜, 내가 잘못 찾아왔나?"

"그렇게 말한 적 없어."

"내가 나타나서 불쾌한 모양인데, 그냥 돌아갈까?"

당장 일어설 것처럼 그는 성경책을 집어들었다.

"맘대로 하렴. 누가 불러서 온 것도 아니잖아."

"넌 여전히 그대로구나. 사람 우습게 보는 아주 못된 버릇."

"누구도 우습게 본 적 없어."

"허어, 그래?"

그가 노골적으로 코웃음을 쳤다. 다시 한번 홍녀는 마음을 진정시키려 애썼다. 뭔가 대화가 처음부터 꼬여가고 있었다. 일단 잘못 꿰어진 단추부터 어떻게든 풀어야 했다. 하지만 머릿속이 쉽사리 정돈되지 않았다.

"지금 나하고 싸우러 온 거야?"

"천만에. 내가 황천주조장 여사장님을 왜?"

"그만두자…… 마셔. 홍차야. 몸이 좀 풀릴 거야."

홍녀는 입술을 깨물었다. 목사는 눈을 질끈 감고 경직된 자세로 앉아 있었다. 그는 지금 혼신을 다해 내면의 무서운 혼란과 싸우고 있었다. 등은 이미 식은땀으로 흥건히 젖어 있었다. 방금 전, 목사에겐 무서운 일이 일어났었다. 겨우 삼십여 미터에 불과한 광장을 건너오는 그 짧은 동안, 그는 백년만큼이나 긴 지옥의 시간을 거쳐왔던 것이다.

이발소 문을 나설 때만 해도 아무렇지 않았다. 맞은편에 빤히 바라다뵈는 카페를 향해 그는 눈 쌓인 광장을 천천히 건너갔다. 느티나무 아래 이르렀을 때였다. 우람한 나무둥치 옆에 누군가 맨발로 서 있었다. 아까 그 소녀였다. 가슴까지 치렁하게 내려뜨린 검은 머리에 흰 아오자이 차림의 소녀. 어억, 신음을 내지르며 그는 그 자리에 우뚝 서버렸다. 소녀가 그를 향해 뭐라 소리쳤다. 돌연 어디선가 커다란 웃음소리가 들려왔다. 그는 무심코 머리 위를 올려다보았다. 사람들이었다. 검정과 흰색 일색의 옷을 걸친 수많은 베트남 농민들. 햇볕에 검게 그을린 얼굴, 깡마른 체구에 선량한 눈빛들. 아하하하. 으허허허허. 무성한 느티나무 가지 위에 빽빽하게 걸터앉은 수많은 농부들이 그를 내려다보며 일제히 깔깔대었다. 그러더니, 갑자기 그들의 몸뚱이가 하나둘 밑으로 떨어져내리기 시작했다. 퍽, 퍽, 퍽…… 땅바닥에 부딪치며 몸뚱이들이 바스러졌다. 순식간에 주위는 피투성이 시체들로 가득했다. 머리와 얼굴에서 시뻘건 핏물이 콸콸 흘러나왔다. 도망치려했지만 다리가 움직여주지 않았다. 핏물에 덮인 땅바닥을 그는 무릎으로 북북 기어가기 시작했다. 아아, 홍녀야. 나 좀 도와줘. 두 팔을 허우적거리며 목이 터져라 외쳤지만, 소리가 나오지 않았다.

간신히 악몽에서 깨어났을 때, 그는 카페 문을 다급하게 두드리고 있는 자신을 발견했다. 한동안 잠잠해 있던 그 증세가 또다시 찾아온 거였다. 공포와 절망감이 폭풍처럼 그를 휘감아버렸다. 이젠 두 번 다시 그 끔찍한 기억과 환영 들의 포로가 될 수는 없었다. 그것은 죽음보다 더 무서운 고통이었다. 그는 이미 두 차례나 자살을 시도한 적이 있었다.

"네가 날 우습게 본 적이 없다고? 응?"

그가 노골적으로 비아냥거렸다. 홍녀는 잠자코 그를 쏘아보았다. 붉게 충혈된 그의 외짝 눈에는 텅 빈 모래사막이 들어앉아 있었다. 일체의 생기와 온기를 상실한 불모의 세계. 홍녀는 살을 저며내는 듯한 슬픔으로 전율했다. 그의 생명 없는 의안보다도 아직 살아 있는 그 눈이 오히려 그녀에게 더 큰 고통을 안겨주었다.

"넌 지금 날 비웃고, 값싼 동정을 보내고 있어. 아니야?"

홍녀는 대답하지 않았다. 이 잘못된 대화가 어서 끝나기만을 빌었다.

"넌 날 무시하고, 깔깔대며 조롱했어. 그것도 다른 사람들 앞에서! 병신이 되어 돌아온 내 꼴을 보면서 좋아라고 비웃었어."

"무슨 소리야. 내가 언제!"

"거짓말! 깔깔대며 조롱했잖아! 내가 고향에 돌아온 바로 그날! 저 버스 정류장에서!"

"그, 그건 오해야."

"넌 내심 언제나 나를 무시하고 비웃었어. 학교 다닐 때부터 그랬지."

홍녀는 눈을 감아버렸다. 대관절 우린 지금 왜 이따위 유치하기 그지없는 대화만 주고받고 있는 걸까. 하필이면 오늘, 자그마치 삼십 년 만에 만나는 자리에서. 그는 분명 온전한 상태가 아니었다. 숫제 발작적으로 막말을 퍼붓고 있었다.

'그래. 그날 읍내 버스 정류장에서의 일을 너한테 어떻게 설명해야 할까. 넌 모를 거야. 네가 돌아온다는 얘기를 들었을 때부터, 난 아예 넋이 달아나버린 상태였다는 것을. 며칠 밤을 잠시도 잠들지 못하고, 열에 들떠 서성거려야 했다는 것을. 전투중 머리에 입은 외상은 다 아물었지만, 후유증 때문에 반년 정도 너의 입원 기간이 연장되었다는 소문을 듣긴 했었어. 하지만 그 후유증이란 게 기억상실 증세였다는 사실을 그때까지도 난 알지 못하고 있었지.

그날, 난 아침부터 정류장에서 널 기다렸어. 아니, 사실은 그

전날부터였지. 혹시라도 네가 하루 먼저 도착해버릴까봐…… 시간이 되자 너의 아버지께서도 나오셨더구나. 그분의 눈에 띌까봐, 난 맞은편 가게 안에서 초조하게 기다리고 있었지. 마침내 저만치 네 모습이 보였어. 핼쑥해지긴 했어도, 의외로 건강해 뵈는 널 보자마자 눈물이 핑 돌았어. 그런데 넌 뜻밖에 한길을 성큼성큼 건너, 놀랍게도 내가 있는 가게 안으로 불쑥 들어섰던 거야. 음료수 한 병을 사들고 막 나가려던 넌 뒤늦게 나를 발견했어.

너와 마주선 순간, 난 네가 한쪽 눈을 잃었다는 사실을 그때 처음 알았던 거야. 한순간 머릿속이 하얘져버리더구나. 네 시선과 마주친 순간, 난 숨이 멎는 것만 같았어. 그 의안 때문이 아니야. 정작 너의 성한 한쪽 눈이 너무나 낯설고 무서웠어. 그 눈. 그 눈빛. 그건 예전의 네가 아니었어. 얼음보다 차고 냉정한 그 눈빛 속엔 내가 들어설 자리는 남아 있지 않았어. 섬뜩한 증오와 불신, 자학과 냉소만 가득차 있었던 거야. 난 그때 직감했단다. 네가 나를, 우리의 사랑을 전혀 기억하지 못하고 있다는 사실을. 너한테서 그토록 다시 듣고 싶었던 그 말! 그날 밤 호숫가에서 했던 그 약속을 네가 까맣게 잊어버렸다는 사실을 말이야.

말문이 막힌 채 난 그저 어쩔 줄 몰라 허둥대기만 했어. 그런데 어째선지 네 안색이 새빨개졌다가 다시 하얗게 질려가고 있음을 난 문득 깨달았어. 나쁜 년. 넌 악마야. 그 한마디를 내뱉고, 넌 가게를 뛰쳐나가버렸지. 그때까지도 난 무슨 일이 일어났는지를 몰랐어. 그러다 뒤늦게야 깨달았지. 그때까지도 내가 계속 큰 소리로 깔깔깔 웃고 있었다는 것을 말이야…… 하지만, 아니야. 그때 난 절대로 웃고 있었던 게 아니야. 난 필사적으로 네 눈앞에 서만은 울지 않으려 했어. 걷잡을 수 없이 터져나오는 통곡을 틀어막으려고 했던 거야. 한번 울음이 터져버리면, 당장 심장이 터져 죽고 말 것 같았으니까. 단지 그뿐이었어. 그런데, 하필 그 순간, 왜 나의 울음이 느닷없이 그 괴물 같은 웃음으로 변해버렸던 것일까. 난 지금도 그걸 이해할 수가 없어……'

홍녀는 당장 그렇게 얘기해주고 싶었다. 하지만 아직 적당한 때가 아니었다.

"너, 한번 구경해볼래?"

목사가 기묘하게 들뜬 어조로 물었다.

"뭘?"

"눈알 말이야."

"뭐, 뭐라구?"

"이 가짜 눈알, 빼서 너한테 보여줄까? 어때, 구경하고 싶지?"

홍녀의 얼굴을 빤히 들여다보며, 그는 키득키득 웃었다.

"그만둬, 제발."

"아냐. 난 너한테 꼭 보여주고 싶은걸. 이걸 빼면 구멍이 보이지. 아주 큰 구멍……"

"그만두라니까! 설마 네가 이 정도로 추하게 망가져버린 줄은 몰랐어. 나가줘. 어서."

참다 못한 홍녀가 발딱 일어나서 고함을 질렀다. 목사는 테이블 위에 얼굴을 묻은 채 앉아 있더니, 별안간 두 주먹으로 테이블 바닥을 미친 듯 쾅쾅쾅 두드려대기 시작했다. 어흐흑. 한참이나 쏟아져나오던 울음이 이윽고 그쳤다. 엎드려 있는 그의 호흡이 가라앉을 때까지, 홍녀는 참담한 마음으로 지켜보았다.

"미안하다, 홍녀. 내가 이젠 정말 제대로 미쳐가는 모양이지. 왜 하필 너를 찾아와서 이러고 있는 걸까. 하지만 넌 모르겠지. 언제부턴가 난 단 한순간도 평화로워본 적이 없어. 잠시만 빈틈을 보여주면, 어느새 나는 정확히 그때 그 정글 속으로 되돌아가 있는 거야…… 난 사람을 죽였어. 이 두 손으로, 다섯, 여섯 아니 여덟 명이나 말이다! 믿어지니? 으흐흐…… 평상적인 수색작전중이었어. 안전 부락으로 분류된 마을이었고, 평소 위험 지역도 아니었어. 마을 정찰을 막 마치고 돌아오는 참인데, 느닷없이 후미 분대가 급습을 당하고 만 거야. 달려가보니 피투성이가 된 대원들이 비명을 지르며 나뒹굴고 있었어. 그때부터 너나없이 한순간에 눈이 확 돌아가버렸어. 적은 이미 도주한 뒤였고, 대원들은 집집마다 돌아다니며 젊은 남자들은 모조리 사살해버렸어. 난 벌벌 떨며 대원들 뒤만 쫓아다녔지. 한 농가 뒷마당에서 수숫대로 위장한 구덩이를 하필이면 내가 찾아냈어. 좁은 구덩이 안엔 일가족이 몸을 피해 숨어 있었고…… 중대장은 달려오자마자 구덩이 안에다

다짜고짜 총을 난사했어. 완전히 미쳐버렸더군. 그런데…… 모두
죽은 줄만 알았는데, 구덩이 안에서 울음소리가 들려왔어. 소녀였
어. 열예닐곱 살쯤이나 될까. 흰 아오자이를 입은 그 아이는 살려
달라며 두 손을 모은 채 울기만 했지. 중대장이 나를 발로 걷어차
면서 명령했어. 야, 고문관 새끼. 이번엔 네가 한 방 까넣어! 왜 그
랬을까…… 어쩌다 그렇게 됐는지, 정말이지 나도 모르겠어. 어
느 순간 내 두 손이, 수류탄을 집어들고, 안전핀을 뽑고 있었어.
그러고는 내 손이, 그걸 구덩이 안에, 태연하게 던져넣는 광경을,
나는 고스란히 지켜보았던 거야. 믿기지가 않았어. 그건 분명히
내 손인데, 내가 아니라, 제멋대로 움직이고 있었어. 뒤늦게야 퍼
뜩 구덩이 안에 소녀가 있다는 생각이 나서, 난 무심코 벌떡 일어
났어. 바로 그 순간, 수류탄이 터진 거야……”

홍녀는 잠자코 담배에 불을 붙였다. 목사도 한 개비를 피워 물
었다. 두 사람은 마주앉아 오랫동안 침묵했다.

그들은 묘하게도 같은 마을에서 같은 해, 같은 날 태어났다. 부
모들끼리는 서로 완전히 등을 돌리고 살았으나, 둘은 사이가 좋
았다. 유치원에서 고등학교까지 같은 학교를 다녔고, 때로는 한
반에서 공부하기도 했다. 하지만 둘은 생일이 같다는 점 말고는
서로 닮은 게 전혀 없었다. 홍녀는 어릴 때부터 남자아이들보다
몸집이 컸고, 기진의 체구는 유달리 작았다. 홍녀가 남성적이고
대범한 성격인데 비해, 기진은 섬세하고 여성적이었다. 기진은

줄곧 수재로 불렸지만, 홍녀는 공부라면 질색이었다.

　그럼에도 둘은 의외로 반죽이 잘 맞았다. 그 사실을 처음 확인한 것은 열두 살 때, 학교 뒷산에서였다. 친구들이 모두 돌아가고 둘만 남았을 때였다. 하늘 높이 삐빗삐빗 하고 날아다니는 종달새 소리를 가만히 듣고 있던 기진이 혼잣말처럼 말했다. 아하, 오늘밤엔 비가 온다는군. 홍녀가 놀라서 물었다. 뭐? 너 그걸 어떻게 알았어? 기진이 대답했다. 방금 종달새가 그렇게 말했는걸. 그러자 홍녀는 고개를 갸우뚱했다. 어어, 거참 신기하구나. 나도 그 소리를 들었거든. 그날 두 사람은 서로가 똑같이 새의 말을 알아들을 수 있는 능력을 지녔다는 사실을 알게 되었다. 심지어 두 사람은 개와 고양이의 말, 소와 돼지가 하는 이야기, 꽃과 나무 들의 언어까지 알고 있었던 것이다.

　둘은 피차 오랫동안 친구 사이라고만 믿고 있었다. 기진이 입대하기 전날, 호숫가에서 단둘이 만나기 직전까지는. 그날 어쩌다가 둘은 처음으로 입술을 주고받았고, 한 십 분 동안 똑같이 정신을 차리지 못해 애를 먹었다. 그 짧은 충격과 황홀감이 너무 커서, 마치 술에 취한 것처럼 해롱거려야 했던 것이다. 그날 밤 두 사람의 입맞춤은 수백 번이나 반복되었다. 다음날 아침, 기진은 밥을 아예 굶은 채 버스를 타고 신병 집결지로 떠났다. 입술이 퉁퉁 부어올라 숟가락이 입안으로 들어가지 않았던 것이다.

　"가려고?"

"가야지."

이윽고 목사가 자리에서 일어났다. 그는 아까보다 많이 차분해져 있었다. 그가 쑥스럽고 겸연쩍은 표정으로 씩 웃었을 때, 홍녀는 오래 망설이던 말을 꺼냈다.

"그나저나, 웬일로 찾아온 거냐?"

"그냥. 오늘이 방문 선교를 끝내는 날이거든. 네 집이 맨 마지막 차례였지."

"나한테 전도하러 온 거였군."

"넌 무신론자잖아. 신경쓰지 마."

그랬구나. 난 또. 홍녀는 애써 실망한 기색을 감추었다. 넌 정말 잊어버리고 만 거냐. 그날 밤 우리가 했던 약속을. 우리가 서로 얼마나 사랑했었는지를…… 불현듯 목안이 컥 막혀왔다. 현관문 앞에서, 홍녀는 다시금 입을 열었다.

"정말로 기억 안 나니?"

"뭘?"

"나한테 할말이 있을 텐데."

"천만에!"

"아냐. 넌 내게 할말이 있어. 잘 기억해봐."

"간다."

목사는 홱 몸을 돌려 계단을 내려갔다. 눈 내리는 광장을 맥없이 걸어가는 그의 뒷모습을 지켜보다가, 홍녀는 조용히 문을 닫았다.

*

　—오후 네시. 호숫가 산장.

　남자와 여자는 침대 위에 엉킨 채 모로 누워 있었다. 몸을 담요
로 둘둘 말고, 그 위에 다시 이불을 덮었지만 벌써 한기가 느껴지
기 시작했다. 보일러는 작동을 멈춘 지 오래였다. 몇 시간째 그들
은 여전히 한몸이었다. 아까부터 어깨며 등이 몹시 저려왔으나,
남자는 여자의 잠을 방해할까봐 그대로 참고 있었다. 혼자서는
마음대로 누울 수도, 엎드릴 수도, 일어날 수조차 없었다. 움직이
고 걷고 앉는 것조차 반드시 함께해야 했다. 물론 화장실에 갈 때
도 함께였다. 소변은 선 채로 그냥 줄줄 흘려보냈다. 너무 비참해
서 죽고 싶다면서, 여자는 흐느꼈다. 도대체 이것이 꿈일까 현실
일까. 무심코 뇌까리던 남자는 금세 고개를 저었다. 그따위 생각
은 전혀 무익하다니까. 일단 상황을 냉정히 인정하고, 어떻게든
대책을 찾아내야지. 남자는 큰 눈을 껌벅이며 생각했다.

　침실 창밖으로 산그늘이 짙어지고 있었다. 줄곧 흩뿌리던 눈은
조금 전에 그쳤다. 이제 곧 어스름이 깔리고 밤이 찾아들 것이다.
밤이라는 말에, 남자는 가슴이 철렁 내려앉았다. 어느 사이 안
개가 다시 스멀스멀 모여들기 시작했다. 솜사탕 같은 분홍색 안
개. 도대체 저 희한한 안개는 낮 동안 어디 숨었다가 또 기어나올
까. 아무래도 불길하고 기분 나쁜 안개라고 그는 생각했다. 어젯

밤 고개 위에 처음 도착했을 때, 저 기분 나쁜 존재가 흡사 지옥의 전령처럼 우리를 기다리고 있었잖은가. 그때 얼른 눈치를 채고 미련 없이 차를 돌려 도망쳤어야 했어. 그랬더라면 이 끔찍한 변고를 당하지도 않았을 텐데. 남자는 부질없이 후회했다.

끄으응. 여자가 이마를 찡그린 채 잠결에 몸을 뒤틀었다. 그러더니 남자의 가슴에 코를 묻고는 곧 잠잠해졌다. 얼마나 피곤했는지, 그 불편한 자세를 하고도 여자는 정신없이 곯아떨어져 있었다.

모든 상황은 그야말로 최악이었다. 거목은 육중한 몸뚱이로 나자빠지면서 단번에 치명타를 날렸다. 일억 오천만 원짜리 렉서스를 찰나에 휴지조각으로 만들었고, 전신주까지 완전히 짓뭉개버림으로써 집안의 전력을 일시에 끊어버렸다. 모든 전등이 나갔고, 무엇보다 심야전력으로 작동되는 보일러를 무용지물로 만들었다. 난방 자체가 완전히 불가능해진 거였다. 외부와의 접촉 또한 마찬가지였다. 휴대전화는 망가져버렸고 유선 전화도 없었다. 이제 그들은 세상으로부터 철저히 추방된 상태였다.

그래도 처음 한동안 그들은 희망을 잃지 않았다. 우선 두 사람은 남자의 아이디어인 온욕 요법을 시도해보았다. 남녀는 함께 게처럼 옆으로 아장아장 걸어서 어렵사리 욕실까지 진입했다. 다행히 아직 탱크에 저장된 온수가 남아 있었으므로, 더운 물을 가득 채운 뒤 함께 욕조에 몸을 담갔다. 하지만 아무 효험도 없이 온욕 요법은 이십 분 만에 포기했다. 온수가 금세 바닥난 까닭이었다. 첫번째 시도가 실패하긴 했지만, 그래도 둘은 용기를 내자고 서로 격려했다.

"경직된 근육을 풀어줘야 한다는 건 확실해. 긴장을 풀 수 있는 아이디어를 더 찾아보자구."

두번째로 그들은 스트레칭 요법을 시도했다. 여자의 아이디어였다. 배가 맞붙은 자세라 몹시 불편했지만, 그들은 거실로 나가서 하나 둘 구령을 붙여가며 최대한 팔, 다리, 목을 흔들고, 돌리고, 늘여 펴기를 되풀이했다. 역시 효과는 없었다.

"이번엔 발성 연습을 해보는 거야."

"발성 연습?"

"우린 성악 연습 전에 필히 발성 연습을 하거든. 성대뿐만 아니라 전신의 긴장을 충분히 풀어줘야 하니까."

남녀는 소파에 마주앉았다. 입을 한껏 크게 벌리고 아아 아아아, 소리를 냈다. 여자의 지도를 받아가며 삼십 분을 계속했으나, 목만 쉬었을 뿐 효험이 없었다. 그다음엔 동요 합창도 하고, 큰 소리로 구구단도 외워보았다. 마지막엔 여자가 제자들한테서 배운 몇 가지 시시껄렁한 게임을 가르쳐주기도 했다. 하지만 몇 시간에 걸친 노력에도 불구하고, 둘의 몸은 여전히 그대로였다. 불안과 공포가 눈덩이처럼 커져갔다. 다 틀렸나봐. 어쩌면 좋아. 진짜로 괴물이 되어버렸어. 기어코 여자가 울음을 터뜨렸다. 한번 터진 울음은 본격적인 통곡으로 이어졌다. 남자는 여자를 끌어안고 달래느라 애를 먹었다. 마침내 기진맥진한 여자는 곯아떨어졌다. 그게 조금 전이었다.

댕댕댕댕.

거실의 시계가 저 혼자 종을 쳤다. 사건 발생 후 정확히 다섯 시간째로군. 남자는 중얼거렸다. 그에겐 마치 오 년, 아니 오백 년처럼 느껴졌다. 내가 천벌을 받고 있는 건가? 창밖 아름다운 설국을 바라보며 남자는 자신이 대관절 뭘 얼마나 잘못했나 따져보았다. 지금껏 누구를 때리거나 괴롭히거나 사기를 쳐본 적도 없다. 되레 늘 이래저래 당하고만 살아온 나는 사실 알고 보면 너무 선량한 사람이다. 물론 켕기는 구석이야 없진 않다. 내가 거쳐온 무수한 여자들. 그러나 따져보면 피차 원해서였잖은가. 봐라. 세상엔 불지옥에 떨어져야 마땅한 온갖 속물과 탕자 들이 얼마나 많은가. 아무리 생각해도 그는 억울했다. 한 가지, 아내를 고통스럽게 만든 죄. 이혼으로 아이에게 상처를 준 죄를 제외하면.

그건 그렇고, 교합중에 철커덕 들러붙다니! 남자는 다시금 탄식했다. 아무려면 인류 역사상 내가 최초의 케이스일 리야 없겠지. 사실은 석기시대 이전부터 인류에게 이런 일은 줄곧 존재해왔었을 거야. 워낙 희귀하게 발생하는데다가 너무 외설적이라는 이유로, 매번 아주 은밀히 처리되어온 탓에 우리가 지금껏 모르고 있을 뿐이겠지. 만약 지금 우리 모습이 세상에 알려진다면? 순간 남자는 온몸에 소름이 좍 끼쳤다. 벌떼처럼 몰려드는 기자와 카메라맨들, 전 세계 인터넷 망을 떠다니는 충격적인 사진과 동영상. 두 손으로 얼굴을 가리고 도망치는 아내, 죄 없이 울고 있는 아이……

아이고, 차라리 죽는 게 백번 낫지. 아아, 어째서 내 인생은 이리도 저주스럽단 말인가. 남자의 눈앞엔 불행하고 어두운 자신의 일생이 파노라마처럼 스쳐갔다. 날마다 술에 절어 살던 목수 아버지. 끝내 그는 한밤중 집 앞 철길에서 레일을 베고 잠을 자다가 저세상으로 떠났다. 걸레 조각처럼 흩어져 있던 아버지의 시신. 찢어지게 가난했던 어린 시절. 혼자 두 아이를 키우느라 고생만 하다 눈을 감은 불쌍한 어머니…… 남자의 두 눈에서 눈물이 뚝뚝 떨어졌다.

이 순간, 여자는 꿈을 꾸고 있었다. 둘이서 멀쩡한 렉서스를 타고 도둑고개를 넘어 서울로 돌아가는 중이었다. 어머, 세상에. 그런 악몽을 다 꾸다니. 진짜 현실보다 더 실감나더라니깐. 여자는 가슴을 쓸어내리며 한껏 후련하게 웃음을 터뜨렸다. 오호호호. 제 웃음소리를 들으며 여자는 눈을 떴다. 코앞에 찰떡처럼 붙어 있는 남자의 육중한 몸을 확인하는 순간 여자는 잠시 어느 쪽이 꿈인지 헷갈렸다. 그러다가 남자의 붉게 충혈된 눈과 기묘하게 일그러진 입을 보고, 여자는 퍼뜩 현실로 돌아왔다. 아악! 여자의 입에서 단말마의 비명이 터져나왔다.

"안 돼! 안 돼! 안 돼앳!"

여자는 미친 듯 날뛰기 시작했다. 놔! 풀어줘! 풀어줘! 목에 핏대를 드러내며 고함을 치고 사지를 버둥거리며 여자는 몸부림을 쳤다. 무서운 힘이었다. 이봐. 정신 차려. 왜 이러는 거야. 하지만 히스테리 발작을 일으킨 여자는 이미 공황 상태였다. 풀어줘! 당장 놔주란 말이야, 개자식아! 여자의 열 손톱이 남자의 얼굴을 북북 그어내렸다. 날카로운 이빨이 목덜미를 물어뜯고 가슴팍에 콱콱 들이박혔다. 남자의 뺨과 이마에서 피가 흘렀다. 마침내 여자의 히스테리에 남자 역시 감염되고 말았다. 엄청난 공포와 절망감이 남자와 여자를 한꺼번에 집어삼켜버렸다. 남자가 주먹으로 여자의 얼굴을 마구 후려쳤다. 우당탕. 침대에서 굴러떨어진 둘은 한덩어리로 엉켜 방바닥을 굴러다녔다. 조르고, 할퀴고, 패고, 물어뜯고…… 무시무시한 싸움은 쉽게 멈추지 않았다. 여자의 힘도 결코 만만치 않았다. 엎치락뒤치락, 체위가 몇 번이나 바뀌었다. 피차 코피가 터져서 둘은 완전히 피투성이였다. 마침내 둘 다 기진맥진, 손가락 하나 움직일 힘도 남아 있지 않았다. 숨을 헐떡이며 여자가 말했다.

"날 죽이려 했지? 나 잠든 사이에. 너만 살려고…… 나쁜 놈."

"완전히 도, 돌았군. 이게……"

두 사람의 눈이 동시에 스르르 감겨버렸다.

*

　―오후 다섯시. 호숫가 산장.

　여자가 먼저 눈을 떴다. 온몸의 힘이 소진된 느낌이었다. 여자
는 주위를 살펴보고는, 곧 체념한 듯 한숨을 토해냈다. 남자는 입
을 약간 벌린 채 드렁드렁 코를 고는 중이었다. 이게 악몽이 아니
란 말인가. 내가 환각을 보고 있는 게 아니라고?

　창밖은 저녁 어스름과 함께 안개가 짙게 깔리고 있었다. 간밤
의 그 핑크색 안개였다. 여자의 눈에 비친 안개는 더이상 아름답
지도 환상적이지도 않았다. 불길하고 두렵게만 느껴졌다. 여자는
바싹 근접해 있는 남자의 너부죽한 얼굴을 들여다보았다. 얼굴이
며 목덜미가 온통 상처투성이였다.

　'이 남자와 나는 이제 어떻게 될까. 내일 아침까지도 이대로라
면? 상상하기도 끔찍해라. 어쩌면 이대로 굶어 죽거나 얼어죽을
수도 있겠지. 여자는 태국 샴쌍둥이의 모습이 문득 떠올랐다. 언
젠가 티브이에서 본 여자아이들이었다. 하나의 몸통에 머리와 팔
다리가 제각기 달려 있었는데, 수술 후 결국 한 아이는 죽고 말았
다. 수술 전, 어느 쪽을 살릴 것인가로 한참 의견이 분분했었다고
한다. 또다른 샴쌍둥이의 얘기를 오래전 잡지에서 읽은 적도 있
다. 중년 나이까지 생존했다는 남자 형제. 그중 동생은 결혼해서
아이까지 낳았다. 형이 죽은 후 딱 하루 만에 동생도 죽었다고 했

318

다…… 샴쌍둥이들의 경우야 세인의 동정이라도 받겠지만, 우린 어떻게 될까. 구경꾼의 인파. 대서특필. 아홉시 뉴스. 서커스단. 어쩌면 에버랜드나 63빌딩에 특설 전시장이 생겨날지도 모른다. 내 아들은 괴물 엄마의 아이라고 놀림을 받겠지. 내 꼴은 또 어떻고? 사람들이 침을 뱉고, 오물을 뒤집어씌울 거야. 아버지는 킬러를 고용해서라도 기어코 날 죽이려들 테고. 남편이라는 작잔 나를 팔아서 인터뷰니 뭐니 하면서 돈이나 챙기려들 테지. 세상 사람들은 입을 모아 저주를 퍼부을 거야. 가정 가진 여교수가 불륜을 즐기다가 천벌을 받았노라고. 하지만 정작 내가 얼마나 불행한 결혼 생활을 해왔는지는 아무도 모르겠지…… 그래, 차라리 죽는 편이 백번 천번 나아. 그런 치욕을 당하기 전에 난 자살해버리고 말겠어…… 근데, 이 남자는 어쩔 거지? 어차피 똑같은 신세인데, 함께 죽어야지 뭐. 하지만 죽고 나서도 시체는 그대로 남을 텐데…… 집에 두고 온 아이를 생각하자 여자는 감정이 북받쳐 다시 흐느꼈다. 이내 남자가 두 팔로 여자를 끌어안았다.

"울지 말아요. 나까지 이성을 잃고 그만…… 용서해요."

"아니, 내가 잘못했어요."

두 사람은 부둥켜안고 눈물을 흘렸다. 이젠 싸우지 맙시다. 누구 탓도 아니고, 이건 어쩔 수 없는 운명인가보오. 이젠 어차피 한몸이니까, 죽든 살든 힘을 합쳐야지요. 안 그렇소? 그래요. 약속할게요. 그러면서도 여자는 다시 한참을 흐느꼈다.

이윽고 울음을 그친 남녀는 방안에 가득찬 어둠을 보고 놀랐다. 날이 훌쩍 저물어 있었다. 그들은 마음을 합하여 힘겹게 몸을 일으켜세웠다. 미리 준비해둔 양초 한 갑과 라이터를 챙겨들고, 그들은 게걸음으로 어기적어기적 거실로 나갔다. 양초를 아끼기 위해 한 개만 불을 붙여 탁자 위에 올려놓았다. 실내엔 완연한 냉기가 흘렀다. 시간이 흐를수록 기온은 무섭게 떨어질 터였다. 그들은 벽난로 앞까지 게걸음으로 이동했다. 남자가 화로 안에 장작을 쌓고 불을 붙였다.

"이걸로는 턱없이 부족하겠어. 장작을 옮겨와야겠는데."

"옷을 더 껴입어야겠어요."

남녀는 속옷과 상의를 착용하느라 한참동안 부스럭거렸다. 결국 하의가 문제였다. 담요로 전신을 한꺼번에 둘둘 말았다. 어렵사리 신발을 신고서 현관문을 나섰다. 집 뒤쪽 창고까지 가는 도중 눈밭에서 몇 번이나 나자빠졌다. 그때마다 그들은 뒤집힌 자라처럼 버둥거리며 간신히 일어섰다. 각자 장작을 서너 개씩 집어들고 다시 집안으로 향했다. 팔이 네 개라서 유익한 때도 있네요. 여자의 우스갯소리에 남자는 마음이 다소 놓였다. 창고와 집 안 사이를 몇 차례 오가다보니 두 시간이 훌쩍 지났다. 수없이 넘어지고 나동그라지면서도 그들은 꾸준히 장작을 날랐다. 대장정을 마치고 거실로 돌아와, 몸을 녹이려고 벽난로 앞으로 이동할 때였다. 꺄악. 여자가 기겁하듯 놀랐다.

"왜 그래요?"

"쥐, 쥐가!"

타탁, 타다탁. 덫에 걸린 쥐 한 마리가 벽난로 앞에서 날뛰고 있었다. 덩치가 굉장한 놈이었다. 온몸에 끈끈이를 뒤집어쓴 쥐는 아예 덫을 통째로 이리저리 끌고 다니며 몸부림을 쳤다. 저걸, 저 쥐새끼 잡아야 할 텐데. 남자가 장작개비 하나를 움켜쥐었다. 그들이 자박거리며 다가가자 쥐는 반대쪽으로 뒤뚱뒤뚱 도망치려 했다. 하지만 발에 묻은 끈끈이 때문에 제대로 움직이질 못했다. 남자가 장작을 내리쳤지만 번번이 빗나갔다. 설맞은 쥐가 날카로운 앞니를 드러내며 꺄악, 공격 자세를 취하는 순간 둘은 흠칫 놀랐다.

"어라, 이게 덤벼?"

"어머머, 저 이빨 좀 봐. 무서워라."

겁먹은 여자가 남자의 팔을 와락 붙잡았다.

"우리가 이러고 있으니깐, 응? 저게 인간을 아주 우습게 보네?"

"놔둬요. 그러다 물리면 어떡해요."

"그, 그럴까? 하긴 어차피 저러다 죽을 테니까."

남자 역시 겁이 많은 사람이었다. 남녀는 소파로 돌아와 다시 웅크리고 앉았다. 위기를 벗어난 쥐는 마룻바닥 위에서 숨을 헐떡이며 그들을 말똥말똥 쳐다보고 있었다. 쥐는 뭔가 이상하다는 듯 고개를 갸우뚱하고 있었다. 산골에서만 살아온 그 쥐는 그동안 이 산장에서 그렇듯 하나로 붙어 있는 인간들을 종종 봐왔었다. 쥐의 생각에 인간은 크게 두 종류였다. 둘이서 붙어 있는 인간과 따로 떨어져 혼자서 움직이는 인간. 둘이 한데 붙어 있는 인간들은 별로 위험할 게 없었다. 서로 뒤엉켜서 끙끙대는 짓 외엔 전혀 관심이 없었으니까. 문제는 혼자서 돌아다니는 인간이었다. 이것들은 사납고 고약한 족속이어서, 걸핏하면 몽둥이며 쇠막대기를 집어들고 공격해오기 때문이었다. 한데, 지금 눈앞에 있는 자들은 전혀 의외였다. 몸뚱이가 붙은 채로도 대뜸 공격해왔던 것이다. 그나저나 대체 이 환장하게 끈적거리는 물건은 또 뭐람. 고작 이런 희멀건 풀죽 같은 것에 붙잡혀 꼼짝달싹 못하다니. 잠시 몸부림을 멈춘 쥐는 작은 앞가슴을 불룩대며 숨을 몰아쉬고 있었다.

남녀는 담요를 온몸에 친친 둘러 감은 채 소파에 앉아 입을 오물거리고 있었다. 전날 먹다 남은 피자였다. 남녀는 하루종일 꼬박 굶은 상태였다. 딱딱하게 식은 피자도 그토록 꿀맛 같을 수 있다는 사실을 그들은 처음 알았다. 우리, 언제까지 이러고 있을 건가요? 여자가 물었다. 일단 내일 아침까진 기다려봅시다. 그래도 변화가 없으면, 다른 수를 내야지요. 다른 수라니, 뭘 어떻게요? 가능한 모든 수단을 동원해보는 겁니다. 무조건 사람들에게 알려 구원을 청해야겠지요. 그러자 여자가 불안한 표정으로 말했다.

사, 사람들에게 알려요? 그럼 당장 우리들의 이런 모습을 보게 될 텐데, 그때부터 우린 어떻게 되는 거죠? 남자가 침울하게 대답했다. 글쎄, 그거야 그때 가서 생각하기로 합시다. 당장 중요한 건 오늘밤을 여기서 무사히 살아남는 일이니까.

찌찌익. 찌찌─익. 또 어디선가 다급하게 울부짖는 소리가 들렸다. 둘은 동시에 고개를 옆으로 꼬았다. 주방 입구 장식장 옆에서 뭔가가 탁, 타타탁, 시끄러운 소리를 내며 꿈틀거리고 있었다. 쥐였다. 이번엔 끈끈이 쥐덫 하나에 한꺼번에 두 마리가 커플로 걸려들어 야단이었다. 남녀는 한동안 멍하니 그것을 지켜보았다. 먼저 걸려든 그 큰 쥐의 혈육인 것일까. 조그만 생쥐들이었다. 휘이잉. 바깥에선 칼바람이 맹렬히 불고 있었다.

*

셋째 날 ─ 12월 24일.

─새벽 네시. 황천주조장.

홍녀는 잠자리에서 눈을 떴다. 새벽이라곤 해도 아직 깜깜한 한밤중이었다. 그녀는 자리에서 일어나 한참을 우두커니 앉아 있었다. 꿈속의 영상이 눈앞에 선명하게 남아 어른거렸다. 기묘하고도 희한한 꿈이었다.

꿈속에서 홍녀는 한 손에 빈 호리병을 쥔 채 호숫가를 거닐고 있었다. 호수 위엔 안개인지 구름인지 모를 희미한 대기가 비단처럼 부드럽게 떠다녔다. '오고 있다. 오고 있어.' 안개 속에서 그런 이상한 소리가 들려왔다. 이내 희뿌연 대기가 홀연 걷히고, 호수 위로 영롱한 빛이 자르르 피어올랐다. 놀랍게도 그것은 아름다운 일곱 마리 두루미였다. 새들의 찬란한 날갯짓에 감싸인 채 그녀의 몸은 홀연 가볍게 공중으로 떠올라 어디론가 둥둥 흘러갔다. 얼마나 지났을까. 홍녀의 몸은 호숫가로 돌아와 있었고, 손에 든 작은 호리병 안엔 술이 가득차 있었던 것이다.

홍녀는 서둘러 몸을 일으켰다. 간밤 그녀는 새 술독을 미처 개봉하지 못했다. 허목사가 느닷없이 찾아왔다 간 뒤, 그녀는 가슴을 저미는 서글픔과 회한을 주체할 수가 없었다. 마음의 고통이 화로 변해, 온몸이 신열로 펄펄 끓어올랐다. 이불을 둘러쓰고 혼자 끙끙 신음을 토해내면서, 그녀는 가슴속의 피멍울을 삭여내야만 했다.

홍녀는 욕실에서 더운물로 정성스레 머리를 감고 몸을 씻었다. 그리고 깨끗한 흰색 치마저고리로 갈아입고 지하 저장고로 내려갔다. 바깥은 영하 십 도가 넘는 혹한이었지만, 저장고 안은 훈훈하고 아늑했다. 전기를 이용한 별도의 장치 없이도 그곳은 일 년 내내 똑같은 온도를 유지하는 천연의 저장고였다. 그것을 처음 만든 사람은 옥봉 할머니였다. 명월옥 건물은 전쟁 때 포격으로 사라지고 말았지만, 그 지하 저장고는 온전히 살아남았다. 그 위에 지금의 주조장 건물을 새로 세운 이는 어머니 금심이었다.

저장고 안으로 들어선 홍녀는 문을 닫아걸었다. 이곳만은 절대 부정을 타지 않도록 항상 세심하게 살펴야 한다고, 어머니 금심은 눈을 감는 순간까지도 누누이 당부했다.

"홍녀야. 여기는 우리 황씨 가문에겐 참으로 복되고 성스러운 장소란다. 네 할머니가 손수 지어놓은 이 자리에서, 나도 그렇고 너 또한 생겨났단다. 말하자면 이곳이 너와 나에게는 자궁인 셈이구나. 생명이 잉태되고 시작된 태초의 자궁 말이다."

홍녀는 마룻바닥에 좌선 자세로 앉았다. 술을 뜨기 전 몸과 마음을 정갈하게 가다듬는 것은 조상의 영을 추모하고, 천지의 기운을 정성껏 맞이하려는 뜻에서였다. 홍녀는 조용히 눈을 감았다. 그리고 실내에 감도는 은은한 누룩 향을 천천히 들이마셨다.

천하 명주 칠선녀주의 성공은 놀라왔다. 옥봉의 명월옥은 인근의 술꾼은 물론 경성의 호사가들까지 순례하듯 찾아들었다. 옥봉은 주변 토지를 사들여, 그 자리에 최신식 주조장을 지었다. 본채 건물이 들어서고 붉은 벽돌로 쌓아올린 우람한 굴뚝이 완성되던 날, 옥봉은 주조장 마당에 읍내 모든 술꾼들을 초대해 음식과 술을 아낌없이 대접했다. 그러나 기구한 운명이었다. 사흘간의 그 화려한 잔치를 정점으로, 황천주조장은 급작스레 쇠퇴의 길을 걸기 시작했던 것이다.

어느 날 갑자기 금광의 모든 채굴 작업은 중단되고, 금광 전체가 아예 폐쇄되었다. 영원히 마르지 않을 것만 같던 지하의 금맥이 불가사의하게도 돌연 고갈되고 만 까닭이었다. 때맞춰 백 년 만의 폭우가 쏟아지면서 대홍수가 일어나, 읍내 주택지 절반을 흔적 없이 쓸어가버렸다. 용케도 주조장은 비교적 높은 지대여서 큰 피해는 없었다. 수많은 사망자와 수천 명의 이재민을 만들어 낸 기록적인 폭우는 보름 만에야 그쳤다.

그러자 이번엔 정체불명의 치명적인 역병이 번져 수많은 사람들이 매일같이 죽어나갔다. 마침내 총독부로부터 강제 소개령이 내려지고, 황천은 일시에 텅 빈 유령의 마을로 변했다. 그러나 금심은 어미와 함께 주조장 지하실에 은신해 있었다. 결국 옥봉은 지하 저장고 안에서 숨을 거두었다. 금심아. 네 손으로 이 주조장을 다시 일으켜다오. 넌 해낼 수 있어. 옥봉의 유언은 훗날 금심이 딸 홍녀에게 남긴 그 유언과 똑같았다. 삼 년 후, 마을을 떠났던 사람들이 하나둘 돌아왔다. 그러나 한때 삼만에 이르던 인구는 삼천 명으로 줄었고, 황천은 예전의 모습을 다시는 되찾지 못했다.

마침내 일본 패망과 함께 해방이 찾아왔다. 사람들이 한길로 뛰어나가 만세를 부르고 있을 때, 굳게 닫혔던 주조장의 녹슨 철문이 힘겹게 열렸다. 그날 이웃사람들은 주조장 처녀의 얼굴을 몇 년 만에 처음 볼 수 있었다. 괴물은커녕 곱고 아리따운 열아홉 살 처녀였다. 금심은 팔을 걷어붙이고 주조장 일을 시작했다. 이듬해 봄엔 두루미들이 다시 마을을 찾아왔다. 새들이 돌아왔으니 금심이 명주를 복원해낼 게 틀림없다고, 사람들은 기대에 부풀었다.

그런데 이번엔 또 전쟁이 터졌다. 어느 석양 무렵, 수백 명의 인민군들이 허겁지겁 도둑고개를 넘어왔다. 북으로 퇴주하는 부대였다. 그들은 총을 쏘아대며 전 주민을 광장에 불러모았고, 주민 몇이 눈앞에서 처형되었다. 그들은 일주일 가까이 마을에 더 머물렀다.

바로 그즈음, 문고리가 쩍쩍 들어붙게 추운 밤이었다. 주조장으로 세 명의 군인이 은밀히 숨어들었다. 금심이 문을 열자마자 총구가 불쑥 튀어나왔다. 그들은 눈 덮인 산속에서 방향을 잃고 헤매는 국군 낙오병들이었다. 셋 중 하나는 계급이 중위였는데, 추위에 온몸이 얼어붙어 거의 의식이 없었다. 두 병사는 새벽녘에 그를 남겨둔 채 담을 넘어 사라졌다. 다시 데리러올 때까지 보살펴달라는 부탁과 함께. 중위는 전신에 심한 동상을 입어 위독한 상태였다. 그 상태로 더운 방으로 옮기면 급사하기 쉽다는 걸 금심은 어미로부터 배워 알고 있었다. 금심은 중위를 지하 저장고로 옮겨놓고 정성껏 간호해주었다. 인민군 부대가 산을 넘어 북으로 떠나고 난 며칠 후, 국군 트럭 한 대가 주조장 앞에 멎었다. 중위를 찾으러온 트럭이었다. 전쟁이 끝나면 꼭 다시 찾아오겠노라고, 중위는 금심의 손을 잡고 몇 번이나 약속했다. 그렇지만 그후 금심은 두 번 다시 그를 만나지 못했다.

"네 아버지는 필시 어디선가 전사했을 게다. 아니라면, 언제고 한 번쯤은 여길 찾아왔을 터인데."

언젠가 금심이 남긴 말이었다. 얼굴도 이름도 모르는 아버지에 대해 홍녀가 알고 있는 거라곤 그게 전부였다.

중위가 떠나고 열 달 뒤, 홍녀가 태어났다. 그 이듬해는 황씨 가문 역사상 기념비적인 해였다. 홍녀의 어미 금심의 손에 의해, 드디어 '제2대 칠선녀주'가 부활했던 것이다. 그로부터 십여 년 간 주조장은 더없이 번창했다. 칠선녀주는 옛 명성을 되찾았고, 그 덕분에 폐허 같던 소읍의 분위기도 일약 활기에 넘쳤다. 그러나 불행은 예고 없이 찾아왔다. 그날의 일을 홍녀는 또렷하게 기억한다.

한밤중이었다. "쨍!" 집채를 흔드는 날카로운 파열음에 모녀는 동시에 잠자리에서 벌떡 일어났다. 모녀는 맨발로 허둥지둥 지하 저장고로 뛰어내려갔다. 어머니가 목숨처럼 아끼는 백자 항아리가 둘로 쩍 갈라지고, 탕약 같은 적갈색의 술이 바닥을 온통 흥건하게 적셔놓고 있었다. 순간 어머니는 그 자리에서 혼절해버렸다. 얼마 후 의식을 되찾긴 했으나, 이미 예전의 어머니가 아니었다. 넋 나간 사람처럼 말과 생각과 감정까지 온전치 않았다. 그

328

날 이후 제2대 칠선녀주는 영영 사라지고 말았다. 훗날 어머니의
상태가 나아지자 홍녀는 물었다.

"엄마, 칠선녀주는 다시 안 빚을 거예요?"

"그 술은 이젠 영영 끝났어. 어미는 다시는 그걸 빚을 수가 없
단다."

"왜요?"

"묘약이 없으니까. 단 한 방울도 남지 않고 다 쏟아버렸잖니."

"묘약? 그 백자 항아리에 담겨 있던 술 말예요? 엄마가 그걸
다시 빚으면 되잖아요."

그러자 어머니는 고개를 천천히 저었다. 두 눈에 눈물이 고이
고 있었다.

"아니란다. 그건 평생에 오로지 딱 한 차례밖에 얻을 수 없어.
난 이미 한 번 그걸 얻었고, 그래서 홍녀 네가 세상에 태어날 수
있었던 거란다. 이젠 홍녀 네가 그 묘약을 찾아내야 해."

"어떻게요?"

"홍녀야. 넌 아직 어리단다. 네 스스로 알게 될 때가 올 거야."

어머니는 쓸쓸한 웃음을 지으며 대답했다. 하지만 홍녀는 아직
도 그 수수께끼 같은 말을 이해하지 못했다.

홍녀는 일어나서 술독 앞으로 다가갔다. 뚜껑을 열자 밀봉한
한지가 나타났다. 한지 표면이 연한 황색을 띠는 걸로 보아, 제대

로 발효된 술이었다. 홍녀는 꿈속의 그 상서로운 새들을 떠올리며 조심스레 한지를 뜯어냈다. 그리고 독 가까이 얼굴을 가져가 향기를 음미했다. 훌륭한 향이었다. 그러나 그녀의 얼굴은 이내 어두워졌다. 주발에 반 그릇 정도를 떠냈다. 빛깔 역시 은은하고 맑았다. 입술을 적시는 감촉도 대단히 부드럽고 화사하다. 하지만, 이건 내가 꿈꾸는 술이 아니다. 실패다. 난 또 실패한 것이다.

홍녀는 마룻바닥에 허물어지듯 주저앉았다. 사실 그녀는 어느 정도 예감하고 있었다. 묘약. 어머니가 말한 그 묘약의 비밀을 아직도 풀지 못했는데, 어떻게 성공할 수 있겠는가. 난 실패했어. 명주를 부활시키겠다는 꿈도 실패했고, 사랑에도 실패했어. 내 인생은 완전히 실패한 거야. 눈물이 뺨으로 주르르 흘러내렸다.

어머니의 말대로, 칠선녀주의 비밀은 다름아닌 묘약에 있었다. 술 그 자체가 아니라, 이미 완성된 그 술 위에 마지막으로 첨가하는 단 몇 방울의 묘약. 고작 서너 방울에 불과한 그것이 또똑, 하고 떨어져 섞이는 순간, 스무 말 들이 독 안에 가득 담긴 평범한 청주가 일순간에 천하 명주 칠선녀주로 화려하게 태어나는 것이다.

그 신비의 묘약을 얻으려면 반드시 두 단계를 거쳐야만 했다. 첫번째 단계는 묘약의 '몸'을 마련하는 것이다. 이번 홍녀가 담근 선녀주가 바로 그 '몸'이었다. 소주와 주정에다가 구기자, 계피, 감초, 잣, 솔방울, 복령, 오미자, 당귀, 황기, 청귀, 생강, 둥굴레, 꽃창포 그리고 춘란꽃잎을 섞어서 서늘한 그늘에다 저장했다가,

정확히 삼 년 만에 체로 걸러내면 은은한 적갈색의 술이 만들어진다. 사실 그것은 예부터 민가에 전래되어오는 약술의 일종이었다. 여기에다가 홍녀는 자신만이 아는 몇 가지 꽃과 뿌리와 열매를 다시 첨가하고, 마지막으로는 보름달이 뜰 때마다 술항아리를 뒤뜰에 내어다놓고 새벽닭이 홰를 칠 때까지 달빛을 흠뻑 쪼여주었다. 그것은 할머니 옥봉으로부터 전해내려온 그녀들만의 비법이었다.

문제는 바로 두번째이자 마지막 단계였다. 그것은 이미 만들어진 묘약의 '몸'에 '혼'을 불어넣는 것을 의미했다. 묘약의 진정한 신비로움은 정녕 거기에 있었고, 그것이 바로 칠선녀주만이 간직한 진정한 비밀이었다. 또한 홍녀가 풀지 못하고 있는 수수께끼 역시 그것이었다.

"묘약에 담긴 혼이란 대체 무엇인가요?"

홍녀가 물었다.

"그건 보이지도 잡히지도 않아. 다만 느낄 수 있을 뿐이지."

어머니가 대답했다.

"그 혼은 어디서, 어떻게 얻을 수 있나요?"

"천. 지. 인. 첫째로 하늘이 너를 선택해주셔야 한다. 두번째, 땅이 너에게 좋은 물과 좋은 누룩 그리고 좋은 꽃, 열매, 뿌리, 줄기를 허락해주셔야 해. 마지막으로 사람, 그것도 이 세상에서 오직 단 한 사람만의 도움이 필요하지."

"세상에서 오직 단 한 사람?"

"그런데 그 모든 것 가운데 이 세번째가 가장 중요하단다. 다른 두 가지만으로도 훌륭한 술은 빚을 수 있으나, 사람의 도움이 없이는 칠선녀주를 결코 빚어내지 못한다. 어째서인 줄 아느냐? 칠선녀주의 '혼'은 다름아닌 그 사람에게서 비롯하기 때문이란다."

"그 '단 한 사람'은 어떤 사람인가요?"

"그것은 나도 대답해줄 수가 없구나. 다른 어느 누구도 알 수가 없지. 오로지 때가 되면 홍녀 너 자신만이 알 수 있어."

"그때가 언제 저를 찾아올까요?"

"그 또한 나로선 대답해줄 수 없단다. 눈앞에 찾아온 순간에야, 너만이 비로소 알아차릴 수 있을 테니까. 하지만 이 한 가지만은 얘기해주마. 영혼과 육신과 마음을 다하여, 너 스스로의 힘으로 찾아나서야 해. 그 사람을 찾아내지 못하면, 명주의 혼, 묘약의 혼은 영원히 얻을 수 없단다."

홍녀는 퍼뜩 정신이 들었다. 마룻바닥에 엎드린 채 깜박 졸았던 것일까. 그 짧은 순간에 어머니와 나눈 대화가 홍녀의 뇌리에서 선명하게 되살아났다. 어머니가 세상을 뜨기 얼마 전, 모녀가 나누었던 얘기였다. 봄 햇살이 따스한 안마당의 평상 위에서였다. 홍녀는 허탈한 마음으로 저장고 안을 휘둘러보았다. 실내엔 어머니의 자궁 속처럼 고요하고 아늑한 기운이 감돌고 있었다.

"내 딸 홍녀야. 너와 나는 이 저장고에서 생겨났단다. 말하자면, 여기가 우리들에겐 자궁이구나. 생명이 잉태되고 시작된 태초의 자궁 말이다……"

어머니의 부드러운 음성이 귀울음처럼 나직이 저장고 안을 떠돌고 있었다.

'그러고 보니, 우연치고는 참 희한하구나. 바로 여기 똑같은 자리에서 어머니와 내가 생겨났다고 했지. 할머니는 어머니를, 어머니는 나를…… 할아버지도 이곳에 숨었고, 아버지도 이곳에 숨었어. 아버지도 동상을 입은 채 위독한 상태였고, 할아버지 역시 마찬가지였다고 했어. 두 커플이 약속이나 한듯이, 똑같이 말이야. 가만, 그게 단순히 우연의 일치였을까……'

그 순간 홍녀는 흠칫 몸을 떨었다.

"오고 있다. 오고 있다."

문득 어디선가 이상한 소리가 들려왔다. 한없이 음울하고 메마른 목소리. 마치 아득한 지하 동굴 밑바닥에서 올라오는 소리처럼 그것은 음산하게 우렁우렁 울리고 있었다. 그 소리다. 밤마다 꿈속에서 들려오던 그 소리. 홍녀는 벌떡 일어나 소리를 찾아나섰다. 귀를 기울여보니, 뒷마당 쪽이었다. 후문을 열고 밖으로 나오자마자 마당을 가로질렀다. 소리는 굴뚝 부근인 것 같았다. 홍녀는 낡은 굴뚝 밑동의 벽돌에 귀를 바짝 붙였다. "오고 있다아. 오고 있다아아." 홍녀는 소스라치게 놀랐다. 굴뚝 속에서 우렁우렁 울려오는 목소리. 한 번도 들어본 적이 없었으나, 홍녀는 목소리의 주인공을 금방 알아차렸다. 아아, 할머니. 옥봉 할머니. 거대한 굴뚝 밑동에 한쪽 귀를 붙인 채 홍녀는 몸을 와들와들 떨었다.

*

―오후 여덟시. 갈보리교회.

그는 집무실 안으로 들어오자마자 출입문을 잠갔다. 그리고 창문의 커튼을 모두 내리고 전등을 끈 다음 책상 앞에 허물어지듯 주저앉았다. 목사님. 목사님. 조심스런 노크 소리와 함께 김장로의 음성이 들렸지만, 그는 꼼짝도 하지 않았다. 문 밖에서 무거운 한숨 소리와 함께 되돌아가는 김장로의 발소리가 들렸다. 그는 어둠 속에서 두 손으로 머리털을 그러쥐었다. 비통과 절망에 찬 신음이 입에서 흘러나왔다.

그는 지금 막 성탄 특별 예배 도중에 돌연 도망치듯 집무실 안으로 허둥지둥 뛰어든 참이었다. 어느 한순간에 그는 마음의 평정을 완전히 잃어버리고 말았다. 설교는커녕 단상에 서 있는 것조차 견디기 힘들었다. 예배는 엉망진창이 되고 만 셈이었다.

성탄 전야 예배는 연중 가장 큰 행사였다. 모든 신자가 한자리에 모여 감사와 축복을 나누는 축제의 날. 게다가 오늘은 특별히 더 의미심장한 날이었다. 백 일간에 걸친 대장정의 값진 열매를 거두는 날. 수많은 집을 돌면서, 그는 이번 성탄 예배 자리엔 꼭 나오겠노라는 약속을 일일이 받아냈다. 큰 기대는 없었다. 스무 명. 아니 열 명이라도 어떤가. 자신의 기도와 헌신이 헛되지 않았다는 사실만이라도 확인하고 싶었다.

오늘 참석한 신자는 고작 서른 명 남짓. 평소 주일 예배보다도 훨씬 적은 숫자였다. 모인 사람들도 당혹스러워했다. 특히 학생들과 청년들이 많이 빠졌다. 중심가의 새 교회들이 오늘밤 특별한 프로그램을 준비한다는 소문을 그도 들었다. 한쪽에선 서울에서 뮤지컬 극단을, 다른 쪽에선 요즘 한참 잘나가는 개그맨을 초청한다고들 했다. 이거 참, 죄송해서…… 젊은이들이 그쪽으로 구경을 간 모양입니다. 김장로가 더 쩔쩔맸다.

하지만 그는 오히려 놀라지 않았다. 차라리 이젠 뭔가 확연해졌다는 느낌과 함께 이상하리만큼 마음이 차분해졌다. 그런데 설교를 시작하려는 순간, 눈앞이 하얘지면서 온몸에서 힘이 쭉 빠져나갔다. 이건 거짓말이다. 넌 사기꾼이야. 가슴속에서 누군가 속삭였다. 얼굴에서 비 오듯 땀이 흘렀다. 자신이 무슨 말을 하고 있는지조차 알 수 없었다. 마주앉은 신자들의 얼굴도 잘 보이지 않았다. 그는 도중에 연단을 내려와, 허둥지둥 집무실로 뛰어들어오고 말았다.

'난 완전히 실패했어. 사실 애당초 목회자가 되겠다는 생각도 없었지. 아버지의 유언 때문에 어쩔 수 없이 이 교회를 떠맡은 것뿐이야…… 언제부턴가 나는 신이 날 버렸다고 의심해왔지. 신에게서 난 버림을 받은 거라고. 그런데 아니야. 애초에 신을 버린 건 나였어. 신에게 등을 돌리고, 의심하고, 증오한 쪽은 바로 나였어…… 그날 그 구덩이 속에서, 내 손이 수류탄을 밀어넣은 바로 그 순간에, 난 이미 죽어버렸던 거야. 그 소녀와 함께, 살려달라고 애원하던 그 목소리와 함께, 내 영혼도 죽어버리고 말았던 거야…… 전쟁터에서 내가 잃은 건 한쪽 눈만이 아니었어. 그날이후, 나는 사랑을 영원히 잃어버렸지. 안구가 빠져나간 그 텅 빈 구멍 속에다 나는 다만 캄캄한 증오와 미움을, 지옥과 같은 절망과 허무를 채워넣으려 했어…… 난 더이상 세상 아무도 사랑할 수 없었어. 그 무엇도, 신조차도 나는 사랑하지 않았어. 그러면서도, 예배 시간마다 사람들에게 사랑하라, 감사하라, 기뻐하라고 떠들어댔어. 난 사기꾼일 뿐이야.'

동굴처럼 어두운 방안에서, 그는 책상에 엎드린 채 가늘게 흐느꼈다. 예배실 쪽은 쥐죽은듯이 조용했다. 모두들 집으로 돌아간 모양이었다. 그는 조용히 일어나 전등을 켰다. 그리고 얼굴을 씻기 위해 세면대 앞으로 다가갔다. 손을 물에 적시며 그는 거울 속을 응시했다. 거기 유령처럼 외눈박이 사내 하나가 서 있었다. 전쟁터에서 영혼을 빼앗기고, 눈 하나와 함께 사랑을 영영 잃어버린 사내…… 문득 다친 쪽 눈시울이 견딜 수 없도록 가려웠다. 무심코 손등으로 의안을 문질렀다. 순간 그 이상한 소리가 들렸다.

"……낳고 싶어."

그는 소스라치게 놀라 자신의 얼굴을 살폈다. 분명 의안이, 아니 그 빈 구멍 속에서 흘러나온 소리였다. 이럴 수가! 구멍이, 눈구멍이 나한테 말을 했어. 그는 두려움에 하얗게 질려 중얼거렸다. 뭐, 뭐라고? 그는 거울에 귀를 가까이 가져갔다.

"낳아줘…… 내 아이를…… 낳고 싶어."

헉! 목사는 비명을 삼켰다. 손에 쥐고 있던 비누가 바닥으로 떨어져 굴렀다.

*

─같은 시각. 호숫가 산장.

남녀가 맨 처음 탈출을 시도한 시각은 오후 여섯시였다. 사람들 눈에 띄지 않으려면 낮 시간은 피해야 했다.

남녀는 날이 어두워지기를 기다리며 만반의 준비를 했다. 상의는 점퍼까지 껴입었으나, 하의는 속옷만 입었다. 대신 겉을 통째 담요로 두른 다음, 쉽게 흘러내리지 않도록 나일론 끈으로 친친 동여맸다. 담요엔 군데군데 구멍을 뚫어 끈을 묶었으므로 그런대로 안심이었다. 그다음엔 거실 커튼을 통째 뜯어내어 적당한 크기로 잘라냈다. 가운데 부분에 둥글게 구멍 두 개를 오려내 목이 들어갈 자리를 만들고, 그것을 머리에서부터 훌렁 뒤집어써보니 야전용 우의처럼 제법 그럴듯했다. 그나마 신발은 나은 편이었다. 남자는 신고 온 구두를, 여자는 굽 달린 구두 대신 산장 주인의 등산화를 신기로 했다.

그러나 첫번째 탈출 시도는 실패로 끝났다. 마당을 지나 대문 앞까지는 진출했으나, 나자빠진 거목이 가장 큰 장애물이었다. 게다가 철제 현관문이 완전히 찌부러진 바람에 통로가 아예 없어져버렸다. 할 수 없이 무리하게 철망 담을 넘어가려 하다가 사고가 났다. 남자가 날카로운 철망에 찔려 어깨에 부상을 입었던 것이다. 그들은 집으로 되돌아와 상처를 소독하고 약을 발랐다. 철망 담을 넘기로 한 계획은 포기해야만 했다. 어느덧 일곱시가 지났다.

"우리, 뭐라도 먹고 출발해요. 허기가 지면 힘이 없어서 도중에 쓰러지고 말 거예요."

여자의 말에 남자도 동의했다. 주방용 가스가 남아 있어서 그나마 다행이었다. 그들은 자박자박 주방으로 이동해서, 냄비에 라면을 끓이기 시작했다. 딱 두 개 남은 그 라면이 전부였다. 냉장고는 주인이 처음부터 꺼놓았고, 쥐 때문인지 먹을거리 따윈 아예 치워버린 눈치였다. 국물이 식기를 기다렸다가 남녀는 라면을 먹기 시작했다. 각자 그릇에 담아 들고 극히 옹색한 자세로 먹다가, 여자가 아이디어를 냈다. 그들은 번갈아가며 서로 떠먹여주는 방식이 훨씬 편리하다는 사실을 곧 알게 되었다. 이것도 마저 더 드세요. 속이 든든해야 추위도 덜 타요. 아니, 양선생도 더 들어요. 국물까지 든든하게 서로 떠먹여준 다음, 그들은 마침내 두번째 탈출을 시도했다.

"쥐들 좀 보세요. 이젠 지쳐서 움직이지도 못하네."

거실을 나서기 전 여자가 끈끈이 덫을 돌아다보며 말했다. 무려 아홉 마리가 걸려들어 밤새 법석을 떨더니, 이젠 다들 간신히 숨만 붙어 있었다. 처참한 모습이었다. 간밤에 남녀는 내내 그것들의 비명과 몸부림 소리를 들어야 했다.

"어서 나갑시다. 이 저주받은 집에서."

남자가 침을 퉷 내뱉고 현관문을 열었다. 그들은 게걸음으로 자박자박 집을 한 바퀴 돌아 뒷마당으로 나갔다. 그쪽은 호수와 곧장 이어져 있어서 담장이 없었다. 그들은 호수를 횡단할 계획이었다. 산길을 택할 경우보다 시간과 거리를 배 이상 줄일 수 있다는 판단이었다. 남녀는 경사진 언덕을 지나 이윽고 호수로 내려왔다.

"아, 여기서부터는 완전 얼음판이구나."

"위에서 보기보다 훨씬 넓네요. 언제 저 끝까지 건너가나!"

남녀는 눈앞에 아득하게 펼쳐진 얼음의 세상을 막막한 심정으로 바라보았다. 머리 위엔 달이 둥두렷이 떠올라 있었다. 유난히 크고 둥근 만월이었다. 구름 한 점 없는 하늘엔 별들이 좌르르 몰려나와 있었다. 누군가 보석함을 함부로 들어엎어놓은 양. 무한 천공은 그야말로 무수한 별들의 세상이었다. 쏟아지는 달빛과 별 빛 아래서 그 백색의 빙원은 은은하고 신비로운 광채를 반사하며 고요히 드러누워 있었다. 여자가 말했다.

"이런 말 하긴 뭐하지만…… 정말 아름답네요."

"맞아요. 환상적인 풍경이군요."

남자도 고개를 끄덕였다. 그러다 문득 지금 산책하러 나온 게 아니라는 사실을 남녀는 깨달았다. 그러자 돌연 모든 게 지옥의 회랑에 걸린 풍경화로 변했다. 여자의 눈엔 그것이 영원히 건널 수 없는 운명의 해협처럼 보였다. 남자에겐 만년설로 뒤덮인 광막한 북극해 같았다. 그들은 마치 순록도 시베리안 허스키도 없이 빙원 위에 남겨진 불운한 극지 탐험대원들 같은 얼굴로 서 있었다. 둘의 입에서 거의 동시에 한숨이 흘러나왔다.

"자, 힘을 냅시다. 우린 해낼 수 있소!"

"그래요. 힘낼게요."

링크 중앙에 나란히 서 있다가 음악과 함께 첫발을 막 내딛는 피겨스케이팅 혼성팀처럼, 그들은 마침내 얼음판 위에서 출발했다. 그러나 그들의 걸음은 펭귄처럼 느리고 불안했다. 담요로 한꺼번에 둘둘 말린 남녀는 그래도 뒤뚱거리며 성실하게 전진했다. 자박자박. 반시간 동안 이동한 거리가 겨우 백여 미터였다. 발과 무릎이 수없이 밟히고 부딪쳤다. 수십 번 엎어지고 자빠지길 반복했다. 그때마다 서로 몸을 지탱해주고 일으켜세워주었다.

"자, 내 허릴 잡고 일어서요."

"미안해요. 발이 자꾸 엉켜서."

"괜찮아요. 어차피 우린 한몸이잖소."

남자는 자신의 말에 스스로 감동했다. 여자 역시 가슴이 뭉클해지고 코끝이 시큰해지기까지 했다. 그래. 지금 우리 둘은 한몸이다. 만약 한쪽이 포기한다면, 이 차가운 얼음판 위에서 함께 얼어죽고 말 것이다. 살아야 한다. 나를 위해서, 또 너를 위해서. 불현듯 남자는 소리 내어 중얼거렸다.

"자, 우린 할 수 있소!"

그 말에 감격한 여자가 남자의 목을 그러안았다. 남자가 여자를 안은 채 무심코 한 바퀴를 빙글 돌았다. 의외로 몸이 가볍게 회전했다.

"아하! 이렇게 하면 되겠군. 한 손은 이쪽 팔을 잡고, 다른 손은 내 허리를 감아요. 몸에서 힘을 뺀 채로, 두 발은 내 스텝에 자연스레 맡기고."

남자가 여자를 안고 재차 부드럽게 한 바퀴 돌아 보였다.

"어머, 블루스 스텝이네요."

"허리 힘 빼고, 스텝은 부드럽게."

"아, 훨씬 빠르고 안정감이 있네. 진즉 이렇게 해볼걸."

하나 둘, 하나 둘. 과연 몰라보게 편하고 빠르고 안정된 자세였다. 발이 엉키지도, 넘어지지도 않았다. 힘도 훨씬 덜 들었다. 남녀는 원을 넓혀서 빙글빙글 돌며 차츰 익숙하게 얼음판을 지치기 시작했다. 그들이 한몸으로 빙글빙글 돌 때, 샛노란 커튼과 담요 자락도 얼음 위를 살짝살짝 스치며 따라 돌았다. 거울 같은 빙판 위로 달빛이 환하게 쏟아져내렸다. 얼음판에서 올라오는 냉기가 끔찍했지만, 둘은 스텝을 멈추지 않았다. 덕분에 추위도 덜한 느낌이었다. 이백 미터, 삼백 미터, 오백 미터. 어느덧 그들은 호수의 중앙에 와 있었다.

그러나 블루스 스텝도 힘이 들었다. 멈춰 서서 숨을 고르는 간격이 점점 짧아졌다. 피곤해도 얼음판 위에 주저앉을 수는 없었다. 일단 넘어지면 다시 몸을 일으켜세우기가 너무 힘들었다. 어쩌면 좋아. 다리에 힘이 없어요. 여자가 남자의 가슴에 얼굴을 묻은 채 숨을 몰아쉬었다. 여자 쪽이 먼저 눈에 띄게 지쳐가고 있었다. 그래도 둘은 안간힘으로 빙글빙글 돌며 전진해나갔다. 문득 여자가 밤하늘을 올려다보며 말했다.

"별들이 빙글빙글 도네요. 달도, 하늘도…… 나, 쓸데없는 얘기 하나 해도 돼요? 그냥, 헛소리인가보다 하고, 듣기만 하세요. 나요, 사실은 참 더럽게도 박복하고 불쌍한 여자거든요. 엄마 얼굴도 잘 몰라요. 아버지 집의 식모였대요. 그러니까 난 첩의 딸도 못 되고, 식모 딸이라고요. 아버지가 날 시골 고모 댁에 맡겼고, 거기서 줄곧 자랐어요. 미국 유학, 억지로 쫓아보낸 거예요.

342

고모 돌아가시고, 맡길 데도 없으니까…… 지금 내 남편은요. 우리 아버지를 이십 년 동안 모시던 운전사예요. 나보다 아홉 살 많은……"

여자의 얘기가 끝나자, 이번엔 남자도 비슷한 얘기로 보답했다. 주정뱅이 목수 아버지의 죽음. 늑막염으로 죽은 어머니. 집을 나간 누이. 밑구멍을 찢어내던 가난. 시를 읽으며 견뎌낸 그 춥던 소년기…… 피차 남루하기 그지없는 과거에 대한 고백을 마치자 그들은 한동안 입을 닫은 채 맴만 돌았다.

"눈 떠요, 양선생. 절대로 잠들면 안 됩니다."

"아, 알았어요. 힘을, 힘을 낼게요."

그러면서도 여자의 몸은 자꾸만 아래로 주저앉고 있었다. 남자는 혼신의 힘을 다해 여자를 껴안았다. 다시금 안개가 엷게 밀려오기 시작했다. 분홍빛을 띤 안개였다.

*

─밤 열시. 호숫가 '천사의 집'.

호숫가에 네 명의 사내들이 앉아 있었다. 마른 갈대가 듬성한 언덕배기 낡은 벤치에 나란히 웅크리고 앉은 그들은 모두 삼십대 중후반이었다. 그들은 똑같이 호수 쪽을 내려다보고 있었다.

"야, 이번 한 번만 더 댕겨오라 안 카나. 다음엔 내가 갈꾸마."

검정 개털 모자를 쓴 사내가 말했다. 일행 중 가장 나이가 많아 보였다.

"안 간다니까. 원장이 내 얼굴을 봤단 말예요. 시발, 난 이제 죽었다."

여름용 슬리퍼를 꿰찬 사내가 다리를 덜덜 떨었다.

"아따, 미치겠구마이. 지들끼리만 코가 비틀어지게 처마시고, 우린 사람도 아녀?"

'아디도스'라고 쓰인 점퍼의 말이었다.

"인마, 그럼 우리가 사람이냐. 술 귀신들이지."

운동화 신은 사내가 키득키득 웃었다.

넷 모두 알코올중독 환자 재활원 '천사의 집' 원우들이었다. 그들의 뒤편 언덕 끝에 보이는 건물이 재활원이었다. 평소에 그들은 저녁 아홉시만 되면 칼같이 취침에 들어가야 했다. 하지만 오늘은 원장이 외출중이었고, 무엇보다 주조장 카페에서 무료 시음회인지 뭔지가 있는 날이었다. 잠이 올 턱이 없었다. 그들은 숙소를 빠져나와 벌써 몇 차례나 카페의 동정을 살피고 왔다. 실내에 가득한 인간들이 하나같이 취해 해롱거리고 있었으나, 주조장 여사장과 주민들은 그들을 개 쫓듯 밀어냈다. 그 와중에 원장 주박사의 눈에 띄는 바람에 혼비백산 줄행랑을 해온 참이었다.

"니기미, 크리스마스이브인데, 우린 여기서 무슨 꼴이냐 이거."

"야, 우리 교회에 가볼까? 먹을 게 많을 거야. 술 한잔 얻어먹지 뭐."

"빙신 시키! 이브에 술 주는 교회 봤냐?"

그들은 담배를 하나씩 입에 물고 차례로 불을 붙였다.

"야, 근데 저 친구 열성 한번 대단하다. 지치지도 않고."

운동화가 달빛 쏟아지는 호수를 내려다보며 말했다. 모두들 그쪽으로 시선을 모았다. 어둠 속 저만치 호수 가장자리 빙판에선 뭔가 아직도 느릿느릿 움직이고 있었다. 물가에서 불과 이삼십 미터 들어간 안쪽이었다. 벌써 삼십 분 가까이, 그것은 묘하게도 제자리에서만 빙글빙글 맴을 돌고 있었다.

"저 사람, 지금 스케이트 타고 있는 거지?"

"인마, 피겨스케이팅이라고 하는 거야. 회전 연습만 죽어라 하고 있잖아."

"근데, 몸매가 왜 저러냐. 완전 돼지구만. 킬킬킬."

"의상도 엄청 웃기잖냐. 무슨 부대 자루 뒤집어쓴 거 같잖어."

"저거 남자냐, 여자냐? 난 아까부터 계속 헛갈려."

운동화가 말했다. 하지만 그가 진짜 헛갈리는 것은 따로 있었다. 그 부대자루 같은 뚱보의 머리통이 아무리 봐도 한 개가 아니라 두 개로 보이는 것이다. 그러나 그 말을 입 밖에 꺼내면 '돌아이'라고 할까봐 꾹 참고 있다. 사실 운동화뿐만 아니라, 나머지 셋의 눈에도 뚱보의 머리통은 분명히 두 개로 보였다. 하지만 그들은 하나같이 자신의 눈을 신뢰할 수가 없었다. 악마, 괴물, 드라큘라, 외계인, 예수, 부처님, 천사, 마리아. 그들은 평소 별의별 환각과 환청과 환시를 다 경험해본 장본인이었기 때문이다. 그들은 모두 알코올에 의한 심각한 섬망증 경력의 소유자였다.

"야, 근데 말이다. 저 스케이트 타는 친구, 머리통이…… 혹시 두 개 아니냐?"

아디도스의 말에 돌연 일제히 큰 소리로 떠들어댔다. 맞아. 네 눈에도 분명히 두 개로 뵈지? 그래. 나도 설마하면서 보고 있던 참야. 히야, 저 친구 죽인다! 그렇담 저 친구, 어떻게 된 거냐. 왜 머리가 두 개지? 몸통은 분명히 하난데. 안 그래?

그때 그 부대 자루 같은 몸뚱이가 얼음판 위로 벌러덩 쓰러졌다. 여태까지와는 달리, 한참이 지나도 일어날 기색이 아니었다. 야, 저거 갑자기 왜 저러냐. 영 일어나질 않네. 내려가보자. 그들은 벌떡 일어나 호수 쪽으로 우르르 뛰어내려갔다. 빙판 위로 올라간 그들은 멀찍이 떨어진 자리에서 겁먹은 음성으로 외쳤다.

"이보쇼. 거기, 사람인기요 짐승인기요?"

"형님도 참. 사람이요 귀신이요라고 물어봐야지."

"어, 사람이다. 우리를 부르고 있잖아."

주춤주춤 다가가 들여다보던 그들은 일제히 화들짝 놀랐다. 부대 자루 하나에 두 사람이 담겨 있었다. 그것도 여자 하나, 남자 하나씩. 네 명의 원우는 그 이상한 남녀를 부대 자루째 들어올려 마른 풀더미 위에다 옮겨놓았다. 남자는 그나마 의식이 있었고,

여자는 탈진한 건지 잠에 빠진 건지 눈만 감았다 떴다 할 뿐이었다. 남자는 연신 의사를 불러달라는 말만 되풀이했다.

"야, 이거 진짜 쥑인다! 이 사람들 말이야. 아랫도리를 안 입었어. 둘 다."

운동화가 속삭였다.

"진짜? 어메, 먼 일이다냐. 그럼 아랫도리도 안 입고 여태 스케이트를 탔단 말여?"

"그게 아니고, 뭔가 사고가 난 것 같다."

이봐요. 의, 의사. 의사를 불러주시오. 빠, 빨리요. 뚱뚱한 남자가 지쳐빠진 음성으로 연신 외쳤다. 아디도스와 개털 모자가 재활원으로 살같이 달려가더니 손수레를 끌고 내려왔다. 네 사람은 남녀를 부대 자루째 손수레에 싣고, 광장을 향해 언덕길을 오르기 시작했다. 지금 어디로 가는 겁니까? 부대 자루 속에서 남자가 희미한 소리로 물었다. 의사한테 가는 거요. 걱정 말고 한숨 붙이고 계쇼이. 네 명의 원우는 광장 입구, 단풍나무 아래서 손수레를 세웠다. 운동화가 앞으로 나서더니 속삭였다.

"여기서 잠깐 대기하고 있어. 나랑 명채랑 둘이서 갔다 올 테니까."

"어디?"

"카페지 어디야. 읍내 의사랑 119 대원들까지 사그리 집합해서 퍼 마시고 있잖아."

운동화는 부쩍 의기양양해서, 슬리퍼와 함께 카페 쪽으로 신나게 달려갔다.

*

—밤 열한시. 황천주조장.

주조장 카페 안은 와자지껄했다. 시음회는 대성황이었다. 오후 두시에 문을 열자마자 광장에서 일찌감치 대기중이던 사람들이 쏟아져들어왔고, 반시간 후엔 앉을 자리가 없었다. 바닥에 깔개를 펴고 앉은 숫자까지 합하면 무려 삼백 명 남짓한 인원이 들어찼다. 오후엔 읍사무소, 경찰서 직원들이 몰려왔고, 저녁 무렵엔 소방서, 농협, 우체국에서 단체로 들렀다 갔다. 예상외로 많은 숫자여서 홍녀는 다소 당황했다. 크리스마스이브인데다가 폭설로 통행이 막혔다 뚫렸다 하는 통에 외부로 나가지 못한 사람들이 한꺼번에 몰려온 때문인 듯싶었다. 그러나 무엇보다 홍녀가 마침내 칠선녀주를 개발했다는 헛소문이 퍼지면서, 인근 지역의 용맹한 술꾼들까지 대거 눈 속을 뚫고 달려왔던 것이다.

시음회 종료 시각은 자정. 앞으로 한 시간 후면 문을 닫을 터였다. 아직도 대부분 자리가 차 있었다. 남은 사람은 거개가 소문난 술꾼들이었다. 술자리는 차츰 파장 분위기로 접어들고 있었다. 홍녀는 주방 앞 통로에 버티고 서서, 술 향기와 담배 연기

가득한 실내를 휘둘러보았다. 카페 안에 있는 사람들을 통틀어서 여전히 목을 바로 세우고 있는 사람은 딱 두 명. 하나는 홍녀였고, 또 한 사람은 얼마 전 목을 다쳐 깁스를 하고 있는 수의사였다. 그 수의사 역시 내로라하는 술꾼이어서, 그 지경을 하고서도 얼굴이 발개져 있었다. 나머지는 모두 연체동물처럼 흐물흐물 늘어져서, 이리저리 전후좌우로 번갈아가며 기우뚱거렸다. 그것은 얼핏 폭풍우 속에 해협을 횡단중인 낡은 여객선의 삼등실 풍경 같았다.

"저, 사장님. 우리 좀 잠깐 보실까요."

누군가 팔을 건드리기에 돌아보니, 재활원의 운동화와 슬리퍼였다. 뒷문으로 슬그머니 들어온 모양이었다.

"뭐예요, 또. 술 달라고 온 거요? 여태 잠도 자지 않고?"

"그게 아니라, 잠깐 밖으로 나와보시죠. 긴히 할 얘기가 있습니다."

느닷없이 당당해진 운동화의 기색이 수상해서, 홍녀는 뒤따라나갔다.

"보여드릴 게 있습니다. 아주 특별하고 기차고 희한한 게 출현했다고요. 호수를 건너오는 걸 우리가 붙잡아놨거든요."

"호수를 건너와요?"

불현듯 홍녀는 간밤 꿈속의 두루미들이 떠올랐다. 오고 있다. 오고 있다. 뭔가 직감이 예사롭지 않았다. 홍녀가 쉽게 호기심을 보이자 운동화가 말했다.

"근데, 보여드리기 전에 약속해주십쇼. 일단 보고 나서, 우리말이 뻥이 아니란 게 판명되면 술, 딱 네 병만 주시는 겁니다."

"두 병으로 하지."

"좋습니다. 약속하신 겁니다."

운동화와 슬리퍼는 반색하며 앞장을 섰다. 광장 입구 단풍나무 아래서 두 원우가 손수레를 지키고 서 있었다. 홍녀가 손수레 위로 불쑥 얼굴을 들이밀자, 별안간 여자가 몸을 움츠리며 겁에 질린 신음 소리를 냈다. 여자는 홍녀의 꽁지머리와 카우보이 모자, 거대한 체격, 무릎까지 찬 가죽 장화를 보자마자 서커스단의 단장인 줄로만 알았다. 네 명의 인신매매범들이 지금 자신들을 서커스단에 팔아넘기는 중이라고 믿었던 것이다. 서, 서커스단에는 안 가요. 제발. 여자는 소리치려 했으나, 입이 얼어붙은데다 겁에 질려 말이 나오질 않았다.

"서커스…… 서커스……"

운동화가 부대 자루 가까이 한쪽 귀를 가져갔다.

"야, 이 여자가 시방 뭐라고 하냐?"

"목이 마른가? 박카스를 찾네."

홍녀는 손수레에 실린 남자와 낮은 목소리로 뭐라 한동안 주고받더니, 알았다고, 걱정하지 말라고, 최대한 비밀리에 도와주겠노라고 남자와 약속했다. 잠시 후 손수레는 카페의 뒷문 앞에 멎었다. 원우들이 남녀를 손수레에서 끌어내리느라 낑낑대는 모습을 보고 홍녀가 직접 나섰다. 끙, 소리와 함께 남녀를 거뜬히 그러안고서 홍녀는 뒷문으로 들어섰다. 원우들은 술 두 병을 받아쥐자마자 번개같이 사라졌다. 주방 뒤편 다용도실에 일단 남녀를 내려놓은 다음, 홍녀는 급히 홀로 나갔다.

홍녀는 병원까지 굳이 달려갈 필요가 없었다. 읍내에 거주하는 의사 일곱 명 모두가 카페 안에 아직 남아 있었기 때문이다. 때마침 자기네들끼리 망년회를 겸한 자리라고 했다. 그러나 그들은 이미 모두가 인사불성 상태였다. 몸도 가누지 못하는 의사라면 싸리빗자루보다 나을 게 없었다. 그래도 전직 정신과의사인 주원장과 목에 깁스를 한 수의사가 그나마 나아 보였다. 방에 들어선 두 사람은 실눈을 깜박거리며 고개를 갸우뚱거렸다.

"뭐야, 이런 끅, 희한한 케이스는 눈 터지고 또 끅, 처음이네."

"이거 진짜야? 여, 연극하는 거 아니고? 꺽."

킬킬대며 해롱거리는 두 사람을 홍녀는 홀 안으로 당장 쫓아보냈다. 그사이 남녀는 눈을 감고 정신없이 곯아떨어져 있었다. 혹시 혼절한 게 아닌가 싶어 살펴보니, 둘 다 고른 숨소리였다. 그때 홀에 있던 술꾼들이 구경을 하겠노라고 와자지껄 방안으로 몰려들었다. 벌써 소문이 퍼진 모양이었다. 그들은 벌겋게 취한 눈들을 하고서, 바닥에 나란히 껴안고 누운 남녀를 구경했다. 남녀가 뒤집어쓴 샛노란 색깔의 커튼, 몸을 둘둘 만 담요와 노끈을 내려다보며 술꾼들은 고개를 갸우뚱거렸다.

"예배당에서 꺼억, 초청해왔다는 딴따라패라면서? 꺽."

"이것이 퍼, 퍼포먼스다 끅, 이거지? 별거 아니구먼."

"꺽, 저런 것도 예술이라믄, 젠장, 꺽, 나도 하겠다."

거, 둘이서 허리가 끄억, 붙어버렸다더니, 진짜여? 젠장, 궁금하면 들춰보지그래, 끼익. 안 떨어지믄 말이여 꾹, 코, 콩기름을 꾹, 발라봐. 킬킬킬. 왜, 병뚜껑 따듯이 뱅뱅 도, 돌려보면 안 될까, 꺼어억.

"이 양반들이 보자보자 하니까. 허튼소리들 말고 당장 나가요!"

홍녀가 그들을 방에서 몰아냈다. 이미 자정이 넘은 시각이었다. 홍녀는 스무 명 남짓 남아 있는 술꾼들을 마저 내보냈다. 문을 닫으려는데, 맨 마지막으로 현관을 나서던 한 늙수그레한 남자가 홍녀를 보고 말했다. 낯이 선 걸로 보아, 다른 지역에서 온 손님 같았다.

"방안에 저 사람들, 어째 저러고 있는 겁니까? 끄억."

"산에 올랐다가 눈 속에서 길을 잃었나봐요. 몸이 꽁꽁 얼었기에, 일단 저기 눕혀놨어요."

홍녀는 대충 얼버무리려 했다. 남자가 걱정스럽다는 듯 혀를 끌끌 찼다.

"원 저런. 몸이 언 사람을 갑자기 덥게 해줘선 큰일나요. 동상에 걸렸을지도 모르는데, 끅."

"동상에는 말이여 끄억. 쐬주에 푹 담그는 것이 최고 특효약이라고, 끄억."

곁에서 다른 늙은이가 한마디 덧붙였다. 문을 닫아걸고 나서 홍녀는 비로소 휴우 한숨을 내쉬었다. 거짓말처럼 카페 안이 일시에 조용해졌다. 문 걸쇠를 재차 살피고 돌아서던 홍녀는 불현듯 우뚝 멈춰 섰다. 저 사람들, 동상에 걸렸을지도 모르는데. 동상에는 쐬주에 푹 담그는 게 최고 특효약이라고. 조금 전 노인들의 말을 그녀는 무심코 되뇌었다. 순간 어머니의 목소리가 퍼뜩 뇌리를 스쳤다.

"하늘과 땅의 도움만으로도 훌륭한 술은 빚을 수 있으나, 사람의 도움이 없이는 칠선녀주는 결코 빚어내지 못해. 명주의 '혼'은 묘약이고, 묘약은 다름아닌 '사람'으로부터 비롯되는 까닭이지. 그러므로 넌 지상에서 오직 하나뿐인 그 '사람'을 찾아야만 해. 바로 그 사람만이 너에게 진정한 사랑을 가져다줄 수 있고, 그 사람을 통해야만 비로소 천하 명주의 혼을 만날 수 있어. 왜인 줄 아니? 묘약은 바로 진정한 사랑의 결실이니까."

홍녀는 머리끝이 쭈뼛 일어서는 것 같았다. 꽁꽁 언 몸으로 찾아든 독립군 청년과 동상에 걸린 중위. 그들을 약속이나 한 듯 똑같이 저장고에 숨겨준 할머니와 어머니. 그리고 할머니와 어머니가 그토록 애지중지하던, 묘약이 담긴 백자 항아리. 나도 그렇고, 너 또한 이 자리에서 생겨났단다. 이 자리가 너와 나에게는 자궁이구나. 생명이 잉태되고 시작된 최초의 자궁 말이다…… 동상에는 말이여. 쐬주에 몸을 푹 담그는 것이 특효약이라고.

"아아! 그랬었구나. 바로 그렇게 얻어낸 거였어, 묘약은!"

홍녀는 급히 방안으로 들어갔다. 그리고 곯아떨어진 남녀를 한꺼번에 번쩍 안아들고 지하 저장고로 내려갔다. 푹신한 담요를 마룻바닥에 편 다음, 남녀를 내려놓았다.

그녀는 저장고 안쪽에서 커다란 참나무통을 꺼내왔다. 대단히 견고하게 짠 그 통은 생시에 할머니와 어머니가 명절 때면 목욕통으로 사용하기도 했는데, 당신들이 백자 항아리만큼이나 끔찍하게 아끼던 물건이었다. 그녀는 아침에 개봉한 과하주를 통 속에 쏟아부었다. 그리고 다시 과하주 한 양재기 분량을 따로 불에 올려 따끈하게 데운 다음, 그것을 통 속의 술에 섞었다. 손을 넣어보니 덥지도 차지도 않은, 언 몸을 담그기에는 딱 알맞은 온도였다. 홍녀는 남녀의 몸을 친친 감고 있는 거추장스러운 커튼과 담요를 하나씩 조심스레 벗겨내기 시작했다. 고요한 밤 거룩한 밤 어둠에 묻힌 밤. 아기 잘도 잔다. 아기 잘도 잔다. 문득 바깥에서 희미하게 합창 소리가 들려왔다.

*

　이튿날 아침, 동틀녘에 눈을 뜬 홍녀는 뒤늦게 화들짝 놀랐다. 두 사람을 너무 오래 놔둔 게 아닐까 걱정스러웠다. 빈 호리병 하나를 찾아 손에 쥐고 부랴부랴 지하실로 내려갔다. 조심스레 저장고 문을 여는 순간, 홍녀는 저도 모르게 흐읍 하고 숨을 들이마셨다. 형언할 수 없이 그윽하고 매혹적인 향기가 저장고 안을 가득 채우고 있었다. 그 황홀한 향기에 취해 홍녀는 스르르 눈을 감았다. 이내 눈앞이 온통 엷고 은은한 분홍빛으로 환하게 밝아왔다.

　홍녀는 안으로 한 걸음 옮겨놓았다. 참나무통 속의 남녀는 완전한 알몸이었다. 통 맨 위쪽 가장자리까지 술이 찰랑찰랑 차올라 있었다. 그들은 술에 온몸을 푹 담근 채, 한없이 편안하고 행복한 얼굴로 깊이 잠들어 있었다. 마치 모태의 양수 속에 포근히 잠겨 있는 이란성 쌍생아 같았다. 어느새 그들의 몸은 완전히 분리되어 자유로워져 있었다.

　홍녀는 들고 온 호리병에 통 속의 술을 떠 담았다. 그리고 호리병을 입술에 대고 향과 맛을 음미해보았다. 순간 호리병 주둥이에서 복숭아 꽃잎 같은 분홍빛 광채가 은은히 떠올랐다.

　"마침내 비밀이 풀렸다! 묘약의 제조법, 바로 이것이었어!"

　고개를 끄덕이며 홍녀는 만면에 환한 미소를 지었다.

*

넷째 날 — 12월 25일

—오후 두시. 도둑고개.

주조장 뒷문에 잠시 정차했던 택시가 출발했다. 남자와 여자는
뒷자리에 나란히 앉았다. 차가 광장을 벗어나기 직전 여자가 돌
아보니, 카페 뒷문 앞에서 여주인이 이쪽을 지켜보며 혼자 서 있
었다. 꼭 서커스단장 같은 인상의 그 여주인은 무엇 때문인지 아
침부터 내내 혼자 그렇듯 만면에 흐뭇한 웃음을 짓고 있었다. 무
척 친절하고 자상하게 대해주었지만, 그녀는 그 여주인이 왠지
무섭고 꺼림칙하게만 느껴졌다. 그래도 두 사람에겐 생명의 은인
임에 틀림없었다. 이렇게 큰 은혜를 입게 되다니, 우린 아마 전생
에 무슨 특별한 인연이 있었나봐요. 아침식사를 할 때 여자는 그
렇게 말했는데, 그건 진심이었다. 그 말에 여주인은 다만 씩 웃을
뿐이었다. 택시가 읍사무소 앞을 지나고 있었다.

"요 며칠, 눈이 엄청 많이 왔지요?"

룸미러를 들여다보며 기사가 싱글벙글 한마디했다. 오십대의
기사는 인근 도시에서 호출을 받고 황천읍에 조금 전 도착한 참
이었다. 뒤쪽에선 응답이 없었다. 기사는 기분이 약간 상할까 말
까 했다. 서울까지 세 시간 넘도록 함께 가야 할 처지인데, 그저

인사라도 한마디씩 나누자는 거 아닌가 말여, 시발. 기사는 룸미러를 더 자세히 살폈다. 뒷좌석에 함께 앉긴 했는데, 서로 살이라도 닿을까 따로 떨어져서 양쪽 문 쪽에 몸을 바짝 붙이고 있다. 얼굴 역시 피차 반대쪽으로 돌리고 각기 창밖만 내다볼 뿐이다. 가만, 이 인간들은 대관절 서로 어떤 관계인 거야? 거, 되게 알쏭달쏭하네.

남자와 여자는 차에 오른 이후 내내 입을 굳게 닫고 있었다. 그들은 똑같이 극도로 혼란스런 상태에 빠져 있었다. 몸이 정상으로 돌아왔다는 사실이 반가우면서도, 한편으론 어딘가 영 이상한 느낌이 들었다. 각기 따로 분리되어 있다는 게 오히려 생소하고 낯설기조차 했다. 마치 오래전부터, 아니 태어날 때부터 몸이 하나로 붙어 있기라도 했던 것처럼. 그 끔찍하고 괴기스러운 시간으로부터 이제 막 벗어난 처지에, 이건 또 무슨 말도 안 되는 망상이람. 남자와 여자는 동시에 그렇게 생각했다. 그 기묘하고 혼란스러운 감정이 무엇인지, 그들은 도무지 이해할 수가 없었다.

기사는 두 남녀의 얼굴이 나이답지 않게 묘하게 쭈글쭈글해 보이는 이유가 뭘까, 하고 아까부터 내심 혼자 연구중이었다. 흡사 바람이 반쯤 빠진 풍선들 같았다. 아니, 영락없이 술독에 푹 담갔다가 방금 건져낸 매실 장아찌들 같지 뭔가. 문득 기사는 코를 큼큼거렸다. 가만, 이게 무슨 냄새야. 그러고 보니 아까부터 뒷자리에서 솔솔 풍겨오는 것 같았다. 맞았다. 술냄새였다. 그런데 향기가 아주 독특했다. 알싸하고 매혹적인 게 마치도 분홍꽃 만개한 복숭아 과수원에 와 있는 기분이었다. 어느 사이 기사의 눈앞이 몽롱해지면서 핑크빛으로 환하게 밝아왔다.

"아이고, 술냄새! 거, 향기 한번 기가 막히네요. 대체 무슨 술입니까, 이게?"

기사는 실실 웃음을 흘리며 말을 걸었다. 그, 글쎄요. 무슨 술인지…… 어쩌고, 남자가 혼자 우물거리고 만다. 기사는 은근히 화가 치밀어오르는 걸 꾹 누르며, 에라이, 이제부턴 앞만 보고 운전이나 하자고 작정했다.

차는 읍내를 벗어나 고개를 기어오르기 시작했다. 문득 여자가 소리 죽여 울기 시작했다. 남자는 아무 말이 없었다. 고갯마루의 평평한 자리에서 기사가 문득 차를 세우더니, 바지춤을 움켜잡고 숲속으로 어정어정 들어갔다. 여자는 여전히 소리 죽여 울고 있었다. 남자는 고개 아래 읍내 쪽을 물끄러미 내려다보기만 했다. 기사가 돌아왔고, 이내 차가 출발했다.

*

—밤 열한시. 황천주조장.

현관문을 두드리는 소리가 들렸다. 그것도 아주 거칠게. 보나

마나 운동화와 슬리퍼일 것이다. 이번에야말로 버르장머릴 확 고
쳐놔야지. 홍녀는 문을 벌컥 열었다. 뜻밖에도 허기진 목사가 서
있었다. 노란 프리지어 한 다발을 가슴에 안고.

"나, 할말이 있어서 왔어."

그가 불쑥 내미는 꽃을 홍녀는 얼결에 받아들었다. 돌연 가슴
이 맹렬하게 뛰어오르기 시작했다.

"놀라지 마. 드디어 내 눈, 아니 이 구멍이 내게 가르쳐주었어.
오늘 아침에!"

"뭐라구?"

홍녀의 얼굴이 일순 캄캄하게 일그러졌다. 기어코 정신이 완전
히 망가지고 만 거라고, 그녀는 생각했다.

"정말이야. 그 순간 모든 게 기억났어. 그날 밤 너하고 했던 약
속 말이야. 마침내 그걸 기억해낸 거라고!"

그는 벌써 눈물이 그렁그렁해지고 있었다. 홍녀의 가슴이 다시
맹렬하게 뛰어올랐다.

"구멍이 가르쳐준 말이 뭐였지?"

"내 아이를 낳아줘."

그가 큰 소리로 외쳤다. 홍녀가 고개를 저었다.

"틀렸어. 다시 해봐."

"우, 리, 아, 이, 를, 낳, 아, 줘."

"그래, 맞았어!"

그들은 서로 와락 꺼안았다. 홍녀의 눈에서도 기진의 눈에서도 눈물이 퐁퐁 쏟아졌다. 이내 뜨겁고 강렬한 입맞춤이 이어졌다. 기진이 기억해낸 그 말은 바로 두 사람의 약속이기도 했다. 입대 전날 밤, 호숫가에서였다. 기진이 홍녀의 몸안으로 자신의 몸을 밀어넣고 싶어 안달을 하면서 말했다. 홍녀야. 내 아이를 낳아줘. 홍녀는 단호히 거부했다. 안 돼! 일단 건강하게 제대하고 돌아와. 그리고 그때까지 네 마음이 변하지 않았다면, 나를 처음 보는 순간에 이렇게 말해줘. 우, 리, 아, 이, 를, 낳, 아, 줘, 라고. 어때, 약속할 수 있어? 그래, 홍녀야. 약속하고말고.

이윽고 그들은 간신히 평정을 되찾고 의자에 마주앉았다. 잠시 후 홍녀가 호리병을 손에 들고 돌아왔다. 한번 마셔봐. 네가 최초의 시음자야. 그녀는 잔 두 개를 가득 채웠다. 기진이 잔을 집어들었다.

"오오. 정말 기막힌 술이구나!"

"눈 감고 향기를 음미해봐. 눈앞이 환해지지 않아?"

"핑크색이야! 이거 칠선녀주, 맞지?"

"아냐. 칠선녀주는 술잔 속에 무지개가 떠."

"그럼 이 술 이름은?"

"분홍주. 내가 지었어. 호수를 건너온 한 쌍의 두루미들이 남긴 선물이지. 물론 이것도 좋은 술이긴 하지만, 칠선녀주에 비하면 아무것도 아니야. 그래도 이 술은 내겐 아주 특별해. 마침내 묘약의 비밀을 깨닫게 해주었거든."

"묘약, 네가 그토록 찾던?"

"그래. 사랑의 묘약."

"사랑의 묘약이라. 어디서 많이 들어본 이름 같구나……"

술에 취한 기진이 테이블 위에 얼굴을 묻었다. 홍녀는 그를 두 팔로 부드럽게 안아올렸다. 그리고 지하 저장고로 성큼성큼 내려갔다. 그곳은 자궁처럼 아늑하고 포근한 기운이 감돌고 있었다. 홍녀와 기진은 마룻바닥에 나란히 드러누웠다.

"너 그거 알아? 이 자리가 내 생명의 시발점이야. 내 어머니가 그러했고, 나 또한 그랬지. 아마 우리 아이도 그렇게 될 거야. 그리고 난 곧 저 백자 항아리에다 칠선녀주를, 아니 묘약을 가득 채워놓을 거야."

홍녀는 안쪽에 고이 모셔놓은 커다란 백자 항아리를 가리키며 말했다. 그것은 오래전 깨어져버린 어머니의 항아리 대신 홍녀가 구해다놓은 항아리였다.

"이제 모든 비밀은 풀렸어. 그리고 난 지상에 단 하나뿐인 '한 사람'을 드디어 찾아냈어. 그 사람과 함께 묘약을 빚어낼 거야. 이 통 안에서, 우리들 사랑의 결실인 묘약을!"

우리 아이를 낳아줘. 내 아이를…… 눈을 감고 싱글벙글 웃으며 중얼거리더니, 기진은 금세 낮게 코를 긇기 시작했다. 그를 품에 안은 채 홍녀는 행복하게 중얼거렸다. 그래, 이젠 모두 다 이루어진 거야.

*

　—에필로그.

　그해 크리스마스가 지나고 겨울이 끝날 때까지 눈은 유난히
도 자주 내렸다. 한몸으로 호수를 건너왔던 남녀가 용케 몸이 풀
려 도둑고개를 넘어 떠난 뒤, 그 산골 소읍에선 한동안 기이한 현
상이 일어났다. 사람들은 밤이면 은근히 잠자리를 두려워하게 되
었다. 철커덕. 이부자리를 따로 쓰거나, 각방을 쓰는 부부가 눈에
띄게 늘어났다. 어이구, 요즘은 왜 이리 온 삭신이 피곤한지 모르
겠어. 남편이 슬쩍 돌아누우며 앓는 소리를 내면, 마누라 역시 썩
안도하는 기색으로 끙 돌아누우며 화답했다. 그러게 말이우. 나
도 오금이 저려 꼼짝을 못한다우. 짐승들 역시 마찬가지였다. 개
들은 골목에서 암수가 서로 눈치를 보며 실실 피해다녔다. 소, 돼
지, 염소, 고양이, 닭, 오리 들 역시 암수끼리 마주치면 슬금슬금
뒷걸음질부터 쳤다. 덕분에 새끼 칠 욕심에 가축 교미를 한 번이
라도 시키려면 주인들은 너나없이 골치깨나 앓아야 했다. 이발사
들은 하루에도 몇십 번씩 일없이 가위를 접었다 폈다 하는 고약
한 버릇이 생겼다. 한밤중에 자다가도 벌떡 일어나 반짇고리에
든 가위를 꺼내어, 혹시나 또 붙었나 하고 확인하곤 하는 바람에

식구들을 불안하게 만들기도 했다. 철커덕. 철커덕. 그 소리는 한참 전에 사라졌는데도, 황천읍 사람들의 귀에는 그해 겨울 내내 여전히 남아 있었다.

작가의 말

모든 인간은 이야기와 함께 나고 살다가 죽는다. 한 생애는 저마다 하나의 이야기가 되고, 타인들의 기억 속에서 각기 고유한 판본으로 살아남아 떠돈다. 인간의 수명처럼 저마다의 운명대로 잠시거나 혹은 아주 오랫동안까지. 그렇게 세상은 무궁무진한 이야기로 차고 끓어 넘치는 영원한 이야기의 강, 설화의 바다가 된다.

여기 한데 묶인 연작들은 원래 '황천이야기'라는 제목으로 지난 수년 동안 띄엄띄엄 발표해왔던 것들이다. 이 소설을 관통하는 키워드는 '욕망'이다. 스스로 욕망의 화신이 되거나, 욕망에 사로잡힌 타자들에 의해 괴물과 유령으로 변해가는 인물들의 이야기.

언젠가부터 내게는 소설이 갖고 있는 '이야기로서의 힘'이랄까 설화적 상상력의 무한한 자유로움에 대한 절실한 욕망이 자리하고 있었다. 내 나름으로는 그나마 새로운 시도라고 할 수 있는 이번 소설은 바로 그런 욕망으로부터 태어난 셈이다. 모처럼 상상력의 자유로움을 한껏 누릴 수 있었다는 것만으로도 새롭고 행복한 경험이었다.

문학동네에 원고를 주겠다는 약속을 무려 10년 만에 지키게 되었으니, 늦게나마 다행이다. 고맙게도 오래 기다려준 보람이 있었으면 좋겠다. 책이 나오기까지 수고해주신 여러분들께 감사드리고, 원고를 처음부터 끝까지 꼼꼼하게 다듬어주신 김필균님께 특별히 고마움을 표한다.

2014년 2월

임철우

| 수록 작품 발표 지면 |

칠선녀주 ······ 『문학 · 판』 2004년 겨울호

나비길 ······ 『문학동네』 2005년 여름호

황금귀 ······ 『문학동네』 2010년 봄호

월녀 ······ 『문학과사회』 2010년 겨울호

묘약 ······ 『문학동네』 2008년 봄호

임철우

1954년 전남 완도에서 태어났다. 1981년 「개도둑」으로 서울신문 신춘문예에 당선되어 문단에 나왔으며, 소설집 『아버지의 땅』 『그리운 남쪽』 『달빛 밝기』 『연대기, 괴물』, 중편소설 『돌담에 속삭이는』, 장편소설 『붉은 산, 흰 새』 『그 섬에 가고 싶다』 『등대』 『봄날』(전 5권), 『백년여관』 『이별하는 골짜기』 등을 펴냈다. 제17회 한국일보 창작문학상 (1985), 제12회 이상문학상(1988), 제12회 단재상(1998), 제22회 요산문학상(2005), 제19회 대산문학상(2011)을 수상하였으며, 현재 한신대 문예창작학과 명예교수로 있다.

문학동네 연작소설
황천기담
ⓒ 임철우 2014

1판 1쇄 2014년 2월 17일
1판 3쇄 2022년 2월 9일

지은이 임철우
책임편집 김필균 | 편집 염현숙 강윤정 유성원 | 디자인 김현우 유현아
마케팅 정민호 이숙재 박보람 한민아 김혜연 이가을 안남영 김수현 정경주 이소정
브랜딩 함유지 함근아 김희숙 정승민
제작 강신은 김동욱 임현식 | 제작처 영신사

펴낸곳 (주)문학동네 | 펴낸이 김소영
출판등록 1993년 10월 22일 제406-2003-000045호
주소 10881 경기도 파주시 회동길 210
전자우편 editor@munhak.com | 대표전화 031) 955-8888 | 팩스 031) 955-8855
문의전화 031) 955-8895(마케팅) 031) 955-2663(편집)
문학동네카페 http://cafe.naver.com/mhdn | 트위터 @munhakdongne

ISBN 978-89-546-2400-8 03810

www.munhak.com